소설의 꽃과 뿌리

소설의 꽃과 뿌리

김화영 평론집

문학동네

• 일러두기

1. 각 글의 말미에 처음 발표했던 지면을 밝혀두었다.
2. 인용문의 표기는 원전의 원칙에 따랐으나, 띄어쓰기는 현행 원칙에 따랐다.
3. 인용문에 표시된 윗점은 인용자의 강조 부분이다.
4. 본문에서 사용한 약호는 다음과 같다.
   - 장편소설, 책, 잡지 : 『 』
   - 작품, 평론, 논문 : 「 」
   - 노래, 그림, 영화 제목 : 〈 〉
   - 대화, 인용 : " "
   - 짧은 인용, 강조, 외국어 논문 및 소제목 : ' '

책머리에

이 책은 지난 십여 년간에 걸친 내 소설 읽기의 자취다. 십여 년 동안 수많은 작품들을 읽고 나서 겨우 한 권의 책을 썼으니 이는 기나긴 게으름의 자취이기도 하다. 그러나 어느 면 나는 그 게으름을 즐기고 지냈다는 느낌이다. 책을 쓰기 위하여 소설을 읽는 일이 없는 것은 아니다. 그러나 애초부터 그런 목적을 가지면 소설 읽기는 그만 짐이 되어 무겁고 따분해진다.

때로는 여러 권의 책을 사고, 도서관에서 빌리고, 또 더러는 작가에게서 직접, 더러는 우편으로, 증정받기도 했다. 그리고 마구잡이로 읽었다. 집의 서재에, 학교의 연구실에 그 책들을 쌓아놓고 군것질 좋아하는 아이가 곶감 빼먹듯 빼내어 읽었다. 직업적 평론가의 소명의식을 가지고 월평이나 시평을 써본 적은 없다. 그저 좋아서 읽었다. 그리고 잠시 전에 읽다가 덮어둔 소설 생각은 까마득히 잊어버린 채 또 다른 일에, 프랑스 문학을 읽고 가르치는 생업에 정신을 팔았다. 그러다가 또 짬이 생기면 소설책 속에 코를 박는다.

비평의 중요한 기능 중의 하나는 물론 작품의 평가와 비판에 있다. 여러 작품들을 읽고 비교 평가하여 더 좋고 덜 좋은 것을 가려내는 것은 바쁘고 평범한 독자들에게 좋은 안내와 지침이 될 수 있다. 다만, 더 좋고 덜 좋은 것을 가려내기 위한 논리적 근거를 마련하는 일에 생각이 미치면 문제는 매우 복잡 미묘해진다. 그 근거에 관하여 길게 논의하자면 그것은 그것대로 흥미로운 일이 될 수 있다. 그러나 사실 내게 지칠 줄 모르는 소설 읽기가 짐이 아닌 즐거움이 된 것은 작품의 평가와 비판의 욕구 때문이 아니었다. 탐험의 즐거움에 정신이 팔린 나에게 무엇보다도 중요한 비평적 기능은 바로 '내게 흥미로운' 작품에 대한 이해와 해명 쪽이다.

그러나 작품에 대한 이해와 해명의 욕구가 비평적 반성에까지 이르는 일은 그리 많지 않다. 대개의 소설 읽기는 그저 그 읽기 자체로서 끝난다. 물론 소설 읽기의 재미는 일정한 이해를 바탕으로 한다. 그러나 이때의 이해는 책 읽기의 즐거움을 위한 최소한의 조건으로 그친다. 이리하여 이미 읽은 소설은 다음에 읽는 다른 소설에 의하여 가려지고 지워지고 잊혀진다. 읽고 잊고 다시 읽는 일로 되풀이되는 독서 경험은 알게 모르게 어떤 정신적 두께를 가지게 되고 그것은 나의 문학적인 삶에 어떤 밀도를 부여한다.

그러다가 그 두께 속에서 유독 어떤 작품, 어떤 작가에 대하여 제법 절박한 이해와 해명의 욕구가 깨어나는 경우가 있다. 그 계기는 매우 다양하다. 작가의 어떤 새로운 작품, 내 삶과 시대 속에서 솟아오른 새로운 문제, 어떤 정서의 매듭, 이미지나 어휘들의 무늬, 어떤 문장의 리듬이 환기하는 떨림과 여운, 그리고 무엇보다도 이 작품, 이 작가 속에는 무언가 깊숙이 들여다보아야 할 것이 숨어 있다는 막연한, 그러면서도 끈질기게 남는 느낌…… 이런 크고 작은 것이 계기가 되어 한 작가나 작품이 내 정신 속에 성큼 다가든다. 그때서야 비로소 그 작품 혹은 작가는 나 자신의 비평적 문제로 변하고 그와 더불어 전면적인 '다시 읽기'와 '자세히 읽기'가 시작된다.

사실 이렇게 되면 이미 직관적이고 사적인 방식으로나마 비평의 첫 번째 기능인 평가와 선별이 나름대로 이루어진 셈이다. 요컨대 나는 내가 좋아하는 작품과 작가를 나도 모르는 사이에 선택한 것이다. 나는 내가 좋아하는 것을 읽고 다시 읽고 이해, 해명하는 일만으로도 충분히 바빠진다.

어떤 개별적인 작품을 다시 읽고 자세히 읽으면서 그 작품의 형태와 의미의 망에 관하여 천착하는 경우도 없지 않지만 그같은 관심은 필연적으로 그 작품을 쓴 작가의 '내면적 세계' 전체에 대한 관심으로 이어진다. 개개의 작품은 오직 그 내면적 세계 전체의 판도 속에 위치시켜놓을 때 비로소 그 의미와 문제를 드러낸다. 부분과 전체가 서로서로에게 빛을 던져주기 때문이다. 내게 진정으로 중요한 관심의 대상은 한 '작가'의 의식과 그 모험이다. 다시 말해서 나는 그 작가의 의식이 구체적인 세계와 만나면서 자기를 인식하는(거의 육체적으로) 과정에서 남긴 미묘한 궤적과 무늬에 관심이 있다. 그래서 나는 어느 한 작가가 나의 문제로 떠오르면 가능한 한 그가 쓴 모든 글과 책들을 한데 모아서 그 세계 속을 두루 돌아다니면서 그 의식과 동화되려고 노력한다. 그러자면 독서 자체가 일종의 삶이 되어 점진적이고도 오랜 친화의 과정을 거치게 된다. 어느 때는 일 년 내내 한 작가의 작품을 읽고 또 읽는 일로만 지낸 적도 있다.

사람들은 흔히, 먼저 어떤 생각을 마음속에 품고 있다가 그것을 어떤 적절한 형식으로 표현한 것이 글이라고 생각한다. 한 인간이 일생을 마감하는 황혼기에 이르러 지나간 생애를 더듬어보며 쓰는 회고록은 그 전형적인 예일 것이다. 그의 등뒤에 살아온 삶이 있고 그 삶에 대한 추억과 반성이 있다. 이제 남은 일은 그것을 글로 옮기는 일뿐이다. 그래서 어떤 사람들은 회고록을 대필해주는 사람을 찾는다. 내가 살아온 삶의 내용을 부르고 대필 작가는 그저 받아쓰면 되는 것이다. 그러나 과연 그럴까? 정도의 차이는 있을지 모르나 소설의 창작에 대하여 이와 유사한 생각을 갖는 사람들이 없지 않다. 자신 혹은 타인이 겪은 유별난 경험을 적절히 변형시켜 흥미로운 이야기로 짜맞추어 옮겨놓아보는 이른바 자전적 소설이 그러한 경우에 속할 터이다. 그러나 과연 그럴까?

내가 흥미롭다고 생각하는 소설 혹은 소설가는 그와 반대되는 경우이다. 나의 소설가 역시 글을 쓰기 시작하기 전에 막연하게나마 무엇인가를 구상해보고 틀을 잡아보고 노트도 하고 문헌을 수집하기도 할 것이다. 그러나 창조의 출발점에 서 있는 그는 실제로 무엇을 쓸 것인지 잘 알지 못한다. 그는 자신을 찾아가고 있을 뿐이며 그 과정을 통해서 자신을 만들어가기 때문이다. 그는 글을 씀으로써 비로소 자기 자신이 된다. "창조 주체에게 있어서 작품은 생산이나 표현이기에 앞서 자신에게 스스로를 드러내는 한 방식이다." 자기 탐구, 자기 인식, 자기 형성의 방식으로서의 글쓰기가 아니라면 내겐 별로 흥미가 없다. 작품만이 작가의 유일한 존재방식이기 때문이다. 창조의 세계 속에서는 사유와 표현이 동시에 온다. 어느 것이 먼저고 어느 것이 나중일 수 없다. 소설가는 소설을 완성시켜놓는 순간에야 비로소 소설가가 되는 것이다. 나는 이런 기미를 보여주는 작가에게 특히 흥미를 느낀다. 나는 남의 눈치를 보지 않고 진정으로 자기 자신의 상상과 글쓰기의 진실과 대결하는 고독한 작가에게 매혹을 느낀다. 그런 작가만이 어떤 '세계'를 가진다. 그래서 나의 비평적 독서는 작가가 작품의 형식을 통하여 스스로를 탐구하고 형성하는 구체적 과정을 추적하는 일이 된다. 한 작가는 작품을 통하여 그의 개인적 세계 속에 거주하고 그 세계를 구성하는 방식을 드러내 보인다. 그에게는 집을 짓는 방식이 곧 거주하는 방식이다.

사정이 이러한 만큼 나의 비평적 소설 읽기는 매우 오랜 시간 동안의 친화를 요구한다. 이런 국면은 나의 천성적인 게으름과 잘 어울린다. 이론적, 체계적인 비평 방법론이 따로 있을 수 없다. 오직 한 가지 믿음이 있다면 모든 진정한 작품은 그 자체가 하나의 비밀인 동시에 그 비밀을 여는 열쇠라는 점이다. 소설의 밖에 소설을 읽는 열쇠가 있다고 나는 믿지 않는다. 개개의 작품은 그 자체가 하나의 기획이며 그 기획의 방향을 가리키는 화살표이다. 그래서 나는 열려진 존재가 되어 거의 무장해제된 상태로 그 비밀의 세계 속으로 들어간다. 그리고 그 세계의 각 전략적인 지점으로 들어가는 열쇠가 보일 때까지 아무런 기약도 없이 이리저리 헤매고 다닌다. 그가 세계와 만나는 어떤 전격적인 '출발점', 그것은 쉽사리 감지되지 않는다. 말과 말, 어조와 어조 사이의 보이지 않는 형상과 힘과 조응, 그 반복 어디엔가에서 그는 섬광처럼 자신의 세계와 만난다. 그런 것을 찾아 헤매는 시간이 내겐 가장 즐겁다.

나 역시 평범한 독자가 그러듯이 가장 피상적인 이해에서부터 접근한다. 소설의 첫 단어에서 끝 문장까지 차례로 '스토리'를 따라가고 '등장인물'의 '성격'에 유의하고 사건이 벌어지는 '무대'와 '시간'에도 관심을 기울인다. 마치 소설의 이야기 구조에 대한 피상적인 질문에 대하여 대답할 것처럼 그 구성 요소들을 세세하게 노트하기도 한다. 이런 단순한 작업은 기억의 지표로서만 유용할 뿐이다. 그러나 이때 이미 내 독서의 대상은 다시 읽기의 대상이다. '다시 읽기'란 소설의 주어진 수평적 외형을 해체하여 수직적으로 재편성하는 방식이다. 여러 차례 반복되는 다시 읽기는 어느 면 텍스트의 재구성인 동시에 텍스트의 모든 부분들을 나의 정신 속에 '동시적으로' 한 장의 그림처럼 눈앞에 현전시키는 총체적 인식의 방식이다. 진정한 독서는 그러므로 작품을 모든 구성 요소들의 '상호관계의 동시적인 망(網)'으로 탈바꿈시키는 일이다. 그런 의미에서 내게 소설 읽기는 시를 읽는 것과 크게 다르지 않다. 또 우리 소설에서 중요한 지위를 차지하는 빼어난 단편소설들은 어느 면 시를 닮아 있어서 수직적 독서를 요구한다.

작품과의 오랜 친화, 텍스트의 수직적 재편성, 각 부분들의 동시적 현전은 결국 그 동시적 관계의 망 속에서 동일성, 조응, 대칭, 유사, 대립, 반복, 변주, 매듭, 교차로 등의 방식으로 의미의 파동이 전개되는 내면적 의식의 그림에 민감해지도록 해준다. 이리하여 나는 작품의 외형적 아름다움에서 그 아름다움에 생명적 힘을 공급해주는 뿌리의 역선(力線)으로 더듬어나갈 수 있게 된다. 그 복잡하고도 다양한 뿌리의 얽힘은 텍스트의 수직적 재편성에 힘입은 '겹쳐 읽기'에 의하여 차츰 그 모습을 드러낸다. 중첩된 텍스트의 결이 어떤 개성적 그림을 만들어 보이는 것이다. 여기서 뿌리란 가지와 꽃의 모습을 필연적인 것으로 만들어주는 에너지가 뻗어나가는 길들의 숨겨진 지도라고 할 수 있는데 이 지도는 흔히 여러 번 반복하여 등장하는 이미지들의 상관관계가 만들어내는 무늬의 모습을 갖는다. 이 경우 비평의 하는 일은 집요하게 반복되는 이미지들을 서로 관계맺어서 하나의 전체 판도 속에 위치시키는 일이며 삶과 언어가 마주쳐서 형성한 수많은 감각적 요소들을 통일된 조망 속에 놓아보는 일이다.

이 책에 실린 글들은 소설이 그 뿌리에 숨기고 있는 이 전체적인 조망을 나 자신의 언어로 묘사하고 감싸서 한낱 '이야기'일 뿐인 듯하던 소설이 그 비어 있는 공간 속에서 빛과 소리와 감각으로 되살아나 울리도록 만든 언어의 공명상자 같은 것이다. 다시 말해서 소설이라는 악보를 연주해본 하나의 방식, 혹은 창조의 꿈이다.

1998년 늦가을

김화영

차례

1부 작가론

개와 늑대 사이의 시간
─오정희론

사람을 겁나게 하는 것은 분명하게 인지할 수 있는 사람이나 동물이나 적이다. 겁을 내는 것은 패배를 앞질러 드러내는 것이기에 치욕스럽다. 겁을 먹은 사람은 이미 내기에서 진 것이다. 그것도 순전히 자기 자신만의 잘못으로 인하여. 그는 자신을 에워싸고 있는 상전들과 적들의 노예다. 그의 바지가 축축히 젖어 있으리라는 것을 우리는 충분히 상상할 수 있다.

그러나 두려움은 다르다. 모파상은 「공포」라는 유명한 단편소설에서 겁과 두려움 사이에 가교를 놓았다. 그가 글을 쓰던 시대는 무지의 소산인 신비가 이성과 과학에 의하여 날이 갈수록 말끔히 씻겨나가고 있다고 굳게 믿던 과학만능주의 시대였음을 상기할 필요가 있다. 모든 것이 과학적으로 설명될 수 있는데 오직 미신만이 우리들 주변에 어두운 그늘을 드리울 수 있다는 것이다. 그러나 모파상은 태고 이래의 해묵은 무의식 속에서 겁을 초월하는 어떤 두려움의 세계를 발견한다 :

"우리가 극도의 불안이라고 부르는 끔찍한 영혼의 발작을 일으키게 되는 것은 단순한 공포만이 아니라 거기에 더하여 수세기에 걸친 미신적인 두려움이 약간 더 보태어졌을 때이다"라고 그는 썼다. 그러니까 격세유전적인 공포가 존재하는 것이다. 그 공포는 우리들 각자의 마음속에 잠들어 있는 생래적인 과거에 뿌리를 내리고 있어서 영문을 알 수 없는 신비를 만나게 되면 해묵은 과거에서 현재에 이르는 긴 세월 동안의 인류 전체가 우리들의 내면에서 진저리를 치는 것이다.

두려움은 명백한 대상이 따로 없다. 우리에게 겁을 주고 공포를 느끼게 하는 대상은 어떤 적대적인 존재인 반면, 두려움을 주는 것은 존재가 아니라 부재다. 두려움의 가장 유아적인 형태는 어둠이다. 어둠은 그 속에 감춰져 있는 어떤 괴물 때문이 아니다. 어둠은 그 자체로서 공포의 대상이다. 다음으로는 텅 빈 공허가 불러일으키는 불안인 현기증이 있다. 현기증은 단순히 추락의 위험에 대한 두려움만이 아니다. "이 무한한 공간의 영원한 침묵이 나를 섬뜩하게 한다"라는 파스칼의 저 유명한 말은 침묵, 무한, 그리고 영원이라는 공포의 세 가지 원천을 손가락질해주고 있다. 어둠 속을 걸어가는 아이는 두려움을 쫓기 위하여 노래를 지어내어 흥얼거린다. 그러나 장 콕토는 말한다. 그 방법을 써 본 결과 결국은 자신이 지어내 부르는 노래 가사 때문에 그만 더 섬뜩해지더라고 술회한다.

두려움은 인간에게 스스로의 고독을 일깨워주고 그리하여 그의 자유와 인간으로서의 긍지를 일깨워준다. 두려움은 반성과 문화의 산물이다. "초월적인 사고에 길든 모든 교사들과 스승들은 물러가라. 인간에게 두려움의 영역을 넓혀놓기만 하는 모든 책들을 없애버리라. 그리고 조상 대대로 물려받은 행복한 안락으로 돌아가자"고 피에르 로티는 반어적으로 표현했다. 문명은 안도감을 주는 보호의 누에고치인 데 반하여 문화는 무한을 향하여 열린 두려움 가득한 창문이다.

마르틴 하이데거와 장 폴 사르트르가 볼 때 불안은 무의 드러남이고 구토는 존재의 나타남을 가리켜 보인다. 신비주의자들은 그것이 광활

한 신의 세계로 나아가기 위하여 반드시 거쳐가야 할 좁은 문이라고 생각한다. 자콥 뵘은 이렇게 쓰고 있다. "두려움과 두려움의 극복을 통해서 영원한 삶이 무에서 솟아난다." 그리고 조르주 베르나노스는 이렇게 쓴다. "두려움에 대한 치유 방법은 오직 두 눈 딱 감고 신의 의지 속으로 몸을 던지는 것뿐이다."

—미셸 투르니에, 「겁과 두려움」

어두워오는 창가의 여자

하루 중에는 프랑스 사람들이 "개와 늑대 사이의 시간(heure entre chien et loup)"이라고 부르는 시간이 있다. 해가 설핏 기울기 시작하고 땅거미가 내리면서 저만큼 보이는 짐승이 개인지 늑대인지 잘 분간이 가지 않는 미묘한 시간을 말함이다. 집에서 기르는 친숙한 가축이 문득 어두운 숲에서 내려오는 야생의 짐승처럼 낯설어 보이는 저 섬뜩한 시간, 그 "개와 늑대 사이의 시간"이 바로 오정희[1]의 시간이다.

이 작가가 세상에 처음으로 내놓은 작품 「완구점 여인」은 의미심장하게도 바로 그런 시간에 시작된다.

태양이 마지막 자기의 빛을 거둬들이는 시각이었다. 어둠은 소리없

1) 오정희는 1968년 중앙일보 신춘문예에 「완구점 여인」이 당선되어 등단한 이래 지금까지 40편의 중·단편을 발표했다. 이 작품들은 『불의 강』(문학과지성사, 1977), 『유년의 뜰』(문학과지성사, 1981), 『바람의 넋』(문학과지성사, 1986), 『불꽃놀이』(문학과지성사, 1995), 『새』(문학과지성사, 1996)에 차례로 나뉘어 수록, 출판되었다. 다만 단편 「저 언덕」만은 위의 책들이 아닌 창작선 『옛우물』(청아출판사, 1994)에만 수록되어 있고 1975년작인 「야곱의 꿈」 「동행」, 1983년작인 「멀고 먼 저 북방에」는 위의 어느 책에도 수록되어 있지 않다. 이 글은 위의 6권에 나뉘어 수록된 총 37편을 대상으로 한 것이다. 반면 장편동화 『송이야, 문을 열면 아침이란다』(1993)와 콩트집 『술꾼의 아내』(1993)는 논의의 대상에서 제외했다.

이 밀려와 창가를 적시고 있었다. 어둠이 빛을 싸안고 안개처럼 자욱이 내려 덮일 때의 교실은 무덤 속을 연상시키기도 한다.(「완구점 여인」)

여기에는 이미 빛에서 어둠으로의 점진적 이동, 침묵, 타자로부터의 고립, 밖이 내다보이는 창, 죽음의 연상 등 파스칼적 두려움의 대상들, 즉 장차 오정희의 세계를 구성하게 될 전형적 요소들이 대부분 다 등장하고 있다. 바로 이 정경 속에 오정희의 상상력의 씨앗이 묻혀 있는 듯하다. 이처럼 오정희의 인물들은 언제나 어두워오는 창가에, 혼자, 오두마니 앉아서, 밖을 내다보고 있다. 인물과 세계 사이에는 흔히 창문이 가로놓여 있다. 창문은 투명하여 그 너머로 던지는 시선의 끈으로 인물과 세계를 맺어주는 듯하지만 실제로는 그를 세계로부터 고립시키고 있다. 이것은 미셸 투르니에가 말하는 "무한을 향하여 열린 두려움 가득한 창문"이다. 이 창문은 무한으로 뚫린 통로인 동시에 밀려오는 어둠과 더불어 인물 자신의 고독한 운명을 되비추는 거울이 된다. 이렇게 오정희의 인물은 세계 앞에서의 고독 그 자체인 양 앉아 있다.

강과 섬

이 고립과 단절을 강화하듯이 그의 시선 저쪽에는 으레 강물이나 섬이 가로놓여 있다. 세계는 창 너머, 그리고 강 건너 저만큼 물러나 있다. 강은 "건너야 할" 장애인 동시에 비밀에 싸인 "저 건너"의 세계를 유혹처럼, 그리움처럼, 그리고 두려움처럼 손가락질해 보인다. 「직녀」에서는 주인공이 창을 열 때 "시선이 닿는 곳에 개천이 흐르고 있다". 개천은 꽤 물이 많고 빛이 짙어 그 위에 걸린 '나무다리'는 "흔들릴 듯 가늘게" 뷘다. 그리고 그 "다리를 건너는 남자의 휘엿한 모습이 눈에 띄곤 한다". 그러나 그 남자는 이쪽으로 건너오는 법이 없다. 오정희의 '직녀'에겐 칠석날이 없다. 오작교는 가늘고 흔들리는 일방

통행로일 뿐이다. 「불의 강」에서 "어미 등을 파먹으며 산다는" 거미가 내려오는 시각, 고독 그 자체의 형식인 양 "창틀에 동그마니 올라앉은 그"의 시선도 "창 너머 나직이 내려다뵈는 강 언저리를 더듬고 있다". 「야회」의 명희가 내다보는 창 밖에도 "헐벗은 나무 사이로 산등성이 뒤를 감아 흐르는 강물은 한층 파랗게 보였다". 최근의 작품인 「옛우물」의 경우도 예외는 아니다. 거기에도 "연인들이 저물도록 강물을 바라보다가 돌아가는" 찻집이 있고 "강이 맞바로 내다보이는 창가의 탁자"를 차지하고 있었던 낯선 사람의 빈자리가 들여다보인다. 주인공인 화자는 "그가 내 어깨 너머로 바라보던 강과 강물 위에 떠 있는 갈대숲 우거진 작은 섬을 바라본다". 이렇게 오정희의 인물들은 대부분 혼자 있고, 시선의 저쪽에는 강이 있고 섬이 있고 정적과 어둠이 그의 주위를 에워싸고 있다. 그의 수많은 작품들은 강박적으로 이 라이트 모티프를 변주시키고 있다.

불분명하고 모호하고 막연한 시간

'교실'에 앉아 있는 「완구점 여인」의 소녀에서부터 이후 다양한 연령의 여자들과 남자들을 거쳐 최근작인 「새」의 소녀에 이르기까지 오정희의 수많은 인물들은 "저녁에서 밤에 이르는 저 불가사의한 시간"(「하지」)을 맞이하는 모습으로 우리들 앞에 나타나게 된다. 멀리서 오는 죽음의 어둠이 어렴풋이 투영되고 있는 듯한 이 박명은 흔히 "푸르끼리한" 빛, "검푸른 빛"을 드러내며 "으쓱 한기를 느끼게" 한다. 등화관제 훈련중인 「어둠의 집」 안에서는 십사 인치 텔레비전의 텅 빈 화면이 "검푸른 빛"으로 "불투명"하게 떠 보인다. 「봄날」의 '나'는 어두워가는 텅 빈 집 안에서 남편의 고향 후배와 마주 앉아 있다. "투명한 유리컵의 표면에 형광등의 푸르끼리한 빛이 묻어 있었다. 나는 으쓱 추위를 느꼈다. 그 창백한 불빛은 조금의 온기도 없이 그와 나 사이에 완강히 버티고 있었다. 사자의 얼굴에서 빛나는 인처럼."

오정희의 인물들은 바로 이런 불투명한 시간의 창가에 고독하게 앉아 있는 것이다. 그들은 무엇을 바라보는 것일까? 그들은 무엇을 생각하는 것일까? 「지금은 고요할 때」의 여주인공은 창가에서 산을 헐어내어 평지를 만드는 공사장의 모습을 내다본다 : "어두워가는 벌판의 한 점을 뚫어지게 응시하면서 연희는 열심히 생각해본다. 무엇이 있었던가. 오랜 시간에 걸쳐 서서히 사라진, 그러나 결국 한순간 눈에서 사라진 산의 모습은 아무리 애써도 기억에 떠오르지 않는다."

"저녁쌀을 씻다가 문득 눈을 들어 어두워지는 숲이나 낙조를 바라보는"(「옛우물」), 혹은 "저문 날 문득 휘장처럼 드리워지는 정체 모를 우수"(「저 언덕」)를 느끼는 이 기이한 시간은 오정희의 인물들로 하여금 무엇인가를 '열심히 생각하게' 하는 시간이다. 평범한 가정주부인 「야회」의 화자는 더욱 절실하게 말한다. "오후 다섯시와 여섯시 사이의—그것은 명혜가 인생에 대한 어떤 막연한 느낌을 갖는 시간이기도 했다." 그렇다. 오정희의 인물들에게 개와 늑대 사이의 시간은 삶에 대한 각성이 찾아오는 시간이다. 그것은 "천연한 몸짓 속에 미만한 독기"를 가득 담은 채 "채워지지 않는 갈망과 억눌린 욕정으로 소리없이 강펄로 기어나오는" 전갈의 시간이다.(「전갈」) 그러나 이러한 각성은 결코 의식적인 것이 아니다. 그것은 점진적으로 짙어지는 어둠에 의하여 촉발된, 그 박명처럼 '막연한' 것이다.

그러나 막연한 채로나마 일단 솟아오르면 그 질문은 어떤 근원적인 쪽으로 치닫는다. 「지금은 고요할 때」의 여자는 자문한다. "무엇이 있었던가?" 이 의문은 존재와 부재에 대한 의문이다. 이 질문은 존재가 비존재로 이동함으로써 떠오른 질문이다. 무엇이 있었던가? 산이 있었다. 그리고 산이 사라졌다. 있음이 과거시제로 변하는 시간. 그러나 사실은 이 시각에 어떤 '소설적'인, 혹은 극적인 사건이 일어나는 일은 별로 없다. 있다면 미묘한 변화, 꼬집어 말할 수 없는 어떤 선뜩한 느낌, 환상, 내면의 의식을 비추는 어떤 순간적인 섬광, 시선, 숨결, 냄새, 소리, 촉감과 같은 매우 미세하고 별것 아닌 것 같아 보이는 것들뿐이다. 그리고 간혹 벽시계 소리. "어두워진다는 느낌이 마루의 벽시계 소리에 귀를 기울이게 한 것인지, 벽시계 소리에 어둠을 감지한 것인지는 확실치 않았다."(「야회」)

「새」의 소녀는 말한다. "낮은 밝고 밤은 어둡다. 그러나 해가 지고 밤이 되기까지의 불분명하고 모호한 어스름, 하늘과 땅 사이를 가득 채우며 밀려와 가슴을 꽉 막히게, 안타깝게 하는 그 무엇에 이름 붙일 수 없는 것처럼 그때와 지금, 무엇이 어떻게 다른지, 그 사이를 흐르는 것이 무엇인지 나는 설명할 수가 없다." 이 시간은 이미 환하게 밝은 대낮이 아니지만 그렇다고 아직 캄캄한 한밤의 어둠은 아니다. 오정희의 시간은 밝음에서 어둠으로 옮아가는 '불분명한' 시간이다. 이 불분명함, 불투명함, 모호함은 무서운 전염성이 있다. 그것은 빛과 어둠, 이편과 저편, 현실과 꿈, 이승과 저승의 시간적 공간적 경계를 불분명하게 한다. 그래서 개와 늑대 사이의 시간은 익숙하던 세계가 '낯설어지는' 섬뜩한 시간인 것이다. 그것은 마침내 존재에 대한 근원적 의혹을 불러일으켜 투르니에가 말하는 '현기증'을 자아내기에 이른다.

낯설게 하기

오정희의 많은 작품들, 특히 초기 단편들의 시작 부분(incipit)을 읽는 독자들이 마치 미로 속으로 접어든 듯한 해독의 '혼란'을 경험하게 되는 것은 대개 이같은 빛과 의미의 불투명성에 기인한다. 「별사」에 이르면 그 시작 부분이 보여주는 환상적 장치의 정치함이 극에 달하지만, 독자들이 여러 작품의 초입에서 영화관 어둠 속의 암반응처럼 힘겹게 극복해야 하는 이러한 시각적 '낯설음'은 작가가 의도적으로 만들어놓은 서술장치의 일부인 것으로 보인다. 오정희의 세계로 들어간다는 것은 가장 친근한 일상 속에서 문득 빠끔히 열리는 저 낯설음의 시간, 낯설음의 세계 속으로 자신도 모르게 발들여놓는다는 것을 의미한다. 이리하여 대부분이 일인칭인 화자와 더불어 돌연 불투명의 세계 속으로 들어선 독자 자신이 잠시 동안 텍스트 안의 '미아'가 되어버리는 것이다. 가령 「새벽별」의 처음 한 페이지는 문자 그대로 영문을 알 수 없는 '미로'의 묘사로 일관되어 있다. 그러나 그 '미로' 혹은 '미궁'은 알고 보면 약간의 취기를 느끼는 인물이 호텔 안에서 화장실을 찾아 복도를 헤매는 과정에 불과하다. 다음은 "조명이 흐린" 호텔 디스코텍 홀 안의 장면이다.

> 시나브로 촛불이 잦아들고 있었다. 마지막 사위는 불꽃에 희서의 얼굴이 잠깐 붉게 일렁이며 드러났다. 누구인가? 정애는 그 얼굴을 보는 순간 가슴 밑바닥을 훑고 지나간 서늘함을 설명할 수 없었다. 어쩌면 막다른 길에 접어든 듯한, 혹은 나는 누구이며 왜 이곳에 있는가라는 본질적인 물음의 느닷없음 같은 것은 아니었을까. 촛불이 꺼졌다. 불분명한 빛이 거두어진 탁자는 한결 안정되고 가라앉아 보였고 무대를 향한 그의 실루엣은 다시 낯익은 모습이 되었다.(「새벽별」)

여기서 특히 주목해야 할 대목은 불투명함과 낯설어지기의 상관관계다. 촛불이 아주 꺼지고 "불분명한 빛이 거두어진" 어둠 속에서는 오히려 사물이 "한결 안정되어 가라앉아" 보이는 반면 "촛불이 잦아드는" 순간의 불투명 속에서는 '일렁임'(현기증) 현상과 더불어 "가슴 밑바닥을 훑고 지나간 서늘함"이 느껴지고 일련의 "본질적인 물음"들이 솟아오른다는 사실이다. 돌연 눈앞에 앉아 있는 사람의 얼굴이 낯설어진다. 저 사람은 누구인가? 타자에 대한 낯설음에서 솟아오른 질문은 곧 거울에 반사되듯 의식 속에서, 나는 누구인가? 나는 왜 이곳에 있는가?라는 의문을 불러일으킨다. "가면의 속살 같은 얼굴은 단순히 낯설음이었다. 자신의 얼굴 역시 그러하리라" 하고 「새벽별」의 정애는 말하고 있지 않은가. 존재에 대한 근원적 의문이 까닭 없이 불쑥 솟아오르게 하는 것은 일종의 '고아의식'이다(「바람의 넋」) :

"내가 누구인가, 내가 누구인가 하는 안타까움과 갈증만 남아 한자락 스쳐가는 바람에도 펄럭이며 함께 흐르곤 했다." 이처럼 낯설어지기, 고아의식 그리고 미로체험은 연쇄적으로 서로 맞물려 일어난다. '본질적 물음'은 늘 그것 특유의 강한 전염성을 드러내는 것이다.

그런데 낯설음은 근본적으로는 '친숙한' 일상의 무대장치, 조명, 혹은 바라보는 시각의 돌연한 변화로 인하여 초래된 것이다. 이리하여 오정희의 세계 속에서는 낯익고 가까웠던 존재가 돌연 '멀리' 놓여 보이곤 한다. 낯설음은 습관과 무대장치의 붕괴이며 '거리'의 인식이다. 카뮈는 이것을 '부조리'라고 불렀었다. 그러나 카뮈의 시간이 정오라면 오정희의 시간은 황혼녘이다. 어쨌든 이때 자아와 대상, 자아와 세계는 서로를 소외시키게 되어 그 사이에 섬뜩한 틈이 생긴다.

「별사」의 정옥은 묘비 사이로 까치를 쫓아 뛰어다니는 자신의 아이를 보며 돌연한 의문에 빠진다. "아이를 이처럼 남의 아이 보듯 멀게 보는 것은 처음이었다. 짧은 반바지에 깃 없는 셔츠를 입고 무고하게 뛰노는 아이는 누구인가." 어머니와 아이 사이에 가로놓이는 거리, 이것이 낯설음이다. 「전갈」의 여자도 한밤중에 같은 경험을 한다. "문 하나 건너 자고 있는 아이들이 비현실적인 존재로 아득히 떠올랐다. 물컵을 든 채 멍하니 서 있는 자신에게 대해 그러하듯." 여기서는 타자에 대한 낯설음이 곧 자기에 대한 낯설음을 비추는 거울로 변하고 있음을 알 수 있다.

단순한 사물도 그것이 놓인 자리가 바뀌면 낯설어진다. 가장 친숙하고 가장 일상적인 범속함 속에서 문득 낯설고 섬뜩한 것을 포착하는 데는 오정희를 따를 사람이 없다. 낯익었던 대상이 뜻하지 않은 환경 속에 놓여 돌연 '이물스러움'을 느끼게 한다. 「옛우물」의 화자는 '눈에 익은' 자신의 스카프가 남의 집 울타리에 걸린 것을 발견한다. "엉뚱한 장소에 놓인, 붉은 무늬가 요란한 낡은 스카프는 이물스럽고 부끄러웠다. 내게 익숙하고 내 몸에 걸쳤던 것이기 때문일 것이다."

어찌 사물뿐이랴. 「야회」에서 남편과 마주친 명혜는 "집 밖의, 전혀 우연한 장소에서 가족을 볼 때의 슬픔과 순간적으로 외면하고 싶은 감정을 예외 없이 맛보며 이마를 찡그린다." 「옛우물」의 화자 역시 우연히 길거리에서 남편의 차를 발견하자 "나 자신도 모르게 남편의 시야에서 비껴섰다. 남편은 나를 보지 못한 것 같았다. 나는 순간적인 내 태도와 감정에 당황했다". 「그림자 밟기」의 화자도 집 밖에서 만난 남편 명재를 갑자기 '객관적' 시선으로 보는 낯설음을 경험한다 : "경옥은 명재를 낯설게 바라보았다. 그녀 자신, 앞에 앉은 민수보다 더 명재를 잘 안다고 할 수 있을까" 하고 자문하는 것이다.

「바람의 넋」에서 남편은 아내가 가출하자 옛 신혼여행지로 찾아간다. 그곳에서 아내를 발견하자 더욱 커다란 충격을 경험한다. "그토록 생생한 분노에도 불구하고 아내가 낯설고 서먹서먹하다는 것이 나를 새로운 혼란으로 빠뜨렸다. 일 주일이란, 육 개월 동안의 생활을 무산시키기에 충분한 시간인가."

낯설음은 단순한 놀라움으로 그치는 것이 아니라 보다 근원적인 붕괴로 증폭된다. 「바람의 넋」의 남편은 그같은 붕괴를 아프게 고백하고 있다. "나는 아내의 가출 때마다 아내의 눈에 비친 우리의 생활, 보잘것없이 초라한 내 모습 따위에 살 맞은 늙은 짐승처럼 무력하게 괴로워했다. 상처가 다시금 더 깊고 생생하게 입을 벌렸다. 상처는 나은 게 아니었다. 표면상의 무마였으며 속임수였을 뿐이었다. 마치 조금씩 새어나와 스미는 물이 어느 결엔가 지반을 무너뜨리듯 다른 형태로 우리 생활에 배어들어 꿈이라든가, 소망, 신뢰들을 잠식해가는 것이다."

미로체험

저것은 무엇인가? 저 사람은 누구인가? 그리고 나는 누구인가? 낯설음이 야기하는 이런 일련의 의문들은 "나는 지금 어디에 있는가?" 라는 의문과 함께 일종의 미로체험으로 인도한다. 오정희의 많은 인물들은 길을 잃는다. 그리하여 「새벽별」의 정애처럼 여기가 어디인가? 나는 왜 여기에 있는가? 하고 스스로에게 묻는다. 길을 잃어버린 사람의 두려움—그 속에서 문득 존재의 두려운 참모습이 보이는 것이다.

「비어 있는 들」의 '나' 처럼 오정희의 인물들은 대개 저물녘, 아이의 손을 잡고, 혹은 아이를 업거나 안고서, 길을 잃는다. 그는 "더이상 젊지 않은 여자로서 낯선 저녁 거리에서 울고 있는 아이의, 아니면 눈물자국으로 얼룩진 얼굴의 사내아이의 손을 잡고 우두커니 서 있는 내 모습을 보곤 한다"고 고백한다. 「꿈꾸는 새」의 '나' 는 아이를 업고 집을 나섰다가 "언젠가 한번 와본 듯 낯익은 거리"에서 길을 잃는다. 골목의 특징은 "다만 어둡고 길었다는 느낌"과 "빈 우물"뿐이다. 그러나 "당숙모의 집으로 가는 길은 물론 내가 여지껏 지나온 길도 전혀 기억할 수 없다".

「야회」의 명혜도 아이를 업고 밤길을 돌아오다가 혼잣말처럼 아이에게 말한다. "난 가끔 아주 쓸쓸하거든. 그런데 여기가 어디쯤이더라. 집으로 가는 길을 기억하겠니?" 존재의 고독과 미로체험은 맞물려 있다. 그것은 필연적으로 인간조건에 대한 근원적 두려움을 유발한다. '아이 업은' 여자의 길 잃음은 바로 이같은 근원성을 의미한다. 낮 동안에는 습관과 온갖 사회적 장치들에 의하여 보호받고 있는 것으로 굳게 믿고 있던 어른들도 어두워오는 시간이면 가끔 자신이 아이가 되어 그 모든 인위적 갑옷의 무력함을 느낀다. 등에 업힌 어린 아이는 문득 감춰져 있던 어른 자신의 생래적 두려움을 되살아나게 하는 것이다. "이상하지? 난 어릴 때는 어른들은 아무것도 모르는 게 없을 거라고 생각했는데 이렇게 어른이 되었어도 밤이 되면 가끔 집에 가는 길도 잃어버리다니" 하고 말하는 그는 "참을 수 없는 두려움으로 눈을 감는다". 그 눈감음은 동시에 자신에 대한 '낯설음' 과 관련이 있다. 명혜는 겁에 질린 아들을 상대로 술주정을 하고 있는 "자신을 보는 무서움"에서 도망치고자 "있는 힘을 다해" 눈을 감았던 것이다.

「바람의 넋」에서 끊임없이 "내가 누군가?"라는 의문에 사로잡히고 "이 집은 내 집이 아니다"라고 믿는 은수는 가출을 반복한다. 그는 아이를 데리고 유년 시절에 살던 동네를 찾아간다. 옛날의 흔적을 연상시키는 것은 아무것도 없다. "은수는 마치 장님이 길잡이를 세우듯, 어쩌면 어린날의 자신의 손을 잡고 걷듯 몽롱한 비현실감에 빠져들며 기억 속의 집을 찾아 승일이의 손을 꼭 잡고 완전히 낯설어진 골목을 기웃거렸다." 오정희의 작품 속에 심심치 않게 등장하는 '장님'들은 이런 미로체험과 관련이 있다. 그것은 일시적인 길 잃음이 아니다. 그녀의 가출, 아니 그녀의 삶 자체는 자신도 어쩌지 못하는 일종의 근원적 미로체험이라고 할 수 있다. 「순례자의 노래」에서 혜자는 "어릴 때부터, 그리고 어른이 되고 나서도 종종 꾸던 꿈" 속에서 미로체험을 반복한다. "여기가 어딘가, 그전에도 왔었는데, 하며 너무도 익숙한 분위기에 친근하게 중얼거리곤 했다. 시작도 끝도 종잡을 수 없는 하나의 길, 헤매임이었을 뿐이었지만 꿈을 깨임이란 또 역시 줄곧 따라가던 길의 잃음에 다름아니어서 혜자는 잠을 깬 후에도 미아처럼 막막하고 안타까운 느낌에서 헤어나지 못하곤 했던 것이다. 그것은 도대체 어디로 가는 길이었을까." 그러나 "더 깊은 어둠을 향해 한 걸음씩 옮겨놓는" 생시의 길 역시, 혼자 따돌림당한 그 고독한 "순례자"의 길 역시, 미아의 길임에 틀림이 없다.

미아의 울음

혜자의 '꿈'이 "어릴 때부터" 반복되어온 것으로 미루어볼 때 미로체험은 일시적인 이상체험이 아니라 그의 어떤 근원적 조건과 맞물려 있는 것임을 알 수 있다. 그는 "꿈을 깨임이란 또 역시 줄곧 따라가던 길의 잃음에서 다름아니"라고 말한다. 그렇다면 그의 길 잃음은 벗어날 수 없는 운명의 성격을 지닌 것으로 해석된다. 그 길 잃음은 원초적인 것이다. 그래서일까. 오정희의 소설에서는 해가 질 때나, 잠에서

깰 때 "서럽디서러운 소리로 우는" 아이들이 자주 등장한다. 이 울음은 바로 근원적 미아의 울음이다. 「인어」의 순영은 "바닷가에 버려졌던" 문자 그대로의 미아로서 입양해온 첫날부터 근 일 년 동안 까닭을 알 수 없게 '밤울음'을 울었다. 「하지」의 딸아이는 "자다가 깨어 우는 버릇"이 있고 아들아이는 "어둠에 대해 병적인 공포를 갖고 있다". 「비어 있는 들」에서 잠이 들었던 아이는 눈을 뜨며 어머니를 "서러운 눈길로" 바라본다.

「유년의 뜰」의 동생처럼 「저 언덕」에 등장하는 아이 수방이는 "비단잠에서 깨어날 때"뿐만 아니라 "해저물녘이면 까닭 없이 울음보를 터뜨렸다". 아이의 어머니가 느끼는 이 울음의 의미는 매우 시사적이다. "두 살짜리 아이의 검질기고 끈덕진 긴 울음은 어미인 원단 자신을 비롯한 모든 관계에 대한 거부. '여기가 어디야 여기가 어디야' 혹은 '아니야, 아니야'라는 강한 부정과 안타까운 헤매임처럼 들리고 어쩌면 아이가 낯선 세상에 놀라 이 세상에 오기 전의 그 어떤 곳으로 돌아가고자 하는 헛된 원망처럼 들리기도 했다. 아이의 울음에는 아마도 영원히 표현되지 못할 안타까움, 갈망, 두려움이 들어 있어 원단은 아이와 함께 미망 속에 던져진 듯한 절망감을 느꼈다." 이러한 원단의 '느낌'에 의하건대, 아이의 울음은 자신이 태어난 세계에 대한 낯설음, 자기 소외, 고아의식, 미로체험 그리고 미아의 근원적 두려움을 빠짐없이 다 표현하고 있다. 이는 아이에게만 해당되는 것이 아니라 인간의 공통된 조건인 듯하다. 어머니인 원단 자신도 "어릴 때 낮잠에서 깨면 마치 가위눌림과도 같은 낯설음과 외로움에 몹시 울어댄 기억이 있다"니까 말이다. 그래서 할머니는 "계집애가 꼭 저물녘이면 사위스럽게 울어댄다고" 질색을 했다. 「옛우물」의 화자 또한 같은 경험을 술회하고 있다.

> 왜 장엄한 황혼을 볼 때면 열패감을 느끼게 되는 것일까.
> 어릴 때 해가 지고 노을이 물들 무렵이면 몹시 울었다. 계집애가 사

위스럽게 청승을 떤다고 매를 맞으면서도 까닭 없이 서러워 목놓아 울게 하던 것은 어찌해볼 수 없는 운명, 어쩌면 비겁하고 허약할 수밖에 없는 인간으로서의 열패감, 두려움 때문이 아니었을까.(「옛우물」)

이제 사십대 중반에 접어든 그 여자는 더이상 울지 않는다. 그러나 또다른 아이들이 그의 눈앞에서 여전히 미아가 된 듯 울어댄다. 아이에게 젖을 먹이던 중에 '그'의 전화를 받은 그 여자는 외출하기 위해 "필사적으로 젖꼭지를 물고 놓지 않는" 아이를 떼어놓으려 한다. 진저리를 치며 물어뜯는 바람에 자신도 모르게 뺨을 후려치자 "불에 덴 듯이 울어대는" 아이를 이웃집에 맡기고 급히 달려나왔다. 결국 그녀의 젖먹이 아이는 한동안 어머니를 잃은 '미아'가 되어 있는 것이다. 그 동안 '나'는 '그'와 함께 배터의 한 간이음식점에서 "해가 지고 강물 위 하늘에 짙은 노을이 드리울 때까지 말없이 강물을 보며" 소주를 마시고 있다. 그런데 그 여자는 그 음식점에서도 또다른 아이들이 우는 모습을 본다. 옆자리에 있던 손님들의 아이들이다.

잠에서 깬 아이들이 서럽디서러운 소리로 울기 시작했다. 살아 있는 오소리를 사러 간 아이들의 부모는 아직 돌아오지 않았다. 먼저 울음을 그친, 누나인 듯한 계집애가 작은 아이를 달랬다. 신발을 신기고는 오소리와 피와 술자국으로 더러운 차일을 벗어나 손을 잡고 강을 따라 걸어갔다. 아이들은 곧 보이지 않게 되었다. 짙은 노을을 치받으며 피어오르는 땅거미가 조그맣게 멀어져가는 아이들의 모습을 지웠다. 황혼과 어둠 속으로 조그맣게 지워져간 두 아이가 아니었다면 우리는 그토록 극력 감추고 있던 욕망의 본질을, 허위를 단번에 꿰뚫어보는 일은 없었으리라.(「옛우물」)

존재와 부재의 사이 : 사라짐

"돌아오지 않는" 부모를 찾아서 이 미아들은 어둠 속으로 조그맣게 "지워져간다". 개와 늑대 사이의 시간은 무엇인가가 지워지고 사라지는 시간이다. 그 사라짐과 더불어 감추어져 있던 '욕망의 본질'과 '허위', 즉 '진상'이 겉으로 드러나 보인다. 오정희의 시간은 전갈이 "채워지지 않는 갈망과 억눌린 욕정"으로 소리없이 헤매는 시간이다. 「관계」의 화자 역시 이 점을 분명하게 말해주고 있다. "어릴 적 잠에서 깨어나면 저녁일까, 아침일까 몰라지고 맥없이 뜰을 내다보다가 문득 두려움이 생기지. 일상사에 가려져서 잊혀지고 보이지 않으나 확연히 느껴지던, 우리가 미립자의 시절부터 잉태하고 있던 진상이 비로소 인식되어 무서워진 탓일 거야. 잠에서 깨어나 일상으로 돌아오기까지의 어지러운 선회였어." 「비어 있는 들」에서 어린아이도 "잠에서 깨어 현실로 돌아오기까지의 어지러운 선회"에서 빠져나오려는 노력으로 눈을 깜박이고 허공을 휘저었다. "어지러운 선회"란 평소에는 가려져 있던 존재의 심연이 드러나면서 느끼게 되는 '현기증' 바로 그것이다.

사라지는 것은 공사장의 산(「지금은 고요할 때」)만이 아니다. 서서히 다가오는 어둠은 모든 사물과 존재를 사라지게 한다. 「바람의 넋」에서 남편은 아내가 없어진 빈집이 "거슬거슬 피어올라 점점 짙어지는 땅거미 속에 집은 잦아들듯 적막하게 가라앉는 것"을 바라본다. 개와 늑대 사이의 시간은 존재와 부재 '사이'에 걸려 있는 진행성 소멸의 시간이다. 이 사라짐은 지극히 점진적인 것이다. 그 본질은 느리고 점진적인 과정 속에 있다. 이것은 현재진행형이나 반과거의 시제로 우리에게 지각된다. 변화의 이러한 느림 속에 존재의 심연이 천천히 입을 벌린다. 「동경」에서 하루가 느리게 흘러 그 끝부분에 이르면 어느덧 뜰이 그늘에 잠기기 시작한다. 노인은 마음속으로 생각한다. "땅에서 피어오르는 엷은 어둠으로 꽃은 짙은 빛으로 잎을 오므리기 시작했지만 피어 있던 꽃의 공간이 침묵과 심연으로 가라앉기까지의 보이지 않는 흐름은 얼마나 길고 오랠 것인가."

이 길고 오랜 '흐름'으로 지각되는 '사라짐'은 단순히 시각적인 현상에 불과한 것이 아니다. 적어도 오정희의 인물들에게 그것은 보다 근원적인 두려움으로 이어진다. "순간 오두마니 앉아 있는 두 아이가 어슴푸레한 빛 속으로 천천히 사라지는 듯한 느낌에 명혜는 저도 모르게 다급히 소리쳤다."(「야회」) 자신도 모르게 존재와 소멸 사이에 가로놓인 의문이 다가드는 두려운 순간이다. 「꿈꾸는 새」의 주인공은 그 사라짐의 두려움을 이기지 못하여 "겹겹의 어둠에 갇혀 보이지 않는 아이의 잠든 얼굴을 손으로 더듬었다. 그리고 아이의 드러난 두 발을 모두어 쥐고 뺨에 대었다". 접촉을 통해서 존재를 확인하려는 안간힘이다. 그러나 어둠 속으로 아이가 실제로 사라지기도 한다. 「바람의 넋」에서 남편 세중이 어둑어둑한 저녁때 처가를 찾아와 아이를 데리고 나간다. 그 광경을 바라보면서 은수는 "자칫 깜박이는 사이 이 모든 것이 신기루처럼 사라져버릴 듯한 느낌에" 있는 힘을 다해 눈을 크게 부릅뜬다. "어떤 미미한 스침에도 고스란히 재로 무너져내릴 것 같기" 때문이다. 은수로 하여금 '눈을 부릅뜨게 하는 것'은 아이를 아주 잃어버릴 것 같은 어머니로서의 구체적인 두려움이기도 하지만 동시에 그 이상의 것이다. 그것은 사라짐 자체가 자아내는 형이상학적 공포에 가깝다.

"두려움을 주는 것은 존재가 아니라 부재다"라고 미셸 투르니에는 말했다. 어떤 대상의 사라짐은 곧 나의 사라짐, 그리고 모든 존재와 현실의 사라짐으로 이어진다. 「지금은 고요할 때」의 화자가 느끼는 비현실감은 바로 이런 무의 체험이다. "이제껏 존재하던 것이 감쪽같이 사라질 수 있다는 데 대한 전율이었을까. 어제의 풍경이 사라지듯 지금의 실재도 하나의 헛보임, 가시 현상이 아닌가 하는 의혹에서였을까."

「옛우물」의 '나'는 유리창 밖에서 찻집의 '비어 있는' 의자를 들여다보면서 훅 숨을 들이마시며 "눈을 부릅떴다".[2] 왜 그랬을까? '부릅뜬' 눈의 치열한 시선으로 존재를 비끄러매려 함인가. "그것은 텅 빈 공허, 사라짐의 공포였을까" 하고 그는 자문한다. "사과가 떨어져도 툭 소리가 나지 않는 저편의 세계"가 엿보이는 순간이다. 나는 '이편'에 있고 '저편'에는 죽음의 심연이 입을 벌리고 있다. 이편과 저편 사이의 경계는 불투명하다.

전화

그 두 세계는 맞닿아 있는 듯하면서도 눈에 보이지 않기에 아주 끊어진 다른 세계 같기도 하다. 닿을 수 없는 곳이면서도 닿을 수 있을 것만 같은 세계, '바람의 넋'에 사로잡힌 오정희의 인물은 삶의 창가에서 그 죽음의 세계를 건너다보고 있다. 그는 "자신은 이곳이 아닌 다른 삶, 다른 곳을 꿈꾸고 있는 것일까. 때없이 덜미를 잡아 내치는 것, 그것은 어쩌면 생활 속에 생활이 아닌 다른 공간을 지니고자 하는 안간힘은 아니었던지" 자문한다.(「바람의 넋」) 그래서 때때로 저편

2) 「새」에서는 죽음의 발견과 '부릅뜬 눈' 사이의 관계가 그 극단에 이르러 '눈에 삼이 서는' 현상으로 나타난다. 동생 우일의 죽음은 소녀에게 기이한 '사라짐'으로 인식된다. "우일이는 점점 조그매진다. 몸 속의 것들이 모조리 말이 되어 빠져나오는가 보았다." 이와 더불어 소녀의 눈에는 삼이 선다. 할머니가 삼을 잡는다. "눈을 깜짝이지 말고 해를 똑바로 바라보아야 한다" 하고 할머니가 단단히 이른다. "눈이 부셨지만 나는 눈을 깜빡이지 않는다. 빛살이 모아지며 해의 한가운데, 타오르는 선홍의 불꽃이 보였다. 그것은 빠르게 너울대며 다가와 뜨거워라, 외칠 사이도 없이 순식간에 내 두 눈을 찔렀다. 눈알이 타버릴 것처럼 뜨거워지고 아무것도 보이지 않았다. 어디선가 아득하게 새소리가 들려왔다. 그리고 하늘도 산도 집도, 나란히 서 있는 나와 안집 할머니까지 모조리 삼켜버린 그 흰빛 속으로 날아가는 새를 보았다. 내가 바라보는 동안 그 새는 하나의 점처럼 조그맣게 멀어지고 사라졌다."(「새」) "나의 아버지는 누구입니까?"라는 존재론적 의문이 중요한 주제로 떠오르는 작품 「불꽃놀이」에서 영조의 돋보기 유희도 '부릅뜬 눈'의 이미지와 관련이 있다. "공책장 위의 작은 동그라미가 주위의 밝음을 모조리 흡수하여 팽창하는 농밀한 흰빛으로 점차 부풀어오르고" "드디어 뜨겁게 팽창한 빛의 정점으로부터 희미한 연기가 피어오르는" 모습은 위의 삼 치료와 매우 유사하다.

에 대한 '무서운 그리움'에 사로잡힌 인물들은 어디론가 안타깝게 '전화'를 건다. 닿을 수 없는 곳이면서도 닿을 수 있을 것만 같은 세계, 눈에 보이지는 않지만 목소리는 닿을 듯한 세계, 그 세계를 향하여 '전화'를 건다. 「옛우물」에서 찻집 빈 의자의 남자는 공중전화 부스에서 전화를 건다. 그의 등은 보이지만 "유리 칸막이가 되어 있어 말소리는 들리지 않는다". 「밤비」의 '흰색 상의를 입은 남자'도 알 수 없는 곳으로 줄기차게 전화를 걸고 있다. 민자는 무심히 조제실의 유리를 통해 공중전화에 매달린 그의, "마치 수족관 속의 붕어와도 같은 소리없는 부르짖음을 바라보았다". 이 "소리없는 부르짖음"은 "사과가 떨어져도 툭 소리가 나지 않는 저편의 세계"를 향한 부르짖음이다. 마침내 민자 역시 "전화기에 휘갈긴 알지 못할 전화번호를 보고는 전화를 걸고 싶다는 견딜 수 없는 충동을 느끼곤 했다. 실제로 세상의 끝에서부터인 듯 아득히 울리는 신호음에 소스라쳐 놀라 수화기를 놓는 것도 여러 번이었다". 그녀의 소스라침은 바로 "텅 빈 공포, 사라짐의 공포"이며 "두렵고 낯선 비밀" 앞에서의 두려움이다. 「옛우물」의 여주인공은 신문의 부고난에서 '그'의 죽음을 보았을 때부터 "그의 떠도는 전화번호를 불러내어 꾹꾹 눌러대는 버릇이 생겼다. 어둠의 심부를 향해 신호음을 울리며 이제 그가 사용할 수 없는 일련의 숫자들은 캄캄한 공허 속으로 끝없이 퍼져갔다". 전화도 닿을 수 없는 그 "어둠의 심부", 그 "캄캄한 공허"는 어떤 곳일까? 그곳은 아무도 갔다 온 적이 없는 멀고 먼 곳이다.

풍선과 개

개와 늑대 사이의 시간은 죽음이 엿보이는 시간이다. 죽음 그 자체가 보인다기보다는 삶에서 죽음으로 옮아가는 어렴풋한 경계와 느린 움직임 자체가 보인다. 두려움인 동시에 기이한 호기심의 대상인 이 '움직임'의 과정은 오정희의 세계 속에서 가끔 허공으로 날아가는 풍선이나 새와 같은 모습으로 나타난다.

「야회」의 명혜가 "인생에 대한 어떤 막연한 느낌을 갖는" 시간, 창 밖의 풍경 속에서 "길게 선을 그으며" 날아가는 '흰 새'는 바로 그런 경계선과 움직임을 보여준다. "한없이 느린 흐름과 불투명한 긴장 속을 흰 새는 아직 햇빛이 흐르는 강으로부터 그늘에 잠기는 숲을 향해 날개를 퍼득이며 천천히 날아가곤 했다." 빛의 세계로부터 어둠의 세계로 수평 이동하는(강에서 숲으로라면 그래도 약간 수직성을 동반한 수평 이동이지만) 이 흰 새의 "한없이 느린 흐름"은 앞서 인용한 「동경」의 "피어 있던 꽃의 공간"이 "침묵과 심연"으로 가라앉기까지의 "보이지 않는 흐름"의 "길고 오랜" 시간과 다를 바 없다.

「동경」이나 「야회」에서의 이 불투명한 시간은 가슴이 선뜩해지는 쓸쓸함 같은 감정을 자아낼 정도에 그친다. 그러나 이 '흰 새'와 더불어 오정희가 보여주는 상상력의 역선을 따라가노라면 필연적으로 섬뜩한 두려움을 자아내는 "텅 빈 공허"의 경계선에 닿게 된다. "사과가 떨어져도 툭 소리가 나지 않는 저편의 세계"가 지척에 있는 것이다.

이미 앞에서 보았듯이 「꿈꾸는 새」에서 여주인공은 어두워갈 무렵 낯선 곳에서 길을 잃자 풀밭에 주저앉아 업고 있던 아이를 앞으로 돌려 안는다. 그리고 아이의 잠든 얼굴을 손으로 더듬고 두 발을 모아 뺨에 대어보다가,

> 문득 이미 죽은 사람을 생각하듯 아이와 남편을 먼 눈으로 보는 자신에 공포를 느꼈다. 아이의 팔목에 매달린 풍선이 둥실 떠서 흔들렸다. 나는 갑작스러운 두려움으로 아이의 팔에서 풍선을 떼어내었다. 그것은 춤추듯 흔들리며 날아가 이내 어둠에 묻혀 보이지 않았다.(「꿈꾸는 새」)

'문득'이나 '갑작스러운' 같은 표현 속에 내포된 순간적 단절과 돌연함은 평탄한 땅을 밟고 걸어가던 사람이 예기치 않았던 단애와 그

너머 허공, 혹은 심연의 존재를 만난 충격과 공포를 말해준다. 겉으로 보이는 풍선의 '흔들림'은 두려움으로 인한, 보이지 않는 '존재의 흔들림'과 동일선상에 이어져 있다. 앞에서 본 '새'와 달리 어둠 속에서 "둥실 떠서 흔들리는" 풍선의 움직임은 수평 이동이 아니라 수직 이동의 시작이다. 어머니와 '죽은 사람'인 양 보이는 아이(그리고 아이의 아버지인 남편) 사이에 가로놓인 '먼 눈'의 거리는 수평적 거리가 아니라 수직적 거리다. 이때의 사라짐은 허공 속으로의 '날아감'이거나 어둠 속으로의 '묻힘' 혹은 추락이다. 날아감과 묻힘은 동일한 '사라짐'의 양면일 뿐이다. 진정한 사라짐은 위로 날아감인 동시에 밑으로 떨어짐이다. 위의 인용문에서 춤추듯 '날아가' 이내 어둠에 '묻혀' 보이지 않는 풍선은 동일한 수직선상의 그 양면성을 동시에 보여준다. 풍선이 아이를 매단 채 죽음의 세계인 '텅 빈 허공'으로 '날아가' 버릴 것만 같은 '두려움' 때문에 어머니는 풍선을 아이의 팔에서 "떼어내었다". 그 분리 행위로도 안심되지 않는다는 듯이 어머니는 아이를 다시 들쳐업고 "단단히 띠를 동여매었다".

저물녘 강에서 숲으로 날아가는 '흰 새'는 어둠 속으로 날아가는 '풍선'을 거쳐 마침내 「옛우물」에 이르면 어린아이의 눈을 통하여 곧장 '죽음의 새'로 변한다. 이 새는 여주인공의 아버지가 운명하는 순간과 관련되어 있다. "야삼경 지붕 위에 올라가 망자의 흰 저고리를 흔들며 캄캄한 천공에 외치는 초혼제를 지낼 때 나의 어린 아들은 아주 커다랗고 하얀 새가 날개를 펄럭이며 어두운 하늘로 날아가는 것을 보았다고 말했다." 아이는 '죽음'이 무엇인지 알지 못한다. 어린 눈에 보이는 것은 오직 "날아가는 새"뿐이다. 오정희의 최근작은 제목 자체가 「새」다. 여기서도 화자인 소녀는 동생 우일의 죽음을 죽음으로 인식하지 않는다. 어린 동생이 "창고에 사는 언니 오빠들"의 하수인이 되어 빈집털이에 가담했다가 이층에서 떨어져 머리를 다치고 그로 인하여 목숨을 잃어가는 과정이 소녀에게는 한결같이 '새'의 이미지를 통해서 경험되고 있다.

1) 소녀가 자면서 꿈을 꾸고 있는 한밤중에, 집 나갔던 동생이 돌아온다 : 낭떠러지에 이르러 떨어진다고 생각하는 순간 발에 힘을 주자 신기하게도 몸이 둥실 떠올랐다. 나는 날았다. 나는 꿈속에서 이것이 꿈이라고 생각한다. 날아오르는 꿈을 밟으며 힘겹게 질질 끄는 발소리가 들린다. 발소리는 방문 앞에 멎고 문이 슬며시 열리면서 누군가 들어온다. 얼굴이 지워진 누군가가 푸르스름한 새벽빛 속에서 푸른 그림자로 스며든다. 푸른 그림자는 이불을 들치고 쓰러지듯 곁에와 눕는다.

2) 동생이 중얼거린다 : 나는 무서웠어. 날개를 빳빳하게 편 커다란 새들이 모두 꼼짝 않고 나를 바라보고 있었어. 너무 무서워서 이층에서 그냥 뛰어내렸어. 형들은 다 잡혔을 거야.

3) 우일이는 아침이 되어도 일어나지 않았다. (……) 다음날에도 우일이는 일어나지 않았다.

4) 우일이는 점점 조그매진다. 몸 속의 것들이 모조리 말이 되어 빠져나오는가 보았다.

5) 어디선가 아득하게 새소리가 들려왔다. 그리고 하늘도 산도 집도, 나란히 서 있는 나와 안집 할머니까지 모조리 삼켜버린 그 흰빛 속으로 날아가는 새를 보았다. 내가 바라보는 동안 그 새는 하나의 점처럼 조그맣게 멀어지고 사라져갔다.

6) 우일이는 아마 날기 위해 뱃속의 것을 모조리 비운 모양이었다. 숱 많은 머리털 속, 멍든 듯 부풀어오른 한가운데 조그만 상처가 입을 벌리고 있었다. 그애 영혼이, 빠져나간 자리일까.

7) 저무는 하늘로 작은 새들이 날아가고 있었다. 새장을 어디다 놓았지? 새는 어디로 갔지?

날아가기와 떨어지기

모든 진실한 '꿈'은 상상력의 법칙인 양가성(兩價性)을 드러내 보인다고 바슐라르는 말했다. 그래서 우리는 앞에서 진정한 사라짐은 위로 날아감인 동시에 밑으로 떨어짐이라고 말했었다. 추락의 꿈과 비상의 꿈은 같은 욕망의 양면이다. 추락도 비상도 다 같이 파스칼적 두려움의 원천인 "텅 빈 공허"의 두려움과 관련된 것이다. 「새」에서 "언제나 나는 꿈을 꾸는" 우일이는 "자꾸 뛰어내리는 연습을 하면 날 수 있으리라고 믿고 있다". 그에게 있어서 떨어지는 것과 나는 것은 동일한 상상력의 역선상에서 이루어지는 것이다. 우일의 누나인 소녀는 꿈속에서 "낭떠러지에 이르러 떨어진다고 생각하는 순간 발에 힘을 주자 신기하게도 몸이 둥실 떠올랐다". 우일이는 새가 되어 저무는 하늘로 '날아갔' 지만 동시에 어둠 속에 파묻힌 것이다. 그래서 "새는 어디로 갔지?" 하고 철길을 따라가며 두리번거릴 때 소녀를 "부르는 소리"는 어둠 속에 "낮게 낮게 가라앉으며" 흐르는 개천의 "물소리에 섞여" 들려오는 것인지도 모른다. 날아감의 저 위쪽 어둠은 어쩌면 물이 낮게 낮게 흘러간 저 아래쪽 어둠과 통해 있는지도 모른다. 「바람의 넋」에서 은수를 사로잡는 '바람' 은 바로 이런 상상력의 법칙을 드러내 보인다: "무심히 나선 걸음이 집에서 멀어질수록 마치 한없이 풀리는 연줄처럼, 바닥 모를 깊이로 소리없이 떨어져내리는 추처럼 점차 무게 없이 가볍게 등을 밀어내는 것이었다." 그녀를 집 밖으로 내모는 저 알 수 없는 힘은 "한없이 풀리는 연줄"의 상승인 동시에 "바닥 모를 깊이로 소리없이 떨어져내리는 추"의 하강을 동일한 것으로 이어놓고 있다. 연도 추도 다 같이 '어둠' 과 '공허' 의 두려움이 만들어내는 상상의 동력주체일 뿐이다.

사라짐은 그러므로 위로 날아가는 것인 동시에 아래로 떨어짐이다. 「옛우물」의 '그' 는 "원근법이 모범적으로 구사된 그림의, 점점 멀어져 가는 풍경의 끝, 시야 밖으로 사라진 까마득한 소실점으로 존재한다". '시야 밖' 으로 사라진 '소실점' 은 바라보는 사람과 동일평면상이 아니라 저 위쪽인 동시에 저 아래쪽인 '저편' 의 세계에 속한다. 그래서 「바람의 넋」의 여주인공은 "짙은 어둠 저편의 무엇이 보일까마는 잠깐 창 밖을 내다보는" 것이다.

거울

이리하여 우리는 먼 곳으로 높이 날아올라 사라지는 풍선이나 연 그리고 새의 세계는 다른 한 끝이 거울과 우물의 저 어둡고 바닥 없는 깊이에 닿아 있음을 어렵지 않게 상상할 수 있다.

존재와 부재 사이를 넘나드는 경험으로 일상적인 삶 중에서 가장 손쉽게 만날 수 있는 것이 '거울'이다. 거울 속에는 아무도 없다. 그리고 가만히 들여다보면 내가 그 속에 있다. 거울 속의 나는 분명히 보이지만 나는 그에게 이를 수 없다. 그리고 조금만 한쪽으로 기울이면 거울 속의 나는 사라지고 아무도 없다. 거울에 비친 영상은 눈앞에 있는 듯하나 멀고 닫혀진 세계다. 오정희에게 거울은 죽음의 예감 같은 섬찟한 사라짐의 은유가 되곤 한다.

「옛우물」에서 화자 '나'가 사우나실의 샤워꼭지 밑에서 더운 물줄기에 몸을 맡기고 섰다가 "섬뜩 놀라는" 장면은 전형적인 경우다. "거울 속에 내가 없다. 수증기 탓에 거울이 흐려졌기 때문이라고 알면서도 반드시 있으리라는 것이 없다는 것은 두렵다." 「새」의 소녀는 "밤에 보는 거울에, 텔레비전의 화면이 시커멓게 사라지는 것에 느닷없이 가슴이 후드득 뛰고 불안해지기도 한다". 「유년의 뜰」에는 벽에 버티어놓은 '등신대의' 거울 속에 "좁은 방 안이 가득 담겨 있다". 그 속에는 팽팽하게 긴장된 그들의 일상이 비춰지고 있다. 때 묻은 이부자리도, 등지고 앉은 오빠의 등도, 화장하며 "나팔꽃처럼 보얗게 피어나는" 어머니의 얼굴도 비춰진다. 이런 일상의 거울을 어머니가 약간 옮겨놓기만 하면 "오빠의 모습은 사라진다". '이물감'과 더불어 방 한 구석에 버티어 선 거울 앞에서 아이들은 "낯설게 만나지는 자신에게 경원감과 면구스러움"을 느낀다. "자신을 남의 얼굴처럼 물끄러미 바라보곤" 한다. 그들은 가끔 그 거울 앞에서 "죽어서 천사와 함께 하늘에 오르는" 연극놀이를 한다.

오정희의 여주인공들은 거울 속에서 현기증 나는 심연을 들여다본다. 「어둠의 집」의 경우, 소등 훈련중인 방 안의 거울은 "더욱 검었다". 여자는 그 앞으로 다가가 "다만 어둡고 깊을 뿐 아무것도 되비치지 않는 거울면"을 바라보다가 "문이 열리는 듯한 기척"에 뒤를 돌아보았다. 문바람에 커튼이 펄럭이는 듯했기 때문이었다. "착각이었을까. 커튼은 움직이지 않은 채 바깥 하늘빛의 반사로 어둠이 조금 엷을 뿐 문은 닫혀 있었다. 그런데도 어깨로 으쓱 한기가 느껴졌다. 나이 탓이다. 나이를 먹으면 신경도 약해지는 법이니까. 그 여자는 소리내어 말했다." 그 거울에 비치는 것은 "으쓱 한기를 느끼는 나", 그리고 "나이를 먹는 나"의 두려움이라고 할 수 있다. 필시 그 밑바닥에 죽음이 보일 듯한 거울은 어둠 저편으로 '열리는' 깊이를 알 수 없는 '문' 이다. 그러나 기이하게도 거울의 문은 '열리는 듯' 하면서도 또한 '닫혀' 있는 것이 특징이다. 죽음이 그렇듯이.

오정희의 인물들에게 어두워오는 시간의 창문은 자주 '음화상(陰畵像)' 을 비추는 거울이 된다. 「바람의 넋」에서 '아내' 는 커튼을 한쪽으로 밀어젖힌 채로 틈을 한 뼘만큼 남기고 창을 닫았다. 그리고는 어둠 저편의 무엇이 보일까마는 잠깐 창 밖을 내다보았다. "검은 유리면에 아내의 얼굴이 음화상(陰畵像)처럼 떠올랐다. 아내는 창 너머 어둠 저편에서 미친 듯이 불고 있는 바람을 보고 있는 걸까." 음화상은 '어둠 저편' 의 '바람' 속에 실린 것이기에 더욱 진저리치게 한다. 「옛우물」에서는 유리창에 비친 '나' 의 모습이 '유령' 같이 느껴지면서 앞에서 본 '선회' 혹은 '현기증' 현상이 일어난다. "찻집의 유리창에 바짝 붙어서서 뚫고 들어갈 듯 이마를 대었다. 밖의 내 모습이 유령처럼 그 물상 위로 비비적대며 어른거렸다."

상점의 진열장도 때로 그같은 '음화상' 을 비추는 거울이 된다. 「바람의 넋」에서 버스를 기다리며 서성이던 은수는 자신의 몸에 "끈끈히 와 닿는 시선을 느낀다". 한 사내가 그녀를 유심히 바라보고 있다. 그는 "뜻없이 바라보는 눈길의 덫에 걸려 차츰 자기 암시에 빠져들어가는 여자의 모습을 관찰하는 짓궂은 장난을 하고 있는 거라고 생각하면서도 은수는 가면처럼 달라붙어 있는 짙은 화장에 신경이 쓰여 정류장 앞의, 가게 유리 진열장으로 다가갔다".(이 길고 출렁거리는 문장 구조는 이미 두 인물의 의식이 서로를 빠르게 되비추는 거울놀이 특유의 어지러움을 느끼게 한다.) 유리 안쪽은 꽃집이었다. "밖의 빛으로 우물 속인 듯 어둡고 깊어 보이는 유리면에 탈 쓴 듯 하얗게 분장한 일본 무극의 배우처럼 짙게 화장하고 화사하게 차려입은 여자가 음화상으로 낯설게 찍혀 있었다." "탈을 쓴 듯 하얗게 분장한" 이 음화상은 자신의 얼굴이지만 동시에 죽음의 얼굴을 연상시킨다. 「산조」의 꼭두각시 놀이꾼인 화자 역시 어두운 거리에서 가게의 유리창에 달라붙어 안을 기웃거린다. 그때 안에서 낯설게 유리 바깥쪽의 나를 바라보며 눈물을 흘리는 '여윈 사내'는 다름아닌 유리거울에 비춰진 자신의 음화상이다. 다만 이번에는 그 속의 꽃들이 죽음의 꽃이라는 것이 앞의 장면과 다른 점이다. "유리 안쪽은 컴컴한, 바닥을 알 수 없는 심연이었다. 연화대가 현란하게 그려진 불화와 각종 제기들, 무더기로 핀 종이꽃들이 죽어버린 시간, 어두운 공간을 채우고 있다. 맑은 유리를 타고 눈물이 모든 죽어진 것, 비현실적인 것 속에 다만 살아 있는 단 하나의 것으로 흘러내렸다."

거울 속에서 우는 사람은 또 있다. 그들은 모두가 거울 속에서 늙어가는 자신의 모습을 발견한다. 죽음의 어둠으로 인도하는 거울인 것이다. 「봄날」의 '나'는 어두운 방 안에서 마주 보고 앉아 있던 남편의 후배가 떠나는 모습을 바라본다. 그는 "어둠 속으로 달아났다. 마치 한 마리의 도둑고양이처럼 소리없이 순식간에 사라져버린 것이었다". 어둠이 "수은처럼 무겁게 달라붙는" 것이 느껴진다. "빈 우물 속 같은 공허를, 정적"을 깨우지 않으려고 여자는 '손거울'을 꺼내든다. "나이 먹고 지친 여자"의 얼굴이 거울에 가득하다. "무슨 일이 일어났는가. 대체 어떠한 사건이 생활 속에 끼어들었는가. 그러나 일어난 일은 아무것도 없었다. 밤이 되었을 뿐이다. 나는 거울 속에서 조용히 울기 시작했다." 가장 오정희다운 상황이요 울음이다. 아무 일도 일어난 것이 없다. "밤이 되었을 뿐이다." 존재의 밤이 오면 오정희의 미아들은 '빈 우물' 같은 거울 속으로 들어가서 운다.

「옛우물」의 화자 역시 신문의 부고난에서 '그'의 죽음을 확인했을 때 "제일 먼저 한 일"은, 마치 그 어떤 "무서운 그리움"에 이끌리듯이, "거울을 본 것이었다". 그는 "왜 그랬는지 어떤 심리가 나를 거울 앞으로 이끌었는지 나 자신도 알 수가 없다"고 말한다. 거울에는 "조각조각 균열된 얼굴"이 비친다. 여기서도 앞에서 본 여러 인물들의 경우처럼 거울은 노쇠와 죽음을 반사한다. '나이 먹고 지친' 얼굴, '균열된' 얼굴, '주름살진' 얼굴. 이 모두가 죽음을 가리키는 화살표들이다. 「동경」에는 이런 거울의 진정한 의미가 명백하게 나타나 있다. 아이는 "작은 악마처럼 깔깔거리며" 늙은 여자에게 눈이 부시도록 거울을 비추는 장난을 한다. 그 빛에 밀가루 반죽으로 만든 '짐승들'(맥)과 "구겼다 편 은박지처럼 빈틈없이 주름살진 얼굴"이 환히 드러난다. 늙은 여자는 그 빛의 공격을 받자 "무력한 공포"에 사로잡힌 채 운다. 거울빛의 반사는 마침내 "어둑신하게 가라앉은 정적 속에서 물 속에 담긴 틀니"마저 "명석하게 반짝거리게" 한다. 화자는 말한다. "그것은 어쩌면 아득한 땅속에 묻힌 거울빛의 반사일 듯도 싶었다." 그 거울빛은 바로 "죽은 사람의 부장품들"과 함께 "땅속에 묻혀서 천년 세월을 산" 구리거울이 쏘아 보내는 죽음의 빛인 것이다.

우물

오정희의 작품 속에서 거울과 함께 '어두운 저편'의 세계를 암시하는 또하나의 신화적 존재는 우물이다. 사실 우물은 흔히 거울과 인접한 의미장 속에 출현하곤 한다. 잠시 전에 보았듯이 「봄날」의 '나'는 사라짐의 경험 후 "빈 우물 속 같은 공허"를 깨우지 않으려고 '손거울'을 꺼내 든다. 「바람의 넋」에서 음화상이 비쳐 보이는 유리면, 즉 거울은 "우물 속인 듯 어둡고 깊어 보인다". 「꿈꾸는 새」에서 화자가 "마치 주머니 속에서 손거울을 꺼내 얼굴을 비춰보듯" 기억에 투영될 골목의 특징을 찾아볼 때 나타나는 것은 우물이다. 「옛우물」의 화자도 "상점의 진열창에, 슈퍼마켓의 거울에, 물 위에 비치는 내 얼굴을 물끄러미 바라보는 습관이 생겼다"고 말함으로써 거울과 물을 같은 의미장 속에 포함시키고 있다.

「유년의 뜰」에서 화자는 한밤중에 타는 갈증으로 잠이 깨 우물로 간다.

> 우물은 깊었다. 둥그렇게 내려앉은 어두운 하늘은 두레박 줄을 한없이 빨아들이고 방심하고 있던 순간 마침내 철버덕 수천 조각으로 깨어져 흩어졌다. (……) 나는 다시 끝없이 두레박 줄을 풀어내며 우물 속을 들여다보았다. 우물 속은 고요하고 알 수 없는 소리로 가득 차 있었다. 그 속에는 어쩌면 탄식과도 같은 누군가의 숨소리가 섞여 들리는 듯도 했다.(「유년의 뜰」)

'우물' 속에 내려앉은 '하늘'은 깊이와 높이를 서로 이어놓는다. 둘 다 한없이 먼 세상, 아무도 가본 적이 없는 세계인 점에서는 다를 바 없다. 그리하여 "끝없이 풀리는" 두레박줄의 깊이는 "한없이 풀리는 연줄"(「바람의 넋」)의 높이와 잇닿아 이를 수 없이 먼 '저편'의 세계를 구체화해준다. 그 물거울 속에서 "수천 조각으로 깨어지는" 하늘은 장차 아버지의 대리자인 오빠의 발길질에 "천 조각 만 조각의 얼굴"로 깨어지게 되는 거울이나 「옛우물」에서 '그'가 죽은 후 무의식적으로 집어든 거울 속에 "조각조각 균열된" 모습으로 비쳐지는 자신의 얼굴을 연상시킨다.

「꿈꾸는 새」에서 우물은 길 잃은 여자의 어둡고 긴 미로 속에 나타난다. "장차 내가 낳을 아이들이 묻힐 곳이 어디쯤일까"(태어남과 죽음을 맞물리게 해놓은 의문)를 더듬으며 기억에 투영될 골목을 헤매던 그의 앞에 갑자기 나타난 것이 "꺼멓게 웅크린" 우물이었다. "주위에는 잡초가 거의 높이만큼 자라 있어 우물은 마치 위장된 초소처럼 보였다." 우물의 이같은 외관은 너무나도 무덤을 닮아 있다. 어둠 속에서 아이를 업은 채 길 잃은 여자는 왜 구태여 "마악 영글어가는 옥수수"를 잡아떼어 우물 속으로 집어던졌을까? "빈 우물 속에서 퍼덕이며 날아오는 날갯짓"을 기다리는 그녀의 귀에 "잠시 후 우물 속으로부터 툼벙, 하고 약하고 둔한 소리가 들려왔다". 여기서도 '날아오는' 날개의 상승 운동과 '툼벙' 하는 옥수수의 하강 운동은 한데 이어져 있다. 그 '툼벙' 하는 소리는 바로 '텅 빈 공허'의 소리다. "사과가 떨어져도 '툭' 소리가 나지 않는 저편의 세계"가 멀지 않았다.

거울의 주체가 가장 슬프고도 잔혹하게 그려진 작품이 「동경」이라면 우물의 이미지가 가장 신비스럽고 비장하게 그려진 역작이 「옛우물」이다. 태어남과 죽음을 정치하게 맞물려놓은 이 작품의 한복판에 오래 된 우물 하나가 놓여 있다. 우물은 탄생의 장소다. 우물은 물의 시작이요 생명의 시작이요 흐르는 시간의 시작이다. 순옥이 삼촌은 그 우물에서 태어나듯이 삼태기를 타고 올라왔다. 우물은 동시에 죽음의 장소다. 시간의 끝이요 삶의 종말이다. '염쟁이의 딸'인 정옥이는 우물에 빠져 죽었고 우물은 메워졌다. "하룻동안 굿을 하고 흙으로 메워 물귀신을 꽝꽝 묻어버렸다."

작품은 "마흔다섯 살이 된 생일 아침"으로부터, 즉 태어남의 이야기로부터 시작된다. 어느 해 이른 봄 어느 날 '나'는 어머니의 자궁에서 벗어나 "시간의 그물에 걸려들었다"고 화자는 말하고 있다. 사람의 일생은 '시간의 그물'에 걸린 한동안이다. 한쪽 끝은 탄생에, 다른 쪽 끝은 죽음에 단단히 묶여 걸쳐져 있는 것이 '시간의 그물'이다. 시간의 그물이 시작되는 자궁의 저편에도, 시간의 그물이 끝나는 죽음의 저편에도 다 같이 시간이 없는 텅 빈 공허 혹은 어둠. 그 세계가 바로 "금빛 잉어가 살고 있다"는 우물 속의 세계다. 금빛 잉어는 "천

년이 지나면 이무기가 되고 또 천 년이 지나면 뇌성벽력 치는 밤 용이 되어 하늘에 올라가지". 이처럼 깊은 '우물'은 금빛 잉어에서 이무기와 용으로의 신화적 변용을 통하여 높은 '하늘'에 이어진다.

기이하게도 인간은 자신에게 가장 중요한 일인 탄생과 죽음을 자기 스스로는 결코 직접 경험할 수 없다. 오직 막내동생(탄생)과 정옥이나 아버지(죽음) 같은 타자의 경험을 밖에서 관찰함으로써만 비로소 대리체험할 수 있을 뿐이다. 자신에게 가장 중요한 일이면서 정작 본인은 '시간의 그물' 속에 갇힌 채 소외되어 있는 것이다. 탄생과 죽음, 그 두 가지 사이에 단단하게 쳐진 '시간의 그물' 속에 발 묶인 채 우리는 '비밀의 세계' 저편을 우물 속처럼 들여다볼 뿐이다. 동생이 태어났을 때 할머니는 뒤란으로 돌아가 피 묻은 짚과 태를 태웠다. "우리가 떠나온 세계는 시커먼 연기와 검댕이로 피어올라 할머니가 장독대에 떠놓은 정화수 흰 대접, 옛날의 우물물에 날아앉고 그렇게 우리는 영원한 암호, 비밀일 수밖에 없는 한 세계와 결별한다." 오정희에게 있어서 "우리가 떠나온 세계"는 검은색이다. 유리에 비친 음화상처럼 '시커먼' 먼지와 연기로 날아앉는 것이다. 반면에 우리가 돌아갈 세계는 흰색이다. 그것은 부고라는 '흰' 봉투가 되어 오거나 어린 아들이 본 '하얀' 새의 모습으로 날아간다.[3] 그러나 생전과 사후의 세계는 '비밀' 속에서 서로 이어져 있다. "우리가 떠나온 세계"도 "영원한 암호, 비밀"의 우물이고 죽음도 '두렵고 낯선 비밀'의 우물이다. 오정희의 소설들은 시간 그물 속에, 즉 "우리가 소비하고 있는 시간 안의 숨막힐 듯한 범속함"(「불의 강」)에 갇힌 사람들에 대하여 이야기하지만 사실상 우리의 눈앞에 어른거리는 것은 "우리가 떠나온 세계"

3) 죽음과 관련된 흰색은 오정희의 작품 속에서 자주 등장한다. 「목련초」: "예전에는 집 안의 뜰에도 심지 않았다던 주술적인 초혼의 꽃. 어머니의 백골에서 피어나던 영혼. 그것은 조화의 견고성을 가지고 한밤중 전등알처럼 흰빛을 내며 소리없이 터져, 순결한 처녀의 혼백으로 동동 떠다닌다." 「꿈꾸는 새」: "돌아앉아 파헤친 봉분을 들여다보는 당숙모의 등 너머 희게 핀 산목련을 바라보며 나는 아득한 눈길로 내가 묻힐 곳이, 그리고 장차 내가 낳을 아이들이 묻힐 곳이 어디쯤일까를 더듬었다."

와 우리가 사라져갈 세계, 즉 시간의 그물 저 밖, 혹은 저 건너편의 세계다. 오정희의 인물들은 어두워오는 집 안의 창가에 앉아 있지만 실제로 보이는 것은 창 밖의 어둠, 강 건너의 어둠, 거울이나 우물 저 편의 어둠인 것이다. "아무도 내려가본 적이 없는 깊은 우물 속에는 우리가 알지 못하는 굉장한 것들이 있으리라는 기대"가 '무서운 그리움'이 되는 세계가 오정희의 세계다.

탄생과 죽음

첫 창작집 『불의 강』에서 최근의 『옛우물』과 『새』에 이르기까지 오정희가 변함 없이, 그리고 줄기차게 다루고 있는 문제는 탄생과 죽음, 아니 탄생=죽음이다. 가령, 「꿈꾸는 새」에서 이미 보았듯이, 화자가 선산에서 면례를 위하여 조상들의 "파헤친 봉분을 들여다보는 당숙모의 등 너머 희게 핀 산목련을 바라보며 아득한 눈길로 내가 묻힐 곳이, 그리고 장차 내가 낳을 아이들이 묻힐 곳이 어디쯤일까"를 더듬는 장면이 그 좋은 예가 되겠다. 조상들의 봉분과 그 봉분을 바라보는 '일흔이 넘은' 당숙모를 보며 장차 닥치게 될 자신의 죽음을 생각하던 화자는 곧 '장차 태어날' 아이들의 탄생과 이어 '그들이 묻힐 곳'을 생각한다. 아직 태어나지도 않은 아이들의 '미래의 탄생'과 '미래의 죽음'이 동일한 문장 속에 묶여짐으로써 탄생과 죽음의 뗄 수 없는 표리관계를 말해 보이고 있는 셈이다. 조상의 봉분, 늙은 당숙모, 그 둘을 동시에 바라보는 나, 그리고 나의 상상 속의 아이들로 이어지는 연면한 세대의 전승, 즉 '죽음의 연쇄'와 「옛우물」의 사우나 안에서 본 여자들의 '출산의 고리'는 거울처럼 역으로 서로를 반사하고 있다: "앙상한 뼈 위로 남루하고 커다란 덧옷을 걸친 듯 살가죽이 늘어진 한 늙은 여자, 늙어가는 여자, 젊은 여자, 파과기의 소녀, 이윽고 누군가, 무엇인가가 눈 틔워주기를 기다리는 씨앗으로, 열매의 비밀로 존재하는 어린 여자아이"는 끝없이 이어지는 탄생의 사슬을 말해준다.

오정희의 단편들처럼 출산, 낙태, 갓난아이의 죽음, 영아살해, 자식 잃기 등 삶과 죽음이 맞닿은 모성 특유의 고통스러운 경험들과 그로 인한 깊은 심리적 파동으로 점철된 작품은 그리 많지 않을 것이다. 작가가 여자이기 때문일까? 어느 면 그럴지도 모른다. "여자에게 모성이란 생래적 본능인가. 결혼하자 나는 재빨리 모성의 자리로 옮겨 앉았다"고 「옛우물」의 화자는 말하고 있다. 앞에서 지적했듯이 인간은 정작 자기 자신의 태어남과 죽음에서 소외되어 있어서 오직 타자의 탄생과 죽음을 통해서 대리체험할 수밖에 없다. 그러나 "수태하는 여자의 운명"(「저 언덕」)으로 인하여 여자는 남자에 비하여 탄생과 죽음의 드라마를 훨씬 더 직접적으로 경험하도록 되어 있다.

사실 이 작가의 소설에서 주인공이나 화자의 역할을 담당하는 인물은 대부분이 여성들인 반면 남자들은 흔히 밖으로부터 바라보이는 객체로서 소설의 현실 속에 부재중이거나 무력하다. 흔히 남편들은 외출중(「불의 강」「안개의 둑」「봄날」의 경우처럼 한밤중이나 일요일에도)이거나, 낚시질, 채집 여행, 해외 근무 혹은 외국 체류 등으로 집을 비우고 있거나, 「목련초」「바람의 넋」「순례자의 노래」의 경우와 같이 별거중이다. 「완구점 여인」「유년의 뜰」「저 언덕」「새」의 아버지들은 아예 아내나 아이들만 남겨놓은 채 자취를 감추었거나 간혹 얼굴을 나타내고 아니면 작품의 끝에서야 돌아오는 정도다. 「옛우물」의 할머니는 이같은 상황을 적절히 요약하고 있다. "아버지는 보이지 않았다. 마실이나 갔다 오게. 아이야 여자가 낳는 거지. 할머니가 손사래를 쳐서 내보냈다. 남자야 아이를 만드는 데나 소용있는 거지 하는 뜻이었을 게다." 아주 드물게 집에 남아 있는, 혹은 화자의 역할을 맡는 남편이나 아버지들은 「지금은 고요할 때」의 남편처럼 병가를 얻어 쉬고 있거나 「관계」「적요」「별사」「동경」의 경우와 같이 늙고 병들어서 "아이를 만들" 수도 없다. 그러나 태어남이 어찌 여자만의 문제이랴. 그것은 여자의 문제이기 이전에 인간의 문제다. 태어남은 과일 속의 벌레처럼 그 속에 이미 죽음의 씨앗을 담고 있는 것이 아니던가.

아이 낳기

오정희의 작품에 등장하는 여자들은 무엇보다도 모성의 주체로서 '다산성'이 특징이다. 이는 아마도 아이를 많이 낳은 작가 자신의 어머니와 무관하지 않을 듯한데 특히 초기 작품에 많이 나타난다. 데뷔작인 「완구점 여인」에 이미 "어머니의 위치로 변한 후 끊임없이 아이를 낳고 있는" 여자가 등장한다. 아직 아이를 낳을 만한 나이가 되지 못한 소녀는 아이 대신 '백 개의 오뚝이'를 수집함으로써 다산성을 모방하고 있다. 「중국인 거리」의 후반부에 이미 "일곱번째 아이를 배고 있었"던 어머니는 마지막 페이지에 이르면 어느새 "여덟번째 아이를 밀어내었"고 화자인 소녀도 초조(初潮)를 맞아 어머니의 뒤를 이을 준비 완료. 「그림자 밟기」에서 화자 경옥의 '일곱 형제'는 엄마를 기다리며 그림자놀이를 한다. 「옛우물」의 화자는 "스물세 살부터 십 년에 걸쳐 해거름으로 아이낳기를 한 서른세 살의, 아마 그녀로서는 마지막 출산이기를 바랐을 여자"에게서 태어났다. 「중국인 거리」에서는 심지어 고양이까지 새끼를 일곱 마리나 낳았다가 모두 잡아먹는다.

반면에 아이를 낳고 싶으나 낳지 못하는 인물들의 잦은 등장도 주목된다. 이는 네거티브로 표현된 복제욕망이라고 해석될 수 있다. 「직녀」의 화자는 아이를 못 낳아 남편에게 버림받은 여자로 다리를 건너가는 '남자'를 바라보면서 '당신'의 아이를 낳고 싶어 애를 태우는, '견우'를 못 만난 '직녀'다. 「인어」의 '나'는 암으로 자궁을 들어내고 나서, 바닷가에 버려진 아이를 얻어다 키웠다. 「새벽별」에서 희서의 아내 역시 자궁적출수술을 받아 "평생 자식을 낳을 희망도 없어진" 상태로 입원중이다.

불가능해졌기 때문에 더욱 간절해지는 모성욕구는 여러 가지 모습으로 나타난다. 그중 하나가 동성애다. 반신불수인 「완구점 여인」은 소녀의 목을 끌어안으면서 "아이를 낳은 적도 있어. 그러나 나는 움직이지 않는 것들 틈에 살아"라고 탄식한다. 「주자」에서 '나'는 동성애의 상대인 '그'에게 "연애를 해보라"고 권했었으나 '그'는 자살했고 '나' 자신도 채희에게 애를 낳아달라고 청했다가 거절당한다. 「새벽별」의 경해도 이웃의 여자에게 "성마른 채근"을 받는다. 「새」의 공장집 문씨 아저씨 부부는 "여자들끼리 여보 당신 하면서 사는" 동성연애자들인데 이웃집 아이들을 보는 "눈빛이나 목소리가 노상 축축하다". 동성애 이외에 「바람의 넋」「안개의 둑」「인어」에서와 같이 신혼여행 갔던 곳을 다시 찾아가는 여자들의 행동 역시 일종의 복제욕구를 암시하는 것이 아닐까? 신혼여행의 재연이란 아이 만들기의 반복연습이 아니겠는가. 다음으로 이미 육신이 늙거나 병든 인물들이 다가오는 죽음이나 잃어버린 자식에 대한 보상심리로 아이 낳기를 바라는 경우가 있다. 이는 주로 늙은 남자들의 경우다. 반신불수 상태인 「관계」의 노인은 결혼 이듬해에 자살한 아들을 잊지 못한다. 그래서일까? "물기 돋은 팔이 청동빛으로 번들거리는" 수분네의 생명력을 대하며, 또 "낯모를 남자에게 자기의 젖가슴을 내어주고 자궁을 열어줄 (……) 그네"(며느리)를 상상하며 "그네에게 아이를 낳게 할 수 있다"고 확신한다. 「적요」의 "죽어야 할 나이를 훨씬 넘겨 살고 있는" 화자 역시 수분네처럼 생명력이 왕성한 가정부("그녀의 배는 미묘하게, 그러나 불규칙하게 내 어깨 근처에서 오르내리고 있었다")를 붙잡아두지 못하자 놀이터에 나와 놀고 있는 사내아이를 유괴하여 수면제를 먹인다. 복제욕구와 동성애가 미묘하게 중첩된 심리의 발현이다.

끝으로 불가능한 모성욕구의 강박적 표현으로 오정희의 작품에 빈번하게 등장하는 수많은 인형들을 주목할 수 있다. 「완구점 여인」의 화자인 소녀가 수집한 '백 개의 오뚝이'는 이미 앞에서 보았다. 그것들은 어두운 교실의 서랍을 뒤지는 "저녁마다의 작업"으로 사모은 것들이다. 소녀는 그 인형을 의미심장하게도 "두 다리를 못 쓰는 여인"에게서 사온다. 이는 물론 불가능한 생식능력, 그리고 휠체어를 타고 계단에서 굴러떨어져 죽은 동생에 대한 보상심리('나'는 처음으로 오뚝이를 산 날 "죽은 동생의 꿈을 꾼다")와 관련되어 있다. 불가능한 보상 및 모성욕구가 동성애로 나타나는 것은 논리적이다.

잃어버린 아이, 죽은 아이를 인형으로써 대신하고자 하는 보상욕구는 「산조」에서의 꼭두각시놀음, 「번제」에서 지운 아이 대신 "부활절날 유년부 아이들이 가져온 인형"에게 젖을 먹이고 싶어하는 입원환자, 「동경」에서 죽은 아들 대신 밀가루 반죽으로 '부장품' 같은 맥을 만드는 늙은 아내의 모습으로 나타난다. 「저녁의 게임」에서 화자의 어머니는 아기를 죽이고 나서 "아기는?" 하고 묻는 화자에게 "인형을 사줄게"라고 말한다. 그리고 정신병원으로 실려간다. 「순례자의 노래」는 똑같은 상황의 앞뒤를 단순히 뒤집어놓은 이야기일 뿐이다. 주인공 혜자는 '잠자는 공주'의 인형을 만들다가 불시에 나타난 '사내'를 인두로 지져 눈멀게 하고 나서 정신병원에 입원했다가 일 주일 전에 퇴원한 여자다. 인형의 의미를 가장 직접적으로 노출시키는 것은 「옛우물」의 '러시아 민속 인형'이다. 화자는 사우나실에서 "젊은 처녀들로부터 둥글고 기름진 몸매의 중년 여자, 만삭의 임부, 다산의 주름이 겹겹이 늘어진 노파들"이 목욕하는 모습, 즉 태어남과 죽음의 연쇄 그 자체를 바라보며 그 특이한 인형을 머리에 떠올린다. "오뚝이처럼 단순한 모양이지만 그 안에는 똑같은 모양의 인형들이 크기의 차례대로 겹겹이 들어 있었다. 그것은 내게 인생의 중첩된 이미지로 받아들여졌다." 인생의 중첩된 의미란 바로 '태어남=죽음'의 사슬이다.

태어남이 곧 죽음, 혹은 상실로 이어지는 오정희 특유의 상황을 가장 뚜렷이 보여주는 것은 놀라울 정도로 빈번한 낙태와 아이들의 죽음, 아이 빼앗긴 어머니의 테마다. 각기 형태를 달리하는 이 고통스러운 체험들은 한결같이 아이와 어머니의 분리라는 공통점을 지니고 있다. 이를 통해서 인물들은 태어남과 죽음을 동시에 경험한다. 낙태수술 후 천주교에서 경영하는 반지하 병실에 입원중인 「번제」의 화자는 "한 번도 본 적이 없는 태내에서 살해된 아이의 모습"을 생각해내려고 애쓴다. 「봄날」의 화자는 여섯 달짜리 태아를 지우고 나서 그 '망령'에서 놓여나지 못한 채 "일종의 잠재성 간질"을 앓는다. 「밤비」의 약사는 전에 살던 소읍에서 임신 후 자살한 여자 손님의 문제로 다른 도시로 옮겨와 살고 있는데 또다른 "사복 차림의 여학생"이 뱃속의 아이를 지우고자 그의 약방을 찾아온다. 「파로호」의 혜순은 칠 년 전 "세번째 아이를 임신중"이었으나 "사단병력의 중공군을 수장시켰다는" 파로호에 남편과 함께 다녀온 직후 "사 개월된 아이를 지웠다". 「저 언덕」의 원단은 옛 애인과의 사이에서 생긴 아이를 지우고 나서 "방금 없애버린 것이 자궁 속의 핏덩어리가 아닌 한 쌍의 더듬이인 양, 방향감각을 상실한 채 미아처럼 떠돌았다". 「안개의 둑」의 아내는 세 번의 유산경험이 있으며 「불의 강」의 갓난아이는 "돌이 지나고 얼마 안 되어 심한 탈수증으로 죽었다". 「저녁의 게임」의 엄마는 갓난애를 죽이고 병원호송차에 실려갔다. 한편 「목련초」 「미명」 「바람의 넋」의 여자들은 각기 낳은 아이를 시댁이나 보호소에 뺏기고 혼자 지낸다. 「관계」 「동경」의 노인들은 젊은 아들을 잃었다. 「꿈꾸는 새」의 화자는 조상들의 무덤 앞에서 "장차 내가 낳을 아이들이 묻힐 곳"을 생각한다.

'죽음의 본능'

이 수많은 낙태와 영아살해 혹은 모성상실은 과연 무엇을 의미하는 것일까? 비교적 초기작이며 종교적 혹은 신화적인 분위기가 짙은 「번제」에는 이에 대한 해답의 암시가 담겨 있다. 한편 후기에 속하는 「옛 우물」은 이 작품에 대한 원숙한 메아리로 읽혀질 수 있다. 기이한 단편 「번제」는 낙태수술 후 입원한 화자가 전날 밤에 꾼 꿈 이야기로 시작된다. 어머니와 '나'는 바닷가를 거닌다. 어머니는 자주 "쥐고 있던 내 손을 놓는다". 어머니는 외조모와 외조부에 관한 이야기를 한다. 모든 생명의 근원인 '바다'를 배경으로 하여 외조모와 외조부, 어머니, 나 그리고 "치마의 앞이 들리도록 불룩한 배"로 보아 임신한 나, 이렇게 「옛우물」의 사우나실 장면과 극히 유사한 '탄생과 죽음의 사슬'이 망라되어 있다.

어머니와 같이 바닷가를 걷던 화자는 갑자기 "흰 이를 드러내며 덮치는 파도"를 만나 "끌어당기는 물살의 이해할 수 없는 힘"에 "묘한 안도감"을 느끼며 자신을 맡겨버린다. "삽시간에 어머니와 나와는 한 자만큼의 거리가 생겼다. 되돌아가려 해도 파도는 나를 다시 떠밀어 버렸다." 아무리 버둥거려도 "덫은 단단했다". 한편 "뱃속의 아이는 목에 건 돌멩이처럼 건잡을 수 없는 중량감으로 끌어내리고 있었다". 쥐고 있던 손을 놓곤 하는 어머니, 끌어당기는 파도, 어머니와 나의 거리 이 세 가지는 어머니와 나의 분리, 어머니의 "자궁에서 벗어나기"(「옛우물」) 즉 '탄생'을 의미한다. 어머니에게로 다시 돌아가지 못하게 하는 파도의 단단한 '덫'은 「옛우물」에서 말하는 '시간의 덫' 바로 그것이다. 어머니의 자궁으로부터 벗어나는 즉시 아이는 '시간의 덫'에 걸려든다지 않는가. 탄생은 "아앗 소리치는" 공포감을 자아내는 동시에 "묘한 안도감"을 느끼게 한다. 안도감이나 평화는 오정희의 경우 죽음의 본능이다.(가령 「별사」에서 말하는 "죽은 자의 절대적 평화와 외로움"이 그렇다.) "끌어당기는 물살의 이해할 수 없는 힘"과 "목에 건 돌멩이처럼 건잡을 수 없는 중량감"으로 끌어내리는 아이는 「옛우물」의 정옥이를 "우물 속에서 끌어당기는 아귀 센 힘" 바로 그것이다. 즉 밑으로 밑으로 끌어내리는 죽음의 힘이다. 생명의 본능에는 이렇게 죽음의 본능이 중첩되어 있다.

그리고 아이는 '나'의 "목을 감은 팔에 힘을 주며" 살려달라고 외쳤다. "나는 의연히 내 목에 지렁이처럼 얽힌 두 팔을 잡아떼었다. 그리고 곧 되돌아 이젠 새털처럼 가벼워진 몸으로 어머니를 향해 헤엄쳤다." 아이를 낳는 것은 "얽힌 두 팔을 잡아떼는" 분리행위다. 그러나 그것은 동시에 탄생 이전의 세계(어머니의 목)에서 떨어지지 않으려 발버둥치며 '살려달라'는 아이를 뿌리치는 행위, 즉 '태내살해'다.

"새털처럼 가벼워지는" 것이나 "어머니를 향해" 되돌아가려는 노력은 곧 죽음의 의지다.

꿈에 대한 이런 해석은 화자에 의하여 그대로 확인된다. "그것은 어머니에게로 되돌아가고자 하는 내 나름의 노력이었다. 어머니와 관련된 최초의 가장 뚜렷한 기억은 익사의 공포에서 비롯됐다. 유년 시절 어머니와 갔던 바다에서 물에 빠졌을 때 나는 물 속에서 허우적거리며 이젠 다시 어머니에게로 갈 수 없다는, 그녀의 자궁에서 떨어져 나온 이래 가장 확실히 분리되었음을 막연한 느낌으로 자각하여 얼마나 외로웠던가. 어느 날 문득 최초로 잉태의 기미를 손끝으로 느꼈을 때 나는 다시 한번 어머니에게서 완벽하게 떨어져나온 격렬한 충격을 맛보아야 했다. 나는 내 속에 또다른 하나의 알을 기르고 있다는 사실을 인정할 수 없었다." 이리하여 낙태 혹은 영아살해의 이미지는 생명의 본능과 죽음의 본능을 동시에 함축하고 있는 것이다. 이는 「저 언덕」에서 자고 깨어 끈덕지게 우는 두 살짜리 아이의 울음에 대한 해석과 일치한다. 아이의 어머니에게 그 울음은 "어쩌면 아이가 낯선 세상에 놀라 이 세상에 오기 전의 그 어떤 곳으로 돌아가고자 하는 원망(願望)"처럼 들리는 것이다.

「새」의 화자의 탄생 역시 죽음과 중첩되어 있다.

> 비행기가 떨어졌을 때 나는 태어났다. 아버지는 꽃을 기르고 있었다. 그해 꽃값이 좋았다. 꽃장수는 떼죽음이 있어야 돈을 번다고 아버지는 두고두고 그 시절을 그리워했다. 나는 실제로 커다란 비행기의 배가 물고기 배처럼 갈라지고 인형처럼 두 팔과 다리를 벌린 채 떨어져내리는 사람들을 본 것 같았다. 커다란 비행기가 폭발음을 내며 기우뚱 날개를 흔들다가 커다란 불꽃이 되어 사라지는 모습도 본 것 같았다. 그 얘기를 하도 많이 들었기 때문일 것이다. 어쩌면 나도 그때 그렇게 떨어진 아이들 중의 하나인지도 모른다.(「새」)

이 인용문에서 주목되는 것은 탄생과 죽음의 동시성이다. '떼죽음'과 동시에 '나'는 태어났다. 아니 그 정도가 아니다. 나의 탄생 자체가 죽음의 양식을 갖추고 있다. 역으로 죽음은 탄생의 모습을 보여준다. 비행기의 배가 물고기 배처럼 갈라진다는 것은 탄생의 과정을 연상시키지만 실제에 있어서 그것은 떼죽음의 광경에 대한 상상이다. 그 갈라지는 배에서 떨어진다는 것은 죽음을 의미한다. 그런데 '나'는 자신의 태어남을 "그렇게 떨어진 아이들 중의 하나"인지도 모른다고 상상한다. 탄생은 곧 죽음이고 죽음은 곧 탄생이다. 이것이 바로 유산, 낙태의 상황이다.

"갈라지는 물고기 배"의 이미지는 탄생=죽음의 테마와 관련하여 「옛우물」에서 남편이 낚시에서 잡아온 물고기 배 따기에서 이미 강조되어 있다. "밀봉된 것을 뜯을 때의 모독감과 긴장으로 살아 있는 물고기의 배를 가를 때면, 피융 하는 약한 소리가 났다. 우리와 마찬가지로 창조되고 봉인된 그리고 아무도 볼 수 없었던 내부가 드러났다. 밀폐된 공간의 어둠이 있고 최초의 빛의 순간이 있었다. 갑작스런 외기에 놀란 붉고 푸른 내장들이 푸르르 경련하고, 찬피동물의 어둡고 축축한 몸 속에서, 의지하고 있는 세계의 무너짐을 감지한 더 작은 생물체들이 고래 뱃속에 들어간 요나처럼 고통의 몸부림으로 흩어졌다."

매몰과 발굴

물고기 배 따기는 봉인된 내부에 파고드는 "최초의 빛의 순간", 즉 "더 작은 생물체들"의 탄생의 순간인 동시에 "의지하고 있는 세계의 무너짐", 즉 죽음의 순간이다. 여기에서 주목해야 할 것은 "밀봉된 것 뜯기"의 이미지다. 이는 오정희의 후기 작품군 속에 탄생=죽음과 관련하여 끈질기게 나타나기 시작하는 '매몰'과 '발굴'의 주제로 눈을 돌리게 해준다. 파묻힘과 파헤침의 변증법—그것은 바로 오정희의 소설세계를 긴장된 의미의 자장으로 만들어놓는 동력이다.

「밤비」의 약국의 여자는 지진의 환상에서 출발하여 도시 전체가 고스란히 파묻혀 "자취 없이 사라지는" 것을 상상한다. 「동경」에서 전도하는 아낙네는 '지옥'이 바로 "땅속의 감옥" 즉 '땅에 갇힌다'는 뜻임을 상기시키고 화자는 박물관에서 "땅속에 묻혀 수천 년을 산, 이제는 말끔히 목을 닦아낸 구리거울을 보자 자신이 아주 오래 전에 죽은 옛사람인 듯" 느낀다. 「바람의 넋」은 온통 "그녀의 가슴속에 깜깜하게 묻힌 단단한 바위를 헤집으려는 노력", 즉 의식의 표피 속에 깊이 매몰된 무의식을 향한 '무서운 그리움'의 서술이다. 「지금은 고요할 때」에서 아이는 공사장의 흙더미 속에서 신발을 한 짝 잃고 돌아온다. 어머니는 아이를 "우물처럼 깊어진" 구덩이에 목 깊이까지 넣었다 들어올리며 "이렇게 묻혀버릴 수도 있다니까. 그러면 아무도 찾을 수 없어"라고 위협한다. "포클레인이 또 한 차례 흙을 쏟아붓는다. 그녀의 외침 역시 흙 속에 묻혀버린다." 공사중에 "먼지만 가득한 관"이 하나 나온다. 그런가 하면 "흙더미 속에 어린 사내아이가 거꾸로 묻혀 있던 사고"도 일어난다. 「불꽃놀이」의 할아버지는 선교사에게 땅속으로 흐르는 물길 찾는 법을 배워 묘자리를 보아주고 우물자리를 가르쳐주는 "물 미치광이"다. 관우도 장차 커서 골동품상이 되어 "옛 무덤에 실제로 삽질을 시작했을 때" 처음으로 할아버지의 땅속 탐색의 뜻을 깨닫는다. "단단한 땅에 꽂을대를 박으면 땅은 살 맞은 짐승처럼 푸들푸들 일어나고, 좀체 보이지도 열리지도 않는 입구를 찾아 조바심과 안타까움으로 빙빙 돌며 더듬을 때, 어두운 연도를 지나 만나는 음부의 잠, 이윽고 천 년의 꿈. 닫혀진 무덤은 순결한 처녀였다." 앞서의 물고기 배 따기와 너무나도 닮은 매몰과 발굴의 이미지는 여기서 매우 관능적인 분위기를 자아내면서 탄생의 주제로 이어지고 있다. 과연 관우의 아내는 그날 다른 남자에게서 아이를 배태한다. "그가 누구였던가, 남편이 오래 집을 비웠던 어느 봄날, 혼곤한 낮잠 속에서 꿈결처럼 받아들였던 사내. 남편은 옛 무덤에서 녹슨 칼을 찾아 돌아왔고, 달을 채운 아이는 그녀의 자궁을 찢고 가슴을 찢고 세상으로 나왔다." 탄생과 죽음, 매몰과 발굴이 정교하게 중첩된 욕망의 세계다.

사람의 얼굴

「옛우물」이 죽음과 관련된 '매몰'의 이야기라면 「파로호」는 글쓰기란 무엇인가라는 소설가 특유의 문제와 관련된 '발굴'의 이야기다. 퇴적된 시간과 물 속에의 파묻힘과 그 속에 잠긴 세계를 파헤쳐 드러내는 문제, 그것이 바로 오정희의 문제이며 예술가의 문제인 것이다. 그래서 혜순은 미국에 남편과 아이를 둔 채 돌아와 "물을 뺀 퇴수지(退水池)"인 파로호를 찾아가는 것이다. "가능하면 소설을 쓰고 싶어요. 어렵겠지만 소설을 쓰려고 해요"라고 그녀는 남편에게 말했었다. 오정희의 소설 속에서 수줍은 대로나마 예술가적 의지가 이만큼 노출되는 것은 처음 있는 일이다. 삼십 년 전, 어두워오는 교실 안에 홀로 남아 서랍 속을 뒤지는 「완구점 여인」의 소녀에서부터 공원의 나무 밑에 할머니의 깨진 비취반지를 파묻었다가 캐내어보는 「중국인 거리」의 소녀를 거쳐 "닫힌 것은 항상 우리를 궁금하게 했다"고 고백하는 최근작 「새」의 화자에 이르기까지 매몰되어 닫혀져 있는 거울, 우물, 호수, 무덤, 무의식 혹은 영원의 "암호로 가득 찬" 세계는 줄기차게 오정희의 인물들을 무엇에 "들린 듯이" 사로잡아왔다. 「옛우물」의 정옥이는 금빛 잉어를 보기 위해 한밤중에 우물로 갔고 「파로호」의 병언은 "보이지 않는 물 속에 용이 잠들어 있다"고 생각하며 미국으로 건너갔을지도 모른다. 정옥은 죽어 우물 속에 파묻혔고 남편은 실패했다. 그렇다면 소설가 자신이 마침내 드러난 호수 바닥에서 발견한 '사람의 얼굴'은 무엇일까?

그것은 분명 사람의, 그것도 여자의 얼굴이었다. 단장이 손바닥으로 문질러 흙을 닦아내고 구멍을 메운 흙을 파내자 그것은 생생한 표정으로 되살아났다. 단순히 갸름한 흰 돌에 날카로운 돌로 세 개의 구멍을 쪼았을 뿐인데 그것이 어우러져 만드는 표정은 놀랄 만치 풍부했다.(「파로호」)

혜순이 손바닥에 올려놓고 읽으려 애쓰는 그 얼굴의 '암호'는 바로 "수만 년의 세월 뒤 흙을 털고 일어난 여인의 눈"이다. 그 눈은 "아득한 땅속에 묻힌 거울빛의 반사"(「동경」)와 같이 잔혹하고 명석한 빛일까 아니면 "해질녘 가장 밝게 빛나는" 산 언덕의 "금빛을 받은 채, 그러나 저 멀리 멀어져 있는" 무심하고 평화로운 빛일까? 어쨌든 그 빛은 '무서운 그리움'을 자아내는 아득히 먼 곳에서 오는 빛임에는 틀림이 없다. 그리고 개와 늑대 사이의 시간, 창가에 오두마니 앉아 강 건너를 내다보는 여자의 시선 저편, 흙 속에 파묻혀 있다가 마침내 드러나는 '사람의 얼굴'이 어쩐지 "불필요하게 부처를 가린 부분을 제거하면" 드러나게 되는 '마애불'(「파로호」)을 닮아 보인다고 한다면 그것은 "해독할 수 없는 암호를 바라보듯 그 표정을 읽으려 애쓰는" 독자의 고단한 노력이 자아내는 신기루라고 할 것인가?

(『문학동네』 1996년 가을호)

태생지에서 빈집으로 가는 흰 새
—신경숙론

1

신경숙은 1985년 『문예중앙』에 중편 「겨울 우화」가 신인문학상에 당선되어 등단한 이래 1997년 동인문학상 수상작 「그는 언제 오는가」에 이르기까지 십이 년 동안의 창작 생활을 통해서 주로 『겨울 우화』(1990) 『풍금이 있던 자리』(1993) 『오래 전 집을 떠날 때』(1996) 등 세 권의 단편집에 실린 총 스물아홉 편의 중단편, 두 편의 장편 『깊은 슬픔』(1994), 『외딴방』(1995), 한 권의 산문집 『아름다운 그늘』(1995)을 독자들에게 선보였다.

상대적으로 최근의 작품에 속하는 중편 「깊은 숨을 쉴 때마다」에는 작가 자신이 지금까지 써온 작품의 성격에 관한 다음과 같은 흥미 있는 반성이 삽입되어 있다.

동생은 내가 쓴 소설 원고를 맨 먼저 읽어보는 독자이기도 했다. 그 애는 갑자기 내게 언니는 왜 일인칭을 잘 안 써?라고 물었다. 내가 그러니? 나는 그애가 왜 일인칭을 잘 안 쓰느냐고 물어올 때까지 내가 일인칭을 안 쓴다는 것도 모르고 있었다. 그렇잖어, 맨날 그는, 그녀는, 이건 아예 이니셜이네. 그랬다. 그때 동생이 읽고 있던 원고엔 동생 말대로 그도 아니고 그녀도 아니고 담배를 피우는 C, 운전하는 O, 아예 기호였다. 동생의 지적은 그때까지 내가 쓴 스물몇 편 되는 중단편들을 돌이켜보게 했다. 나로 시작되는 일인칭은 두 편인가 세 편에 불과했다. 동생은 무심히 자신이 없는 사람들이 나는이라는 말을 잘 못하지, 언닌 뭐가 그렇게 자신이 없어?라고 되물었다.(「깊은 숨을 쉴 때마다」)

이번에는 의식적으로 '자신있게' 써보려는 듯이 확실하게 일인칭을 사용한 이 중편소설 속에서 이들 자매가 보여주는 반성적 '분석'은 사실 매우 뜻밖이라고 하지 않을 수 없다. 왜냐하면 실제로 신경숙이 지금까지 쓴 모든 작품에 있어서 작중화자의 인칭을 검토해보면, "나로 시작되는 일인칭은 두 편인가 세 편에 불과"하다는 지적과는 달리, 전체 스물아홉 편의 중단편 중 일인칭 화자는 열네 편, 삼인칭 화자는 열다섯 편, 장편 『깊은 슬픔』은 삼인칭, 『외딴방』은 일인칭으로 약 반반의 분할을 보여주고 있기 때문이다. 더군다나 아예 '이니셜'을 동원하고 있는 「직녀들」[1]처럼 삼인칭일 때에도 일인칭의 작품들 못지

1) 「직녀들」은 신경숙을 사로잡고 있는 세 가지 죽음 중 친구 '이숙의 죽음'을 다룬 세 편의 단편 중 하나이다. 다른 두 작품은 「밤길」과 「멀리, 끝없는 길 위에」이다. 흥미로운 점은 신경숙의 소설들 가운데서 인물의 이름이 눈에 띄게 '이니셜'로 표기된 작품은 주로 이숙의 죽음을 다룬 세 편이라는 점이다.(물론 어느 면 '픽션의 밖'에 위치하는 작가의 친구들, 즉 장편 『외딴방』의 J나 「깊은 숨을 쉴 때마다」의 J와 H를 예외로 한다면.) 이들 세 작품에서는 P신부, 친구 P, C, O, H, Y, K, S(어린 시절의 친구였다가 수녀가 된 「밤길」의 강명실만은 예외일 뿐, 작가 자신을 지칭하는 듯한 화자까지도 S로 표기되어 있다)의 이름만이 아니라 심지어 지명까지도 J시, N섬, L산으로 표기되어 있다. 아마

않게 다분히 작가 자신을 연상시키는 인물이나 정황이 그 가운데 숨어 있어서 삼인칭 서술이라는 사실조차 잘 알아차리기 어려운 경우가 허다하다. 다시 말해서 표면적인 삼인칭 뒤에는 거의 언제나 일인칭의 '나' 자신이 숨어 있는 것이다. 삼인칭은 흔히 일인칭 '나'의 이니셜, 혹은 '기호'에 불과한 것이다.

그러나 위의 인용문에서 강조되고 있는 쪽은 소설 쓰기의 시점이나 인칭 그 자체라기보다는 자신을 겉으로 내세우지 못한 채 다른 존재나 형식 속에 숨으려 하는 작가 자신의 '자신없어하는' 성향에 대한 반성이라고 할 수 있다. 그 반성에 뒤이어 이 작중화자는 "글을 쓰는 일이란 이미 누군가에게 잊혀졌거나 누군가를 잊어본 마음 연약한 자가 의지하는 마지막 보루 같다는 생각"을 피력한다. 결국 글쓰기는 흘러서 지나가고 사라져버리는 삶, 즉 소멸과 망각에 대한 최후의 방파제로서 기능한다는 매우 고전적인 미학이 그 밑에 깔려 있는 것이다. 신경숙은 자신의 "잃어버린 시간을 찾아"가는 정읍 출신의 프루스트다. 다만 작가는 자신의 작품이 얼마만큼이나 그같은 보루, 혹은 방파제의 기능을 할 수 있을 것인가에 대하여 "자신없어"하고 있는 점이 특징이라면 특징일 것이다. 그러나 자신없어하는 작가가 어디 신경숙뿐이겠는가. 그만큼 인생은 덧없고 시간의 파괴력은 가차없는 것이다. 그러나 비록 소멸로부터의 삶을 방어하는 구실에 '자신'은 없다 해도, 글쓰기만이 그 '마지막' 보루라는 점, 그리고 그 '보루'의 표면에 나타나 있건 뒤에 숨어 있건, 글을 쓸 때 작가가 가장 큰 관심을 갖는 대상은 언제나 자신이 살아온 삶과 경험, 특히 자신의 내면에 깊이 잠긴 '과거의 기억'이란 점에는 변함이 없다. 신경숙에게 있어서 글쓰기

도 이숙의 죽음에 관한 한 글쓰기가 "소설이 아니어도 좋다"고, 즉 허구가 아닌 이숙의 "무덤"이어야 한다고 생각하는 작가로서는 실명을 사용하고 싶겠으나 사정상 그러지 못하는 대신 '이니셜'을 사용한 것으로 해석된다. 「직녀들」에는 이에 대한 보다 더 기능적 설명이 다음과 같이 제시되어 있다: "그들은 이름을 잃어버리고, 각자 늘 P, C, S, O……가 되었다. 그들에게 남아 있는 이름이란 이숙이었다."

라는 '보루'는 흘러가는 시간의 위협 속에 놓인 '나'를 담는 장소 혹은 숨기는 장소인 것이다.

사실 이런 점에서 볼 때, 신경숙만큼 작가 자신의 개인적 체험을 깊고 넓게, 그리고 빈번히 작품 속에 수용, 용해, 변용시키고 있는 경우는 그리 많지 않을 것이다. 그에게 있어서 작가와 체험 사이의 관계는 "보바리 부인은 나 자신이다"라고 강조한 플로베르의 경우보다 훨씬 더 직접적이다. 이는 그의 초기의 소설집만이 아니라 그가 쓴 모든 작품에 다 같이 적용될 수 있는 현상이다. 신경숙은 어떤 객관적인 사실들로 우회하여 인간 공통의 문제를 표현하는 리얼리스트가 아니다. 그가 관심을 기울이는 것은 무엇보다도 자신의 내면에 깊이 매몰되어 있는 자아와 기억의 '우물'이다. 그 속에는 쇠스랑도 브로치도 잠겨 있지만 그 수면에 별이 뜰 수도 있다. 그는 그 깊은 '우물'을 통하여, 그 '깊은 슬픔'을 통하여 타자와 세계에 도달하고자 한다. 그러므로 신경숙은 소설을 쓰기 위해서 특별한 취재를 하는 것 같지는 않다. 칠레를 여행한다 해도 그 나라에 대해서 아는 것은 영화 〈산티아고에는 비가 내린다〉 정도이고 페루에 대해서 아는 것은 '상식'이나 번역소설 「새들은 페루에 가서 죽다」 정도에 그친다. 그의 진정한 취재 대상은 자신의 내면 깊은 곳에 잠겨 있는 기억의 세계다. 신경숙 특유의 서술 전략을 결정하는 것은 기억의 특수한 성격(돌발성, 비과학성, 익명성, 우연성 : 「멀리, 끝없는 길 위에」)이다. 여행에서 돌아와 빈집의 현관문에 열쇠를 꽂다가, 길을 걸어가다가, "세면장에 들어가 변기 위에 막 앉으려고 하다가" 느닷없이 솟아오르는 기억의 섬광에 정신이 팔려 수돗물은 잠시 흐르기를 멈추고 집의 열쇠구멍에 열쇠는 그대로 꽂혀 있다. 그러나 기억이 솟아나는 방식이 늘 우발적인 것은 아니다. 흔히 그것은 과거의 어떤 정황이 유사하게 반복되는 순간 '연상 작용'에 의하여 솟아오른다. 그의 인물들은 흔히 "언젠가 이와 똑같은 풍경이 제 삶을 뚫고 지나간 적이 있음을, 저는 기억해낸 것"이라고 말한다. 그러나 신경숙은 "글을 쓰려 의식적으로 더듬는 기억은 자연스럽지 못했고, 그렇다고 매번 하찮은 우연에 기댈 수도 없었다"고 술회한다.(「멀리, 끝없는 길 위에」) "아스팔트 밑에 파묻힌 옛 전차길"처럼 "지층을 뚫고" 종소리가 되어 울려오는 기억을 아끼는 신경숙은 흔히 자신의 심층의식에 귀를 기울이며, 거기서 피어오르는 '냄새'에 민감해지려고 애쓰며 글을 쓰는 것 같다. 그래서 그의 작품은 "사실도 픽션도 아닌 그 중간쯤의 글"이고 그래서 그는 가끔 "글 밖에서 지금 나는 가슴이 아프다"고 말할 수 있게 된다.

「모여 있는 불빛」의 화자인 소설가는 말한다. "내 소설이 무언가를 변화시킬 힘이 있다고는 생각하지 않는다. 내게 있어 소설이란 우선 나 자신을 견디게 해주는 것이다. 내 마음속에 기른 헛것들을 더이상 가두어놓을 수가 없어 문장으로 풀어내고 있을 때, 그때만 불투명한 미래에 대한 불안을 잊는다."(「모여 있는 불빛」) "아니, 어쩌면 그라는 어떤 헛것을 잊어가는 과정의 이야기가 될지도 모르겠다."(「마당에 관한 짧은 얘기」) 이 말을 작가 신경숙 자신의 의견이라고 보아도 크게 어긋나지는 않을 것이다. 그래서 신경숙의 소설은 자신의 내면 속 깊이 묻힌 무의식 탐구인 동시에 진혼의식이라는 인상을 준다.

이리하여 그녀의 전 작품에 친숙해진 독자라면 별로 어렵지 않게 작중화자 혹은 주인공의 비교적 단일한 초상을 머릿속에 떠올릴 수 있을 것이다. 몇몇의 예외가 없지는 않지만, 그 인물들은 거의 전부가 원룸 아파트에 사는, 현재 삼십대 중반의 독신 여성이다. 그들은 많은 경우, 고향인 정읍 근교의 '태생지'에서 열다섯 살 혹은 열여섯 살에 상경하여 공장 노동자로 일하며 야간 고등학교를 다녔다. 그후 "남산에 있는" 대학에서 문예창작을 공부한 다음 미용사, 교사, 가수, 에어로빅 강사, 잡지사 기자, 음악방송 스크립터 등의 직업을 거쳐 이윽고 소설가가 된다. 가족관계는 어떠한가? 농촌에서 상점을 하거나 가끔 사냥을 하기도 하며 소를 키워 자식들을 "문자의 세계로 내보내는 일"에 사력을 다하는, 과묵한 아버지는 지병으로 도시의 병원에 입원하곤 하지만 젊을 때는 "마을에서 가장 미남청년"이었고 "가죽잠바 속에 탄탄한 육체를 숨겨가지고 다니며, 광풍을 못 이기어 너울너울 춤을 춘다네", 소리를 뽑아올릴 줄도 알았었다. 어머니는 "제사와 어른들의 생신이 다달이 끼어 있는 종가집"에서 가사와 자식 키우기는 물론 농업노동까지를 억척같이 담당하는 강인한 인물이어서 딸에게 "자연은 엄마가 무서울 것이다"라는 외경 어린 평가를 받는다. 형제들 중 가장 먼저 상경하여 총무처 하급 공무원, 학원 강사, 대기업 사원, 중동 현장 파견 등을 거치면서 동생들을 뒷바라지한 희생적이고 책임감이 강한 큰오빠, 그리고 둘째, 셋째오빠, 동생, 그리고 특히 분신과도 같은, 그러나 지금은 결혼하여 따로 사는 여동생 등 여섯 남매, 그리고 "조실부모하고 두 남동생을 키운" 고모 등으로 구성되어 있다. 이는 반드시 '신경숙'이라는 현실 속의 작가를 직접 만나서 정보를 얻거나 그의 산문집 『아름다운 그늘』을 통해서 자전적 사실들을 확인하기 이전에, 오직 그의 작품들과 친숙해짐으로써 충분히 떠올릴 수 있는 '나', 신경숙의 모습이다. 우리가 지금부터 이 글에서 '나', 혹은 '신경숙'이라고 지칭하게 될 인물은 호적상의 신경숙과 일치할 수도 있고 다를 수도 있지만 성실한 그의 독자에게는 가장 진실한 신경숙의 분신이다.

다만 변화가 있다면 흘러가는 시간과 더불어 신경숙의 삶과 체험의 표면적 양상이 달라지고 그 달라지는 모습이 작품 속에 항상 다양한 방식으로 굴절 투영된다는 것뿐이다. 더군다나 신경숙에 있어서 날이 갈수록 삶 자체가 글쓰기만을 중심축으로 영위되기 시작하고 글쓰기가 어느 면 삶에 접근하는 가장 중요한 통로가 되는 경향을 보임으로써 삶과 글쓰기는 점점 더 현저한 상호작용, 혹은 어긋남을 통해서 뫼비우스의 띠처럼 서로 얽혀들거나 상충하고 있다는 특징을 드러낸다. 때로는 글쓰기 자체가 삶이 되고 또다른 글쓰기가 그 글쓰기 삶을 투영하는 거울이 되어 메타픽션의 고리가 끝없이 연장되는 양상을 보인다. 결과적으로 신경숙에게 있어서 글쓰기는 차츰 유년기의 근원적 체험을 밝혀내는 과정인 동시에 '기억'의 힘에 의하여 그것을 '숨기는' 일로 변한다. 삶은 그의 글쓰기에 의하여 드러나는 동시에 보호된다. 그의 어떤 인물은 메마른 우물 속으로 들어가 앉아서 "나를 숨겨줘" 하고 애원한다. 작은놈은 그 임신한 여자를 어머니의 무덤으로 인도한다. 작가는 때로 "지워진 문장 속에 그녀가 서 있다"고 말하기도 한다. 그런데 '어머니의 무덤'이나 '지워진 문장'은 판독해야 할 빈 공간이다. 그것을 신경숙은 흔히 '빈집'이라 부른다. 글쓰기가 이처럼 드러내면서도 방어하고 싶어하는 '빈집'의 실체는 무엇일까? 물론 이에 대한 대답을 분명히 제공하는 것은 불가능하다. 심지어 작가 자신에게도 그럴 것이다.[2)]

신경숙을 처음 만난 오정희는 그의 첫 소설집 『겨울 우화』에 대한 이야기 중에 "작가란 누구나 첫 책에 자신의 유년 체험이 드러나는 법"(『아름다운 그늘』, 296쪽)이라고 지적했다. 단편 「풍금이 있던 자리」 앞에는 박시룡의 『동물의 행동』 중에서 한 대목이 그 제사로 붙어 있다. "알에서 갓 깨어난 오리는 대략 12~17시간이 가장 민감하다. 오리는 이 시기에 본 것을 평생 잊지 않는다." 또한 오래 전의 시간, 먼 곳, 깊은 곳에 대한 지향을 말해주고 있는 그의 몇몇 작품들의 제목 또한 이 점에서 시사적이다. 「오래 전 집을 떠날 때」 「멀리, 끝없는 길 위에」 「깊은 숨을 쉴 때마다」 『깊은 슬픔』 들의 경우가 그러하다. 사실 그의 작품의 이처럼 '오래 되고' '멀고' '깊은' 밑바닥에 잠겨 있는, '평생 잊을 수 없는' 유년 체험들이야말로 그의 모든 상상력

---

2) 『외딴방』에는 작가가 자신의 산문집을 출간하면서 죽음과 관련된 어느 대목을 고치거나 지우고 있다. "나는 막무가내로 내가 만난 죽음을 빼달라고 했다. (……) 으깨진, 동강난, 피투성이의…… 오빠,를 이미 내가 알아볼 수 없는 모습의…… 오빠,로 고쳤다. 이종오빠의 주검 앞에서,를 기차에 치인 인간의 주검 앞에서,로 고쳤다. 그러나 이것 때문에 내 심정에 칼날이 선 건 아니었다. 나는 그녀와의 그날 아침의 일을 송두리째 빼는 표시를 했다. 인쇄되기 직전에 지워지는 문장들. 지워진 문장들 속에 그녀가 서 있다." (『외딴방』 2권, 151~152쪽)

에 물을 대어주는 깊고 깊은 우물과 같은 것이다.

2

앞에서 오정희가 지적한 '유년 체험'은 무엇보다도 신경숙의 경우, 거의 고정관념적이라 할 수 있을 고향, 특히 '집'이라는 공간과 가족 공동체라는 인간관계를 핵으로 이루어진 '태생지'의 세계다. 그러나 체험은 그 자체로서보다는 그것이 '의식'으로 변할 때 그 중요성을 드러낸다. 그녀의 체험이 의식화하는 원초적 출발점은, 일종의 고향 떠나기, 집 떠나기라는 상실의 모습으로 나타난다. '오래 전 집을 떠날 때'는 그의 한 중편소설의 제목인 동시에 창작집의 제목이 되고 있을 만큼 그의 의식 속에서 중요한 자리를 차지한다. 이것은 곧 이 나라의 상당수 사람들이 농촌 체험과 도시 체험 사이에서 겪는 성장소설적 단절과도 무관하지 않다.

민감한 사춘기에 발생한 이 단절은 강한 결핍을 가져오고 이 결핍과 거리는 신경숙 소설을 가동하는 주요한 욕망의 에너지로 작용한다. 작가 자신은 이렇게 설명하고 있다. "내가 태어난 그 집에 아직 부모님이 살고 계신다. 나는 그 집을 열다섯에 떠나왔다. (……) 그저 우리나라 어디서나 볼 수 있는 평범하고 전통적인 농가들이 있을 뿐인 그곳. 내 가슴속엔 아직도 그곳이 이 세상 어디보다 아름다운 곳으로 남아 있다. 열다섯이란 나이 때문이었을 것이다. 사춘기. 이 세상에 없는 것도 만들어내어 그리워하는 나이. 그런 참에 분명히 떠나온 곳이 있으니 구체적인 공간을 확보한 내 그리움은 한없이 증폭되었던 것 같다."(『아름다운 그늘』, 129쪽) '그리움'은 바로 나와 대상 사이의 거리, 혹은 그 부재에 따른 결핍감과 그것이 촉발하는 욕망의 에너지를 의미한다. 『외딴방』에서 여주인공이 태생지의 집을 떠나는 장면은 신경숙의 모든 작품들 가운데서도 가장 인상적인 한 대목이다.

열여섯의 나, 모내기가 끝나던 마지막 날 밤기차를 타고 쇠스랑을 삼킨 우물이 있는 집을 떠난다. 마을의 끝은 철도이고 그 건너에 아버진 상점을 하고 있다. 엄마는 아버지에게 작별인사를 드리고 거기에서 버스를 타고 나오라 한다. 그 버스를 안마을 쪽에서 엄마가 타고 가겠다고. 집을 나서기 전 열여섯의 누나는 이른 저녁을 먹고 잠든 일곱 살 동생의 얼굴을 내려다본다. (……) 철도를 건너지도 못했는데 버스의 불빛이 보인다. 잠든 동생을 들여다보느라고 시간을 너무 지체했다. 열여섯의 나, 점점 가까워오는 버스의 불빛에 조급해져서 아버지! 외친다. 상점에서 아버지가 뛰어나오는 것과 버스가 와서 멈추는 것이 동시에 이루어진다. 아버지, 나, 가요! 열여섯의 나는 아버지에게 제대로 작별인사도 못 하고 버스에 오른다. 얼른 버스 뒤로 가서 차창으로 바깥을 내다본다. 아버지가 어둠 속에 우두커니 서 있다. 얼굴은 보이지 않고 실루엣만 우두커니 서 있다. 그 이후로 나는 아버지와 한 집에서 살지 못했다. 어머니와도 동생과도 같은 집에서 닷새 이상을 자지 못했다. 안마을에서 버스에 올라탄 엄마는 열여섯의 나에게 묻는다. "아버지에게 인사는 했냐?" "네." 그게 인사였을까. 아버지의 얼굴은 보지도 못하고 상점을 향해 아버지, 나, 가요! 소리만 쳤을 뿐. 조금만 일찍 나설걸. 상점에서 뛰어나와 어둠 속에 우두커니 서 계시던 아버지의 덩그란 모습이 눈앞에 아른거린다. 버스는 벌써 마을을 빠져나가고 있다. 오 분 전의 일이 벌써 지난 일이 되고 있는 것이다.(『외딴방』 1권, 24~26쪽)

집 떠나기의 시점이 '모내기'가 끝나던 '마지막 날 밤'이라는 사실은 눈여겨볼 만하다. 모내기는 이 나라 농촌 노동의 전형이다. 고되지만 축제와도 같은 이 노동의 종결은 곧 비정한 도시 노동의 시작을 예고하는 동시에 아버지, 어머니, 동생과의 이별, 즉 전통적인 가족관계의 해체가 시작됨을 의미한다. 이미 가족의 구성원들은 작별의 준비라도 하듯이 각기 다른 공간에 흩어져 있다. 아버지는 철도 저 너머 상점에 있고, 동생은 방 안에 자고 있고 어머니는 마을 안에서 버스를 기다린다. 그와 더불어 공간적으로도 벌써 '마을의 끝'이 보인다. 철도는 농경 사회를 격리시키는 경계선이다. 소녀는 버스에 실려 그 '끝'에서부터 어두운 마을을 가로지르며 떠난다. 이 이별과 떠남은 겨우 오 분을 넘지 못하는 전격성과 불을 켜고 달려오는 버스, 그 외적 수단에 의하여 강제된다는 점에서 폭력적이다. 친숙한 마을과 미지의 저 너머 세계를 경계짓는 '철도'. 두렵고 낯선 세계는 철도의 저 끝에 있다.

신경숙의 세계 속에서 두고두고 이 철도와 기차는 '마을의 끝'에 위치하여 흘러가는 세월과 변화의 은유로, 혹은 이 세계와 저 세계의 단절로, 심지어 삶을 무참하게 무화시키는 끔찍한 살의로 그 강박적인 공격성을 행사하게 된다.[3] 철도는 격리된 공간들을 이어주기도 하지만 동시에 단절시킨다. 고향과 타향, 농촌과 도회, 삶과 죽음. 이제부터는 전혀 다른 생산관계가 등장한다. 철도가 이끌고 간 저 끝에는 "봉제공장, 전자공장, 의류공장, 식품공장 들의 생산부 라인"이 기다리고 있다. 그보다 먼저, 야간열차에서 내린 열여섯의 소녀가 이윽고 신새벽에 만난 도시의 모습은 어떠한가? 그것은 거대한 맹수들이 눈에 불을 켜고 달려드는 자본의 밀림이다.

> 그날 새벽에 봤던 대우빌딩을 잊지 못한다. 내가 세상에 나와 그때까지 봤던 것 중의 제일 높은 것. 그땐 빌딩 이름이 대우라는 걸 알지 못했다. (……) 거대한 짐승으로 보이는 저만큼의 대우빌딩이 성큼성큼 걸어와서 엄마와 외사촌과 나를 삼켜버릴 것만 같다. (……) '암것도 아니란다. 그냥 철근일 뿐이지.' 엄마가 그렇게 말해도 도시에 처음

3) 철길과 철길에서의 치명적 사고는 이숙, 정희 언니의 죽음과 더불어 신경숙의 '강박적 은유'라고 할 수 있다. 「성일(聖日)」에서는 새끼 밴 개가 기차에 깔려 죽는다. 「황성옛터」와 「마당에 관한 짧은 얘기」에서는 오빠가 "선로를 베고 자다가 죽는다." 「새야 새야」에서는 여자가 "철길을 탄 작은놈을 졸졸 따라오고 (……) 나중에는 철길에 버렸으나 돌아와 마른 우물 속에 들어가 있다". 「오래 전 집을 떠날 때」에서는 "기차의 강철바퀴에 으깨진 어린 얼굴"의 전언이 들린다.

발을 딛은 열여섯의 나, 여명 속의 거대한 짐승 같은 대우빌딩을, 새벽인데도 벌써 휘황하게 켜진 불빛들을, 어딘가를 향해 질주하는 자동차들을, 두려움에 찬 눈길로 쳐다본다.(『외딴방』 1권, 33~34쪽)

이러한 집 떠나기나 도시와의 만남이 충격적인 것은 사실이다. 그러나 그것은 이미 "열여섯 살의 나", 즉 사춘기의 경험이므로 아득한 과거의 '유년 체험'이라고 보기는 어렵다. 충격의 차이는 있겠지만 이 정도의 출발은 거의 모든 청소년기가 성년으로 나아갈 때 공통되게 거치는 통과제의라고도 볼 수 있다. 그런데 자세히 살펴보면 신경숙의 경우 이 단절의 구체적인 경험은 훨씬 더 깊이 잠긴 어떤 과거의 뿌리에 닿아 있음을 알 수 있다.

비교적 근래의 작품인 「감자 먹는 사람들」은 도회의 병원으로 옮겨져 입원한 아버지를 간호하면서 주인공인 딸이 어떤 선배에게 보내는 편지 형식으로 되어 있다. 여기서는 "쏜살같이 마을을 질주해 사라지는 기차의 강철바퀴 소리"가 여러 차례에 걸쳐서 주인공의 뇌리 속에 강박적인 라이트모티프로 울리고 있다. 흘러흘러 우리의 삶을 저 필연적인 죽음과 결정적인 헤어짐으로 인도하는 시간의 공격적인 폭음이다. 그 편지 속에서 화자는 먼 과거의 단절체험을 기억한다. "아주 오래 전에 태생지를 떠나올 때 누군가가 내게 말했지요. 기차역까지 바래다줄까? 나는 고개를 저었습니다. 아니야, 그건 너무 슬픈 일이야. 순간, 나는 멈칫했습니다. 내 몸 속에서 무슨 메아리를 듣는 듯했지요. 그건 나의 말이 아니라 누군가의 간절한 심정이 내 입을 통해 나가고 있는 것 같았지요."(「감자 먹는 사람들」) 신경숙은 집을 떠나다라는 동사에 늘 '오래 전'이라는 시간부사를 힘주어 추가하고 있다. 이는 집 떠나는 경험이 까마득한 과거의 어떤 근원에 닿아 있음을 암시한다. 그러니까 지금 "내 입을 통해 나가고 있는" 말은 아득한 유년에서 오는 과거의 메아리인 것이다.

보다 더 구체적으로, 그 '메아리'는 내 몸 속에 깊이 잠겨 있던 그 누구의 목소리로부터 반향되어 오는 것일까? 현재의 고향 떠나기 체험은 보다 더 오랜 과거에 다른 사람의 그것을 통해서 이미 대리 체험된 바 있다. 주인공은 유년 시절의 가난했던 친구 유순이가 고향 떠나는 모습을 본 적이 있다. 그러나 단순한 방관자로서 보기만 한 것이 아니다. 그는 "유순이가 서울로 가게 되어 있던 날 저녁"에 자신이 아끼던 색동 코고무신을 벗어서 준다. 이것은 그때 그 자신도 이미 유순이의 발에 신겨 어느 만큼 고향을 떠나고 있었음을 말해준다. "나는 (……) 그녀를 배웅하려 했습니다. 그때 그녀가 말했어요. 그러지 말아. 그건 매우 슬픈 일이야. 그때서야 깨달았지요. 내가 내 태생지를 떠나올 때 누군가에게 했던 말. 내가 뱉은 그 말이 어쩐지 메아리 같고 내 말 같지가 않더니 바로 유순이의 말이었던 것입니다. 까마득히 잊었던 기억이 되살아났습니다. 이제 마을을 떠나려는 색동 코고무신을 손에 쥐고 있는 아기 보는 여자애에게 맨발의 내가 말했지요. 기차역까지 바래다줄까? 그 여자앤 고갤 저었습니다. 아니야. 그건 너무 슬픈 일이야."(「감자 먹는 사람들」)

그렇다면 어린 시절, 보다 더 근원적인 유순의 집 떠나기는 무엇을 의미하는 것일까? 이십 년이 지난 후, 여주인공이 '유년 시절의 한 귀퉁이'에서 떠올리는 유순이는 "학교도 가지 않고 늘 등에 아기를 업고 있던 여자애"다. 그녀는 금촌댁네에서 "아기 보는 여자애"였다. "너무나 아기를 업고 있어서 등이 짓무른" 어린 유순은 그 아득한 옛날, 업고 있던 아기를 내려놓고 서울로 떠났다. 색동 코고무신을 손에 들고. 그런데 수년이 지난 후, 열여섯 살의 소녀 자신도 방 안에 자고 있는 동생을 두고 떠난다. 위의 『외딴방』 인용문에서는 편의상 생략했지만, 사실 오래 전 집을 떠나는 장면 중에서 가장 긴 부분을 차지하는 것은 바로 어린 동생과의 이별이다.[4] "태어나서부터 일곱 살

4) 단편 「오래 전 집을 떠날 때」에도 '열다섯 살'의 주인공이 집을 떠나는 이와 유사한 장면이 묘사되고 있는데, 이때도 여전히 "눈이 퉁퉁 붓게 울고 있는 남동생"과의 이별 내용이 가장 길게 서술되어 있다.

누나의 어린 등에서 거북이처럼 붙어 자란 동생"이고 보면 누나인 소녀의 경우에도 "아기 보는 여자애"로서 역할은 유순 못지않을 만큼 충분히 강조되어 있는 셈이다. 그런 면에서 잠든 동생을 두고 가는 소녀의 집 떠나기는 오래 전 어린 유순의 경험의 한 메아리라고 볼 수 있다. "그건 나의 말이 아니라 누군가의 간절한 심정이 내 입을 통해 나가고 있는 것 같았지요"라는 술회는 이런 의미로 이해할 수 있다.

신경숙의 유년 체험 속에는 늘 어린아이—그것이 동생이건, 어린 오빠건, 어린 친구건, 쌍둥이건, 혹은 분신이건—와의 분리가 "평생 잊지 못할" 오리의 경험처럼 깊이깊이 박혀 있는 듯하다. 언제나 "태어나서부터" 그의 등에 업혀 자란 동생은 어느 면 그의 아기와 같은 정서적 가치를 지니는 동시에 시차를 둔 것이긴 하지만 "일곱 살"이라는 공통점과 "거북이처럼 붙어 자란" 서로의 관계로 인하여 일종의 쌍둥이, 혹은 분신의 의미를 지닌다. 바꾸어 말하면, 집을 떠난다는 아픈 경험은 이처럼 자신의 아기 혹은 분신과의 분리라는 보다 근본적 절연 경험에 닿아 있는 것으로 해석된다.

'오래 전 집 떠나기'가 신경숙의 소설적 정서를 떠받치는 가장 중요한 동력의 하나로 작용하는 것은 그것이 현상적 공간의 단절에 그치지 않고 보다 더 근원적인 절연, 삶의 중심축인 흘러가는 순간들 사이에 가로놓인 단층으로부터 세상의 모든 이별과 부재, 그리고 근원적인 죽음에 이르기까지 훨씬 더 폭넓은 단절의 의미장 속에 포함되기 때문이다. 그중에서도 중요한 것이 바로 자신의 분신과도 같은 아기나 동생과의 분리다. 이십 년도 넘은 훗날 돌연 전화를 걸어와 만나게 된 유순이 세 살도 되지 않은 자신의 아이가 소아당뇨로 병원에 입원하고 있음을 알리는 것은 우연이 아니다. 그것은 또 한 번의 아기와의 분리 경험을 예고하는 것이기 때문이다. 그뿐이 아니다. 유순 자신도 사실은 "군산에서 왔다던 젓갈장수가 금촌댁네에서 하룻밤 묵어 가면서 몰래 두고 간 여섯 살 난 여자아이"였다.

「겨울 우화」는 신경숙이 발표한 최초의 작품, 즉 그의 원초적 몽상의 출발점이라는 점에서, 그리고 무엇보다도 유년기의 여러 가지 분리 체험을 깊숙이 숨겨놓고 있다는 점에서 자세히 판독해볼 필요가 있다. 이 작품에는 여러 가지 유형의 단절, 특히 부모와의 단절과 분리 상황이 복합적으로 그려져 있다. 우선 작중화자인 여교사 '나'는 어떤 남자와 선을 보기로 되어 있는 날, 감옥에 갇힌 애인을 처음으로 면회하고 나와서 그의 '마지막 부탁'에 따라 애인의 어머니를 만나기 위하여 기차를 타고 정주(정읍)로 떠난다. 같은 시간, 그녀의 어머니는 그녀가 선보아야 할 남자와 마주 앉아 오지 않는 딸을 기다리고 있다. 이 복잡 기묘한 상황은 나/선볼 남자 ; 나/어머니 ; 나/애인 ; 애인/그의 어머니, 4중의 분리로 이루어져 있다. 한편 경찰관이었던 그녀의 아버지는 그녀가 어렸을 때 자동차가 "다리 밑으로 굴러 떨어지는" 사고로 "다리를 절단한" 불구자다. 이것은 이미 신체적(오이디푸스적) 단절이다. 불구가 된 아버지의 의처증과 "육탄공세"로, "14년 만에 새로 갖은 아이가 떨어져나간" 어머니는 아버지를 떠나 재혼했고 아버지 역시 재혼했다. 딸은 지금 혼자 살고 있다. 아버지/어머니 ; 어머니/아기 ; 부모/딸, 3중의 분리다.

그러나 이런 모든 단절들을 집약하듯이 작품의 가장 깊은 곳에 숨겨져 있는 가장 중요한 어머니/아기의 분리는 여주인공 자신이 일종의 '반란'처럼 저지른 인공유산의 암시다. 소설의 초입에서, 초등학교 교사인 '나'는 방학이 끝나고 새학기가 시작되면 "아이들과 작별을 해야 하리라"고 밝히고 있다. 아마도 새학기에 새로운 학급을 맡게 된다는 의미이겠으나, 소설의 초입에서부터 의식적으로 강조된 이 "아이들과의 작별"은 그후 작품 전체에 깔려 있게 될 여러 가지 단절들과 자연스럽게 이어진다. 그러나 어머니/아기의 분리는 그와 반대되는 결합의 당위성이나 가능성과 대칭, 대조를 이룰 때 더욱 강하게 실감된다. 작중화자인 명혜는 부모와는 말할 것도 없고, 결합의 가능성이 있는 선볼 남자, "따뜻하지도 춥지도 않은 그 방"에서 밤을 함께 한 애인과 분리되었을 뿐만 아니라 기차에 오르기 직전, (애인과 일종의 삼각관계를 이루고 있던) 창규에게서마저 "나 결혼한다, 다음주 목요일에"라는 절연의 인사말을 듣는다. 그녀는 세 남자와의 결합 가능성을 잃었다. '그 방'에서의 애인과의 사랑으로 임신한 듯한 그녀의 인공유산은 특히 기차 안의 옆자리에 앉은 만삭의 '잉부'와의 강한 대조를 보이면서 암시된다. 사실은 그 잉부 자신도 "세 번의 유산 끝에" 만삭의 몸이 될 수 있었다. 그러나 지금 기차 안 잉부의 '옆자리'에 앉아서 그녀는 "세상 잉부들이 모두 여자의 표정을 갖고 있다면 가장 아름다운 여자는 잉부가 아닐까?" 하고 선망 어린 마음으로 자문한다. 이 잉부에 대한 선망은 당연히, 집을 나서며 택시를 타기 직전, 잠시 그녀의 눈에 들어오던 '이문희 산부인과'의 간판과 거기서 키 큰 남자의 보호를 받으며 나오던 여자의 모습으로 이어지는 심상이다.(「겨울 우화」)[5] 이윽고 어떤 역에서 옆자리의 '잉부'가 내린다. 출산의 가능성과도 단절이다. "플랫폼에 서 있는 여자가 황홀하리만치 아름답다. 눈빛 코트가 여자를 하얗게 감쌌다." 이 아름다움과 눈빛의 순결함과 "천사의 웃음"은 "자꾸 가라앉으며 몇 번인가 진저릴 치는" 명혜의 피곤, 그리고 "앙금진 기분 그 진저리의 끝간 곳에 산부인과가 있었다. 그가 알까? 그것은 내가 온 힘을 다해서 일으킨 반란이었다는 것을"이라는 부정적 진술 사이에 이룰 수 없는 아름다운 꿈처럼 끼어서 더욱 돋보인다. 그리하여 출산의 가능성에 대한 '반란'에

5) 이 장면은 「겨울 우화」보다 십여 년이 지나서 쓴 최근의 작품 「그는 언제 오는가」에도 다시 한번 더 반복된다. 죽은 동생의 일기장 마지막 부분에는 다음과 같은 기록이 남아 있다. "1993년…… 비옷을 챙겨 입고 아이가 유산될 때마다 입원했던 산부인과에 가보았다. 어떤 여인이 만삭의 몸으로 유리문을 밀고 들어갔다." 그 기록 바로 앞에는 아버지의 교통사고와 유사한 장면이 반복되고 있다. "1993년…… 부모님이 사고를 당했던 자리에 가보았다. 다녀오는 데 하루가 다 걸렸다. 옛날엔 상당히 높은 다리였다고 생각했는데 그냥 뛰어내려도 괜찮을 것 같은 낮은 다리로 느껴졌다." 마치 「그는 언제 오는가」의 작가가 데뷔작 속의 죽음의 자리를 순례하는 느낌이다.

서 온 단절감, 상실감은 더욱 큰 고통이 된다. 그리고 이 모든 분리, 단절들은 소설의 도입부에서 여주인공이 흘리는 '코피'와 끝에서 '그'의 어머니가 흰 눈 위에 토하는 돌연한 '각혈' 사이에 놓여 더욱 비극적으로 윤색된다. 인공유산의 암시는 애인의 선물인 장갑 한 짝의 분실로도 나타난다. 그러나 마지막에 애인의 늙은 어머니를 등에 업고 "오던 길로 돌아서" 뛰는 명혜의 행로는 이 단절이 자극하는 모성으로의 회귀 욕구를 암시하는 것이 아닐까? 모성, 즉 어머니에게로의 회귀, 이것은 생명으로의 길인 동시에 죽음으로의 길이다.

이와 유사한 경험은 장편소설 『깊은 슬픔』 속에서 여주인공 은서가 동생 이수에게 들려주는 두 편의 이야기—이 이야기는 신경숙 소설이 뿌리 박고 있는 어떤 '원형'의 세계다—속에서도 유사한 정황으로 나타난다. 첫번째 이야기인 '목화 이불'에서 주인공 서씨의 첫 남편은, 「겨울 우화」의 아버지가 탄 자동차가 다리 아래로 굴러 다리를 절단했듯이, 경운기를 몰고 가다가 언덕 아래로 굴러 "아이를 생산할 수 있는 능력을 잃었다". 그는 또한 술 냄새를 풍기며 서씨를 매질하다가 「그 여자의 이미지」의 미자의 전남편처럼 수리조합 봇물에서 시체로 발견되었다. 그후 서씨는 어린 남매를 가진 남자와 재혼하지만 그 남편마저 "핏덩이를 쏟아내며" 죽자 『외딴방』에서와 거의 유사한 방식으로 먼저 큰아들 석철을 서울로 보내고 이번에는 마지막 남은 딸 인숙마저 떠나보낸다. 인숙과 이별하는 장면은 앞서 분석한 유순의 고향 떠나기를 그대로 반복한다. "역전에 나가려는 서씨를 인숙은 한사코 싫다고 밀어냈다. 혼자 갈래요. 나 기차 타는 모습 뵈주기 싫어." 그러나 서씨는 인숙의 생모가 아니다. 따라서 이 피상적 분리 체험은 더 깊은 뿌리를 숨기고 있다. 서씨는 인숙의 아버지와 재혼하여 자신의 아이를 낳았었다. 그러나 아기는 태어난 지 이레 만에 홍역을 앓다가 지게에 실려 공동묘지로 갔다. 어머니는 "젖을 먹을 때가 지난" 인숙에게 젖을 물렸고 인숙은 장난인 줄 알았다가 "진짜 젖이 흘러나오자 서씨의 품으로 꼭 안겨들었다". 이 관계는 「겨울 우화」에서

"14년 만에 새로 갖은 아이가 떨어져나간" 단절을 체험하는 어머니의 상황을 그대로 반복한다. 「전설」의 유모와 그와 여자의 관계도 결국은 같은 도식의 변주라고 볼 수 있다.(여기서도 '빈집'의 이미지는 다시 한번 더 나타난다. 인숙을 떠나보낸 서씨는 자신의 집이 "혼자 남은 황량한 빈집"이라는 생각을 떨구기 어려워한다. 그리고 그 모든 분리 체험 한가운데에서, 신경숙에게 매우 근원적인 고독을 체험하게 한 "낟가리에서의 외로움"이 처음으로 등장한다.)

『깊은 슬픔』의 은서가 쓴 두번째 이야기 원고는 두번째 귀향 때 동생 이수가 눈 오는 소리를 배경으로 소리내어 읽게 된다. 이야기 속의 여주인공은 눈 오는 날 아버지의 제사를 지내기 위하여 역에서 마을까지는 버스로, 다시 마을에서는 걸어서 산길로 온다. 그는 눈길에 쓰러진 사내애(명식)를 발견하자 그를 업고서 재실지기인 작은아버지의 재실로 온다. 이 '업혀온' 아이는 "지난 여름에 줄호댁에 담양서 왔다는 채장시 모자가 한 밤을 묵고 갔는데 아침에 보니 에미는 밤길로 도망치고 아이만 엎드려 있었다"는 사연으로 보아 「감자 먹는 사람들」의 유순과 거의 같은 단절의 깊은 뿌리로부터 온 인물이다. 화자가 이렇게 '업어온' 아이와 마지막 이별하는 장면은 여동생 수혜와의 고통스러운 이별과 맞물려, 앞서 『외딴방』의 경우에서 본 '집 떠나기' 때 어린 동생과의 이별, 그리고 유순과의 이별을 강하게 상기시킨다.

3

사랑하는 대상, 정든 집을 떠남으로써 잊을 수 없는 단절을 경험한 신경숙에게 이제부터 중요한 것은 당연히 태생지에 대한 저 억누를 수 없는 '그리움'일 터이다. 특히 「감자 먹는 사람들」의 주인공에게는 그렇다. 그는 이렇게 술회한다. "한때 나는 내가 봐도 마치 편지를 쓰기 위해 살고 있는 것처럼 참, 많은 편지를 썼지요. 이 도시로 처음

나왔을 때 더욱 그랬습니다. 창 밖은 낯설고 어디에고 마음 붙일 데가 없어서 내 태생지에 두고 온 사람들에게 편지를 썼지요. (……) 그때의 내겐 편지 쓰기란 내 몸의 일부 같았어요."(「감자 먹는 사람들」) 사실 신경숙에게 있어서 근본적으로 글쓰기란 고향으로 보내는 '내 몸의 일부'로서의 편지 쓰기라고 할 수 있다. 이 작가가 쓴 중단편들 중에서 가장 감동적인 걸작에 속하는 두 단편 「풍금이 있던 자리」와 「감자 먹는 사람들」이 다 같이 '편지' 형식으로 되어 있는 것은 우연이 아닐 것이다. 신경숙의 문체는 편지 형식 속에 놓이면 돌연 환하게 피어나는 느낌을 준다. 그 두 편의 작품은 두번째 세번째 창작집에서 각기 머리에 위치한다는 공통점 외에도 다 같이 사랑하는 사람(기혼자인 애인 혹은 아버지)과 헤어지게 될 상황에서 쓰는 편지라는 공통점을 지니고 있다. 여기에는 어딘가 심층의식 속에 억압된 '금지된 사랑'의 영상이 어른거린다. 「풍금이 있던 자리」는 그 제목이 흥미롭다. 이 작품 속에는 어디를 찾아보아도 풍금은 없다. 오직 있는 것은 '있던 자리', 즉 존재가 과거시제로 변해버린 '부재'뿐이다.[6] "풍금"은 오늘날 널리 보급된 "피아노"보다 더 "오래 된" 향수를 자극하는 악기다. 그것은 흔히 농촌의 초등학교 교실에 놓여서 어린 시절에 최초로 접한 "문화"의 아름다움을 상징한다. 그 "풍금이 있던 자리"에는 흔히 가려 있던 벽면의 자취가 사라진 근원적 아름다움의 상처처럼 남는다. 편지는 옆에 있는 사람에게 쓰는 글이 아니라 없는, 떠나고 없거나 손 닿지 않는 먼 곳에 있는 사람에게 쓰는 글이다. 「감

6) 사실 신경숙의 작품들에 있어서 제목의 의미나 기능은 별도의 검토를 요한다. 그만큼 그의 제목들은 강한 의문의 대상이다. 「풍금이 있던 자리」에 풍금이 등장하지 않듯이 「지붕과 고양이」에는 지붕도 고양이도 등장하지 않는다. 그것이 등장하는 작품은 「지붕과 고양이」와 매우 유사한 서사 구조를 갖춘 「강물이 될 때까지」이다. 「새야 새야」에 새는 등장하지 않으며 「해변의 의자」에도 해변에 의자는 보이지 않는다. 그 밖에 「멀리, 끝없는 길 위에」나 「깊은 숨을 쉴 때마다」, "커피집 벽에 붙은 시구절"일 뿐인 「강물이 될 때까지」, 그리고 심지어 「그는 언제 오는가」는 어떤 의미를 갖는 것이며 작품의 내용과는 어떤 관계를 갖는 것일까?

자 먹는 사람들」은 남편과 사별한 선배언니에게 보내는 편지인 동시에 "근친의 죽음을 받아들이는" 고통스러운 연습처럼 아버지의 병석을 지키며 씌어지는 글이다. 이 두 가지가 다 흘러가고 사라져버리는 것에 대한 '마지막 보루'가 되기를 '자신없이' 기대하며 쓰는 신경숙 특유의 글이다. 이 글쓰기는 분명 무엇인가를 숨기고 억압하고 있다. 그리움이 지우고 있는 것은 무엇일까?

태생지와 그곳에 두고 온 사람들을 향해 촉발되는 에너지가 언제나 강한 '그리움'이라는 정서적 모습으로 직접 표면화되는 것은 아니다. 특히 고향을 떠나온 초기에 있어서 고향은 유별난 그리움의 대상으로 표현되고 있지 않다. 도회의 절박한 삶이 고향을 그리워하고 있을 만큼 한가롭지 못한 때문이기도 하지만, 아직 이 무렵의 고향은 언제나 기차를 타면 돌아갈 수 있는 가까운 곳이기 때문이다. 태생지는 멀리서 그리워만 할 것이 아니라 실제로 가면 되는 거리에 있다.

과연 그의 많은 초기 작품의 인물들은 이런저런 이유로 줄기차게 고향으로 되돌아가고 있다. 첫 창작집 『겨울 우화』의 경우, 수록된 열한 편의 작품 중 여섯 편이 귀향의 이야기이고 「지붕과 고양이」「밤고기」 등 두 편은 고향을 연상시키는 농촌마을이 무대, 그리고 「외딴방」은 같은 제목의 장편소설과 마찬가지로 고향을 떠나온 소녀의 고통스러운 도시 생활의 이야기다. 도시를 배경으로 한 작품은 단 두 편뿐이다. 그 두 편 중 「성일」에서 정읍과 멀지 않은 전주로 내려가는 사람은 주인공이 아닌 PD다. 그러나 여주인공이 실제로 찾아가는 곳은 서울의 한 아파트이지만 마음속으로 그가 찾는 진정한 대상은 어린 시절 고향의 오빠와 정희다. 또다른 한 편인 「어떤 실종」은 대도시의 주차장 뒷집의 지하방이 무대지만, 시골에서 올라와 하룻밤을 묵은 아버지와 딸이 주고받는 이야기와 생각은 줄곧 고향으로만 향하고 있다. 오직 「조용한 비명」만이 태생지와 무관한 익명의 바닷가를 무대로 하고 있다. 그만큼 이 시기에 있어서 작가 신경숙의 마음의 무게중심은 여전히 태생지 쪽으로 기울어져 있다는 증거다.

데뷔작인 「겨울 우화」에서는, 이미 살펴보았듯이, 초등학교 여교사인 명혜가 감옥에 갇혀 있는 애인의 어머니를 만나기 위하여 찾아가는 곳은 정읍이다. 신경숙의 인물들이 찾아가는 '태생지'는 거의 예외 없이 작가 자신의 고향인 정읍이거나 이름만이 다른 정주 혹은 J시로 되어 있다. 약간 멀어진다 해도 전주 정도다. 신경숙에게 그 밖의 다른 도시나 농촌은 아예 존재하지 않는 것 같다. 다른 장소가 존재한다면 늘 그것은 서울의 원룸 아파트와 글쓰기로부터 '떠나기' 위하여 찾아가는 제주도나 바닷가(「조용한 비명」「직녀들」「해변의 의자」「깊은 숨을 쉴 때마다」), 아니면 어느 외국(「멀어지는 산」「오래 전 집을 떠날 때」)일 뿐이다.

「밤길」에서 친구 이숙의 죽음—이 죽음은 『외딴방』의 희재 언니의 죽음, 그리고 "기차의 강철바퀴에 으깨지고 터져서 초록 들판으로 튕겨져나가던" 어린 얼굴(「오래 전 집을 떠날 때」「성일」「새야 새야」)과 함께 신경숙을 사로잡는 세 가지 '개인적 신화들' 중의 하나다—에 대한 생각은 여주인공을 돌연 "J시에서 4km는 걸어야 나오는 변두리 농가"인 고향집을 향해 밤기차를 타게 만든다. "열차를 탄 것은 충동이었다." 그러나 J시에 내렸다가 다시 상행선 열차를 타고 되돌아온다. 하늘색 페인트칠 지붕의 고향집이 지금은 텅 비어 있기 때문이다. 이처럼 이미 신경숙의 초기 작품에서부터 등장하는 '고향집 = 빈집'의 이미지는 특히 주목할 필요가 있다. 서울에서 교사 노릇을 하고 있는 「황성옛터」의 여주인공은 잠시 고향인 정주로 내려가 있다가 아버지를 전주의 병원에 입원시키고 고향마을로 돌아온다. 「강물이 될 때까지」는 S시에 살고 있는 여주인공이 잠시 병가를 얻어 고향집에 돌아와 지내는 며칠간의 이야기다. 「등대댁」은 여주인공이 대학 4학년 때 J읍에 도착했으나 버스가 끊어져 등대댁과 함께 밤길을 걸어 고향집으로 돌아갈 때의 이야기다.

그러나 '사랑'과 '부재'(이별이나 죽음)의 문제를 주로 다루고 있는 두번째 창작집 『풍금이 있던 자리』로 오면 고향으로 가는 발길이 벌써 좀 뜸해지는 것을 알 수 있다. 작품집과 같은 제목인 단편 「풍금이 있던 자리」는 기혼자인 애인과 외국으로 떠나기 전 작별인사를 하려고 도시에서 고향으로 돌아와 쓰는 여주인공의 편지 형식을 취하고 있다. "마을로 들어오는 길은, 막 봄이 와서, 여기저기 참 아름다웠습니다. 산은 푸르고…… 푸름 사이로 분홍 진달래가……" 신경숙의 소설에서는 예외적일 만큼 이 소설은 고향마을에 출렁이는 빛과 설렘으로 시작한다. 그러나 이 아름다운 고향의 빛은 머지않아 여주인공을 그곳에 붙잡아놓은 채 사랑하는 사람과 떠나지 못하게 만든다. "아름다운 걸 보면 늘 슬프다고 하시더니……"라는 한마디가 그 빛나는 풍경 속에 복병처럼 숨어 있었던 것이다. 더군다나 이 작품의 초입에서, 돌아온 고향이 "송두리째 텅 빈 것 같은 마을"인 것은 앞의 「밤길」에서 본 유사한 이미지와 더불어 장차 자세하게 분석하게 될, 신경숙의 강박적 테마인 '빈집'의 이미지와 관련하여 각별히 기억해둘 필요가 있다.

「저쪽 언덕」은 '박수 누룩이'라는 별명을 가진 개의 시선에 비쳐진 시골 아가씨의 사랑 이야기다. 종가집 며느리로 고달픈 삶을 살아온 어머니가 딸만은 자신과 같은 삶을 되풀이하지 않도록 훌쩍 고향을 떠나가버리기를 바라지만 딸은 홀어머니를 두고 차마 떠나지 못한다. 금식이 나무 위에 올라가 남선 아가씨가 목욕하는 모습을 훔쳐본다든가 그녀의 방 창문을 바라보며 밤새도록 비탈길에 앉아 있는 장면 등 작가 자신의 옛 기억이 유사하게 옮겨놓인 것으로 보아 소설의 무대는 '태생지'와 무관하지 않을 듯하다. 반면에 「그 여자의 이미지」에서는 드문 경우지만 남자가 작중화자다. 그는 사랑하던 아내의 유골을 안고 그녀가 떠나왔던 마을 '검댕이'로 찾아간다. 전남편 사팔뜨기가 시체로 떠오르는 저수지는 『깊은 슬픔』 속 작은 이야기 '목화 이불' 속의 유사한 "수리조합 봇물"을 상기시키면서 '태생지'에 감추어진 무의식적인 '깊은 물'과 죽음 사이의 고리를 암시한다.

장편 『깊은 슬픔』은 같은 어린 시절의 고향 '이슬어지'에서 서울로 온 완, 세, 은서 세 친구 사이의, 삼각관계로 어긋난 사랑 이야기다. 고향 이슬어지는 "사막에 추락하여 방향감각을 잃은 비행사"에게 그랬듯이 이 세 사람에게는 언제나 그쪽으로 "머리를 두고" 잠들고 싶은 삶의 근원이요 축이다. 다만 각자가 "머리둘 곳"이라고 여기는 대상이 서로 어긋나 이르지 못할 뿐이다. 완은 은서에게 말한다. "나는 이슬어지에 대해 기억할 게 없어." 왜냐하면 그는 너무 일찍 고향을 떠나왔기 때문이다. "다만 내가 야간비행사가 되어 사막에 추락한다면 그래서 태어난 곳에 머릴 두고 누워 있게 된다면 네 생각이 그 추락의 밤을 견디게 해주겠지. 그래. 그건 그럴 거야. 내게 이슬어지란 곧 너거든."(『깊은 슬픔』 상권, 172쪽) 그 "추락의 밤"은 무엇일까? 한편, 너무나 뒤늦게 남편 세에 대한 사랑을 깨달은 여주인공 은서는 말하고 싶어한다. "너는 내 고향이라고, 너는 이 세상을 살아가는 내 삶 속에서 내가 머리를 둘 데라고."(『깊은 슬픔』 하권, 264쪽)

그러나 뜻밖에도 이 긴 소설의 '이슬어지'는 그 정겨운 이름과는 달리 지극히 이상화된 관념으로만 남아 있을 뿐 텅 비어버린 마을에 불과하다. 주인공 은서는 세 번 고향으로 돌아간다. 고향은 벌써 첫번 귀향 때부터 공허하기만 하다. 어머니는 마을사람들과 봄나들이 가고 "텅 빈 마을에 꽃만 지고 있다. 버들만 푸르러지고 있다".(『깊은 슬픔』 상권, 57쪽) 여기서도 다시 한번 더 '고향 = 빈집'의 이미지가 반복된다. 그녀는 어머니가 비운 집에서 남동생 이수가 저녁을 짓는 것을 보며 쓸쓸해한다. 이 두 남매의 사이는 독자를 불안하게 한다. "이수는 은서에게 내 것이라는 느낌을 처음으로 갖게 해준 사람이었다"(『깊은 슬픔』 하권, 184쪽)라는 진술이나 "사촌의 아이"를 낳고 자살하는 화연은 은서의 분신과 같은 인물이다.

두번째는 눈이 많이 내린 겨울의 귀향이다. "이슬어지는 적막했다. 어제 해저물녘에 은서는 혼자 마을 끝까지 걸어보았다. 늘어난 빈집들 사이를 걸어다녔다. 이젠 주변만이 아니라 마을 안쪽으로도 빈집들이 생겨 있었다. (……) 은서는 곧 마을 안으로 돌아섰다. 곧 이슬어지는 텅 비리라, 아무도 살지 않으리라, 생각하니 너무 귀가 시려워서." 어디로 보나 너무나 공허하여 이상향과는 거리가 멀다. '빈집'의 공허가 압도한다.

마지막으로 고향을 찾은 것은 그녀가 자살하기 직전, 눈 쌓인 날, 고별의 귀향이다. 은서는 이슬어지로 들어가는 다리에 차를 세워놓고 차 안에서 밤이 되기를 기다린다.(이는 「풍금이 있던 자리」에서 작중화자가 "집으로 바로 들어가질 못하고, 송두리째 텅 빈 것 같은 마을을 한 바퀴 돌고도…… 또 들어가지 못하고…… 서성대는" 모습을 연상시킨다. 그러나 그때는 꽃 피는 봄이었고 지금은 눈이 쌓인 한겨울이다.) 한밤이 되어서야 집으로 들어가 어머니에게 당장 돌아가야 한다던 은서는 "기절하듯 누워 잠들어버렸다". 이 어둠 속의 귀향과 잠은 어딘가 죽음의 예행연습 같은 인상을 준다. 그리고 뿌연 새벽빛 속으로 눈을 밟으며 떠난다. 죽음의 길이다.

두번째 장편 『외딴방』에서는 태생지를 떠난 여주인공이 고향으로 돌아가는 기회가 『깊은 슬픔』에서보다 더 빈번하고 더 구상화되어 나타난다. 공장에 취직한 "열여섯 살의 나"는 일 주일 휴가를 얻는 즉시 "시골로 가는 첫 길"을 떠난다.(『외딴방』 1권, 59쪽) 그가 돌아간 고향은 배꽃이 지는 공허한 마을이나 빈집만 늘어가는 마을이 아니다. 태생지에서는 여전히 구체적인 삶이 살아 숨쉬고 있다. 거기에는 "아버지 밥그릇이 담긴 밥가구를 들고 철길을 건너 아버지에게 가는" 엄마가 있고 맨발로 달려나오는 일곱 살 동생이 있고 손수 돼지고기를 구워주는 아버지가 있고 소녀가 틈만 나면 팔을 괴고 들여다보는 우물이 있고 엄마가 일하는 산밭이 있고 비 온 뒤 산에 진동하는 나무 냄새가 있다. 그러나 그 모든 것 이상으로 이 귀향을 아름답게 만드는 것은 주인공 자신의 농촌 체험과 도시 체험의 비교에서 오는 참다운 인식의 변화다.

내가 어리둥절했던 건 갑자기 도시로 나와서가 아니라, 도시에서의 우리들의 위치 때문이었는지도 모르겠다. 제사가 많았던 시골에서의 우리집은 어느 집보다 음식이 풍부했으며, 동네에서 가장 넓은 마당을 가진 가운뎃집이었으며, 장항아리며 닭이며 자전거며 오리가 가장 많은 집이었다. 그런데 도시로 나오니 하층민이다. 이 모순 속에 이미 큰오빠가 놓여 있고, 이제 열여섯의 나도 그 모순 속으로 들어갈 것이다.(『외딴방』 1권, 67쪽)

세번째 작품집 『오래 전 집을 떠날 때』에 이르면 실제로 고향에 돌아가는 빈도수는 극히 줄어드는 대신 그 상실감에서 오는 '그리움'은 한결 짙어지지만 그와 비례하여 더욱 강한 공허감을 동반한다. 앞에서 보았듯이 「감자 먹는 사람들」에는 "태생지에 두고 온 사람들"에게 수많은 편지를 썼다는 고백이 등장한다. 그러나 그것은 "도시로 처음 나왔을 때"의 일이다. 도시에 와서 입원한 아버지의 병실을 지키는 동안 여주인공은 내리는 가을비를 바라보며 "어머니는 시골집에서 뭘 하고 계실까요?" 하고 자문하며 고향마을을 머릿속에 떠올린다. 그러나 "아버지의 뒷모습을 밀어뜨리고 지나가는 기차의 강철바퀴 소리"는 고향의 삶을 먼 과거로 밀어낸다. 그만큼 고향에 대한 그리움과 잃어버린 고향에 대한 회한은 "근친의 죽음을 받아들이는" 체념을 동반한다.

이상의 분석을 통해서 우리는 분명 초기 작품에 비하여 후기로 올수록 고향으로 돌아가는 일은 점점 드물어진다는 사실을 확인할 수 있다. 심지어 매우 의미심장한 제목이 붙어 있는 「오래 전 집을 떠날 때」의 경우처럼 귀향을 약속해놓고도 어기는 불상사까지 나타난다. 그리고 이제는 시대가 바뀌어 편지가 아닌 전화가 이용된다. 여주인공은 원래 여동생의 산후를 지켜주려고 어머니가 상경해 있는 동안 시골로 내려가 부친과 함께 지내기로 되어 있었다. 그러나 결국 모친이 비운 고향집에는 "부친과 황소들만 남는다". 그녀가 부친에게 전화를 걸어 귀향을 취소하고 페루로 여행을 떠났기 때문이다. 먼 페루와 가까운 부친이 충돌하여 결국 '먼 페루'가 이겼다. "가까이 있는 부친은 곧 다시 볼 수 있을 것 같네. 기다려줄 것만 같아. 그러나 이토록 가깝기에 바로 뒤는 절벽이겠지. 정말 절벽일까봐 그녀는 페루의 어디서나 부친에게 전화를 걸었다."

「깊은 숨을 쉴 때마다」에서도 유사한 상황이 벌어진다. 작중화자인 소설가는 추석 때가 되어 "서울이나 아니면 어머니가 계신 시골에 있지 못하는 이유"를 찾아내야 했기 때문에, 고향의 어머니에게 외국에 나간다고 복잡한 거짓말까지 꾸며대고서 제주도로 떠난다. 그녀는 "시골을 떠나 도시로 온 후부터, 내가 그 다른 세계에서 다른 습관을 들인 후부터 어머니와 나는 서로 할말을 잃어갔다"고 실토한다. 이처럼 태생지와 아버지 어머니의 세계와 상충하는 관계는 중요한 변화다.

이리하여 결국 세번째 창작집에서 실제로 귀향의 주제를 다룬 작품은 「모여 있는 불빛」 단 한 편뿐이다. 화자는 서울역에서 늦은 기차를 타고 고향집으로 돌아간다. 여기서는 귀향의 '이유'가 예외적으로 장황하게 설명되어 있다. "어제, 그녀가 하던 일을 멈추고, 아니 팽개치고 충동적으로 서울역에 나가 이곳으로 오는 표를 끊었던 것은, 더이상 치매 상태를 견딜 수 없어서였다." 그녀는 "지치고 피로한 마음을 위로받고 싶어 충동적으로 서울역에 나갔다". 「밤길」의 화자와 마찬가지로, 소설가인 여주인공이 고향으로 가는 밤기차를 탄 것이 "충동적"이라는 사실은 반복하여 강조된다. 그러나 돌아간 시골집에서 그녀는 뜻밖의, 그러나 소설가인 그녀에게는 결코 간과할 수 없는 문제에 부딪히게 된다. 즉 '태생지'의 핵심을 이루는 집과 가족, 그리고 자신의 직업인 소설 사이에 가로놓인 단층이 그것이다. 위안받기 위하여 찾아간 태생지에서 그는 고향이란 무엇이며 소설이란 무엇인가라는 절박한 질문과 마주치게 된 것이다. 결국 고향으로 돌아가지 못하는 까닭은 두 가지이다. 하나는 화자가 "다른 세계"를 형성하면서 도회의 소설가로 변신했기 때문이고, 다른 하나는 점점 더 고향이 '빈집' 혹은 '빈방'으로 공허해지기 시작하기 때문이다. 삶의 무게중심이 도회로 옮겨지면서 고향의 가족관계는 이별과 죽음 혹은 그 위협에 의하여 해체되어가기 때문이다. 근래 신경숙의 후기 작품들 속에 빈번히 등장하는 기차의 '강철바퀴 소리'나 '빈집' 테마는 바로 작가의 마음속에 비어가는 고향의 상실감을 불안하게 반영하기 시작한다. 빈집은 텅 비어 있으면서도 무엇인가 '지워진' 영상들로 가득하다. 글쓰기는 빈집 속에 무엇을 감추고 있는 것일까?

4

그러나 이 최근 작품집에서 정면으로 제기된 글쓰기와 '빈집'의 문제를 다루기 위해서는 그보다 앞서 씌어진 작품들로 되돌아가서 그 점진적인 변화의 계기와 과정을 세밀하게 살펴볼 필요가 있다. 그의 소설 속에 작중화자나 주인공으로 글쓰는 사람, 혹은 본격적인 소설가가 등장하고 그가 쓰는 글의 내용과 방식, 글쓰기의 어려움과 글쓰기의 상황이 등장하는 것은 주인공의 고향 쪽 발걸음이 뜸해지는 것과 때를 같이한다는 점은 이미 지적했다. 그런데 그 변화는 대체로 두번째 창작집 『풍금이 있던 자리』에 실린 몇몇 작품들에서부터 현저히 나타나기 시작한다. 실제로 작중화자나 주인공이 '소설가'나 글을 쓰는 사람인 작품은 『풍금이 있던 자리』에 실린 마지막 중편 「멀리, 끝없는 길 위에」, 장편 『깊은 슬픔』 『외딴방』, 그리고 세번째 창작집에 실린 「모여 있는 불빛」 「마당에 관한 짧은 얘기」 「깊은 숨을 쉴 때마다」 등이다.

그러나 이런 관점에서 무엇보다도 주목할 만한 작품은 창작집과 같은 제목의 중편 「풍금이 있던 자리」이다. 이 작품은 두번째 창작집 속에서 유일하게 주인공의 '귀향'과 '글쓰기'의 문제를 동시에 제기하기 때문이다. 즉 이 작품은 "고향에 돌아가서 쓰는 편지"라는 서술 방식을 택하고 있는 것이다.

작품 속에 '편지'가 등장하는 것은 물론 이번이 처음은 아니다. 이미 데뷔작 「겨울 우화」에는 작중화자가 가르치는 학생인 서지수가 크리스마스 카드에 쓴 편지가 짧고 서투른 모습으로나마 등장한다. 「성일」에서 라디오의 음악 프로그램 진행자에게 여러 차례에 걸쳐 전용수가 보내오는 철자법 틀린 엽서, 「어떤 실종」의 서두에 군의관이 쓴 익사체에 관한 익명의 편지 등도 모두 소설 속에 '인용된 텍스트'에 속한다. 이 편지들은 그 서투름 자체를 통해서 어느 정도 그 가공하지 않은 언어의 진실성을 드러내지만 아직은 글쓰기에 대한 반성적 형식을 갖춘 것으로 보기는 어렵다.

두번째 작품집과 같은 제목으로 그 머리를 장식하는 단편 「풍금이 있던 자리」는, 드러내놓고 '작가'의 문제를 반성적으로 다루지는 않고 있지만, 이미 글쓰기와 관련하여 매우 흥미로운 관점을 보여줄 뿐만 아니라 다른 작품들의 독법을 암시한다는 점에서 주목할 필요가 있다. 이 작품은 앞에서 언급했던 「감자 먹는 사람들」과 더불어 신경숙의 중단편들 가운데서 전체가 '편지'로 이루어진 두 편의 작품 중 하나다. 즉 어느 젊은 여자("저")가 고향집으로 돌아와, 지난 이 년 동안 사랑했던 기혼자(당신)에게 보내려는 편지다. 그 여자는 남자와 함께 비행기를 타고 멀리 떠나기로 약속해놓고 부모님과 작별을 하려고 시골집에 돌아왔다가 결국 가지 않았다. "저와 함께하기 위해서 당신은 이곳을 떠날 생각을 했었습니다. 당신의 두 아이와 당신의 아내와 그리고 당신의 사십 평생이 있는 여기를 말이에요…… 그런데 저는 지금 못 가겠다 하고, 당신은 날을 받아놓고 있다니."

이 고장을 찾아올 때는 당신께 이런 편지를 쓰려고 온 것이 분명 아니었습니다. 이런 글을 쓰려고 오다니요? 저는 당신과 함께 떠나려 했잖습니까.

비행기를 타버리자.

당신이 저와 함께하겠다는 그 결정을 내려주었을 때, 저는 너무나

환해서 꿈인가? ……꿈이겠지, 어떻게 그런 일이 내게…… 다름도 아닌 내게 찾아와주려고, 꿈일 테지, 했어요.(「풍금이 있던 자리」)

이 작품은 그 내용과 형식이 서로 긴밀하게 맞물린 채 글쓰기란 무엇인가?라는 문제를 미묘하게 암시하고 있다. 왜냐하면 이 작품은 곧 글쓰기와 행동하기 사이의 미묘한 상관관계를 필연적으로 드러내기 때문이다. 작중화자가 고향에 온 목적은 원래 "다만 떠나기 전에, 아무것도 모르시는 부모님과 작별을 하려고 온 것"일 뿐이다. "부모님과 작별을 한다"와 "당신과 함께 떠난다"만이 진정한 현실이요 행동이다. 그것만이 그 동안 "당신"이 이곳을 다녀가면서 시내 다방에서 출국날짜를 알려준다든가 수송아지가 태어난다는 것과 마찬가지로 구체적 사실이요 행동이다. 그런데 그녀는 지금 그 행동하는 대신 글(편지)쓰기만 하고 있는 것이다. 글을 쓰는 동안 시간은 쉬지 않고 흘러간다. 여자는 "이제 당신과 약속한 날이 나흘 남았다"라고도 쓰고 "당신과의 약속시간은 이제 이 밤만 지나면 다가옵니다"라고 쓴다. 그리고 마침내 "지금…… 막, 당신과의 약속시간이 지났습니다"라고 쓰는 때가 온다. 행동의 시효가 지나가도록까지 '나'는 여전히 편지만 쓴다. 그러나 얼마나 미묘한 일인가? '나'는 결국 글쓰기를 통해서 글쓰기 자체가 심각한 선택이요 행동임을 실천으로 보여준 것이다. 결국 그녀의 글쓰기는 "당신이 저와 함께하겠다는 그 결정을 내려주었을 때"의 행동에 결코 못지않은 자격으로 "함께 떠나기를 거부"하는 "결정" 그 자체이며 "행동" 그 자체인 것이다.

그리고 그녀는 마침내 "거의 한 달을 글을 못 썼습니다"라고 쓴다. 행동의 시효가 끝난 다음의 글쓰기는 어머니가 슬픈 점촌댁 상가에 가는 것이나 여자가 에어로빅을 하는 것이나 마찬가지로 부질없는 "무목의 화살"이기 때문이다. 그리하여 '나'는 편지를 쓰는 대신, 당신이 정말 가버렸는가 알고 싶어 "당신"에게 전화를 걸어본다. 전화를 거는 것은 행동이다. 전화의 저쪽에는 당신 아내가 응답하면서

"아빠에게 전화받으시라고 해" 하고 당신의 딸아이 "은선이"에게 이르는 소리가 들린다.

그러나 전화를 거는 이 행동도, 마당의 감나무에 감꽃이 하얗게 돋아나는 일도, 까치가 새끼를 세 마리나 낳는 일도 모두 사실은 '편지'라는 글쓰기가 없으면 존재할 수 없는, "너무 환한 꿈"이 아닐까? 그래서 글쓰는 이는 결국 이 기나긴 편지를 "당신"에게 부치지 않음으로써 글쓰기를 현실 쪽으로 반쯤 열어놓고 있는 것은 아닐까? 글쓰기는 이리하여 풍금 그 자체가 아니라 풍금이 놓여 있던 "자리"일 뿐이다. 그런데 그 빈자리에서 자꾸만 어린 시절에 듣던 풍금 소리가 들리는 것만 같다. 그래도 결국 현실 속에 풍금은 없다. 글쓰기와 삶은 어느 쪽이 안이고 어느 쪽이 밖일까? 「풍금이 있던 자리」는 이처럼 그 대답을 난처하게 만든다.

어쨌든 작품집 머리의 이 중편은 그 뒤에 이어지는 다른 여러 작품들의 새로운 독법을 은연중에 암시하는 기능을 맡는다. 과연 이 두번째 작품집 속에서는 언어와 글쓰기의 문제가 암암리에 투영된 메타픽션의 특징이 표면에 나타나기 시작한다. 세 사람의 벙어리인 큰놈, 작은놈 그리고 어머니의 이야기를 통해서 언어 이전의 순수 상태, 그리고 말하기, 듣기, 쓰기, 읽기 능력의 부분적 결핍으로 야기되는 사고와 의사소통과 사랑의 어려움을 다룬 작품 「새야 새야」는 언어와 침묵 간의 근원적인 문제를 제기한다는 점에서 글쓰기의 문제와 무관하지 않다. 어머니는 읽지도 쓰지도 못하고 큰놈은 오직 읽을 줄만 알고 작은놈은 읽고 쓸 줄 안다. 유일하게 글쓰기의 능력을 갖춘 작은놈은 "노래책 뒤에 수없이 적힌 주소의 한 이름"에게 글씨를 써서 보내게 된다. 그 결과 "미래와의 편지 왕래"가 시작되었고 미래의 사진이 왔으며 마침내 그 "도토리만한 여자" 미래가 "정말 걸어서" 찾아온다. 글쓰기가 유발한 행동이다. 그러나 너무나 보잘것없는 작은놈의 모습에 실망한 그녀는 곧 가버리고 만다. 글쓰기와 현실 행동 사이에 가로놓인 괴리와 파국을 보여주는 알레고리다. "작은놈도 이후 다신 글씨

따윈 쓰지 않았다." 그러나 결국 큰놈의 마음을 대필하는 데 동의한다. 그러나 그 글쓰기는 큰놈이 여자를 "아름다이" 보내는 고별사일 뿐이다. 즉 의사소통의 종말을 알리는 신호인 것이다. 그 뒤에 오는 것이 죽음이라는 것은 쉽게 짐작이 된다. 작은놈이 임신한 여자를 떠메고 눈길을 헤치며 찾아가는 곳은 어머니의 무덤 속이다. 『깊은 슬픔』의 은서가 찾아가는 이슬어지행을 닮았다.

「베드민턴 치는 여자」는 한 꽃집 점원의 "표현하지 못한" 사랑을 그리면서 그녀가 "노트"에 끄적거린 기록을 삽입시키고 있다. "새 노트에 적은 내용"과 커피집에 앉아서 노트에 적은 글이 그것이다. 본격적인 글쓰기와는 상당한 거리가 있는 이런 "노트"는 장차 윤색되지 않은 삶의 직접적이고 자연스러운 자취로서, 글쓰기의 일차 자료로서, 신경숙의 소설에 자주 삽입, 인용되기 시작한다. 마찬가지로, 작품집의 마지막 중편 「멀리, 끝없는 길 위에」에는 시인 지망생이었던, 죽은 친구 이숙이 남긴 "노트"의 글들과 작가인 작중화자 자신이 그녀와 관련하여 기록해두었던 "노트"("그녀를, 마지막으로 본 때를 지독한 현재처럼 기억한다, 그때를 이렇게 써놓았다……" "나는, 그녀를 마지막 본 때를, 지독한 현재 같은 그 시간에 대해 계속 이렇게 써놓았다……" 그녀가 죽었다는 소식을 들은 직후 "나는 그때를 이렇게 썼다. (……) 떠올랐다가 거의 동시에 사라져버리는 이미지. 그 짧음. 붙잡을 수 없는 것들. 다만 느낄 뿐. 왜 그 느낌을 그대로 글로 적을 수 없는 것일까? 역사와 전통은 없으나, 잠깐 반짝였으나, 그 꽉참".)가 여러 차례에 걸쳐 폭넓게 인용되고 있다. 그들의 "노트"는 소설 쓰기의 '앞 텍스트(avant-texte)' 혹은 '자료'의 일종이지만 신경숙은 그 노트들을 가공하지 않은 채 직접 인용하는 형식을 취함으로써 틀에 매이지 않은, 죽음에 의하여 고착되지 않는 기억의 역동성을 되살리고자 한다. 그 역동성이 때로는 불의 이미지로 타오른다. 젊어서 죽은 어떤 다른 시인의 묘지에 갔다가 돌아오면서 작중화자는 죽은 친구에 대하여 "뭔가를 써보겠다는 욕망"이 뜨거워지는 것을 느낀다. "그녀는 죽었고, 지금

다시 소멸이 이루어지고 있다는 느낌. 건조한 숲에 그 느낌이 성냥을 갖다 댔다. 그녀의 완전한 소멸을 막아볼 수 있었으면, 여기 이 글이 그녀의 무덤이었으면. 나는 고개를 숙였다. 산불처럼 번지는 욕망. 내가 배운 모든 이미지여, 살아나다오. 나는 그녀를 재생해내고 싶다, 엮어주고 싶다, 소설이 아니라도 좋다, 나와 같은 해에 태어나 흔적없이 사라져버린 그녀의 무덤이 여기이게 그렇게만." 이리하여 이미 소설 속에서 소설을 쓰는 과정 자체가 소설의 내용을 이루는 동적 상황이 형성된다. 독자는 소설 쓰기의 현재진행형에 참가한다. 이제부터 이런 방식은 신경숙 소설의 한 트레이드 마크로 변한다. 장편 『외딴방』이 그렇고 중편 「오래 전 집을 떠날 때」 「깊은 숨을 쉴 때마다」 「그는 언제 오는가」 등 많은 후기 작품들이 그렇다. 특히 『외딴방』은 이미 최초의 작품집 『겨울 우화』의 끝에 편입시켰던 같은 제목의 단편을 장편으로 '다시 쓰기' 할 뿐만 아니라 그 단편의 텍스트와 그 글을 쓰던 시간을 삶이 남긴 일종의 가공되지 않은 편린, 즉 "노트"로 글쓰기 속에 편입시키고 있다. 글쓰기의 삶이 또다른 글쓰기 속에 편입되어 뫼비우스의 띠를 형성하는 그 연속성을 작가는 「멀리, 끝없는 길 위에」에서 다음과 같이 압축한다. "안과 밖, 소설과 비소설, 해와 달, 삶과 죽음…… 너와 나."

5

중편 「풍금이 있던 자리」가 글쓰기와 관련하여 제시하는 관점은 특히 최근의 세번째 창작집 가운데 귀향과 글쓰기의 주제를 동시에 다루고 있는 유일한 작품으로, 같은 편지 형식을 취하고 있는 「모여 있는 불빛」의 독법을 위하여 암시하는 바가 크다.

이 두 작품은 그 모두(帽頭)의 예외적 표기 방식을 공통점으로 갖고 있다. 두 작품의 시작을 보자. 우선 「풍금이 있던 자리」:

마을로 들어오는 길은, 막 봄이 와서,

여기저기 참 아름다웠습니다. 산은 푸르고…… 푸름 사이로 분홍 진달래가…… 그 사이…… 또…… 때때로 노랑 물감을 뭉개놓은 듯, 개나리가 막 섞여서는…… 환하디환했습니다.

(……)

저, 저만큼, 집이 보이는데,

저는, 집으로 바로 들어가질 못하고, 송두리째 텅 빈 것 같은 마을을 한 바퀴 돌고도…… 또 들어가질 못하고…… 서성대다가…….

여기서 작가는 깊은 숨을 쉴 때마다 거침없이 쉼표를 찍고, 그것도 부족한 듯 표기의 고전적 규칙을 무시한 채 대담하게 줄을 바꾸어버리고 있다. 이렇게 함으로써 신경숙은 소설의 형식보다는 "건조한 숲에 성냥을 갖다 대는" 느낌처럼 생동하는 힘과 삶의 자연스러움을 중요시한다. 그는 "산불처럼 번지는 욕망"에 힘입어 "완전한 소멸을 막아볼 수 있었으면" 하는 마음에서 글을 쓴다. 그리하여 그는 「멀리, 끝없는 길 위에」의 화자처럼 외친다. "내가 배운 모든 이미지여, 살아나다오. 나는 그녀를 재생해내고 싶다, 엮어주고 싶다, 소설이 아니라도 좋다, 나와 같은 해에 태어나 흔적 없이 사라져버린 그녀의 무덤이 여기이게 그렇게만." 그래서 소멸을 막는 마지막 보루, 즉 "그녀의 무덤"이고자 하는 이 모두(帽頭)는 소설의 전통적인 기술 방법을 거스른 채 자연스러운 호흡을 그대로 옮겨놓는다. 그래서 행이 완결되기도 전에 쉼표를 찍고 시처럼 줄을 바꾼다. 이런 방식은 소설의 도입부에서 눈에 띄게, 두 번이나 반복된다. 이 작품의 마지막 페이지는 이런 표기 방식이 빈번한 말줄임표의 사용과 더불어 신경숙 특유의 "숨을…… 깊은…… 숨을 들이쉬는" 방식임을 암시하고 있다.

그런데 이런 표기 방식은 중편 「모여 있는 불빛」의 도입부에서 다시 한번 더, 그리고 귀향과 글쓰기에 더욱 직접적으로 맞물려서 나타난다.

어제 그녀가 마을에 들어섰을 때,

그녀는 아버지가 들여다보다 놓아두고 나간 소 사료 기록 노트를 끌어당겨 습관처럼 어제 그녀가 마을에 들어섰을 때, 라고 적어보다가 그대로 볼펜을 장부 사이에 끼워놓고 방바닥에 엎드려버렸다. 아버지가 쥐었을 볼펜에는 소 사료 냄새가 묻어 있다. 그 냄새는 볼펜에만이 아니라 어디에나 묻어 있다. 잠바에도, 모자에도, 마당에도.

그녀가 그 다음으로 쓰려던 문장은 마을은 죽은 듯이 겨울을 견디고 있었다, 였다. 그녀는 볼펜을 놓고 방바닥에 엎드린 뒤에도 죽은 듯이, 라는 표현은 별로라는 생각을 했다. 견디고, 도 답답한데 거기다가 죽은 듯이, 라니. 그렇긴 하지만, 어젯밤 그녀가 본 이 마을은 진짜로 죽은 듯이 겨울을 견디고 있는 느낌이었다. 워낙이 밤이 깊어 있었기 때문이었을까? 마을이 아니라 칠흑 속으로 첨벙 뛰어드는 기분이었다. 눈에 보이는 건 무덤 같은 어둠, 귀에 들리는 건 휘몰아치는 밤바람 소리.

위의 인용문에서 서둘러 줄바꾸기한 첫 줄은 그녀가 마을에 들어서는 행동의 서술인 동시에 그녀가 "아버지의 소 사료 기록 노트"에 볼펜으로 적은 문장이며 또한 "적어보는" 연습적 성격으로 미루어보아 독자의 눈앞에서 진행되고 있는 글쓰기 행위 자체라고 할 수 있다. 그런데 그 글쓰기의 장소가 "아버지가 들여다보다 놓아두고 나간 소 사료 기록 노트"라는 사실은 각별한 주목을 요한다. 이 노트는 결국 성격을 달리하는 두 가지의 글쓰기가 이루어지고 있는 장소라고 할 수 있다. 하나는 그것 본래의 기능인 "소 사료 기록"이고 다른 하나는 작가인 딸이 "습관처럼" 끄적인 글쓰기 연습으로서의 한 토막 부사절이다. 전자는 '태생지'인 농촌 본래의 일상적 현실과 삶, 즉 소 기르기에 관련된 기록이다. 거기에는 볼펜이나 기타 주변적 물체나 장소와 마찬가지로 구체적인 삶의 "냄새"가 생생하게 묻어 있다. 이것은 허구가 아니라 육체의 세계다. 반면에 후자는 예외적, 습관적, 편승적, 허구적 글쓰기 시도에 불과하다. 거기서 오는 허위성을 느끼기라도 한 듯이 화자는 글쓰기를 중단해버린 것이다.("볼펜을 장부 사이에 끼워놓고 방바닥에 엎드려버렸다.")

더군다나 그녀가 실제로 쓴 앞의 문장, "어제 그녀가 마을에 들어섰을 때"는 쓰려다 만 뒤의 문장, "마을은 죽은 듯이 겨울을 견디고 있었다"와는 그 수사적 성격상 확연히 구분된다. 즉 전자는 시간부사(어제), 공간부사(마을에), 주어(그녀), 동사(들어서다) 등 문장에 꼭 필요한 기본적 요소들만으로 간결하게 구성된 채 현실을 객관적으로 반영하는 기능을 맡고 있다는 점에서 아버지의 "소 사료 기록"에 어느 정도는 가까이 가고 있다. 반면에 머릿속에서만 만들어지다가 만, 뒤의 문장은 "죽은 듯이"나 "겨울을 견디다"라는 의인법과 은유법을 동원하여 '마을'이라는 객체를 극히 주관적으로 환기시키고 있다는 점에서 아버지의 글쓰기와는 거리가 멀다. 과연 이 작품은 이 미묘한 도입부에서부터 끝까지 아버지, 작은아버지, 어머니, 고모가 '태생지'의 현실 속에서 영위하는 구체적 삶과 도회로 나가 머물고 있는 소설가인 화자의 허구적 글쓰기가 드러내는 괴리와 상충관계를 문제삼고 있다. 이 전략적 도입부는 그 모든 주제들을 그 글쓰기 방식 속에 미리부터 이처럼 압축하고 있는 셈이다.

우선, 소설가가 이 마을로 떠나오기 전, "나의 문장수업"이라는 글쓰기 청탁과 "당장 마무리지어야 할 소설 원고"를 앞에 놓고 그토록 절박하게 느꼈던 장애, 즉 "치매 상태"란 무엇인가? 그것은 결국 머릿속이 '빈' 공간으로 변하는 공황 상태라고 할 수 있다. 그는 어디에서 그에 대한 '위로'를 얻을 수 있을 것인가? 즉 그 비어 있음을 무엇으로 채울 수 있을 것인가? 두 가지 해법이 가능하다. 하나는 중국의 기서라는 『산해경』을 읽으면서 기발한 상상력으로 그 공간을 채울 수 있다. 이는 소설가의 본래적 기능과 맥을 같이하는 해법이다. 과연 그 방법을 통해서 그는 "잠깐잠깐씩 잠이 들기는 했다". 그러나 그것으로 충분하지는 못하다. 상상력은 덧없는 것이다. "무엇이 힐끗, 정말 힐끗, 느껴질" 뿐 그는 곧 "그 힐끗의 기미를 놓쳐버린다". 결국 그는 "서울역에서 늦은 기차를 탄다". 그것은 "정면으로 부닥쳐보는" 나름대로의 방법이다. 즉 아버지 어머니 같은 가족은 물론이고 삶의 "냄새" "송아지" "개" "돼지막" 같은 구체적 현실과 생활이 있는 곳, 어린 시절의 독서의 공간이요 글이 안 써질 때면 찾아오는 상상력의 샘인 "푹신한 짚더미"의 헛간이 있는 곳— '태생지'와 직접적으로 접촉함으로써 비어 있는 머릿속을 가득 채우고 내면을 건강하게 하는 방법이다.

그러나 그 "집"에서 기다리고 있는 것은 건강한 삶이라기보다는 고모님이 제기하는 만만치 않은 문제다. 전에 상경한 어머니에게서 들은 "송아지 사건"이 그것이다. 즉 우사를 지키는 개를 "새끼 배게 하려고" 데려다놓은 작은아버지네 수캐가 아버지의 송아지를 물어 죽인 사건을 소재로 하여 화자가 발표한 삼십 매짜리 소설 「마중」(「아이고 내 송아지」로 편집자가 개제)을 고모가 문제삼은 것이다. "조실부모하고 두 남동생을 키운 집안의 당당한 어른"인 고모는 "그 소설이라는 게 집안 궂은 일 광고허는 것이냐?"고 작가를 다그친다. 그러나 그녀가 소설을 쓰게 된 단초는 어린 시절에 자신의 속내 이야기를 친구 배미경이 "소문내버린" 데 있다. "비밀만 지켜주었더라면 배미경에게 계속 털어놓았을 그녀의 내면 생활을 글로 쓰기 시작한 것이다." 다시 말해서 그는 자신의 내면을 "숨기는" 마지막 보루로서 쓴 글인데 고모는 그것을 "광고하는 일"로 읽는다. "책을 읽지 않고도 생의 정면을 마주 보며 살아온" 고모는 "고달픈 인간생활을 피하지 않은 사람답게" 이처럼 살아 있는 현실과의 당당한 접촉을 중요시한다. 화자의 이에 대한 화답은 자신의 작품이 실린 "신문"을 잘게잘게 찢어서 "소 사료 부대" 위로 날려버리는 행동이 고작이다. 그렇다고 문제가 끝나는 것은 아니다.

소설가의 삶은 그대로 계속된다. 그녀가 빠져나간 도회의 "빈방"에서는 원고 독촉 전화가 여전히 울리고 있을 것이다. 여기서 우리는 앞에서 인용한 도입부의 끝 부분을 다시 상기할 필요가 있다. 화자는 쓰려다 만 문장, 즉 "마을은 죽은 듯이 겨울을 견디고 있었다"를 생각하면서 그 은유법과 의인법의 주관적 수사가 "별로"라거나 "답답하다"고 판단하기는 하지만 자기 나름대로 그 형용사들이 스스로의 눈에 비쳐진 "마을"의 인상을 정확하게 그려주고 있다고 느낀다. 그렇다면 놀라운 사실이 있다. "더이상 치매 상태를 견딜 수 없어서", 혹은 "누구에게든 위로받고 싶어서" 찾아온, 그것도 "충동적으로" 되돌아온 "마을"이 소설가에게 칠흑 같은 어둠과 한겨울의 밤바람 소리 몰아치는 "무덤"으로 비쳐진다는 사실이 그것이다. 이 무덤은 도회에 남겨놓고 온, 그리고 그녀의 "치매 상태"와 무관하지 않은 '빈방' 뿐만 아니라 신경숙의 소설 전체에 반복적으로 출현하는 빈집, 빈방, 텅 빈 마을 등의 이미지를 두루 상기시킨다. 도시에 두고 온 내 '빈방' 과 태생지의 빈집은 서로 다른 공간이면서도 뗄 수 없는 관련을 맺고 있다. 「오래 전 집을 떠날 때」에서 화자는 그 관계의 도식을 설명해준다. "높은 산정의 물기슭이 백조를 품고 있듯, 그녀의 거실은 어떤 빈집을 깊게 껴안고 있다"고 말하고 있는 것이다. 빈집의 저 깊은 곳에 또 하나의 빈집이, 그 속에 또다른 빈집이, 겹겹이 안겨 있는 것이다. 러시아 인형 같은 이 형식은 무의식의 모습을 많이 닮아 있다.

6

'빈집' 과 '빈방' 은 신경숙의 세번째 작품집 『오래 전 집을 떠날 때』를 압도적으로 지배하고 있는 이미지다. 거기에서는 명백하게 '빈집' 이야기만을 담은 세 편의 작품 「벌판 위의 빈집」 「빈집」 그리고 긴 중편 「오래 전 집을 떠날 때」뿐만 아니라 그 밖의 다른 중단편들에도 '빈집' 이미지는 좀 과장되다 싶을 정도로 자주 등장한다. '오래 전 집을 떠날 때' 라는 중편 및 작품집의 경우, 이미 그 제목 자체에 '빈집' 이미지가 강하게 암시되어 있다. 『풍금이 있던 자리』가 지금은 풍금이 없는 '빈자리' 이듯이, 빈집이란 그 속에 들어 살고 있던 사람이 '떠난 집' 을 뜻한다. 『오래 전 집을 떠날 때』의 110~111쪽에 서술된 집 떠나기 장면은 이 중편의 제목과 똑같이 "오래 전 집을 떠날 때"로 시작되어 다음과 같이 마감되고 있다. "그 집에서 태어난 가족들은 그 집을 떠나와 이 도시에 혹은 더 머나먼 곳에 다른 집을 짓고 새 가족을 만들고 있는 중이다." 이로써 빈집의 의미는 보다 더 분명해진다. 여기서 집은 매물로 내놓을 부동산이 아니라 생명이 '태어난' 공간이다. 그런데 특이한 점은 태어난 존재가 그 공간을 떠났고 그렇게 떠난 시점이 아득한 과거로 물러나 있다는 사실이다. 결국 "오래 전 집을 떠날 때"는 의식의 심층에 깊이 잠겨 있는 어떤 "아득한 과거의 빈집"을 손가락질해 보이는 것이다. 사람들이 떠나버린 태생지로서의 그 '빈집' 은 어떤 면에서 보면 출산, 혹은 유산하고 난 임부의 모체를 너무나 강하게 연상시킨다. 이 빈집은 탄생의 집인 동시에 죽음의 집이다. 신경숙의 잠재의식 속에서 이 집을 비우고 떠난 인물들은 그 빈집을 찾아 되돌아가고 싶은 '충동' 을 이기지 못하는 것 같다.

놀랍게도 신경숙의 세계 속에서 '빈집' 은 이미 그 출발점에서부터 등장하고 있다. 다만 아주 눈에 띄기 어려운 한구석에 숨어 있을 뿐이다. 데뷔작인 「겨울 우화」는 인공유산, 즉 어머니/아기의 분리 체험과 깊은 관련이 있다는 것을 우리는 앞에서 보았다. 기차칸에서 만난, "세 번 유산 끝에 얻은 아이"를 뱃속에 가졌다는 '잉부' 는 이야기 끝에 자신의 시댁이 있는 곳이 위도라는 섬이라고 말한다. 그 말을 듣자 그곳에 가본 적이 있는 명혜는 그 섬엔 "빈집이 많았다"는 것을 기억한다. 물론 이런 빈집은 우선 산업화, 도시화에 따라 농촌이 붕괴되어 가고 있는 현상의 일부라고 할 수 있다. 앞에서 이미 보았듯이 자녀들이 집을 떠나 "도시에 혹은 더 머나먼 곳에 다른 집을 짓고 새 가족을 만든" 결과로 농촌에 빈집들이 생기는 것은 어쩌면 자연스러운 일일지도 모른다.

「밤길」의 고향집이 그런 경우에 속한다. "그 하늘색 페인트칠 지붕. 고향집. 그 집은 지금 비어 있다. (……) 낡고 깨지고 무너지고 형편없이 된 것은 토담만이 아니었다. 사람은 늙고 풍경은 지쳐 있었다. (……) 샛터엔 빈집이 두 곳이나 되었고, 밀밭 곁의 공터는 늪으로 변해 있었다. (……) 부모님도 이태 전에 팔리지 않는 집을 아예 비워두고 J시를 떠났다. (……) 가운뎃집이라고 불리웠을 만큼 마을 한복판에 있는 우리집이 빈집이 되었으니 마을은 텅 빈 것 같으리라." 그래서일까? 충동적으로 밤기차를 타고 찾아갔던 화자는 갈 곳이 없다는 듯이 오던 길을 되짚어 도시로 돌아온다. 『깊은 슬픔』에서 은서가 두번째로 찾아간 고향의 모습도 같은 맥락에서 이해할 수 있다. "이슬어지는 적막했다. 어제 해저물녘에 은서는 혼자 마을 끝까지 걸어보았다. 늘어난 빈집들 사이를 걸어다녔다. 이젠 주변만이 아니라 마을 안쪽으로도 빈집들이 생겨 있었다."「황성옛터」의 고향 풍경도 다를 바 없다. "어렸을 때는 국수를 찍어냈던 방앗간집 마당을 은선은 깨금질해서 들여다본다. 이제는 사람이 살지 않는 폐가가 되었건만, 떠날 때 빨랫줄을 걷어내는 걸 잊었는지 주홍 나일론 빨랫줄이 마당을 가로질러 있다."

그러나 단순히 산업화의 산물이기에는 신경숙의 빈집은 그 정서적 울림이 너무나 넓고 깊다. 「저쪽 언덕」은 피폐해진 고향을 떠나는 사람들의 모습을 간결하고도 처연하게 그리고 있다. "사람들은 죽지 않고도 저 풍차를 지나 마을을 떠나갔다. 눈은 울면서도 몸은 바쁜 듯이 돌아서며 아무렴, 여그보단 낫겄죠, 인사들을 했다. 집이 팔리지 않아 살림만 트럭에 싣고 대문을 열어놓은 채로 가기도 했다. 한번은 그 빈집에 가봤더니 방 아랫목에서 풀이 돋아나고 있었다." 과연 이 '빈집'에는 단순히 사회구조적 변화의 산물로만 설명할 수 없는 또다른 요소가 추가되고 있다는 것을 눈여겨볼 수 있다. "방 아랫목에서 돋아나는 풀"이 바로 그것이다. 신경숙의 빈집, 혹은 빈방에 돋아나는 잡초들은 그 높아가는 출현빈도와 더불어 독자를 섬찟하게 하기 시작한다. 왜냐하면 그 언저리에 무덤과 죽음의 영상이 어른거리기 때문이다. 이같은 '빈집'의 환기력을 염두에 두고 본다면 「그 여자의 이미지」에서 미자의 유골을 안고 검댕이로 찾아가는 사내의 시선에 비친 풍경이 예사롭지 않다는 것을 느낄 수 있을 것이다. "그 외로운 길을 버스는 이단자처럼 달린다. 빈집일 것이 분명한 이지러진 초가의 지붕, 돌보지 않는 무덤들이 버스 운전대의 뿌연 유리창 너머로 쓸쓸하게 내다보인다." 그냥 대수롭지 않게 여기며 지나치기 쉬운 이 풍경 속에서도 빈집은 "무덤들"과 동일한 의미장 속에 병치되어 있는 것이다.

『깊은 슬픔』의 도입부에서 완의 가족이 살던 이슬어지의 빈집이 유난히 시선을 끄는 것도 그것이 죽음과 관련되어 있기 때문이다. 가뭄 때 물싸움으로 아버지가 죽자 한밤에 그 일가족은 마을을 뜬 후 다시는 돌아오지 않았다. "그의 가족이 도시로 나간 후 빈집은 혼자 무성히 잡풀을 기르다가 저절로 무너져 뒷산에 섞여버렸다. 집이 무너지기 전에 은서와 세는 폐가의 마당에 오래 서 있어본 적이 있었다. 멀리서는 거기에 은서와 세가 서 있다는 걸 볼 수 없을 만큼 마당의 잡초는 그들의 키를 넘어 웃자라 있었다. 은서와 세는 차마 방문을 열어볼 수가 없었다. 방구들을 뚫고 잡풀이 무성히 자라 천장에 닿아 있는 걸 보게 될까봐." "키를 넘어 웃자란" 마당의 잡초나 차마 열어볼 수 없는, "잡풀이 무성한" 빈방은 이미 무덤과 크게 다르지 않다.

「멀리, 끝없는 길 위에」는 이숙의 죽음과 관련된 고통스러운 글쓰기라는 것을 우리는 이미 앞에서 보았다. 이 작품에서 이숙의 아버지는 아내와 함께 살던 자기 집을 떠나 "한 가족이 살다가 버리고 간 빈집"에 가 산다. 뿐만 아니라 어린 이숙을 데리고 가서 그 빈집의 "삐걱이는 마루에 내려놓는다". 그리고 아버지는 "언덕과 이어지는 곳에까지 무슨 씨앗을 뿌린다. (……) 그짝 마당에는 더 가득했다. 아버진 꽃그늘 속에 창백하다. 꽃이 우거져 길이 사라진다. 마루도 안 보인다". 완의 가족이 떠난 후 웃자란 풀에 가려 보이지 않던 그것과 너무나도 닮은 방식으로 꽂이 우거져 안 보이는 이 빈집은 후일 실제로 이숙의 무덤이 된다. 그녀는 "원주에서 도망치듯 나와 그녀의 아버지가 개조해 기거하던 그 빈집에서 우울증과 거식증으로" 숨이 잦아들고 만 것이다.

어느 면 기이하고 난해하게 느껴지는 단편 「해변의 의자」는 이같은 '빈집' '부재', 사라짐 혹은 죽음의 이미지를 다소 몽환적인 방식으로 결합시키고 있는 작품이다. 우선 도입부에서 "너"는 해변에 도착하는 즉시 지금 막 떠나온 도시의 "빈집"을 환기시킴으로써 화자인 "나"를 불안하게 만든다. "너, 집에서 나올 때 가스레인지 불 껐니? 물었다." 이윽고 "너"가 영문을 알 수 없는 방식으로 사라져버리기 전, 두 사람은 바닷가의 암자에서 "마루에 뚫려진 뚜껑"을 열고 파도굴을 들여다본다. "저 밑은 섬뜩했다. 그 밑바닥, 아스라한 밑바닥에 굽이치고 있는 흰 거품들을 나는 오래 들여다보고 있을 수가 없었다." 어지럼증 때문이었다. 그런데 이상하게도 "너"는 오래 들여다보았다. "꿈이었나?" 싶게도 "너"의 표정은 예상 밖이다. "낙원 같았었니? 어쩌면 그렇게 편안하게?" 하고 내가 물을 정도다. 그러자 엉뚱하게도 그때 "너"는 "태어난 집"이 생각났다고 했다.

> 언제 한번 가본 집이 생각났어. 집? 내가 태어난 집. 파도굴을 보고 왜 태어난 집이 생각나? 그 집도 섬에 있었거든. 사실은 나도 잘 모르는 곳이야. 그저 어느 날 이모의 말이 생각나서 가봤던 것뿐이야. 이모가 그랬거든 내가 거기서 태어났다고. 아무도 살지 않는 빈집이더라. 바닷물이 마당까지 들어올 지경이었어. 거기다 인적이 끊겨서 집이 아니라 풀밭 같았어. 수북이 자란 잡초가 무너진 대문을 덮어버려서 그게 대문이란 걸 하룻밤 지나고서야 알았어. 거기서 자기도 했어? 그냥 그러고 싶었어. 내가 태어난 곳에서 묵고 싶었어. 방문을 열어보니까 잡초가 방구들을 뚫고 나와 수북했어. 거기서 잤어? 응, 벽에 등을 기대고 발을 잡초 속으로 뻗고. 잠이 와? 글쎄 그게 잠이었는지 꿈이었

는지 누가 팔을 둘러주는 것 같았어. 눈을 떠보니 아침이었어. 밤새 누가 옆에 자다가 간 것같이 따뜻했어. 언제 갔었어? 작년에 왜 너가 나 없어졌다고 야단을 부렸잖아, 그때. 그때 너 거기 갔었던 거야?(「해변의 의자」)

우선 이 대화 속에서 주목할 만한 대목은 "그 집도 섬에 있었거든"이라는 "너"의 기이한 대답이다. 이 말은 파도굴이 바닷가의 암자에 있다는 것과 관련이 없지 않겠지만 엄밀하게 암자가 있는 곳은 "섬"은 아니다. 여기서 우리는 자연스럽게 신경숙 문학의 '유년기'라고 할 수 있는 「겨울 우화」를, 그리고 그 속에서 본 "위도라는 섬의 빈집"을 연상하지 않을 수 없게 된다. 더군다나 그때 기차의 옆자리에 앉아 있던 '잉부'는 「해변의 의자」의 "너"와 똑같이 "섬이죠. 파도가 거친 날은 바닷물이 담장을 적시고 더 심하면 마당으로도 넘쳐오죠"라고 말하고 있다. 『깊은 슬픔』에서 완의 가족이 살다가 죽거나 떠난 뒤 남은 빈집이 "웃자란 잡풀을 기르다가 저절로 무너져 뒷산에 섞여"버리듯이, 「멀리, 끝없는 길 위에」에서 "꽃이 우거져" 빈집의 마루가 안 보이고 "길이 사라진다"고 했듯이, 「해변의 의자」에서 "너"의 태어난 집에서 "수북이 자란 잡초가 무너진 대문을 덮어버려서 그게 대문이란 걸 하룻밤 지나고서야 알게" 되듯이, 이 바닷가의 빈집은 언젠가 넘쳐오는 파도에 휩쓸려 사라져버릴 수 있는 환경에 놓여 있다. 빈집-잡초-무덤이라는 이미지의 파장은 마침내 "파도" 혹은 "사나운 물"에 닿는다. 과연 신경숙의 기억의 저 깊은 심층 어디엔가에는 "깊은 물에 떠내려가고 없는" 빈집과 그 속에서의 잠과 꿈(「오래 전 집을 떠날 때」)의 환영이 박혀 있음을 우리는 알고 있다. 그러나 그 거센 물살에 이르기 전에 우리는 아직도 몇 군데의 빈집들을 더 거쳐가지 않으면 안 된다.

「해변의 의자」에서 "마루에 뚫려진 뚜껑"을 열고 "들여다본" 파도굴 속에는 "굽이치고 있는 흰 물거품"만 보인 것이 아니었다. "너"는 말한다. "아까 파도굴에서 죽은 새를 봤어! 새? 갈매기 같았어. (……) 그 새는 어디서부터 떠밀려서 파도굴 속까지 쓸려왔을까?" 이제 빈집의 이미지에는 잡초-무덤-사나운 물에 "새"라는 또하나의 요소가 추가된다. 이 새, 혹은 갈매기는 과연 "어디서부터 떠밀려서 파도굴 속까지 쓸려왔을까?" 이 의문에 대한 대답은 신경숙 문학에 있어서 그야말로 '빈집' 교차로라고 할 수 있는 「오래 전 집을 떠날 때」에 숨겨져 있다.

작중화자는 페루 여행을 하고 돌아온다. 그런데 "그 여행 기간이 그녀의 여동생의 출산 예정일과 맞물려 있었다". 다시 한번 더 출현한 '출산'과 '잉부'의 이미지는 곧 '빈집'과 맞물린다. "여동생이 아이를 낳으면 시골에서 모친이 상경해 있는 동안 그녀가 시골집으로 내려가 부친과 함께 지내기로 되어 있었다. 모친이 집을 비우면 집에는 부친과 황소들만 남는다. 빈집에 부친과 황소만이라니." 이 귀향에 대하여 그녀 자신 기대가 크다. "거의 이십 년 만에 자연스럽게 생긴 부친과의 조용한 생활을 은근히 기대하고" 있는 것이다. 여기서 "이십 년"과 "은근히 기대", 그리고 "부친과의 조용한 생활"이라는 대목은 특히 주목할 대상이다. 이십 년의 시간은 집 떠나는 행동 앞에 늘 붙어다니는 "오래 전"과 무관하지 않은 것 같다. 즉 이십 년이면 어둠 속에 "얼굴은 보이지 않고 실루엣만 우두커니" 서 있던 아버지를 떠나던 "열다섯 살의 나"의 시점이다. "그 이후로 나는 아버지와 한 집에서 살지 못했다. 어머니와도 동생과도 같은 집에서 닷새 이상을 자지 못했다"(『외딴방』)고 화자는 의미심장하게 술회한 바 있다. 그런데 이제 "어머니와 동생"이 비운 집에서 아버지와 "자연스럽게" 잘 수 있게 된 것이다. 이쯤되면 비록 정신분석비평을 목적으로 하지 않는 평범한 독자도 '자연스럽게' 엘렉트라 콤플렉스를 연상하지 않을 수 없을 것이다.

그런데 왜 사진작가인(「해변의 의자」에서도 "나"는 "너"의 사진을 부지런히 찍어댄다. 그런데 "너의 자리"뿐 너의 모습은 지워지고 없다. 이

지워짐은 무의식 속으로의 잠적 혹은 억압과 관련이 있을 것이다) 딸은 어머니가 부재하는 사이에 아버지가 혼자 있는 고향의 빈집으로 가려던 계획을 포기하고 페루로 행선지를 바꾸고 말았을까? 그것은 "가까운" 아버지보다 "머나먼 페루"라는 것에 "지독한 매혹"을 느꼈기 때문이라고 그는 설명한다. 지워진 그림은 흔히 "머나먼" 곳에 묻혀 있기 쉽다. 그러면 그녀에게 페루란 무엇인가? "머나먼" 페루는 그녀가 읽은 로맹 가리의 소설 「새들은 페루에 가서 죽다」와 관련이 있다. 그녀에게 책읽기는 "얼마든지 숨어서 할 수 있는 일"이다. '로맹 가리의 소설 = 페루' 는 그러니까 "숨어서 하는" 그 무엇, 즉 심층의식 쪽으로의 잠적과 관계가 있다. 그 책은 무엇인가? 그녀는 예나 지금이나 "새들은 페루에 가서 죽다, 라는 제목은 여전히 매혹적이었다"고 실토한다. 제목 자체가 웅변적이기 때문이다. 그것은 '페루 = 새 + 죽음' 이라는 등식을 담고 있다. 더군다나 화자가 장황하게 그 줄거리를 소개하는 바에 따르면 "모든 것이 끝나는 바닷가에서 숨어 살고 있는" 남자가 있는 소설이다. 다시 말해서 페루에는 '새 + 죽음' 에 추가하여 '사나운 물' ("이제 파도가 한 번만 털썩 덮치면 여자는 수장될 참이었다"라고 스토리가 요약되고 있으니까 : 「오래 전 집을 떠날 때」) 이 "숨어" 있는 것이다. 이만하면 우리가 이미 앞의 "파도굴"에서 들여다본 모든 요소가 다 갖추어진 셈이다.(로맹 가리의 소설을 번역한 '김화영' 도 이 소설의 이같이 절묘한 용도는 예상하지 못했다!)

작중화자는 이제 집에 돌아와 "카메라 필름에 들어 있을 페루의 이키토스 저지대에서 찍은 빈집들"을 마음속으로 떠올린다. 그의 생각은 문득 한때 "미친 듯이" 빈집을 사진 찍으러 다니던 시절에 가서 닿는다. "사 년 전에 어떤 빈집을 들여다본 후론 그녀는 빈집을 카메라에 담는 작업에서 손을 떼어버렸다." 그렇다면 이것은 너무나도 중요한 사건이다. 그 빈집에서 그는 대체 무엇을 "들여다본" 것일까?

줄포쯤이었다고 생각된다. 이름도 모르겠는 산을 향해 2킬로를 걸어 갔을 때 묘지가 나왔다. 묘지 옆에 길어야 3개월 안에 무너지고 말 빈 흙집이 있다는 얘길 전해 듣고 찾아갔다. 정말 묘지 옆에 빈집이 있었다. (……) 그런데 그 방문에 얼굴만한 자물통이 걸려 있었다. 아무것도 없는 빈집에 저렇게 큰 자물통을 채워놓다니. 그녀는 마루로 올라갔다기보다는 먼지가 풀썩이는 쪽마루에 빠진 꼴로 완강하게 잠긴 문 안을 찢어진 문종이 틈으로 들여다보았다. 처음엔 지독하게 어두운 방이라고 생각했다. 그러나 어두운 게 아니라 푸른 방이었다. 방구들을 뚫고 올라온 억센 잡초가 방 안 가득 빽빽하게 들어차 있었다. 잡초들은 시퍼런 혓바닥을 널름거리고 있었다. 어떤 것은 천장을 뚫고 나갈 지경으로 생기 있게 웃자란 뒤에 목이 휘어져 있었다. 빈집의 방 안에 서식하고 있는 푸른 잡초들을 기웃거리다가 그녀는 그만 힘이 쭉 빠져 뒤로 무너지고 말았다. 빈집 방 안의 빽빽하게 들어찬 푸른 잡초 속에 백조 두 마리가 목을 빼고서, 안을 들여다보고 있는 그녀의 눈을 파먹을 듯 응시하고 있었던 것이다. 어쩌다가 물을 떠나 이 메마른 빈집에 백조가? 백조는 갈증에 불타는 듯했다. 그녀의 눈을 파내면 그곳이 곧 우물이 되어서 물이 콸콸 쏟아지는 것으로 알고 있는 듯한 깊은 응시였다. 그녀는 허겁지겁 그 마루 속에서 기어나와 그 집의 정면을 향해 아무렇게나 카메라 셔터를 누르곤 도망치듯 줄포를 빠져나왔다. 이후 그녀는 다시는 빈집을 찍지 않았다. 무엇 때문에 자신이 곳곳의 빈집들을 그렇게 찾아 헤매고 다녔는지 알 수가 없을 지경으로 조용해져버렸다.(「오래 전 집을 떠날 때」)

이 "줄포의 빈집"이야말로 신경숙 문학 속의 모든 몽상이 집중되고 또한 방사되는 거점이다. 이 빈집에는 지금까지 우리가 검토해온 모든 이미지와 의미소들이 빠짐없이 집결되어 있다. 빈집, 묘지, 잡초, 어두운 방, 새. 다만 "사나운 물"은 "푸른 방"이나 "시퍼런 혓바닥을 널름거리고 있었다"[7]를 통해서 시각적 색채와 사나움만을 남긴 채

"물을 떠나 이 메마른 빈집"으로 옮겨왔다. 다만 새로운 것이 있다면 "아무것도 없는 빈집"에 채워진 "얼굴만한 자물통"과 "안을 들여다보고 있는 그녀의 눈을 파먹을 듯 응시하고 있는" 백조다. 자물통은 명백한 금지다. 그 안에는 "들여다보아서는" 안 될 것이 있을 가능성이 농후하다. 이것은 앞의 『깊은 슬픔』에서 본, "은서와 세가 차마 방문을 열어볼 수가 없었던" 완의 빈집을 연상시킨다. "지독한 매혹"에 사로잡힌 이 여자에게 금지된 그 장면은 그러나 곧 밝혀진다. 그것은 "빽빽하게 들어찬 푸른 잡초 속에 목을 빼고" 있는 백조다. 이것이 금지된 남성(男性)과 관련된 장면이라는 것을 구태여 지적할 필요가 있을까? 그 지독한 매혹, 즉 금지 때문에 감당 못 할 '욕망'은 더욱 절박하게 절규한다: "백조는 갈증에 불타는 듯했다. 그녀의 눈을 파내면 그곳이 곧 우물이 되어서 물이 콸콸 쏟아지는 것으로 알고 있는 듯한 깊은 응시였다." 마치 그 메아리처럼 「해변의 의자」의 "너"는 말한다. "아니야, 새였어. 나는 어디에 있든 새는 알아볼 수 있어. 새가 먹이를 쪼아댈 때면 나는 마음이 아파." 먹이를 쪼아대는 새와 눈을 파낼 듯한 시선은 다 같이 금지된 남근에의 욕망이다.

어디 그뿐이겠는가? 신경숙의 걸작 『외딴방』을 읽은 독자라면 이 "아무것도 없는 빈집"에 채워진 "얼굴만한 자물통"에서 "공포와 슬픔이 엇갈린 절망"과 함께 저 충격적인 희재 언니 방의 "열쇠통"을 상기하지 않을 수 없을 것이다. "그래 그날 아침의 이야기를 하자, 해버리

---

7) 섬찟한 단편 「벌판 위의 빈집」은 바로 이 '줄포의 빈집'을 구심점으로 하는 죽음의 집, 즉 무의식의 무덤이다. 다른 인물들과 마찬가지로 아이는 도시로 나가면서 집을 비웠다가 빈집으로 돌아올 때마다 죽는다. 무덤이기 때문이다. 다섯 살에 죽은 첫아이와 마찬가지로 다섯 살에 죽은 둘째아이는 동일 인물, 혹은 일종의 분신이다. 신경숙의 세계에 있어서 "죽은 사람은 자라지 않는다". 즉 다섯 살에 죽으면 영원히 다섯 살이다. 가령 「황성옛터」의 죽은 오빠는 "이제 서른다섯은 되었을 그인데, 언제나 고등학생이고 어린 녹두장군이고…… 누구의 마음속에서도 그뿐, 더 자라지 않는다". 「멀리, 끝없는 길 위에」에서 '나'는 서른 살이 되었지만 나와 같은 해에 태어나 오 년 전에 죽은 이숙은 스물다섯 살이다.

자"라고 작가는 마침내 용기를 낸다. "나는 우리들의 방이 있는 3층으로 올라가기 전에 1층의 그녀의 문에 걸려 있는 열쇠통을 채웠다…… 그뿐이었다. 나는 그녀가 부탁한 대로 문에 매달려 있는 열쇠통을 문고리 사이에 맞춰 채웠을 뿐이다…… 그녀는 돌아오지 않았고 남자는 문을 부쉈다, 고. 냄새 때문에, 기다림 때문에…… 아무도 그 방에 들어가지 못했다……고."(『외딴방』 2권, 222~226쪽) 줄포의 사진작가가 "그 집의 정면을 향해 아무렇게나 카메라 셔터를 누르곤 도망치듯 줄포를 빠져나와 이후 그녀는 다시는 빈집을 찍지 않았"듯이 『외딴방』의 소설가 역시 "그 외딴방으로부터 뛰어나와 다시는 그곳에 가지 않았다".(『외딴방』 2권, 227쪽)

그렇다면 마지막 하나의 의문이 남는다. 왜 "빈집 방 안의 빽빽하게 들어찬 푸른 잡초 속에 목을 빼고서, 안을 들여다보고 있는 그녀의 눈을 파먹을 듯 응시하고 있는" 백조는 "두 마리"였을까? 모든 문학적 해석이 그러하듯이 이에 대한 해석도 복수일 수밖에 없다.

「오래 전 집을 떠날 때」는 집을 떠나면서 빈집을 만드는 이야기인 동시에 그 빈집으로 돌아가는 이야기다. 『외딴방』의 신경숙은 말한다. "내 스타일은 바깥에 있다가도 글을 쓰기 위해 집으로 들어가는 스타일이다…… 글쓰기란 나에겐 집이었을까."(『외딴방』 1권, 12쪽) 작가는 방문에 "얼굴만한 자물통"을 채워서 숨기는 사람이기도 하지만 감히 그 어두운 기억의 심연 속을 들여다보고 감히 그 안으로 들어가는 사람이기도 하다. 페루로 떠났던 "그녀"가 다른 일행보다 하루 먼저 "돌아온" 것은 바로 그 빈집의 금지된 장면을 '훔쳐보기' 위해서이다. 일종의 본의 아닌 급습이다. 이 기나긴 중편소설은 심층의식의 빈집 안으로 진입해 들어가는 매우 어려운 과정의 이야기라 해도 과언이 아니다. 비에 후줄근히 젖은 그녀가 자신의 빈집 안으로 진입하는 절차는, 신경숙의 서술 전략의 전형처럼, 간단 없는 기억의 밀물에 방해를 받는 모습을 보여주고 있다. 다시 말해서 그가 빈집 안으로 들어가는 순서는 마치 최심층의 금지된 장면에 이르기 위하여 첩첩이 쌓인 기억의 지층을 뚫고 들어가는 험난한 도정과도 같은 것이다. "집으로 돌아오는 길은 멀었다"고 화자는 말한다. 그가 여행중 비워놓았던 자신의 빈집으로 들어가는 과정을 간단히 요약해보자.

1) 폭우 속에 택시에서 내려 빈집의 문앞에 이른다.(109쪽)

2) "복도는 어둡고 열쇠를 잘못 꽂았는지 현관문은 열리지 않는다."(115쪽)

3) 불이 켜지지 않는다.(115쪽) "하루 먼저 빈집에 도착한 끝인데 열쇠가 안 맞아 들어가지도 못하고 있다."(120쪽) "이 문 안으로 들어가기가 왜 이렇게 힘이 들까?"

4) 자동차 헤드라이트가 비춰주는 불빛의 도움을 받아 현관문을 땄다. 우편물 바구니가 가로막는다.(120쪽)

5) 문과 바구니 사이에 끼인 국화꽃다발을 집어올리다가 "무덤"을 연상한다.(121쪽)

6) 옆집 여자가 나타나 빈집 안에서 "불빛"이 흘러나오고 "어린애들 웃음소리"가 들렸었다고 말한다.(125쪽) = 유년의 기억

7) 문을 열고 안의 불을 켜려고 더듬으나 불이 들어오지 않는다.(128쪽)

8) 문을 하나 더 열고 안으로 들어가 벽을 더듬는다.(129쪽) = 여러 겹의 심층

9) 가스레인지 불로 양초를 켠다.(130쪽)

10) 여행가방을 안으로 들여놓는다.(130쪽)

11) 베란다 쪽 통유리를 바라본다.

12) 관리인이 올라온다. 전기세 미납으로 전기가 끊어졌음을 알린다. 손전등을 두고 가다.(135쪽) = 남근의 등장?

13) 아래층 여자 출현.(136쪽)

14) 옷을 벗고 세면장으로 들어가 발을 씻다.(139쪽)

15) 침대에 눕다.(139쪽)

16) 잠이 들었다가 침대 밑에 굴러 떨어지다=금지된 행동에 대한 벌?

17) 침대 위의 손전등을 들고 방을 나오다.(143쪽)

18) 냉장고 문을 열었다가 썩는 냄새에 놀라다.(143쪽) = 희재 언니

19) 냉장고의 허리에 등을 대고 앉다. 귀를 기울이다.(145쪽)

20) 냉장고에서 등을 떼다. 거실을 향해 나아가 몸을 돌리는 순간 "붙박인 채 손전등을 툭, 떨어뜨리고 말았다".(146쪽)

21) "그녀는 갑자기 무엇에 깊이 찔리는 기분에 소스라쳤다. 어둡디어두웠던 집이 대낮처럼 환하다.(163쪽)

수많은 문들로 겹겹이 싸인 빈집의 가장 깊은 심층은 대체로 20번과 21번 사이의 "손전등이 툭 떨어진" 어둠 속에 위치한다. 그 속에 "남포등 불빛"이 켜지면서 "남자애"와 "여자애"가 나타난다. 의식의 표면으로 떠오르기 시작하는 유년 체험의 모습이다. 이들이 신경숙의 모든 '빈집'의 진정한 주인공들이다. 그들은 남매 사이이다. 어느 순간 이 남매 사이의 관계가 암시된다. "저 기집애, 제 혈육하고 붙어먹은 기집애, 라고 하지만 이렇게 되어버렸는걸, 안 그래? 이렇게라도 같이 있는 게 우리의 운명인걸."(150쪽) 이 장면은 신경숙의 전 작품에 깔려 있는 기이한 쌍둥이, 분신, 모자, 친족 사이의 위험한 금기관계들을 조명해주는 동시에 앞에서 제기된 의문, 즉 왜 "빈집 방 안의 빽빽하게 들어찬 푸른 잡초 속에 목을 빼고서, 안을 들여다보고 있는 그녀의 눈을 파먹을 듯 응시하고 있는" 백조는 "두 마리"였을까?에 대한 한 가지 암시적 답이 된다. 그 두 마리 백조는 남매인 것이다.

그러나 마지막 '빈집', 아직도 빈집 속에 담긴 더 깊은 빈집, 더 폐쇄적인 빈집이 남아 있다. "높은 산정의 물기슭이 백조를 품고 있듯, 그녀의 거실은 어떤 빈집을 깊게 껴안고 있다"고 텍스트는 의미심장하게 못박는다.(158쪽) 또 이 중편소설의 도입부에서 화자는 "너무나

건조해 사람이 정착한 적이 없는" 황량한 불모의 대지에 남겨진 나스카의 지상그림을 보면서 "이십여 년 전에 우연히 들여다보았던 그 빈집에 대한 순간적인 이해"에 도달한다고 말한다.(108쪽) "이십여 년 전에 들여다본 그 빈집"이 바로 그 속에 안겨 있다. 그 가장 깊은 마지막 빈집의 언저리는 "어둠이 막 시작되려 하는 초혼(初昏)이다. 그 초혼 속에는 "초등학교 삼학년 남자애"인 오빠와 "여섯 살 여자애"의 초혼(初婚)의 몽환이 숨겨져 있을지도 모른다. 여자아이는 "담장에 사다릴 받쳐놓고 칸칸을 딛고 올라가 돌배를 하나 따먹었다". 이브가 야생의 과일에 손을 댄 것은 반칙이다. "그것이 화근이었을까. 배가 뒤틀리듯이 아파온다."(159쪽) 금지된 수태? 흰 "이슬"이 내리는 "백로(白露)"에 갑자기 굵은 빗발이 마당에 확 들이친다. 신경숙 소설에 널리 분산된 닭, 갈매기, 백조, 백로, 거위 등 모든 날짐승들이 남근을 닮은 이 "백로" 속에 결정(結晶)되고 초기 작품에 등장하는 "초경"과 "물똥" "이슬" 들이 백로에 내리는 이슬 속으로 "들이친다". 남자애는 "고모집"에 가서 약을 얻어온다. "둘은 끌어안은 채 빗물에 잠겨가는 빈집"에 갇혀 있다. 빈집으로 돌아오는 날 줄기차게 내리는 폭우와 침수는 바로 이것이다.

> 여자애는 문득 지금 세상에서 자기가 가질 수 있는 유일한 것은 남자애뿐이라고 생각한다. 언젠가는 이 남자애의 백조를 낳아야지. 그리고 지켜야지, 눈을 부릅뜨고서. 가족들은 비가 그친 새벽에야 돌아오고 있다. 빈집은 깊은 물에 떠내려가고 없다.(「오래 전 집을 떠날 때」)

이슬어지의 위험한 남매를 상기시키는 이 기이한 빈집에서 일어난 금지된 사건은 출산일까 유산일까?

다만 확실하게 말할 수 있는 것은 "백조" 낳기가 '미래형'의 상승 의지라는 사실이다. 그리고 그것은 분명 진정한 '사랑의 완성'을 향한 의지라는 사실이다. 잠에서 깨어난 화자는 "물통 안의 물을 몸 안으로 콸콸 쏟아붓고 나서" 말라빠진 죽음의 국화꽃을 생명의 꽃으로 되살리려는 듯 "번쩍 들어올린다". 그리고 생각한다. "아, 아, 기적같이, 그들이 왔다갔나보다. 폭우에 밀려, 이십여 년 전에 비에 떠내려간 그들의 빈집을 찾아 아직도 산정을 오르고 있는가보다, 사랑을 위하여." 그들은 이제 떠내려가기를 그치고 산정을 "오르고" 있다. 마찬가지로 신경숙에게 있어서 글쓰기란 깊은 기억의 우물로 돌아가서, 어린 시절 그 속에 던져 넣은 아픈 쇠스랑을 의식의 표면으로 "건져올리는" 일이듯이. 이 인식과 상승의 노래가 신경숙의 기원이요 결론이다. 「오래 전 집을 떠날 때」의 에필로그는 말한다. "어떤 소리가 내 귓속에 흘러들었다. 그 소리는 이렇게 소곤거렸다. 사랑을 완성하기 위해 한번이라도 애써본 적 있어? ……내 귓속에 흘러드는 소리를 들으며 그 빈집들을 들여다보고 있으면 나도 모르게 그 빈집들의 명복을 빌게 되곤 했다. 무너진 뒤 온화하게 잠들어 다른 자연이 되길." 신경숙의 출발점이었던 「겨울 우화」에서 이미 "세 번의 유산 끝에" 만삭에 이른 잉부의 "자연스러움 위로 안온함이 빛처럼 흐르"듯이 신경숙의 고통스러운 인물들은 이처럼 "죽음의 빈집"을 통과함으로써만 비로소 생명과 사랑에 이를 수 있을 것이다.[8)]

「마당에 관한 짧은 얘기」의 결미가 암시하는 것도 바로 그같은 메시지일 것이다. 여자는 남자에게서 선물로 받은, "쌕쌕 숨소리를 내는" 목걸이를 걸고 "더이상 할말이 없어질 때까지 그에게 편지를 썼다". 그것이 스스로를 견디는 방법이므로. 그러나 그 이상의 희망인들 왜 갖지 못하랴. 무덤에서 새싹이 돋아나지 말란 법도 없다.

---

8) 온화한 잠, 아름다움, 자연스러움 이것은 아마도 신경숙이 글쓰기를 통하여 추구하는 불변의 미덕인 듯하다. 오래 전 집을 떠날 때 신경숙은 이미 말했었다. "그 아득한 밤하늘 아래, 숲을 아름다이 뒤덮으며 온화하게 자고 있는 백로들을 향해 마음의 기약을 하고 있다. 언젠가, 기필코 그 높은 나뭇가지의 흰 새를 보러 가리라, 별에 얼굴 향하고 자고 있는 그 아름다움과 온화함을 보러 가리라."(『외딴방』 1권, 332쪽)

> 나는 내 목의 목걸이를 풀어 편지들이 들어 있는 봉투에 집어넣고 풀칠을 해서 봉투 입구를 막았다. 신발을 신고 나가 가게에서 분재용 삽을 하나 샀을 때 봄비가 내리고 있었다. 나는 비를 맞으며 산의 능선을 향해 걸어갈 수 있는 데까지 걸어갔다. 봄기운이 스민 폭삭폭삭한 땅을 파고 노란 봉투를 꽃나무 뿌리를 심듯이 묻었다. 묻혀라. 묻히고 묻혀서 다른 것이 되어라.(「마당에 관한 짧은 얘기」)

노란 봉투를 묻는 것은 '무덤을 만드는 일'인 동시에 꽃나무의 뿌리를 '심는 일'이다. 신경숙의 문학은 묻는 일과 심는 일 두 가지를 동시에 수행한다. 하나는 과거로, 다른 하나는 미래로 향하고 있다. 그러나 미래는 늘 소설의 밖으로 열려 있다.

끝으로, "빈집 방 안의 빽빽하게 들어찬 푸른 잡초 속에 목을 빼고서, 안을 들여다보고 있는 그녀의 눈을 파먹을 듯 응시하고 있는" 백조는 왜 "두 마리"였을까?라는 의문에 대한 또다른 해석도 가능하다. 열쇠통에 굳게 채워진 채 그 금지된 『외딴방』 안에 갇혀 있던 죽음은 희재 언니 한 사람만이 아니었다. 그녀는 남자에게 "아이를 떼라"고 강요받는 '잉부'였다. 그녀의 뱃속에는 또다른 한 생명이 더 있었던 것이다.

우리는 또 이렇게도 대답할 수 있다. 백조가 두 마리인 것은 그 어두운 방 속에는 희재 언니만이 아니라 "열쇠통을 채운" 화자 '나' 자신도 갇혀 있기 때문이다. 작가 신경숙은 이렇게 동시에 글 안에 있으면서 동시에 글 밖에서 가슴이 아프다. 그래서 신경숙은 글쓰기를 통해서 이처럼 과거의 심층 속에 묻힌, 기차에 으깨진 머리에게, 이숙에게, 희재 언니에게, 다시 말해서 "공포와 슬픔이 엇갈린 절망"에게 '무덤'을 만들어주고자 한다. 그럼으로써 이숙과 희재 언니뿐만 아니라 자기 자신을 해방시킬 수 있기를 바란다. 글쓰기는, 다시 말해서 무덤 만들기는 진혼 의식과 자기 인식의 과정인 동시에 "꽃나무 뿌리를 심어" '다른 것'이 되어 돋아나기를 기원하는 보다 더 찬란한 일일 수도 있다.

(『문학동네』 1998년 봄호)

어둠 속에서 날아오른 새는 빛살이 되어
—한승원론

초기의 단편 「물 아래 긴 서방」(해신의 늪)이나 「낙지 같은 여자」(두족류)에서 출발하여 최근에 발표된 장편들인 『우리들의 돌탑』 『아버지와 아들』에 이르기까지 십여 년에 걸친 작품들을 주의 깊게 읽어본 독자는 작가 한승원이 그 디테일상의 변주와 변화에도 불구하고 한결같이 같은 목소리로 한결같이 같은 이야기를 반복하고 있다는 인상을 강하게 받는다. 어느 작가에게이건 그가 마음 깊이 끌어안고 있는 고정관념적 주제가 있게 마련이지만, 그 주제들이나 감수성의 맥은 다양한 형식이나 각종의 표면적인 장치들에 의하여 은폐되고 혼합되어 있는 것이 일반적인 현상이다. 그런데 한승원의 경우 그 초지일관한 문제들이 비교적 겉으로 드러난 채 지속되고 있고 그 문제들이 거의 예외없이 동일한 형식 속에 담겨 있는 것이다. 이것은 놀라운 사실이다. 이 놀라운 동어반복적 특징은 한승원이 독자에게 필연적으로 부과하는 짐이기도 하다. 그리하여 독자들은 그의 작품 속에 일단 발들여놓고 나면 그 얽히고 설킨 이야기와 그 얽히고 설킨 진술 방식의 사슬에 묶인 채 숨찬 독서를 계속하면서 끊임없이 지루함을 맛본다. 그렇다. 한승원의 소설은 지루하다. 그렇다면 대개의 경우 독자 쪽에서는 읽던 책을 덮어버리는 것이 보통이다. 그런데 그렇지가 않으니 어쩐 일일까? 여기에 한승원의 단점과 장점이 서로서로에게 그 힘을 빌려주게 되는 기묘한 관계가 성립되고 있는 것이다. 답답할 정도로 얽혀 있는 이야기와 입담의 사슬은 독자들 쪽에서 보면 감당하기 힘든 결점도 되지만 그와 동시에, 작가의 집요한 문제성을 암암리에 설득시켜주는 한승원 특유의 치열한 방식이기도 한 것이다. 한승원은 누구보다도 끈질기고 치열하다.

한승원의 모든 작품은 그것이 짧은 콩트에 가까운 단편소설이건 연작이건 장편이건 관계없이, 그리고 거의 예외없이, 작중의 화자나 주인공이나 혹은 어떤 중요인물이 '고향'을 찾아갔다가 겪은 이야기를 진술하는 일종의 액자소설 형식을 취하고 있다. 「낙지 같은 여자」의 일인칭 주인공인 영훈은 중학교 생물 선생으로 "지난 여름방학 때 염소지풀을 조사하고 해수욕도 하면서 며칠 쉬고 올 생각으로 고향엘 갔다가 어처구니없는 일을 하나 당하고 말았다". 이 작품의 내용은 그 "어처구니없는 일"의 이야기이다. 단편 「갈매기」의 일인칭 주인공 역시 바다낚시를 가는 친구를 따라나섰는데 "가는 곳이 하필 고향 바다"인 것이다. 따라서 이야기는 고향에서 있었던 어떤 과거의 회상으로 채워진다. 「울려고 내가 왔던가」의 일인칭 주인공도 과거에 얽힌 복수심 때문에 고향인 덕도섬으로 찾아간다. 「겨울비」의 일인칭 주인공 역시 "아버지의 제사를 모시러" 회령행 직행버스를 타고 가다가 목격하고 들은 일을 이야기하고 있다. 탈선한 제자에게 자신이 "고향에 다녀온 이야기"를 들려주는 「땅가시와 보리알」의 교사, 어머니의 고향마을을 찾아가는 「극락산 1」의 기나긴 행로, 어머니를 찾아갔다가 그녀의 권유에 따라 "아버지의 고향마을"을 찾아간 「미망(迷妄)하는 새」의 억수가 겪는 기묘한 사건, 자신도 모르게 강도와 동침한 현순이 분노를 이기지 못하여 찾아가는 "친정집 마을"(「굴」)…… 이 수많은 단편소설들이 한결같이 고향을 찾아가는 인물의 이야기라는 점에 있어서는 동일하다.

그렇다면 길이와 호흡과 구조가 다른 것이 보통인 장편소설의 경우는 어떠한가? 한승원에게 일종의 트레이드 마크와도 같은 것을 부여한 작품 『불의 딸』은 바로 이렇게 시작된다. "내가 삼십 년 동안 인연을 끊어버렸던 의붓아버지 똘쇠를 만나야겠다는 생각을 하고 회령나루를 찾아간 것은 그해 초겨울의 어느 날이었다." 의붓아버지 똘쇠의 이야기는 다시 주인공 "나"의 출생의 비밀이 잠겨 있는 어머니와 아버지에게로 인도하게 마련이다.

「포구」의 처음 역시 이같은 관점에서 읽어보면 크게 다를 것이 없다. "버스가 산 모퉁이를 돌자 안개섬과 십리포의 꾀죄죄하게 찌들어진 모습이 나타났다." 주인공 성진은 고향을 찾아가고 있다. "추석을 사흘 앞둔 날이었다. 그는 고향에서 추석을 지내려고 가고 있는 게 아니었다. 그가 이렇듯 내려가서 해결하지 않으면 안 되는 일이 두 가지 있었다." 그중 한 가지는 어머니 아버지의 무덤을 이장하는 일이요, 다른 한 가지는 해미라는 여자의 유골을 고향 바닷가에 갖다 뿌리는 일이다. 같은 장편 『포구』를 구성하는 연작들 중 두번째 작품인 「포구의 달」 역시 이렇게 시작된다. "임성진은 돌아오고 있었다. 해미 포구를 떠난 지 두 해 만이었다." 같은 작품의 세번째 연작 「달의 회유」 또한 "성진은 다시 돌아오고 있었다"로 시작된다. 이 정도로 반복되는 '귀향'이라면 의도적이라고 보지 않을 수 없다. 불교적인 주제를 다루고 있는 소설 『아제아제 바라아제』의 경우, 고향으로 돌아가기를 읽어내기 위해서 어느 만큼의 해석을 거쳐야겠지만 진성, 청화, 은선의 마음이나 몸은 간단없이 고향으로 돌아가고 있는 것이 사실이다. 반면 근작인 『우리들의 돌탑』에 이르면 무려 세 사람의 중심인물들이 약산섬으로 돌아가고 있다. 종식은 이미 고향인 약산섬으로 돌아가 있다. 종구는 첫째 자기 아버지가 누구라는 것을 밝혀내는 일과 둘째 종식이의 동태를 살피는 일을 "동시에 해치우려고" 약산섬을 찾아간다. 한편 같은 시기에 수련과 기성춘 역시 약산섬으로 간다. 이들 역시 어두운 과거에 대한 의문을 풀기 위해서 그곳을 찾은 것이다. 끝으로 이제 막 출간된 『아버지와 아들』을 보자. "차는 성난 말처럼 겨울 들판을 질주하고 있었다. 차에는 운전기사와 차장, 주철의 일행 세 사람이 탔을 뿐이다." 일행 셋이란 주철과 그의 아내와 주철의 친척동생 주언이다. 이들은 주철의 동생 주만의 장례식을 치르기 위해서 고향을 찾아가는 길이다. 그러나 주언의 경우는 다르다. 그는 『우리들의 돌탑』에서 종구가 종식의 "동태를 살피기 위해서" 약산섬을 찾아가듯이, 주철의 아들이며 운동권 학생인 윤길의 동태를 살피러 가는 정보원인 것이다. 이리하여 이야기는 어느 면, 탐정소설과도 같은 구조를 갖추게 된다.

그렇다면 그토록 수많은 작중인물들이 찾아가는 '고향'은 어떤 곳인가? 그 고향은 어떤 의미를 지니는 것인가? 그리고 한걸음 더 나아가서 한승원의 소설 속에서 "고향으로 돌아가기"라는 집요하게 반복되는 형식과 그의 작품들이 다루는 이야기나 주제들은 어떤 상관관계를 맺고 있는가?

이와 같은 일련의 질문에 답하려고 노력하다 보면 우리는 한승원이 구축하는 세계의 모습을 묘사할 수 있을 것이며 그와 동시에 그의 감성과 문제성이 뿌리내리고 있는 근원에 접근할 수 있으리라고 믿는다.

작중인물들이 찾아가는 고향은 '득량만' '덕도' '회령나루' '십리포' '안개섬' '해매포' '약산도' '장흥' 등 각종 지명으로 지칭되고 있지만 모두가 작가 자신의 고향인 남해 바닷가 마을이나 섬이라는 공통점을 지니고 있다. 따라서 이 지역은 한반도의 남단에 위치한 '먼 곳'이라는 점이 특징이다. 그러나 그곳은 지리적인 거리에 있어서만 먼 곳이 아니다. 한승원의 '고향'은 나날이 도시화, 산업화되어가는 오늘날의 일상적 삶의 환경과 멀리 떨어져 있어서 자연의 원초적인 힘들이 비교적 고스란히 간직되어 있는 공간이라는 점이 또한 특징이다. 작중인물이 차를 타고 고향으로 돌아간다는 것은 바로 도시와는 먼 곳, 도시의 인위적인 공간과는 판이하게 다른 곳, 자연과 인간이 직접적으로 교섭하는 공간으로 돌아감을 의미한다. 더군다나 같은 자연 공간이라 하더라도, 농경 활동을 통하여 그 자연을 끊임없이 인간적 목적에 순응시키는 과정에서 인간과 이미 친숙해진 내륙의 농촌이 아니라 원초적 힘이 펄펄 살아 날뛰는 바다가 있는 공간이다.

한승원의 세계는 이리하여 거의 에그조틱하다고 말할 수 있을 저 낯설음의 신선함을 지니고 있다. 더군다나 오늘날의 각종 물질적, 정신적 오염에 찌든 독자들에게는 이 원색적 세계가 무엇보다도 '원시적 생명력'의 충격으로 다가든다.

> 이마를 지져 벗길 것처럼 뜨거운 해가 넓바웃개 잔등 너머로 떨어지고, 자줏빛 산그늘이 곰솔숲을 흘러 연안의 돌자갈밭을 심연처럼 파묻을 제, 호수 같은 득량바다는 쪽빛으로 다져졌다. 도리섬 밑의 검은 바위 끝으로 빗겨 보이는 우산도 연안의 외돛 위로 불그레한 놀이 떴다. 그 놀은 천관산 위에 걸린 비늘구름을 숫제 핏빛으로 물들였고, 그 구름에서 쏟아진 붉은 빛살이 바다와 섬을 감쌌다. 때마침 밀물이 지고 있었고 쪽빛 물굽이 속에서 하얗게 물살지어지는 밀물 기운이 분홍 옷고름이나 댕기처럼 느슨하게 부풀고 있었다.(「낙지 같은 여자」)

이처럼 한승원은(특히 그 초기 작품들에 있어서) 아르 브뤼트(Art brut) 계통의 풍경화가로서 그 탁월한 솜씨를 발휘한다. 그의 팔레트는 산그늘의 "자줏빛", 놀의 "불그레한" 빛, 비늘구름의 "핏빛", 밀물 기운의 "분홍" 등 적색을 주조로 하며 바위의 "검은"빛과 득량바다의 "쪽빛"이 거기에 어우러져 강렬한 원색의 화폭을 펼쳐 보인다. 한승원의 초기 작품을 좀 지나치다 싶을 정도로 강하게 물들이고 있는 붉은색, 특히 "핏빛"은 그의 초기 장편소설인 『불의 딸』에 이르러 유감없이 타오르고 나서 후기 작품에 올수록 점차로 퇴조하거나 이면으로 은폐되는 경향을 보인다. 이 고정관념적이라 할 수 있는 붉은빛은 마찬가지로 자주 등장하는 밤, 어둠의 검은색과 결합하여 한승원 작품의 뿌리에 고여 있는 죽음이나 원초적인 죄의식과 깊은 관련을 맺고 있는 듯하다. 어쨌건 우리가 지금 단계에서 주목해둘 것은 '고향' 바닷가가 드러내 보이고 있는 원초적, 원색적인 특성이다. 사실 어떤 의미에서 한승원의 작품들은 단순히 이야기 줄거리나 사건적인 디테일들에서 한 걸음 물러서서 그 전체적인 색조의 대조와 구도를 다소 추상화시켜 이해하면 할수록 마음에 깊은 진동을 일으키는 그림과도 같다고 할 수 있다. 그런데 이 싱싱한 자연 공간은 흔히 작열하는 태양 속에 펼쳐진 생명 공간이라기보다는 어둠에 잠겨 있는 경우가 훨씬 더 많다. 위에 인용한 대목에서도 "이마를 지져 벗길 것처럼 뜨거운 해"는 이미 떨어져버렸다. 그리하여 우리는 한승원의 소설 공간에서 별과 달을 그리고 특히 "절진한 어둠"을 자주 만날 수 있게 된다. 이 대목이 아마도 이 작가가 많은 영향을 받고 있는 듯한 알베르 카뮈의 바다와 근본적으로 구별지어주는 그의 낭만주의적 자연관의 일면일 것이다.

> 나는 내 턱에 부딪는 그녀의 몽실몽실한 젖가슴과 아랫배에 닿은 미끄런 살들 때문에 숨이 가빠졌다. 내 몸 어떤 부분에서 먼저 끓기 시작한 것인지 알 수 없는 뜨거운 덩어리들이 어깨와 팔과 다리와 머리 끝에서 뭉쳐져가지고 가슴속으로 몰려들었다. 그 덩어리들은 내 몸을 싸고도는 물결처럼 출렁거리기 시작했다. 내 몸에 돌출된 모든 기관이 그 뜨거운 덩어리들을 뿜어낼 채비를 하고 있었다. 나는 그녀를 끌어안았다.(「낙지 같은 여자」)

작중화자가 순한네와 수영할 때의 관능적 감각을 그린 이 탁월한 묘사는 『결혼, 여름』 중의 수필 「티파사에서의 결혼」에서 카뮈가 그려 보인 저 유명한 수영 장면이나 『이방인』에서 읽을 수 있는 뫼르소와 마리의 수영 장면을 강하게 상기시킨다. 그러나 근본적으로 다른 것이 있다. 카뮈의 그것이 빛 밝은 정오의 태양 아래서의 수영이라면 한승원의 경우는 어두운 밤의 수영인 것이다.

바닷물은 부두를 넘을 만큼 가득 밀려들어 있었다. 껌껌한 먼 바다에서 밀려온 잔물결이 부두 끝과 부두 뒤쪽의 허리를 핥듯이 쓰다듬듯이 찰싹거릴 뿐이었다. 부두 안의 수면은 잔잔하게 일렁거렸다. 거기 뜬 별떨기들이 물 속 궁전에 휘황하게 빛나는 등불들 같았다. 줄타기나 널뛰기를 하는 노랑저고리들처럼 일렁거렸다. 바야흐로 무더운 이 여름의 어둠발을 타고 내려온 별들과 해수와의 은밀한 혼례가 벌어지고 있는 것인지도 알 수 없었다. 마녀처럼 음탕한 바다였다. 시꺼먼 빛깔의 한없이 큰 입과 끝없이 넓고 깊고 부드러운 자궁을 가진 바다는 탐욕스럽게 별들을 품에 안아 쌀을 일듯 애무하고 있었다. 거무스레한 해무를 머리카락처럼 산발한 밤바다의 찰삭거림은 어쩌면 별들을 핥고 빨고 입맛 다시는 소리였다.(「낙지 같은 여자」)

카뮈의 세계에서 인간이 바닷물에 뛰어들어 수영을 한다는 것은 "그토록 오래 전부터 땅과 바다가 입술과 입술을 마주한 채 열망하던 포옹을 나의 피부 위에서 맺어주는" 결혼을 성립시키는 일이다. 이리하여 결혼은 인간적인 차원에서는 여자와 남자의 만남과 결합인 동시에 땅과 바다, 하늘(태양)과 바다의 전 우주적 결합이다. 한승원의 경우도 그와 마찬가지로 수영은 지극히 관능적인 '혼례'로 경험되고 있는 것을 알 수 있다. 그러나 그 두 가지 혼례를 서로 구별시켜주는 가장 근본적인 차이는 바로 찬란한 대낮과 어두운 밤의 차이다. 카뮈의 세계가 투명하고 균형잡힌 희랍적, 지중해적 의식의 세계라면, 한승원의 세계는 어둠이 소용돌이치는 본능과 심층의식의 세계다. 여기에는 태양과 바다, 대지와 물 사이의 균형이 지배하는 "정오의 사상" 같은 것은 없다. 이 휘황한 밤의 궁전 속에서 바다와 결합하는 것은 태양이 아니라 "별들"이며, 대지가 아니라 "부두 끝과 부두 뒤쪽 허리"이다. 그것도 양쪽 파트너 사이의 대등한 결합이 아니라 어느 한쪽이 다른 한쪽을 먹어 삼키는 공격적 결합이다. "한없이 큰 입"과 "끝없이 넓고 깊은 자궁"을 가진 바다와 그것이 일어대는 "쌀알"과 같은 별들 사이의 불균형이 바로 그것을 말해주고 있다. 빛나는 태양 아래서 인간의 몸을 가볍게 떠받아 띄워주는 카뮈의 저 건강한 바다와는 달리 한승원의 밤바다는 무시무시한 흡인력을 지닌 바닥 없는 어둠의 공간이며, 동시에 "산발한 마녀처럼 음탕한" 본능의 세계라는 것을 알 수 있다. 여기에 한승원 특유의 부정적이고 공격적인 공간이 입을 열고 있다.[1)]

요컨대 한승원의 고향은 모든 생명력의 근원인 바다로 표상될 수 있지만 그것이 반드시 긍정적이고 행복한 공간만은 아닌 것이다. 거기에는 이성과 논리로 파악하거나 통어할 수 없는 불가사의한 힘이 지배하고 있다. 한승원의 세계 속에서 무엇보다 주목해야 할 것은 바로 그 걷잡을 수 없는 에너지다. 그 에너지는 흔히 파도, 바람, 불과 같은 원소의 모습으로 나타난다. 이들 서로 다른 원소들은 그것들이

---

1) 아마도 정신분석학자라면 여기서 '무서운 어머니'로서의 바다를 읽어낼 수도 있을 것이다. 모든 것을 그 뱃속으로 다 삼켜버리는 '마녀'로서의 여성 이미지는 이 작가의 작품 전체를 관류하고 있다. 특히 바닷가에서 태어나고 성장하고 노동했던 이 작가의 작품 속에서 매우 중요한 역할을 맡은 인물이 뜻밖에도 '물 무섬증'을 노출시키고 있다는 것은 '무서운 어머니' 이미지의 연장선상에서 해석될 수 있을 것이다. '아버지와 아들'에서 주철과 물의 관계는 이상할 만큼 장황하게 설명되어 있다. "바다 한가운데에 있는 섬에서 나고 자라난 그의 물 무섬증은 그를 늘 자존심 상하게 하고 곤혹스럽게 하곤 했다. 물 무섬증은 그로 하여금 바다를 멀리하게 하였고 바다에 대하여 무식하게 만들었다." 그러나 물의 공포는 '깊이'와 '어둠'에 기인한다. "어둠은 이빨을 가졌다."(『우리들의 돌탑』, 148쪽)와 같은 예문에서 공격적인 주어 '어둠'은 한승원의 상상력 속에서는 쉽게 '바다' '파도'로 대치되곤 한다. 반대로 빛이 가득한 물은 오히려 행복함의 상징으로 나타나곤 한다. 건강한 노동의 순간에 남자에게 한 대접 가득 물을 떠주는 여자들이 작품 속에 자주 나타나는데 이런 행위는 즉각적인 빛과 결합된 행복한 물의 전형이 된다.(『불의 딸』, 32~34쪽)

공통적으로 지닌 공격적 역동성을 매개로 하여 상호 치환 가능한 것으로 나타난다. 이리하여 파도는 곧 불이요, 불은 바람이요, 바람은 물이다. 이 원소들은 힘이 소용돌이치는 원초적 혼돈의 세계를 지각 가능하게 해주는 질료에 불과한 것인지도 모른다.

> 어쩌면 바다도 하늘도 없고 오직 불배만 있는 듯싶기도 했다. 아니, 배도 사람도 없고 하얀 불만 살아서 꿈틀거리는 것 같기도 했다. 꿈틀거리는 불을 바라다보고 있으면 불이 가슴속으로 살갗 속으로 기어 들어와서 간이나 심장이나 위장이나를 모두 녹여버리는 것 같았다.(『불의 딸』)

이것은 밤바다 위에 떠 있는 '불배'를 그려 보인 것으로 불과 물이 오직 그것의 치열한 힘에 의하여 동일한 운동선상에 놓여 있음을 보여준다. 그런데 이번에는 바다에 이는 강한 바람과 파도가 불과 동일한 범주의 역동성을 드러내는 경우를 주목해보기로 하자.

> 불바람이 불고 있었다. 마른 나무더미나 밀짚 건장 같은 데에 댕겨진 불이 맹렬하게 타오르면서 내는 듯한 우우 우지끈 뚝딱 소리를 하고 휘몰아치는 바람이었다. 그것은 서북풍이었다. 하늘과 바다와 섬들의 골짜기에는 황사 섞인 부연 대기가 흐르고 있었다. 노력도 앞바다는 청람빛으로 뒤집혀 있었고, 들소떼 같은 파도의 머리에는 하얀 누엣결들이 얹히어 있었다. 마주 건너다 보이는 노력도의 선창 모서리와 모래톱과 산굽이의 검은 바위들은 내덕도 쪽에서 달려간 파도한테 할퀴면서 물어뜯기면서 몸부림쳤다. 파도들은 노력도의 밑뿌리를 숫제 뽑아버리는 듯한 기세로 아우성치고 뒹굴면서 흰 거품을 뿜어 날리고 있었다.(『불의 딸』)

한국문학 속에서 한승원만큼 순수하게 원소적인 역동성의 세계를 포착하여 그려 보인 예는 찾아보기 어려울 것이다. 여기서만큼 물과 불이 동일한 힘의 선상에서 서로에게 가치를 빌려주고 있는 상상력의 역동적 진실을 실감나게 드러내 보인 예는 드물 것이다.

그런데 한승원의 '고향' 이 지니고 있는 이같은 원초적이고 공격적인 에너지는 오직 외부세계에만 존재하는 자연현상에 불과한 것일까? 모든 참다운 상상력의 에너지는 외부와 내부의 경계를 초월하여 밀어닥치는 전염성을 지니고 있다. 우리는 이제 막 "가슴속으로 살갗 속으로 기어 들어와서 간이나 심장이나 위장이나를 모두 녹여버리는" 불의 파괴력을 목격하지 않았던가? 불길은 무엇보다 먼저 인간 내면의 심연 속에서 타오르고 있는 저 걷잡을 수 없는 힘이라는 점에 주목하지 않으면 안 된다.

한승원의 주인공이 다시 돌아가보는 '고향' 에는 불배가 떠 있는 폭풍치는 바다만이 있는 것이 아니다. 그의 고향은 동시에 원시적 생명력으로서의 본능이 날뛰고 있는 내면의 세계이기도 하다. 한승원의 '고향' 은 언제나 맹목의 에너지, 금방이라도 폭발할 것 같은 동력이 가득 고여 있는 원초적 심연의 세계다. 그것은 '어둠' 이나 '굴' 의 테마로 이 작가의 작품 속에 빈번하고 끈질기게 나타나곤 한다. 이 어두운 '굴' 은 인간의 밖에도 있고 안에도 있다.

굴은 이미 단편소설 「굴」 「기찻굴」 「구멍」 등의 제목이 되어 나타나고 있다. 그런가 하면 초기 작품인 「해신의 늪」에서는 성만의 아내 영님이 갯제를 올리는 날, "시커멓게 어둠이 들어찬 바위굴"로 들어가 눈에 보이지 않는 어떤 초인적 힘과 관계를 맺는 것을 볼 수 있다. "굴은 대여섯 걸음 곧게 들어가다가 서북쪽으로 굽어돌아 다시 대여섯 걸음 들어가다 막혀 있었다. 천장에서 떨어진 물이 괴어서 된 조그만 우물이 한가운데 있고 그 옆에 편편한 바닥이 있었다."

이와 거의 동일한 형태의 굴이 「낙지 같은 여자」에는 사금굴의 모습으로 다시 나타난다. 도리섬에 혼자 사는 순한네는 갯벌 건너에 있는 굴에서 물을 길어간다. "사금을 캐러 들어온 일본인들이 파놓은 그 굴 천장에서는 사철 맑고 달고 시원한 물방울들이 퐁퐁 소리를 내며 떨어졌다." 그 여인은 또 도리섬 안에 있는 조그만 굴 속에 살고 있다.

「극락산 2」에 나오는 "극락암" 또한 바위굴로 "여남은 사람이 모여 앉아 비를 피할 수 있을 만하게 깊은 것이었는데, 굴 안쪽 벽에는 부처님의 좌상이 볼록하게 새겨져 있었고 왼쪽 무릎 옆에는 자그마한 문짝 두 개가 새겨져 있었다. 흔히 마을에서 볼 수 있는 대문 모양의 그 문에는 빗장도 문고리도 없었다". 그 문이 극락의 문이다. 이런 불교적인 굴은 거의 같은 모습으로 『아제아제 바라아제』에도 등장한다. 진성이 나한도를 거쳐 이르는 서귀포의 절벽 아래 숲속에는 동굴이 하나 나타난다. 그 동굴의 경우에도 "천장에서 물방울이 떨어지고" 있으며 "조각을 해서 모셔둔 석상"이 가부좌를 틀고 앉아 있다.

『우리들의 돌탑』에는 무장 스님이 사는 "삼문굴사"가 있다. 서귀포의 굴사(窟寺)가 "쉰일곱이나 되는 생목숨이 몰살당한" 과거의 음습한 죽음 냄새를 간직한 채 성(性)적인 명상의 자리가 되듯이 이 삼문굴사도 김혜선이 그의 남편의 의붓형에게 반항도 못 한 채 능욕당하여 사생아를 잉태하는 장소가 된다. 한편, 기성춘과 전수련은 그 굴사로 찾아가서 즉흥적인 혼례 의식을 올린다. 그 밖에도 「울려고 내가 왔던가」의 흘레바위, 사람이 열차에 깔려 죽은 곳인 동시에 젊은 남녀가 들어가서 나오지 않는 「기찻굴」의 "시커먼 구멍"이라든가 "송장 썩은 냄새"가 가득한 개집은 다 같이 굴의 변형들이다.

여기에 하나 더 추가할 수 있는 것이 『불의 딸』에 등장하는 가막섬의 낭떠러지 밑에 있는 "각시샘"이다. 비록 이곳이 형태상으로 동굴은 아니지만 절벽과 바위샘과 그곳에서 일어난 극도로 예외적인 사건 등으로 하여 다른 모든 굴들과 유사한 인상을 주고 있는 것이다.

이미 굴은 그 형상에 있어서나 기능에 있어서나 에로스와 깊은 관련이 있다. 그곳에 고이는 처녀의 샘이나 욕망의 샘이 또한 그러하다. 굴은 최초의 혼돈이며 어둠이며 본능의 소용돌이다. 그런데 상상력의 근원적인 법칙이 그러하듯 굴이 있는 곳에는 에로스가 있고 에로스가 있는 곳에는 굴이 만들어진다. 이 법칙은 한승원의 소설세계 속에서 반복하여 확인된다. 다음은 아내를 미행하여 따라가본 남편 성만이 목격하게 된 굴 속의 광경이다.

> 아내는 알몸이 된 채 초석 위에 번듯이 드러누웠다. 두 팔을 양옆으로 뻗었다. 두 다리를 버둥거렸다. 그것은 여자가 성적인 교섭을 할 때 남자의 몸을 수용하는 자세였다. (……) 발악하듯 사지를 버둥거리면서 교미하는 암캐처럼 낑낑거리며, 고개를 불에 덴 벌레처럼 저어대던 아내가 이를 갈며 단말마의 비명과 함께 간질환자처럼 사지를 오그리고 몸을 웅크렸다.(「해신의 늪」)

이런 현상은 반드시 굴 속에서만 일어나는 것은 아니다. 거꾸로 이 같은 강렬한 에로스의 출현은 굴의 '환영'을 만들어낼 수가 있다. 다음은 「산초나무」의 여주인공이 어두운 교회의 마룻바닥에 꿇어앉아 기도를 하다가 떠올린 '환영' 속의 광경이다.

> 그림자는 옆으로 다가오자마자 그녀의 몸을 가로 누이면서 번쩍 허공으로 들어올렸다. 깜깜한 어둠 속으로 그림자는 달려갔다. 동굴처럼 깊이 뚫려 있는 검은 숲속으로 달려가던 그림자가 그녀를 풀밭에 내동댕이치고 몸에 돋은 털들을 뜯듯이 발가벗기고 범하기 시작했다. 짐승처럼 털이 돋은 그림자의 몸이 그녀의 살갗에 닿자 그녀는 진저리를 쳤다. 그 진저리는 덮쳐오는 환혹과 열락을 어떻게 주체하지 못한 그녀의 몸이 일으키는 경련 같은 것이었다.(「산초나무」)

"동굴처럼 깊이 뚫려 있는 검은 숲"이 성적인 활동이나 성폭행의 이미지와 깊숙이 관련되어 있는 작품은 제목부터 의미심장한 단편 「굴」이다. 여주인공 차현순은 아침마다 산책하는 산등성이 소나무숲을 "동굴처럼 뚫려 있는" 모습으로 인식한다. 이어 이때껏 살아온 길이 "어둡고 아득하게 멀고 습하고 꿉꿉한 동굴 속만 같다"고 말한다. 한밤중에 자신도 모르는 사이에 잠자리에 들어온 사내에게 유린당한 그녀는 몸을 떨며 이렇게 느낀다. "조금 전에 밖으로 나간 남자가 몰래 들어와서 휘젓고 나간 그녀의 몸 속에는 시꺼먼 굴 하나가 파이고 있었다. 그녀를 감싸고 있는 방 안의 어둠이 파인 그 굴 속에 가득 들어찼다." 이 작품을 마무리짓는 마지막 문장은 다시 한번 "동굴처럼 뚫려 있는 숲길"을 환기시키고 있다.

한승원의 세계 속에서 굴은 원초적인 어둠인 동시에 이처럼 에로스의 공간이다. 이 공간은 금지된 곳이기에 더욱 매혹적인 힘을 행사한다. 『불의 딸』의 똘쇠는 각시샘에 몸 속의 불을 쏟아놓고, 그 옆에서 접신 상태에 든 무녀를 범한다. 이 죄업은 후일 거기서 태어난 딸 용례를 각시로 데리고 살게 되는 결과를 초래한다. 『우리들의 돌탑』의 김혜선과 전진만의 반칙적인 성관계 또한 금지된 에로스와 굴과의 관계를 같은 방식으로 노출시키고 있다. 굴이 에로스의 공간이라는 말은 그것이 생명의 원천이라는 뜻도 된다. 그것은 동시에 죽음의 공간이라는 뜻도 된다. 『아제아제 바라아제』의 무뢰한은 굴 속에서 진성에게 소리친다. "사람들은 구멍의 뜻을 알아야만 한다. 우리는 지금 땅속에 파인 굴 속에 들어 있다. 생각해봐라. 이 세상의 모든 암컷들은 각기 자기의 동굴 한 개씩을 가지고 있지. 생명을 만들어내는 동굴 말이야. 너한테도 그것은 있다. 우리들은 그런 동굴 속에서 기어나와서 내내 동굴(집)을 만들어가지고 그 속에서 살다가 죽어가면서 깜깜한 동굴 속으로 돌아간다. 우리를 포용하고 있는 우주가 하나의 거대한 동굴일 터이니까."

한승원의 인물들이 하나같이 찾아가는 '고향'은 원초적인 생명과 죽음을 다 같이 포용하는 하나의 '동굴'인지도 모른다. 사실 대다수의 인물들이 고향을 찾아가는 구체적 목적이 무엇인지 면밀하게 검토해보면 '고향 = 동굴'의 의미가 더욱 분명하게 드러난다. 결론부터 말해보자면, 한승원의 수많은 작중인물들이 예외없이 결행하는 '고향 찾아가기'는 바로 오이디푸스의 행로라고 할 수 있다. 그들은 한결같이 자신의 출생의 비밀을 찾아가고 있는 것이다. 그의 생명의 출발점에 서 있던 어머니와 아버지를 찾아가는 것이 바로 한승원의 귀향이다. 소급할 수 있는 가장 먼 과거, 동굴 속과 같은 어둠에 묻혀 있는 과거 — 그 출발점에 고향은 있다.

이렇게 바꾸어 표현해보자. 한승원이 찾아가는 고향은 물과 불과 바람과 같은 원소의 세계다. 그것은 음탕한 밤바다다. 그것은 근원적 에너지의 소용돌이다. 그것은 캄캄하고 바닥 없는 동굴이다. 그것은 본능이며 에로스의 불이다. 그런데 이 모든 의미를 하나로 집약하면서 '사건'이라는 차원에서 등장하는 존재가 바로 아버지와 어머니인 것이다.

이런 각도에서 볼 때, 가장 전형적인 작품은 바로 『불의 딸』이다. 다음은 주인공 '나'가 의붓아버지 똘쇠를 만나려고 고향땅을 찾아가는 이유다. "나는 간밤 내내 엎치락뒤치락하면서 어머니를 찾아야겠다는 생각을 했다. 물론 아버지도 찾아야 한다고 생각했다. 그들은 대관절 어떤 피를 가진 사람들인데 내 가슴속에 그런 줄과 끈을 매달아주었는가를 알아내고 싶었다." 그리하여 가장 가까운 "줄과 끈"을 따라 차츰 과거로 소급한다. 우선 의붓아버지 똘쇠를 만난다. "푸드득거리는 날개를 내 가슴속에 달아준 어머니를 찾겠다는 것이었다. 아니, 어쩌면 나같이 그런 날개를 달고 살았음에 틀림없는 어머니의 속에 나를 심어준 아버지를 찾겠다는 것이었다. 그 아버지에 대한 것은 그 어느 누구보다도 똘쇠가 잘 알고 있을지 모른다고 나는 생각했다." 그러나 이와 같은 과거의 추적은 단순히 어머니 아버지에까지 소급되고 끝나는 것이 아니다. 어머니 아버지, 그 자신들에게는 또다시 그들 출생의 내력이 있기 때문이다. 이와 같은 추적은 모든 생명의 근원에까지 무한히 계속될 수 있으므로 바닥 없는 동굴 속처럼 아득한 작업이 될 것이다. 그러나 동굴 속과 같은 어둠은 무한한 과거로의 조망에서

만 오는 것은 아니다. 문제는 생명이 탄생되는 과정에 일탈과 착종이 일어나고 있기 때문이다. 한승원의 드라마는 바로 여기서 시작한다. 맹목의 에너지로서의 에로스는 혈통에 갈래를 잡기 어려울 만큼 혼선을 가져온다. 『불의 딸』의 경우를 보자. 똘쇠는 가막섬의 샘가에서 무당 주실이를 범하고 돌아왔다. 그 무당에게서 태어난 딸이 용례다. 그런데 그 사실을 알지 못한 채 똘쇠는 한동안 용례를 아내로 데리고 산다. 작중화자인 '나'는 이 두 사람 사이에서 성장하지만 추적 조사한 결과 자신은 순사의 총에 맞아 죽은 어느 청년과 용례 사이에서 태어난 것으로 판명된다.

「미망하는 새」에서 보면 노파가 제각지기였던 할아버지의 씨를 받아 낳은 딸이 제각의 젊은 여자인데 작은아버지는 그 여자와 동침하고자 하는가 하면 조카인 억수는 결국 그의 고모뻘인 그 여자와 이른바 "리비도의 의식"을 치른다.

『우리들의 돌탑』에서 종구가 약산섬을 찾아가려는 중요한 이유는 바로 "자기 아버지가 누구라는 것을 밝혀내는 일"인 것이다. 여기서도 결국 밝혀진 사실은 혈통의 혼선이다. 전종구는 전진만의 아들로 입적되어 있지만 사실은 전진만의 배다른 동생 진경과 박한순의 사이에서 태어났고 반면 전수련은 전진만이 진경의 아내 김혜선을 범하여 낳은 것이다. 이같이 혼선은 이미 가계의 앞세대에서부터 시작되었었다. 형 전진만은 전광호의 아들로 입적되어 있지만 실은 전광호의 후처 신씨가 다른 남자와의 사이에서 낳아가지고 데리고 들어온 아들인 반면 동생 전진경은 전광호와 전처 사이의 소생이다. 한편 진만, 진경의 여동생으로 되어 있는 전진순은 후처 신씨와 전광호 사이에서 태어났고 보면 이들 삼남매는 모두가 어머니나 어버지 중 어느 한쪽을 달리하고 있다. 진순에게는 종식, 종님, 종단 삼남매가 있지만 이들 역시 서로 아버지가 다를 뿐만 아니라 큰아들 종식은 처녀 때 인민군 송갑수와 정을 통해 낳은 아들이어서 오빠인 전진만의 아들로 입적되어 있다. 이처럼 혈통상의 심한 착종으로 인하여 이 소설을 읽는 독자는 혈연관계의 망을 파악하기 위해서 반드시 필기도구를 갖추고 적극적인 독서를 하지 않을 수 없다.

「미망하는 새」에서는 제대를 하고 막노동판을 전전하다가 어렵사리 검정고시를 거쳐가지고 늙은 대학생이 된 억수가 그해 겨울 "어머니를 찾아갔다". 그리고 다시 어머니의 권유—"인제 느그 뼉다귀 찾어가거라"에 따라 "아버지의 고향마을"을 찾아간다. 소설은 그 마을에서 겪은 이야기다. 소설의 마지막 페이지에서 억수가 그 마을을 떠날 때의 장면은 인생의 출발점으로서 아버지 어머니가 동굴의 이미지와 얼마나 직접적으로 관련되어 있는가를 꼬집어 표현해주고 있다.

> 사립을 나서서 어둠에 묻힌 길을 걸었다. 그의 머릿속에 어머니의 얼굴이 불처럼 켜졌다. 어둠은 동굴이 되었다. 그는 태어나기 이전에 그가 살았던 자궁 속 같은 어둠 속을 걸어갔다 아니 그것은 아버지로 하여금 어느 산기슭에서 깸 없는 오랜 잠을 자게 한 토굴 속의 어둠 같은 것이었다. 어응한 계곡을 치올라가면서 그는, 다시 태어나자, 하고 소리쳤다.(「미망하는 새」)

여기서 우리는 '고향 = 동굴'이 명백하게도 탄생의 공간인 "자궁"이라는 것을 알 수 있다. 단편 「굴」에서도 역시 서커스단의 포장 아래서 검은 질그릇 독 속에 어린 딸아이를 넣어 발바닥 위에 올려놓고 굴리는 여자의 묘기를 바라보며 "현순은 자궁을 생각했다. 독은 드높은 받침대 위에 드러누워 있는 여자의 자궁이고 여자아이는 그 자궁의 어둠 속에서 나오고 있다고 생각했다. 그 자궁은 슬픔을 낳는 방이었다. 눈앞이 흐려졌다. 독 속에서 여자아이와 함께 어둠이 기어나와 그녀의 눈앞을 가리고 있었다".

이리하여 한승원의 소설 속에서는 여자가 출산하는 장면이 자주 등장한다. 「물너울 한너울」에서는 어머니가 배다른 동생을 혼자서 낳고 얼마 되지 않아서 딸 순덕이가 거의 같은 무렵에 아이를 낳는다. 한

곁같이 아비 없는 사생아들을 낳은 것이다. 그런가 하면 『우리들의 돌탑』에서는 김혜선이 남편의 이복형인 전진만에게 겁탈당하여 수련을 낳기 불과 얼마 전에 전진만의 아내 역시 혜선의 남편 진경의 아이를 배어 헛구역질을 했는데 그 "소동이 일어난 지 닷새째 되던 날, 네 고모(진순)의 몸에 또 이상이 생겼다. 네 고모한테도 입덧이 난 것이다"라고 혜선의 딸에게 술회하고 있다. 그러나 가장 장황하고 처절한 출산 장면은 "알만 슬어놓고 나방이처럼 자기 한 몸만 어디로 훨훨 날아간" 성진을 찾아서 떠났다가 길에서 혼자 아이를 낳는 해숙의 모습이다.(「포구의 달」)

가을날 해질 무렵 인적 없는 길가의 볏짚더미에 누워서 아이를 낳고 돌멩이로 탯줄을 끊는 고독한 그녀의 고통과 강인한 생명력은 유별난 감동의 한 페이지이다. 도대체 해숙은 「포구」의 초입에서 작가 자신이 지적했듯이 "질긴 다산형의 여자"다. 형부에게 겁탈당한 후 가출한 해숙은 부산에서 조 과장의 아이를 낳아준 다음, 주 화백에게서 연달아 아이를 셋씩이나 낳는다. 그녀에게 주 화백이 하는 말은 '고향=굴=자궁=바다' 라는 이미지의 역선(力線)을 단적으로 짚어 보여준다. "육지에 살고 있는 것들은 모두 바다에서 기어 나왔다고 누군가가 그랬지. 그러니까 우리의 가장 원초적인 고향은 바다인데 우리집에서는 당신이 바로 그 바다란 말이야. 당신은 놀라운 여자라고. 피임이 개발되지 않은 때에 여자노릇을 했다면, 당신은 아마 한 해에 꼭 아들이든지 딸이든지 하나씩을 생산해냈을 거야." 이 말을 하고 난 이튿날, 주 화백은 죽었다. 그후 다시 해숙은 성진의 아이를 낳은 것이다.

「해변의 길손」에도 아이 낳는 장면은 다시 나타난다. 구걸하며 떠돌던 김관진씨와 황두표씨는 바로 어느 집 며느리가 산고를 겪는 동안 제왕풀이 흉내를 내고 마침내 산모는 몸을 푼다. 한편 「포구」의 해숙이 "실팍한 젖가슴과 늘씬한 허리와 팡팡한 엉덩이"를 갖춘 다산형 여자였듯이, 황두표씨의 막내 며느리 또한 "실팍하고 두리두리하게 커지는 듯한 엉덩이"를 가진 여자답게 배가 불러오고 있다.

그런데 왜 그 다산성의 자궁이 행복한 탄생의 자리가 되지 못하고 어둠이 가득한 동굴이 되는 것일까? 왜 자궁은 "슬픔을 낳는 방"일까? 여기에 한승원의 부정적 숙명관이 가로놓여 있다. 우리는 앞에서 한승원의 '고향 찾아가기'는 오이디푸스의 행로라고 말했다. 오이디푸스의 행로는 어머니에게로 돌아가는 길이다. 그러나 그 길은 금지된 길이다. 오이디푸스의 드라마와 한승원의 그것은 근본적으로 같은 모형을 갖추고 있다. 이리하여 고향은, 동굴은, 바다는 탄생의 자리인 동시에 죽음의 자리이다. 이것은 이미 앞에서 인용한 바와 같이 서귀포 굴 속에서 무뢰한이 분명하게 지적한 진실이다. "우리는 동굴 속에서 태어나서 살다가 죽어가면서 깜깜한 동굴 속으로 돌아간다."

이 금지된 오이디푸스적 행로는 한승원의 소설 속에 수없이 등장하는 근친상간의 형태로, 혹은 성적 폭행의 형태로 나타나고 동시에 그 결과로 생산되는 저 수많은 사생아들로 나타난다. 딸을 범하는 아버지의 실화나 설화, 자신도 모르게 딸을 각시로 맞아 사는 똘쇠, 사실과는 다르나 딸을 아내로 삼아 사는 것으로 소문난 장또바우(「울려고 내가 왔던가」), 아버지의 정부인 여인의 딸과 관계를 맺는 아들(「갈매기」), 남동생의 아이를 밴 것으로 상상한 누나의 이야기(「땅가시와 보리알」), 처제를 범하는 장경철, 아내 해미가 죽자 그녀의 동생(부모는 다르지만) 해숙과 사는 성진(「포구」), 비록 꿈속에서이지만 당숙 달균의 아내 오춘자를 범하는 주철(「아버지와 아들」), 배다른 형제인 줄도 모르고 현순을 범한 듯한 금식, 그리고 그녀의 여동생 유월이와 현순의 오빠 현철의 관계(「굴」), 어머니의 정부에게 강간당한 딸(「산초나무」 「아제아제 바라아제」)…… 한 작가의 작품 속에 이만큼 빈번하게 근친상간의 테마가 다루어지고 있는 경우는 결코 흔하지 않다. 여기에다가 성적 폭행이나 수많은 혼외정사의 예를 합쳐보면, 가히 이 작가의 작품은 모두가 금지된 남녀관계에서 출발하고 있다고 할 수 있다.

한승원의 '고향' 에서는 도처에서 여자들이 결혼 전에 다른 남자의 아기를 임신하고 나서 서둘러 딴 남자와 결혼한다. 「낙지 같은 여자」의 순한네는 영훈의 아기를 뱃속에 지닌 채 다른 남자에게 시집을 갔으나 남편이 홧김에 월남으로 가서 죽었다. 「굴」의 유월이는 현철에게 무자비하게 유린당하고 나서 현철 어머니의 주선에 의하여 큰머슴과 결혼하여 밤봇짐을 싼다. 이와 같은 위반의 에로스는 우선 여자들에게 견디기 어려운 "잉태의 공포감"을 강요하며 결국은 수많은 사생아들을 낳거나 각종 방식의 고통스러운 아기떼기를 위한 시도들과 그 실패, 그리고 불구의 아이낳기라는 결과를 가져온다.

'고향 = 동굴' 로 돌아가는 길이 탄생의 출발점을 찾아가는 길인 동시에 죽음으로 인도하는 길이라는 사실은 인물들의 귀향 목적에서 단적으로 드러난다. 「겨울비」의 작중화자는 "아버지의 제사를 모시러" 회령으로 간다. 「갈매기」의 "나"는 고향으로 가면서 "아버지의 상례를 치른" 이튿날에 있었던 일을 회상한다. 「땅가시와 보리알」의 작중화자 "나"는 어머니의 장례식을 치르려고 고향을 다녀온 이야기를 한다. 「포구」의 성진은 아버지와 어머니의 무덤을 이장하고 해숙의 유골을 뿌리기 위하여 고향으로 돌아간다. 「굴」의 차현순은 어머니가 위독하다는 전보를 받고 고향으로 돌아간다. 어머니는 이미 시신이 되어 있었다. 「미망하는 새」의 억수는 "뼈다귀를 찾아" 아버지의 고향으로 간다. 「구름의 벽」의 김 노인은 "애비 뼈다구 하나도 못 거둬 모신 죄" 때문에 아버지의 자취를 찾아 떠돈다. 한편 그 노인의 뒤를 쫓던 '나' 는 소설의 마지막에서 "죽도의 어느 산과 들의 무성한 잡초 밑에, 아버지와 나에 대한 배반으로 배부른 채 누워 있을 어머니의 모습을 떠올렸다".

사실 한승원의 소설을 읽는 독자를 견디기 어려울 만큼 숨막히게 하는 것은 착종된 혈연관계나 에로스와 더불어 비정상적일 만큼 자주 나타나는 죽음과 무덤들이다. 「낙지 같은 여자」에는 모래밭에 엎어진 큰아버지의 시체가 등장하는가 하면 종형 영남은 무덤 앞에 엎드려

운다. 한편 도리섬 언덕에는 순한네가 낳은 병신 자식의 무덤이 있다. 「기찻굴」에서는 어떤 사람이 열차에 깔려 죽고 매형의 아버지는 인민군의 대창에 찔려 죽었고 어머니는 벼랑에서 떨어져 죽었다. 그런가 하면, 농가에서는 송아지가 죽었고 작중화자의 집에서는 개가 죽었다. 이 짤막한 단편소설에서 다섯 가지나 되는 죽음은 지나칠 만큼 수다하다고 하지 않을 수 없다. 그보다 훨씬 더 짧은 단편「가을 찬바람」은 아예 아들과 늙은 어머니가 죽은 갓난아기를 한밤중 야산에 매장하는 이야기다. 그것도 이번이 처음이 아니다. 운동회날, 경주해서 상으로 탄 삽을 저주하며 늙은 어머니는 이렇게 말한다. "저놈의 삽가래가 우리집에 들어와갖고 시방까지 구덩이를 몇 개나 팠냐? 막 타갖고 와서 며칠 있다가 새끼 하나 파묻었지, 영숙이네 당숙 파묻었지, 씽씽하게 살아서 꾸물거리는 제비 새끼들 파묻었지…… 저놈의 삽가래 더 놔두면 금방 또 누구 들어갈 구덩이를 파게 될지 어떻게 알 것냐?"

이 많은 죽음에는 물론 늙은 어머니의 남편이 집을 나갔다가 눈 덮인 산 속에서 죽은 기억도 추가하지 않으면 안 된다. 죽은 아기를 묻기 위하여 구덩이를 팔 때, 작가는 이렇게 덧붙이기를 잊지 않았다. "늙은 어머니는 깊어지고 넓어지는 구덩이를 보면서 눈살을 찌푸렸다. 그 구덩이 속에서 진한 먹물 같은 어둠이 솟아나오고 있었다." 자궁은 생명이 태어나는 동굴이기도 하지만, 어둠 같은 죽음이 솟아나는 동굴이기도 하다. 부정적인 오이디푸스의 모형이 구체적으로 비쳐 보이는 대목이다. 끝으로 무덤이 즐비한 작품의 예를 하나만 더 들어보자. 「해변의 길손」에서 황두표씨는 골목길을 걸어오면서 줄곧 "검은 어둠 속으로 사라져간 아버지와 어머니와 동생 두헌이와 큰아들과 둘째아들과 아내에 대한 생각을 하고 있었다. 빌어먹을 놈의 세상…… 그들은 모두 제명대로 살지도 못하고 억지 죽음들을 한 것이었다". 죽은 가족의 목록은 열거하기에 숨이 찰 만큼 길다. 이제 남은 것은 오직 황두표씨와 막내아들뿐이다. 황두표씨는 억분이 치밀어오를 때면,

앞산 잔등 너머 선산 밑에 있는 그 죽은 가족들의 무덤을 찾아가 고함을 지른다. 무엇이 이들을 "제명대로 살지를 못하고 억지죽음들"을 하도록 만든 것일까? 죽음을 가져온 것은 역사의 소용돌이였다.

이제 우리는 한승원의 소설세계 속에서 가장 중요한 두 가지의 에너지, 즉 맹목의 본능과 역사의 소용돌이가 합류하면서 자아내는 비극의 궤적을 더듬어가볼 필요가 있다. 한승원의 드라마는 예외없이 내면의 에로스와 외부세계의 바람이 만나고 심층심리와 역사가 만나고 개인적 어둠과 집단적 어둠이 만나는 자리에서 전개되고 있다. 이 두 가지의 걷잡을 수 없는 힘이 결합하면 인간의 연약한 힘을 훨씬 초월하는 숙명으로 변한다. 고향으로 돌아간다는 것은 원초적인 본능의 줄기를 따라 아버지와 어머니를 찾아가는 것인 동시에, 집단적 삶의 고통스러운 과거로 거슬러올라가 그 어둠에 빛을 던지려는 노력이라고 할 수 있다.

고향에는 본능의 맹목적인 힘이 휩쓸어간 자취만 있는 것이 아니라 역사가 할퀴고 간 깊은 생채기들도 남아 있다. 아니 그 두 가지 폭력은 동일한 힘의 안과 겉에 지나지 않는 것인지도 모른다. 가장 순수하고 원초적인 자연만이 지배하는 듯한 도리섬의 굴 속에도 역사의 파괴력은 환기된다. 상장수의 아들인 순한네 오빠는 큰집의 머슴이었는데 인공 시절 짚더미 속에 숨어 있는 큰아버지를 손가락질해주었기 때문에 큰아버지가 세포위원들한테 잡혀 죽었다. 큰아버지의 아들 영남은 그 원한 때문에 순한네를 툭하면 구타했다. 무더운 여름밤, 그녀를 쫓는 영남을 피하여 달아났던 순한네는 작중화자 "나"와 정사를 하게 된다. 이데올로기적인 갈등과 치정적 갈등이 맞물려 있는 원한관계는 대부분 지나치게 복잡하고 로마네스크한 양상을 띠면서 한승원의 수많은 소설들 속에서 연쇄적인 과정을 거쳐 감당할 수 없고, 돌이킬 수 없는 결과를 낳는다. 그 전형적인 경우가 권력이나 이념의 상충관계가 상대의 여자를 정복하는 기회를 제공하고 또 반대편에서도 같은 방법으로 복수하는 형태다.

「울려고 내가 왔던가」에서 장또바우는 화자 '나'의 아버지 때문에 징용에 끌려갔을 뿐만 아니라 돌아왔을 때, 자신의 아내가 '나'의 아버지의 아이를 밴 것을 알자 임신중인 아내를 걷어차 죽게 한다. 원수 갚기 위해 남로당에 입당하고 여수 순천 반란사건을 거쳐 인공치하에 세포위원장이 된 그는 '나'의 어머니를 도리섬으로 꼬여내어 정복하는데 그녀는 딸을 낳아놓고 죽는다. 다음 세대인 '나'는 복수하기 위하여 장또바우를 찾아온다.

「산초나무」의 제주댁은 본남편이 우익 청년단원들에게 잡혀가자 청년단 사무실의 "눈매 곱고 호리호리한 남자"에게 남편의 구명을 사정한다. 그 남자는 제주댁을 차지하고 그녀의 남편은 칼을 맞고 죽는다. 그녀는 남편을 죽게 한 그 김달진씨의 아내가 되어 있다. 「아리랑 별곡」의 재익 아비는 같은 동네의 영보 아비를 징용가게 만들어놓고 혼자 남은 그의 아내에게 배급을 미끼로 몸을 요구한다. 다시 한 세대 아래 영보는, 월남에 파병되었다가 유골이 되어 돌아오고 과부가 된 그의 아내는 원수의 아들인 재익의 정부가 된다. 또다시 한 세대 아래로 내려와 영보의 아들 철승과 재익의 아들 성남은 처녀 영심을 사이에 두고 칼부림을 하다가 양쪽이 다 죽는다. 역사와 에로스의 에너지가 한데 어울려 파괴력을 발휘하는, 그러나 너무나 로마네스크한 관계의 좋은 예라고 할 수 있다. 「장미꽃」에서 면서기 문영남은 6·25가 터지자 반동자로 몰려 잡혀가 총살당한다. 그를 끌고 간 자는 머슴살이를 하다가 보안서원이 된 이창근이었다. 그런데 문영남이 사귀어 임신시킨 여자는 하필이면 원수인 이창근의 딸이었다. 그들 사이에서 난 딸이 양쪽 다리를 쓰지 못하는 불구 미스 문이다.

「포구」에서 성진의 아버지가 징용갔다 돌아오기 닷새 전 그의 아내는 아기를 낳았다. 장우근의 씨였다. 성진의 아버지는 남로당 패거리의 심부름을 했고 6·25가 터지자 장우근의 아내를 여러 사람이 보는 가운데 강간하고 장우근을 죽여 그 시체를 간척지 논둑에 버렸다. 장우근의 아들 장경철은 성진의 아버지를 죽이고 성진의 애인이었던 해미를 납치하여 결혼한다.

이와 같은 원수갚기는 『우리들의 돌탑』에서 그 극치를 이룬다. 배다른 형제인 진만과 진경은 각기 보안서 부위원장과 경찰이 되어 좌우로 갈라져서 서로를 미워할 뿐만 아니라, 서로의 아내에게 자신의 아이를 배게 한다. 그 결과 진만은 문둥병에 걸리고 진경은 죽는다. 그런가 하면 아버지를 서로 뒤바꾸어 가진, 다음 세대의 종구와 수련은 정을 통한다. 또 진순은 오빠 진경의 친구이며 순경인 박지관과 하마터면 결혼할 뻔했으나, 잡혀간 박지관을 살려내기 위하여 인민군 전사 송갑수에게 몸을 허락한다. 그 사이에서 태어난 종식이는 광주사태 때 신출귀몰의 활약을 한 다음, 미국 문화원에 불을 지른다.

이처럼 역사와 본능의 에너지로 인하여 저질러진 원수갚기와 죄업이야말로 '고향'이라는 저 컴컴한 동굴 속에 가득히 고여 있는 어둠의 의미이다. 『우리들의 돌탑』에서 기성춘은 그것을 "폐광의 막장에 괴어 있는 유독성 기체처럼 몇십 년 동안 내내 괴어 있던 시간들"이라고 해석한다. 「산초나무」의 인실은 이 "괴어 있는 시간들"을 "죄업"이라고 말한다. 그녀는 "눅눅하고 질척거리는 긴 터널"을 빠져나가려고 교회로 달려가지만 거기서 발견하는 것은 오직 "육감적인 냄새"일 뿐이다. 그녀의 시어머니는 "자기의 육체와 영혼에 거미줄처럼 걸쳐 있는 천형 같은 운명의 사슬"을 벗겨내기 위하여 절을 찾거나 무당을 찾는다. 「장미꽃 2」의 할머니는 "당신이 지은 업을 풀겠다"고 새벽녘이면 일어나 몸에 물을 끼얹고 어머니는 어김없이 교회에 간다.

한승원의 원초적 공간인 '고향'은 결정론의 성격이 짙다. 그곳이 죄업과 인과응보의 출발점이기 때문이다. 「극락산」의 고통스럽고 끝없는 행로 속에는 이미 예정된 숙명의 목소리가 후렴처럼 반복되고 있다. "이런 겨울 밤길을, 이렇게 만수하고 둘이서만 한없이 걸어가지 않으면 안 되도록, 오래 전부터 마련되어 있었을까? 이런 의문으로 시작된 운명관은 점차로 고정관념처럼 인간의 의식을 사로잡는다. 어린 순덕은 남자에게 강간당한다. "쓰러지면서 순덕이는 이날 이무렵에 일이 꼭 이렇게 될 것이라는 걸 자기가 오래 전부터 미리 점치고 있었던 것만 같은 생각을 했다." 동생 만수의 죽음도 "둘 가운데서 만수가 죽도록 마련되어 있을 거라는 생각"으로 예감된다. 「극락산 2」에 이르면, 이같은 운명의 예감은 확신으로 변한다. "언제 어디에 이르든지, 자기가 이르는 곳의 주변에 있는 사람들이면 누구를 막론하고 곧 죽어가도록 오래 전부터 마련되어 있음을 그녀는 잘 알고 있었다." 이와 같은 운명결정론은 순덕이 외가집 머슴 성욱을 받아들이는 「물너울 한너울」의 한 장면에서도 계속된다. "오래 전부터 성욱과 자기는 이날 밤 꼭 이렇게 단둘이서 한 이불을 덮고 누워 자기로 마련되어 있었던 듯싶었다."

「미망하는 새」에서 억수의 아버지인 추남자는 남의 아내가 된 옛 여인을 산으로 납치해온 다음 그녀의 이불 속에 들며 말한다.

> 모두가 죄요. 내 못생긴 것도 죄고 우리 아부지가 제각지기라는 것도 죄고 당신 얼굴이 너무 이쁜 것도 죄고 당신네 아부지가 면장질을 했다는 것도 죄고 철없이 당신을 쫓아다니는 나를 무조건 두들겨 패고 파출소에 집어넣어버린 것도 죄요. 또 우리 아이들이 당신 집에 불을 지르고 당신을 이렇게 끌고 온 것도 죄고 내가 한번 내 옆에 온 당신인께 기어이 내 사람을 만들어야겠다고 생각을 한 것도 죄요. 이 죄들을 어떻게 하것소? 인제는 지옥에 갈 일만 남아 있을 뿐이요.(「미망하는 새」)

이와 같은 죄는 각기 하나 하나로 떼어놓고 보면 우발적인 사건들일 수도 있다. 운명론은 이 우연들을 하나의 사슬로 이어 그 전체에 필연성을 부여할 때, 생겨나는 것이다. '고향 = 동굴'은 바로 불행한 죄들의 사슬에 필연성을 제공하는, 어느 면 초자연적인 공간이다. 그 초자연성이 바로 동굴에서 넘쳐나오는 어둠인 것이다. 사실 한승원의 고향에서 만나는 바다 · 어둠 · 동굴 · 인간은 지각할 수 있는 현실 공간의 경계선을 지우면서 바닥 없이 깊은 신화적, 초자연적 공간으로 무한히 연장되어 있는 것 같다. 그의 어둠의 굴은 무속이나 종교나 꿈의 세계와 통해 있는 것으로 해석된다.

「굴」에서 차현순은 눈앞에 어지럽게 맴을 도는 "검은 바람"을 바라본다. 그 검은 바람 속에는 바로 치욕스러운 과거가 실려 있다. "끈끈이 주걱에 잡힌 벌레처럼 끈적거리는 오물에 젖어 온몸이 물러지고 있었다." 어두운 과거는 이렇게 "끈끈이 주걱"이 되어 그를 얽어맨다. 우리는 앞에서 바위를 물어뜯는 성난 고향바다를 보았다. 그런데 그 바다 속에는 그보다도 더 적극적이고 더 공격적인 운명의 힘이 살아 있다는 것을 알 수 있다.

"낙지 같은" 여자 순한네의 이미지가 그것이다. 어린 시절의 순한네는 그저 싱싱한 생명의 상징으로서의 낙지였지만 소설의 끝에 이르면 운명의 바다가 드러내는 저 공격적이고 부정적인 사슬로서의 낙지로 변한다. "그녀는 길다란 팔과 다리로 나를 휘감았다. 여자의 두 다리가 내 허벅다리와 종아리를 오르내리며 물장구를 쳤다. 깊고 뜨거운 빨판으로 나를 빨아들이고 있었다. 나는 어쩌면 낙지를 잡느라고 갯벌밭에 파놓은 무르고 깊은 수렁 속으로 빠져들어가고 있었고 그 수렁 속에 든 거대한 낙지의 우악스런 발에 휘감기고 있었다. 이빨이 톱날 같은 상어처럼 빨판이 억세고 큰 낙지였다. 나는 눈을 감은 채 흡혈귀의 피묻은 입 같은 낙지의 빨판에 온몸을 빨리고 있었다." 순한네는 상상력의 차원에서 설명한다면 바닷물 속에서 수영을 한다기보다는 '바다'의 공격적이고 부정적인 속성을 한 몸에 집약한 바다 그 자체라고 읽어 마땅하다.

이 공격적인 낙지에는 그나마 생명의 신선함과 일말의 에로티즘의 기억이 남아 있다고도 볼 수 있다. 그러나 그보다 나중에 나온 작품인 「미망하는 새」에 이르면 원초적 바다의 부정적이고 공격적인 '낙지'의 이미지는 바다 안을 쓸고 다니며 김 양식장과 미역 양식장을 모두 망가뜨리는 "집채같이 큰 괴물"의 모습으로 확대, 강화되어 나타난다. 그것은 실은 "시커멓게 뭉쳐진 나일론 밧줄"들과 김발이나 미역발들이 서로 엉킨 덩어리에 불과하다는 것이 작은아버지의 설명이다. 그는 이렇게 주장한다. "괴물은 애초에 있지도 않어요. 그것은 큰 바람에 부서진 김발이나 미역발 하나에서부터 시작된 것이란 말이요. 부서져 떠밀린 것이 옆발에 걸린 것 아니것소? 그러면 그것이 물살이나 파도를 견디지 못하고 쓰러져요. 쓰러지면서 헝클어지고 뭉쳐진 두 개가 다시 그 옆발로 올라타게 돼요. 그 두 놈을 업은 발은 더 빨리 쓰러져요. 이제는 발 셋이 한데 뭉쳐졌소. 그것은 금방 넷이 되고 다섯이 되요…… 열흘이 지나면서는 집채만해지고 스무 날이 지나면서는 섬만큼 해졌을 것 아니요? 코째기 내기를 합시다. 괴물이 어디 있다요? 그것은 우리 김발이나 미역발 부서진 것들이 뭉쳐서 된 것이요." 괴물의 어지럽게 뒤엉킨 몸뚱이와 길게 늘어진 발들이 물길을 막고 있다. 그 거대한 덩어리를 앞에 두고 작은아버지가 마을 사람들에게 하는 이 설명은 매우 중요한 의미를 갖는다.

우선 그는, 이 거대하고 흉물스러운 덩어리가 만들어진 과정을 매우 논리적으로 설명함으로써 암암리에 우리가 앞에서 지적한 숙명성의 형성 과정을 밝혀준 것이다. 처음에는 모든 것이 우발적인 사건에서 출발하여 점차 얽히고 설킨 죄와 원수갚기의 사슬이 이루어지고 그 연쇄 작용에 의하여 마침내는 걷잡을 수 없는 숙명이 만들어지듯이 "김발이나 미역발 하나가 종국에는 섬만큼, 집채만큼 커지는" 것이다.

작은아버지는 그것을 다만 사물들이 엉킨 덩어리라고 하고 사람들은 괴물이라고 한다. 이것은 단순한 표현상의 차이만이 아니라 바로 운명에 대하는 태도의 차이를 드러내는 것이다. 그것을 괴물로 보느냐, 사물로 보느냐 하는 것의 차이는 운명을 감수하여 거기에 몸을 맡기고 굴복하느냐, 아니면 작은아버지처럼 낫을 들고 그것과 대결하기로 하느냐의 차이이다.

평론가 이동하는 한승원의 작품 「포구」를 논하면서 이 작품 전체 세계를 통해서 볼 때, 가장 두드러지는 테마는 역시 삶과 죽음의 어두운 숙명성이라고 지적했다. "사람들은 평생을 바쳐 서로 미워하고 사랑하고 괴로워하면서 눈에 불을 켜고 욕망의 허상을 뒤쫓지만 삶과 죽음의 전부를 관장하는 숙명의 커다란 그림자 앞에서 그 모든 것이 과연 무엇이겠느냐를 이 작품은 우울한 목소리로 질문하고 있으며 바로 이 질문 가운데 「포구」 연작의 무게 중심이 놓여 있는 것이다." 이동하의 이같은 지적은 결국 한승원의 모든 작품에도 다 같이 적용될 수 있다. 그러나 한승원의 숙명론이 허무주의에 가까운 것으로 해석되기 쉽지만 "그 숙명의 그늘 아래 놓인 뭇 인간들에 대한 작가의 깊은 공감이 서려 있으며 그것이 이 작품을 허무주의에서 명백히 구별지어준다"고 비평가는 덧붙였다. 그렇다. 한승원의 어둡고 숨막히는 작품을 구원하는 하나의 중요한 힘은 분명 '공감' 이다.[2)]

그러나 운명에 대하는 인간 한승원의 공감 이상으로 작가 한승원에게 중요한 것은 바로 '인식' 과 '해명' 의 노력이다. 앞에서 본 작은아버지가 괴물의 성립 과정에 대하여 인식하고 해명해 보이는 방식은 바로 작가의 태도와 동일선상에 놓인다고 할 수 있다. 작가에게 있어서 글을 쓴다는 것은 곧 이같은 인식과 해명의 과정인 것이다. 한승원의 수많은 인물들이 아버지 어머니의 정체를 찾아 고향으로 가는 것은 바로 이와 같은 인식의 기도라고 해석된다.

「미망하는 새」의 억수는 착종된 운명을 앞에 두고 생각한다. "저 어둠이라는 것이다. 할아버지와 아버지, 그리고 수많은 사람들을 함몰시킨 저 무상한 혼돈의 세계다. 작은아버지가 건져내고 또 건져내도 다함이 없는 밧줄 뭉쳐진 것의 시꺼먼 가닥처럼 무한한 혼돈이다. 그는 자기가 헤쳐나가야 할 대상이 눈앞에 펼쳐져 있는 어둠, 바로 그것임을 혀끝을 물어 확인했다."

그렇다. 작가의 가장 중요한 임무는 어둠을 "헤쳐나가는" 일, 즉 비록 끝없는 어둠이 다시 밀려와 우리를 함몰시킨다 할지라도 어둠 속

---

2) 이동하, 『문학의 길, 삶의 길』, 문학과지성사, 1987, 130쪽.

에 한 가닥의 빛을 투과시키려는 노력, 무한한 혼돈에 로고스의 갈래를 부여하려는 노력이다. 그렇다면 이 작품의 마지막 결단은 그같은 의식의 출발로 읽혀질 수가 있다.

"어디선가 날개치는 소리가 들려왔다. 그것은 영원한 혼돈의 어둠 속을 헤매는 새였다. (……) 주먹을 부르쥐었다. 헤매이는 그 새한테 발기한 생기 같은 빛을 안겨주어야 한다고 생각하면서 그는 이를 악물었다." 그렇다. 한승원의 비교적 초기 작품인 『불의 딸』에서 처음 나타난 "날개"와 "비상"의 이미지는 이 「미망하는 새」를 거쳐 『우리들의 돌탑』에 이르면 매우 집요하게 반복하여 나타난다. 우리가 앞에서 본 고향바다, 어머니, 동굴, 자궁, 낙지, 밧줄의 뭉치, 구덩이, 혼돈 등의 이미지들이 한결같이 깊고 어두운 심연 속으로 끌어내리는 하강 운동이라면[3] 여기에 대응하여 나타나는 불, 빛, 날개, 새, 탑과 같은 일련의 이미지들의 역선(力線)은 가벼움과 상승 운동을 노출시키고 있는 것이 분명하다. 작은아버지가 낫을 들고 해조류들이 엉겨 있는 괴물을 걷어 싣고 건져올리는 행동, 『우리들의 돌탑』에서 진만

3) "그는 밤 내내 그래왔던 것처럼 계속해서 엎치락뒤치락하면서, 물결을 헤치고 달리는 작은아버지의 채취선과 물 속의 괴물덩이를 쳐내는 작은아버지의 모습과 거대한 낙지발같이 살아서 작은아버지의 채취선을 감고 작은아버지를 감고 물 속으로 들어가는 시꺼먼 밧줄을 생각했다. 작은아버지는 흡입판들을 움씰거리며 피를 빠는 밧줄을 낫으로 쳐대면서 물 속으로 빠져들어가고 있었다. 그도 문어발 같은 발가락에 감겨 물 속으로 들어가고 있었다. 그는 벌거벗은 채 여자를 안고 있었다. 흡입판에 빨린 살갗에서 피가 분수처럼 솟았다."(「미망하는 새」) 바다, 낙지, 남자와 여자 사이의 투쟁, 에로스와 혼돈 등의 모든 중요한 이미지들이 총망라되어 있는 이 한 대목은 한승원의 모든 드라마를 가장 전형적으로 요약하고 있다.

사실 동굴, 어둠, 함몰의 하강 운동에 대응하는 최초의 방법은 「굴」의 현순이 보여주는 소극적이지만 운명의 힘에 대한 그 나름의 저항이 엿보이는 결단이라 할 수 있다: "가서 그 여자를 만나야겠다. 잘못을 빌어야 한다고 생각했다. 그것이 자기 내부에 아프게 파여 있는 동굴을 무너뜨려 없애는 길이라고 생각했다. 그 생각을 하자 수년 묵은 빚을 갚을 수 있는 돈줄이 손에 잡힌 듯 앙당그려졌던 가슴팍이 풀리고 있었다."(「굴」) 여기서는 운명의 수렁 앞에서 그 착종된 연쇄의 고리를 풀고자 하는 용서와 화해의 시도가 암시되어 있다.

이 탑을 쌓는 행동, 광주의 불 속으로 뛰어드는 취발이의 투쟁—이 모든 운명과의 싸움의 출발에는 바로 "그 새한테, 발기한 생기 같은 빛을 안겨주려는" 억수의 결단이 깔려 있다. 억수는 소설지망생이다.

소설가로 더욱 본격적인 인물은 특히 『우리들의 돌탑』의 기성춘이다. 그에게 소설을 쓴다는 것은 무엇인가? 그는 바로 이 질문에 이렇게 대답한 적이 있다. "굶주리던 속에 술재강을 먹고 비틀거리는 서로를 향해 바보같이 헤프게 웃던 웃음과 그 어지러움 속에서 본 콜록거리는 아이의 충혈된 눈과, 배가 동산만한 누님의 얼굴과, 하늘과 구름과 산……이 바로 소설이 아니겠느냐고, 바로 그것들을 위하여 소설을 쓴다고……" 여기서 소설의 기능은 우선 앞에서 지적한 '공감'이라고 할 수 있는 것이다.

그러나 그것 못지않은 일이 바로 "구천의 명명한 가운데로 걸어가 버린 아버지, 어머니, 할머니, 삼촌과 그들 주변의 많은 죽은 사람들…… 언젠가 그들을 이 세상의 빛 가운데로 끌어들이는 일"인 것이다. 소설 속에서 "그들의 억울하고 분한 이야기에 빛을 가해서 그것을 살아 숨쉬게 하고 새로운 의미를 띠게 만드는" 것이 스스로의 "책무"라고 소설가 기성춘은 생각한다. 수련은 또 더욱 분명하게 소설가 기성춘의 역할을 진순에게 설명한다. "이 사람은 어둠 속에 까맣게 묻혀버린 사람들을 우리 옆에서 새롭게 눈 부릅뜨고 숨을 쉬도록 만들어내요. 앞뒤 모르고 날아다니다가 여기저기 부딪쳐서 날개가 꺾이고 머리가 깨어져 죽은 맹목을 어떤 이상으로 바꾸어 살려낼 수도 있는 거예요."

"맹목"을 "이상"으로 바꾸는 것은 어둠에 빛을 가하는 것이며 과거의 심연을 박차고 미래의 하늘로 치솟는 것이며 고향으로 돌아가기를 고향을 새로이 떠나기로 탈바꿈시키는 일이다. 즉 혼돈을 인식의 대상으로 변화시키는 작가의 일이다. 여기에서 한승원의 숙명론은 실존적 결단에 의하여 어떤 방향 전환을 하는 것 같다. 소설가 기성춘은 이리하여 종식의 "고통"을 "소잿거리"로 받아들인다. 이제 쓸 이야기는 충분하다. 그러나 그는 무엇인가 부족하다고 생각한다. "신명이 오르도록 충격을 줄 수 있는 중핵이 잡힐 때까지 그는 맥없이 기다리고 있었다. 그것은 이야기의 넋이고 중추이자 동시에 수없이 많은 세포분열을 일으켜 이야기의 눈 · 코 · 입 · 귀 · 생식기 · 항문 · 살갗 · 머리털 들을 만들어낼 기묘한 무엇이었다."

그것이 무엇일까? 그 해답은 이십여 페이지 뒤에 발견된다. "날개를 쫙 펴서 탁탁 치고 공중으로 반듯이 솟구쳐 올라가"더라는 종식의 이야기가 그 답을 제공한 것이다. "학을 떠올렸다. 날개를 활짝 펴고 하늘을 나는 학이었다. 이때껏 잡히지 않던, 구상하고 있는 소설의 중핵이 드디어 종식의 실종 사건으로 말미암아 잡혔다." 이 비상은 저 바닥 없는 동굴의 어둠이나 뒤얽힌 밧줄의 질곡을 극복하는 방식이다. 그것은 또한 땅 위의 수평적 갈등과 원수지기를 수직적 비상으로 해결하려는 미학적 방식인지도 모른다.

이와 같은 학의 비상을 준비하는 과정으로 이미 「극락산 2」의 "화살"을 우리는 주목할 수 있다. 순덕은 한밤중에 "현기증이 날 만큼 찬란한 태양의 빛살이 어지럽게 휘도는 어둠 속에 화살처럼 날아가 꽂히는 것"을 보았다. 이 작품의 끝에도 다시 한번 이 "빛의 화살"이 보인다. 이 빛과 화살의 연장선상에 학은 날아오르게 될 것이다.[4] 그러나 과연 구원은 이렇게 손쉽게, 그리고 결정적으로 얻어지는 것일까? 작가의 앞에는 아직도 머나먼 인식의 길이 남아 있다. 한승원은 그것

---

4) "순간 희자는 조금 전에 뱃속에서 가슴으로 부챗살같이 피어오르는 허기모양으로 머릿속에서 환하게 피어나는 빛살을 보았다…… 희자의 몸은 나비처럼 가벼워져 있었고, 몸 속 여기저기에서 박하 먹은 속 같은 빛살의 포자들이 맹렬하게 세포분열을 하고 있었다…… 희자는 자기의 속에서 터지는 빛살을 감당하지 못했다…… 얼핏 파르라니 머리를 깎은 여승의 창백한 얼굴이 흰 떡으로 빚어서 만들어서 피를 돌게 해놓은 한 송이의 커다란 백도라지꽃으로 보였다. 자기의 몸 속에서 폭죽처럼 터지고 있는 빛살들이 바로 그 꽃에서 날아오르고 있음을 알아차렸다."(『아제아제 바라아제』) 여기서 빛살, 나비, 가벼움, 폭발, 꽃, 날아오르기 등은 지금까지의 어둠, 동굴, 바다, 낙지, 함몰의 이미지들과 강렬하게 대응되면서 한승원 특유의 긴장된 상상력의 장을 만들어내고 있다.

을 잘 알고 있다. 그래서 모든 학의 비상과 빛의 출현은 아직 일시적인 것일 뿐, 새로운 실패, 새로운 어둠, 또다른 죽음이 다시 찾아온다. 그렇다고 다시 한번 날아오르려는 충동과 의지를 무의미하다고 말할 수는 없으리라.

(한승원문학선 『포구의 달』 해설, 나남, 1989)

겨울 하늘을 나는 새의 문학

—김주영론(1971~1987)

그러나 한겨울의 삭풍이 차갑고 달빛이 멀어도
목숨 부지한 날까지는 장터길을 따라다녔다. (……)
길가의 잡초는 뿌리가 있어 봄이 되면 잎을 되살리되
뿌리뽑혀 팔도를 헤매는 그들에게서 고향이란
밤마다 뜨는 달보다 못하다. 그 달 속에 천리상거한
고향이 있었고 그 달 속에 천리 밖의
식솔들이 있었기 때문인지 몰랐다.(『객주』)

1971년에 발표한 처녀작 단편 「휴면기」를 출발점으로 하여 1987년의 「쇠둘레를 찾아서」에 이르기까지 김주영은 단편, 중편, 장편, 방대한 대하소설 등을 줄기차게 발표해왔다. 그런데 지금까지 그가 써온 길고 짧은 여러 가지 소설들을 그 창작 순서에 따라 배열해놓고 면밀하게 읽어보면 우리는 몇 개의 전환점에 의하여 비교적 확실하게 분리되는 서로 다른 작품군들을 가려내볼 수 있다. 좀 지나친 단순화를 무릅쓰고 말해본다면 김주영은 우리들 앞에 세 번 데뷔했다고 할 수 있다.

그 첫번째 데뷔는 물론 1971년 『월간문학』의 「휴면기(休眠期)」다. 신인답게 신선하고 속 깊은 곳에서 진동하는 감성을 섬세하게 드러내 보여주는 이 아름다운 데뷔는 그러나 불발이었다. "산의 정적을 파먹고 터질 듯한 알맹이로 잉태한 산열매 넝쿨들"의 그 침묵과 신비 속으로 우리를 안내해갈 듯했던 이 데뷔작의 맥은 돌연 툭 끊어져버린 채, 속어, 비어의 사나운 입담이 주축을 이루는 매우 음산하고 거칠고 공격적인 일련의 작품들이, 그것도 매우 드문드문 이어진다. 1973년의 「마군우화(馬君寓話)」에서 1975년의 「악령」, 혹은 거기서 조금 연장하여 1977년의 「즐거운 우리집」에 이르는 풍자적인 단편소설들이 그것이다. 여기까지를 우리는 편의상 김주영의 소설 이력이 그려 보이는 궤적의 제1기라고 부르겠다.

작가 스스로의 말처럼 '생활은 무질서하였고 방종과 방황으로 가슴은 허기졌으며', 이어 '아무런 대책도 없이' 직장을 그만둔 이 문학청년이 '많은 친구들에게 폐해를 끼치며' 고향과 서울을 오르내리다가 마침내 서울로 이사하기까지의 고통스러웠던 초기를 이 작품들은 어떤 방식으로건 증언하고 있는 것 같다.

「마군우화」에서 시골 출신인 주인공 마규석(馬奎錫)이 서울의 회사에 입사하는 즉시 착수한 두 가지 일이 '촌뜨기 근성을 훌렁 벗어던지는 일'과 '인간에 대한 종횡의 탐색과 진단'이라는 사실은 그런 점에서 이 시기의 작품들에다가 성장소설적인 성격을 부여한다. 이것은 단순히 이 시기에 작가가 스스로 부딪치게 된 대도시 생활과의 관계만을 드러내는 것이 아니라 나아가서는 이 무렵부터 두드러지게 나타나는 이 나라의 도시화・산업화의 열악한 한 생존 조건을 증언하는 것이기도 하다. 마군(馬君)은 즉각적으로, 산업화・도시화의 시류를 타고 대도시로 모여드는 이른바 '출세하고자 하는 시골청년'들을, 그와 함께 현대소설의 스타트 지점에 우뚝 솟아 있는 발자크의 으젠 드 라스티냐크(『고리오 영감』)를 상기시킨다.

마규석도 라스티냐크도 다 같이 출세를 위하여 대도시로 상경하여 '이 도회가 그에게 강요하는 무서운 진실'을 체득하고 그것에 적응해 나간다. 마규석은 입사 즉시 판매과장 오상철을 목표물로 설정하여 '우선 이놈부터 잡아먹어야 한다'고 어금니를 사려문다. 그러나 대도회의 목표물이 이런 풋내기에게 쉽사리 명중될 리는 없다. 도회는 약육강식의 밀림이다. 김주영이 제1기에 쓴 모든 단편소설들은 한결같이 그 밀림의 갖가지 일그러진 풍경들이다.

「즉심대기소」는 제목 그 자체가 잘 말해주듯이 "갈보 아니면 대포집 작부, 역전 빌붙이들, 죠바 새끼들, 이런 따위의 문교부 혜택이라면 젓가락으로 찍어서라도 맛 못 본 순 말자들"이 우글거리며 그 원색적인 모습을 거침없이 드러내는 경찰서 구치실의 하룻밤 광경을 그려 보이고 있다. 서울로 올라와 단시간 내에 출세해보려는 시골 출신 청년으로서 국외자 특유의 호기심 가득한 시선을 갖춘 인물이 마규석이었다면 「즉심대기소」의 화자인 '나'는 "이따위 구치실에 속절없이 처박혀본 적도 없으며 그리고 최소한 이런 방구석에 갇혀지리라곤 차마 예상하지 못했던" 선민의식을 지닌 채 이곳에 발들여놓게 된다. 그곳에서 전개되는 밀림의 축약된 풍경은 그것이 낯설은 만큼 더욱 충격적이다. 더군다나 그는 애인 은주와 함께 그곳에 들어왔으므로 "수탉으로 치면 꽃벼슬에 개똥칠을 하는" 이른바 남성적 권위의 위기에 직면하게 되는 것이다.

호기심 가득한 국외자의 시선은 「모범사육」의 고아인 '나'의 경우도 마찬가지다. 불결하기 짝이 없고 불량성이 농후한 '늑대 같은' 소년인 화자는 부잣집의 아이들 형제에게 '간땡이를 키워주는' 임무를 띠고 보육원으로부터 낯선 가정에 입양되어 간다. 그러나 마침내 부잣집 아이들이 그들의 어머니가 바라는 만큼 '간땡이가 커져' 버리게 되자 '나'의 임무는 끝나고 만다. 따라서 '나'는 그 집에 계속 눌러붙어 있는 '명분'을 찾기 위해 다시 그 집 아이들을 옛날의 '계집애들 같은' 모습으로 되돌려놓고자 스스로 솔선수범을 한다. 이때 스스로 계집애같이 행동하는 '나'는 뒤집혀진 의미의 국외자로 탈바꿈하여 야수와 같이 변한 부잣집 아이들을 바라보게 된다.

이처럼 주체와 객체의 입장이 전도되는 현상은 이 시기의 다른 작품들에서도 나타난다. 「도깨비들의 잔칫날」의 한명수는 이른바 전시회의 축하 모임에 불청객으로 찾아들어 차린 음식을 축내는 것이 직업이라면 직업인 '케익 부대'다. 불청객의 행각이 반복됨에 따라 전시회라는 고급문화의 직접적인 향수자가 아니라 국외자에 불과했던 한명수는 자신도 모르는 사이에 미술품에 대한 식견을 귀동냥한 대로 모조품 교양을 재생산하기에 이른다. 이리하여 그는 또다른 국외자인 김일진 사장의 눈에는 인사이더로 변하고 만다. 그는 자신이 사기꾼이라는 사실을 고함치며 고백해도 그것을 인정받지 못하는 허위의 악순환적 사슬에 묶인다. 「도깨비들의 잔칫날」은 도시라는 밀림이 보여주는 또다른 한 장면의 희화다.

「외출」은 직업적인 도둑의 이야기다. 전과 5범에 왕갈보를 아내로 두고 있는 주인공이며 화자인 '나'는 단란한 가정의 주부인 보영이 어머니에 대해서는 도둑 특유의 호기심을 지닌 문자 그대로의 국외자다. 훔친 물건을 들키지 않고 보다 쉽게 그 집을 빠져나올 수 있는 틈을 찾아내기 위하여 집 안을 기웃거리면서 골목길을 배회하고 '사전답사'를 할 때, 그리고 마침내 집 안으로 들어가서 '우선 눈썹 넓이만큼만 문을 열고 방 안의 동정을 살필' 때, 그의 시선은 바로 치열한 국외자의 그것이다. 그러나 그가 직업적인 도둑의 한계를 넘어서 여자를 강간하고, 그 행위를 반복하고, 마침내는 그 여자의 가정이 누리는 단란을 넘보게 되며 그녀가 임신한 아이의 아버지가 되려고까지 하는 것은 아웃사이더로부터 인사이더로의 변신을 꾀하는 것을 의미한다. 그러나 이같은 변신은 실제로 가능한 것일까?

하여간 이 시기에 김주영이 쓴 모든 작품들은 한결같이 서울이라는 대도시를 무대로 하되 생존경쟁의 법칙이 지배하는 이 밀림을 소외된 국외자의 풍자적이고 부정적인 시선을 통해서 바라보고 있다.

이러한 작품들의 특징과 한데 맞물려 있는 일면으로서, 우리는 여기에 등장하는 인물들이 예외없이 도시 산업사회의 변두리로 밀려난 밑바닥 인생들이라는 사실을 지적할 수 있다. 실직자, 즉심대기소를 무상으로 출입하는 '순 말자들', 고아, 도둑, 고철장수, "일정한 주거지나 직업도 없는 쭉대기 인생", 왕갈보, 리어카 행상 등 어느 하나 예외없이 주변으로 밀려난 인물들이다. 앞에서 살펴본 화자의 국외자적 시선은 등장인물들의 이같은 사회적·경제적 소외와 긴밀한 관계를 맺고 있다. 이 시기의 모든 작품들은 서울이라는 대도시의 외곽에 밀려나 있는 인물들이 그 삶의 공간의 중심부로 쳐들어가려고 몸부림치는 과정, 혹은 그 과정에서 참혹하게 실패하는 모습을 그리고 있다고 할 수 있다.

소설의 서술방식에 있어서 이 시기의 작품들은 앞서 말한 그 소외된 계층 자신을 일인칭의 화자로 기용하거나 삼인칭인 주인공으로 등장시켜 그의 시선과 목소리를 통해서 현실을 바라보거나 묘사하는 경우가 대부분이다. 따라서 "문교부 혜택이라면 젓가락으로 찍어서라도 맛 못 본 순 말자들"의 눈이나 입으로 서술된 이야기라는 특수성은 필연적으로 이 시기에 발표된 모든 작품들의 평균적인 톤을 매우 높여놓는 결과를 가져온다. 특히 비속하고 공격적인 상소리의 줄기찬 사용이 그렇다. 몇몇 작품들의 처음 몇 줄만을 차례로 인용해보아도 그 거친 톤은 쉽게 짐작이 된다.

> 니기미라고 나는 혼자 중얼거렸다. 그것은 우리가 방으로 들어서자마자 곧장 밖으로부터 쇠빗장을 걸어잠그는 소리가 들려왔기 때문이었다. 우리는 암담하였고 그리고 지랄 같다는 생각이 들었다.(「즉심대기소」)

> 나는 이제 도둑놈이 아닙니다. 그럼 뭐냐구요? 강간을 전문으로 하고 있다구요. 기가 차시겠지요? 윤리도덕이라구요? 여보시요. 좀 작작 웃겨주십시요…… 윤리도덕 작살나게 찾는 놈치고 도둑놈 아닌 작자 없읍디다.(「외출(外出)」)

> 그 돼먹잖은 의붓아버지란 작자는 초저녁부터 어머니와 흘레붙기를 잘하였읍니다. 양재물로 절인 김치를 준대도 먹고 삭일 수 있을 만큼 먹새가 좋은 나는…….(「도둑견습」)

내가 어슬렁거리면서 원장실로 들어서자 원장은 뽀빠이처럼 칼칼 웃었습니다. 그 늑대가 우리 원아들 누구에게도 그따위 간지러운 웃음을 보내는 일은…….(「모범사육」)

병신 같은 아버지의 주변머리를 가지고 어떻게 그런 엄청난 일을 벌여놓았는지…….(「즐거운 우리집」)

교육을 제대로 받지 못했다고 해서, 사회적으로 소외된 존재라고 해서 반드시 속어, 비어를 동원하여 냄새가 독한 입담을 구사해야 한다는 필연성은 없다. 따라서 이같은 치열한 언술은 그 인물들을 추진시키고 있는 동력인 강한 욕구, 반항, 풍자의식 및 공격성을 밑바탕에 깔고 있다고 보아야 한다. 이들이 사용하는 거친 언사는 우상파괴적이다. 그 공격성 앞에서는 법, 아버지, 원장의 권위나 윤리도덕, 관습 등이 도전받거나 무너져버린다. 새로운 질서에 의한 사회적 개편은 우선 이와 같은 파괴를 앞세우는 것인지도 모른다.

그러나 이미 소설의 초입에서부터 높이 올라가서는 전편에 걸쳐 어느 곳에서든 낮추어질 줄 모르는 서술의 톤은 예술작품만이 갖는 '감동의 관리'에 실패하기 쉽다는 취약점을 갖고 있다. 아마도 김주영의 초기 단편소설이 대체로 실패하게 된 가장 큰 원인은 바로 여기에 있는 것 같다. 비록 노리는 바가 충격과 파괴, 혹은 공격성에 있다 할지라도 그것의 참다운 효과는 대조에서 산출된다는 상식적인 진실을 작가는 간과하고 있다. 우상파괴적인 욕설, 난폭한 언어는 지극히 담담한 서술, 단정하고 나직한 말씨에 대비되었을 때 참다운 충격을 산출할 수 있는 것이다. 그렇지 못한 높은 톤은 청각마비나 불감증을 가져온다. 후일 「익는 산머루」 『천둥소리』 「쇠둘레를 찾아서」 등의 작품에 오면 김주영은 바로 이와 같은 대조의 충격 효과를 현명하게 살리는 데 성공한다.

그러나 이런 비어, 속어, 상소리, 그리고 나아가서는 줄기찬 입담과 사설이 반드시 부정적인 기능만을 갖는 것은 아니다. 비록 사회적으로 소외된 인물들의 입을 통해서 터져나오는 그 거센 입담이 귀에 거슬리고 '감동의 관리'에 비효율적인 장애거리가 된다고 해도 그것은 동시에 초기 소설들로부터 오늘날까지 김주영의 작품들을 한결같이 특징지어주는 어떤 '강한 생명력'의 표시라고 해석할 수 있다.

우리는 앞에서 마규석이 목도하여 정복하고자 하는 서울과 라스티냐크의 파리를 대비시키면서 대도시의 특징은 바로 생존경쟁의 동물적 아귀다툼이 소용돌이치는 '밀림'과 같은 것임을 지적했다. 라스티냐크가 파리로 올라와서 삶의 심장부로 뛰어드는 왕정복고 시대의 특징이 강력한 에너지였듯이 김주영의 초기 작품이 그려 보이는 70년대 서울의 가장 두드러진 특성 역시 넘쳐나는 에너지다. 화자의 난폭하고 거침없는 언사는 바로 이 시대 전체를 관류하는 어떤 집단적 에너지의 산물이다.

마규달은 "병 앓는 개처럼 치사한 참을성으로 승진을 기다릴 수는 없는" 노릇이어서 "시쳇말로 맨발로 뛴다". 그리고 "두드리라 그러면 열리리라"라고 확신하는 능동파가 되고자 한다. 술자리에서 좌충우돌의 성토를 끝낸 사원들은 "황소라도 잡아 금방 마당에 쓰러뜨려놓은 칼잡이들처럼 돌연한 공복감을 느끼고" 남은 술잔을 비운다. 강력한 에너지의 표현은 인간에 그치지 않는다. 차를 향해 사람이 "냅다 뛰기 시작"하면 버스는 "꽁무니에 불 단 짐승처럼 더욱 기승을 떨며 달려간다". 거리의 네온사인은 "어둠을 경멸시키며 짓까불고" 있다. 이 충만한 힘은 말더듬이도 바로잡고 현 마규달의 사팔뜨기도 바로잡는다.

순간 형의 눈동자가 양미간에 똑바로 박혀들어가는 걸 마군은 보았다. 그런 형의 얼굴, 두 눈에서 마군은 말할 수 없이 신선한—가을날 새벽, 우윳빛 안개에 잠긴 녹색 배추밭처럼 시리도록 신선한 한 인간의 진실이 도사리고 있음을 보는 것이었다.(「마군우화」)

이런 "시리도록 신선한" 생명력은 「휴면기」의 뚝이에게서 풍겨나는 "야릇한 충동이 어린 야취 같은 것"에 뿌리박고 있지만 동시에 "체면 때문에 하고 싶어도 못 하는 일이 많은" 사람들과는 다른 한명수(「도깨비들의 잔칫날」)의 "신선한 느낌"과 무관하지 않다. 또 「즉심대기소」를 가득 채우는 "야비한 냄새"와 아울러, "체면이고 나발이고가 사치인", 그러나 "썩지 못해 육신이 근질근질한 몰염치한 완력"이 있는 여자들 역시 생명력 바로 그 자체라고도 할 수 있다. 비록 구치실 안에서라도 그 여자들이 노래를 부르면 목소리는 "물 젖은 상추 잎사귀처럼 푸릇푸릇 생기로 차 있었고 바닷물에서 금방 건져올린 미역타래처럼 탄력이 있다". 그녀들의 재빠르고 야성적인 생명과 힘에 감염된 듯, 얌전하고 연약하기만 했던 은주 역시 함께 도망치면서 "나를 향하여 선명하게 빨간 혓바닥을 낼름하던 것"을 우리는 목격할 수 있다.

「모범사육」의 '나'나 원장이 '늑대'에 비유되고 '호랑이 놀음'을 즐겨하는 거친 성격이 사육의 표본으로 발탁되는 것 역시 생명력의 표현이다.

「악령」 역시 「모범사육」과 같은 범주의 작품으로 야성의 생명력과 온실 속에서 연약해져가는 도시적 삶을 대립시키고 있다. 안정되고 문명화된 삶을 영위하는 이촌동(야성이 아니라 이성만이 지배하는 마을)에 나타난 떠돌이 황 영감과 고아 맹호는 악인 동시에 생명의 매혹이다. 특히 소년 맹호는 쥐에게 그 독한 균을 옮겨줄 수 있는 '페스트'인 것이다.

그러나 이 시기의 작품들 가운데서 생명력과 에너지의 표현에 가장 성공하고 있는 것은 「도둑견습」이다. 이 단편은 이 시기에 쓴 모든 작품들의 특징을 골고루 다 압축하여 담고 있다.

우선 첫줄부터 "그 돼먹잖은 의붓아버지라는 작자는"으로 시작되는 공격적이고 비속한 어투는 강한 에너지를 분출하는 동시에 아버지의 권위를 일격에 허물어뜨리는 듯하다. 다음으로 여기에 등장하는 인물들이 고물장수를 가장한 도둑질로 연명하는 의붓아버지, 구두닦이와 고학생을 가장한 버스칸 구걸 행상을 거쳐 이제는 의붓아버지에게 도둑견습을 하는 열다섯 살짜리 소년 '이원수', 폐품 집적소 수납실에 근무하는 최씨, 가난한 삶의 편의를 위해서는 이따금 몸을 파는 것도 주저하지 않는 어머니 등 대도시 변두리로 밀려난 소외계층이라는 점 또한 특징이다. 그러나 이 소설의 가장 두드러진 특징인 동시에 독자들에게 고압(高壓)의 에너지를 전율과 더불어 전달하는 요소는 이 작품 전편에 직접 간접으로 깔려 있는 성(性)의 이미지다.

여기서 문제되고 있는 성(性)은 김주영의 초기, 중기 소설들에서 가장 중요한 뼈대를 이루고 있는 오이디푸스적 상황과 깊은 관련이 있는 듯하다. 모든 소설의 출발점에는 아버지, 어머니, 나라는 삼각관계를 바탕으로 한 '가족소설'이 투영되어 있다는 프로이트나 마르트 로베르의 해석을 구태여 원용하지 않는다 해도 김주영의 수많은 소설들은 바로 오이디푸스적 삼각관계의 한 유형을 집요하게 노출시키고 있다.

'가족소설'의 모형 속에서 모든 아버지는 의붓아버지이고 어머니는 나와 가까이 있어 친근하되 천민인 의붓아버지와 '흘레붙기'를 하는 부정한 인물이다. 오이디푸스의 양부가 목동이라는 사실은 그 전형적인 하나의 경우에 불과하다.

「도둑견습」뿐만 아니라 김주영의 대부분의 작품에서 아버지는 아예 죽었거나 병들었거나 허약하여 부재(不在)에 가까운 상황에 놓여 있다는 사실은 주목할 만하다. 데뷔작인 「휴면기」에서 작중화자인 '나'의 경우 아예 가정과 아버지, 어머니는 언급의 대상조차 되지 않는 상황이다. 「마군우화」의 아버지는 병들어 있고, 병든 아버지의 대역을 맡아야 할 형은 "시골구석에서 정갱이 접치고 사는" 사팔뜨기로 주인공에게는 '경멸'의 대상이다. 「즉심대기소」 안에서 남자는 기껏 위선적인 허울일 뿐이어서 여자들의 그 신선하고 세찬 탄력에 미치지 못한다. 「모범사육」에서 고아인 화자의 경우는 말할 것도 없고 그 고아가 입양되어가는 집에도 아버지는 죽고 없다. 이 소년은 심리적 측면에서 단순한 양자로서의 입양이 아니라 가정에서의 강력한 아버지 대역으로 초빙된 것이라고 해석할 수 있다. 「즐거운 우리집」에서는 "병신 같은" 아버지가 등장하고 「익는 산머루」에서는 힘이 없어 닭을 잡아먹이며 보신시켜야 할 아버지가 등장한다. 자전적인 요소가 강한 듯한 「아들의 겨울」도 아버지의 부재라는 측면에서는 「도둑견습」과 동일하다. 「도둑견습」에서 친부 이점득은 죽고 없지만, 살아 있을 때도 최씨가 으름장을 놓으면 당장 제 아내를 내어주는 "허약하고 요령 없는" 사람이었다.

따라서 「도둑견습」은 부재하는 아버지의 자리를 메워줄 새로운 아버지, 강력한 아버지를 찾아가는 오이디푸스적 도정의 드라마라고도 할 수 있다. 이 도정이 성공적인 결말에 이를 때 어린아이는 성숙하여 스스로 아버지의 지위에 버금가는 독립적 존재로 버티고 설 수 있는 것이다. 이런 점에서 이 작품은 가장 원초적인 성장소설의 도식을 바탕에 깔고 있다고 볼 수 있다.

어린아이는 이야기의 초입에서 벌써 의붓아버지와 어머니의 "달밤의 유난체조"의 목격자가 된다. 그 장면은 우선 "고릴라의 그것과 버금가는 큰 골통에 이글거리는 외짝 눈깔이 박힌 괴물이 날이 시퍼렇게 살아 있는 톱으로 내 모가지를 썰어대는" 꿈, 즉 공격성과 거세의 이미지와 더불어 시작되어, 버럭 소리치며 일어나 앉아 당돌한 욕을 퍼붓는 반항적 개입으로 마감된다. 이런 성의 이미지 속에 담겨 있는 공격성과 분출하는 에너지는 이 작품의 중요한 핵을 이룬다.(이같은 공격적인 성이 장차 연면히 이어지는 강인한 생명력의 대서사시를 떠받쳐주면서 김주영 문학의 건강한 하나의 지주로 승격하는 것은 대하소설 『객주』에서이다.)

그 밖에도 이 작품 속에는 성의 정신분석에 자주 등장하는 수많은 소도구들이 그 모습을 나타내고 있다. "은빛 날개가 달려서 질푸른 하늘을 기분좋게 날아가는" 비상의 꿈(이 꿈은 「아들의 겨울」에서 드높은 경찰서 종루, 희자가 타는 그네 등의 이미지와 맥을 같이한다)이 그렇고 의붓아버지가 우악스럽게 손아귀에 끼고 다니는 '쇠가위'(거세의 도구?)가 그렇고, "남자가 나타나면 가위를 절걱거리면서 '사이다 병 삽니다아' 여자가 나타나면 '헌 대야 삽니다아' 하고 소리치는" 오브제의 사용법이 그러하다. 그러나 무엇보다도 이 작품의 참다운 주인공은 생명력 넘치는 의붓아버지의 성이다. 그것은 화자인 소년에게 억누를 길 없는 선망과 극복의 대상이다.

> 말이 났으니 이야긴데 다른 건 몰라도 우리 의붓아버지 그 좆 하나는 정말 왔다였습니다. 그를 따라 다니다가 오줌 눌 때 한번 훔쳐봤는데 맨 처음 저 사람이 웬 19문짜리 왕자표 흑고무신을 바지가랭이 속에서 꺼내는가 싶어 자세히 봤더니 그 고무신 코에선 허연 오줌줄기가 뻗치지 뭡니까. 내가 자기의 그것을 훔쳐보고 있다는 걸 눈치챈 그는 그러나 바쁘지 않게 그 고무신을 툴툴 털고 속으로 넣으며…….(「도둑견습」)

남근에 대한 비유의 항으로 정신분석에서 자주 나타나는 '신발'은 후일 훨씬 더 교묘하게 은폐된 상황에서 황점개와 신길녀의 심리적 관계를 깊숙이 암시하는 '구두'의 이미지로 클로즈업되는 것을 보게 된다.(『천둥소리』) 여기서 의붓아버지의 강력한 성에 대한 선명에 불타오르는 소년은 그것을 극복하는 일차적 단계로 '쇠꼬챙이'를 선택한다. 이 물건은 동시에 의붓아버지가 거세의 도구처럼 들고 다니는 '쇠가위'에 대한 대응이기도 하다.

> 19문짜리 왕자표 흑고무신만한 아버지의 그것이 어머니에게 절대적으로 작용되듯이 내 19문짜리 길이만한 이 쇠끝이 많은 사람들에게 공포를 준다는 흡족감을 다시 한번 느끼게 되었지요. 하여튼 그 작은 쇠

끝 하나에 너무나 허술하게 굴복해버리는 간호부가 민망할 정도였습니다.(「도둑견습」)

이리하여 '쇠끝'으로 최초의 여자(간호부)를 굴복시키고 '흡족감'을 느낀 소년은 "하늘을 기분좋게 날아가는" 꿈을 꾸게 되고 마침내 리어카를 "혼자서 끌게 되었다는 사실" 때문에 흥분하고 "나 혼자서 일을 벌일 수 있게 되었다는 건 여간 짜릿한 일이 아니라"고 여긴다. 그가 "아버지처럼 가위를 절걱거리며" 골목을 누비면 골목에 모여서 "제 남편 흉이나 싸지르던 여편네들"이 신기한 듯 바라보는 것이다. 이 작품에서는 모든 것이 이처럼 성이라는 극점(極點)에 의하여 자화(磁化)되어 있다.

아이의 성장은 아버지 세대의 쇠퇴를 의미한다. 과연 이 작품의 끝에 이르면 "의붓아버지는 누워서 낑낑 앓고", 아버지와 어머니가 성관계를 갖던, 그리고 어린아이가 그 장면의 목격자 역할에 그치고 있던 주거공간, 즉 마이크로 버스는 해체된다. "케이 에스 넷데루 딱 붙은 이 왕자표 좆도 이젠 써먹을 장소가 없어졌다구 이놈아 흐흐" 하고 의붓아버지는 탄식한다.

그러나 이것은 바로 의붓아버지가 참다운 아버지로서 용납되고 아이가 "대국 도둑놈", 즉 성년의 독립체로서 승격하는 하나의 불가피한 과정일 뿐이다. 그리하여 성은 상징적인 대역(代役)이라는 오브제의 굴레로부터 해방되어 현실로 승인되는 것이다.

나는 그때, 주머니에 쑤셔넣었던 꼬챙이를 꺼내서 저쪽 하늘 멀리멀리 던져버렸습니다. 적어도 대국 도둑놈을 낳게 할 거인의 아들이 이따위 거추장스럽고 비겁한 것쯤은 가지지 않아도 쇠가 하나쯤은 거뜬하게 때려누일 수 있다는 자신이 불끈 솟아올랐기 때문이지요.(「도둑견습」)

이 이야기 줄거리 속에서 공격의 무기이며 또 한꺼풀 벗겨보면 생명력의 표상이 되는 '쇠꼬챙이'는 이 작가의 데뷔작 「휴면기」의 대단원에서 괴뢰군에게 달려드는 뚝이의 오른손에 쥐어져 있던 '쇠갈퀴'를 곧바로 상기시킨다. 그러나 "그때 맥을 탁 풀고 쓰러진 쪽은 뚝이었다". 이 실패의 기나긴 사이클은 마침내 「도둑견습」에 이르러 긍정적인 결과에 도달함으로써 마감되는 것이다. 「휴면기」의 출발점은 이리하여 「도둑견습」에서 "최가놈을 향해 사냥개처럼 달려가는" 소년의 성숙과 만나 고리를 이룬다.

김주영 소설의 제1기를 마감하며서 제2기로 넘어가는 전환점의 구실을 하는 단편 「즐거운 우리집」에서도 역시 "병신 같은 우리 아버지"로 시작된 이야기가 "버스보다 더 우람하게 느껴지는 아버지가 저만치 비껴서서 이제 막 버스를 향해 돌진해 들어가는" 저돌적 공격으로 끝막음하고 있다는 것은 참으로 의미심장한 일이다. 이리하여 「즐거운 우리집」은 이 치열한 공격성이라는 면에서는 제1기와 맥을 같이하지만 또다른 면에서는 제2기의 시작이라고 볼 수도 있다.

우리는 이제 1977년 「즐거운 우리집」에서부터 비교적 많은 작품들을 생산하게 되는 1978년을 지나 대하소설 『객주』를 구상하는 1979년 사이의 비교적 짧은 몇 년간을 제2기라고 지칭하기로 한다. 이때 씌어진 작품은 「천궁(天宮)의 칼」 「익는 산머루」 「겨울새」 그리고 거의 장편소설에 가까운 「아들의 겨울」 등인데 김주영 자신도 1978년에는 이런 작품들을 쓰면서 "작가적 관심의 전환을 느끼게 되었다"고 술회한다.

그렇다면 '작가적 관심의 전환'이 이루어지는 제2기에 있어서 그의 소설에는 구체적으로 어떠한 변화가 일어났는가? 그 변화는 대략 두 가지 각도에서 짚어볼 수가 있을 것 같다.

첫째 변화는 소재, 혹은 이야기가 전개되는 공간의 이동이다. 제1기의 모든 작품들이 예외없이 대도시 서울의 소외된 사람들의 삶을 그려 보이고 있다면 제2기의 거의 모든 작품은 작가의 고향이거나 그곳에서 멀지 않은 농촌을 주된 소설공간으로 선택하고 있다. 물론 시간적으로도 오늘날의 농촌이라기보다는 작가의 유년 시절과 깊숙이 관련되어 있는 어떤 원초적 출발점으로 회귀하고 있다. 이 작품군은 작가의 삶이라는 축에 놓고 보면 고향과 과거의 시간에 대한 추체험이지만 소설적 역사라는 측면에서 보면 그 동안 맥이 끊어져 있었던 데뷔작 「휴면기」로의 회귀요, 그 맥의 뒤늦은 계속이라고 할 수 있다. 이 시기의 작품들은 거의가 비슷비슷한 문제와 유사한 공간적 핵들을 에워싸고 맴도는 다분히 자전적인 것들이다.

작가는 우리가 앞에서 살펴본 제1기 소설들의 조악하고 공격적인 현실 저 뒤에 잠겨 있는 과거, 혹은 동기로서의 뿌리 공간으로 거슬러올라가 그 정신적 풍경을 답사해보고 싶었는지도 모른다. 이같은 답사의 과정을 통해서 다시 한번 등장하는 것이 어린아이의 눈을 통해서 추체험되는 성(性)이고, 다른 하나의 새로운 요소는 역사의 물결이다. 역사는 전쟁의 형태로 삶 속에 밀고 들어오지만 「휴면기」의 경우나 「익는 산머루」에서처럼 노루의 출현, 학교의 폐쇄, 비행기, 주인이 피난 가고 없는 빈집, 낯선 괴뢰군 따위의 간접적이고 점묘적인 현상으로 어린아이의 눈에 비치는 것이다.

제2기에 와서 나타나는 또 한 가지 중요한 변화는 화자의 어조, 나아가서는 작가가 삶을 바라보는 태도상에 나타난 보다 근본적인 변화라고 할 수 있다. 우선 화자의 언술 자체에 있어서 종전의 비어, 속어의 공격성이 대부분 제거되었고 부정적이며 파괴적인 요소도 대부분 사라졌다. 보다 더 정확히 말해본다면 그러한 어투가 거의 사라졌다는 사실이 중요하다기보다는 간혹 그러한 어투가 동원된다 하더라도 그것은 보다 담담하고 객관적인 다른 진술과 대조를 이루면서 효과적으로 배치되어 사용되고 있다는 점이 중요한 것이다. 이러한 형태상의 변화는 앞에서 지적했던 바와 같이 현실을 바라보는 작가의 시선과 태도에 근본적인 변화가 일어났음을 의미한다. 이제 화자나 작가의 시선과 어투는 풍자나 빈정거림이 아니라 고통에 대한 연민과 공감, 나아가서는 사랑에 가까운 것이 된다. 김주영의 작품들 중에서 가장 긍정적인 결말을 보여주는 「익는 산머루」 「겨울새」 등이 나타나는 것은 바로 이 시기인 것이다.

이 두 가지 변화를 주목할 때 「즐거운 우리집」은 제1기에서 제2기로 넘어가는 과도기(1977년)적 성격의 작품이라는 것이 확실해진다. 이야기의 주제는 이 작품 역시 제1기의 그것처럼 서울의 가난한 사람들에 맞추어놓고 있다. "병신 같은" 아버지, 어머니, 그리고 나 세 식구는 「도둑견습」의 가족들처럼 '청계천 7가의 넝마하치장'에서 일하고 있다. 그러나 「도둑견습」의 경우에는 몸담아 살고 있는 주거(고철 마이크로 버스)가 당장이라도 해제될 위협 속에 놓여 있고 아버지도 의붓아버지인 데 비해 「즐거운 우리집」에서는 "병신 같든 머저리 같든" 간에 아버지는 친아버지며, 비록 가파른 절벽 끝에 서 있으되 이제 잔금만 치르면 자기 것이 될 "박병수라는 그의 이름 석 자가 박혀진 문패를 걸 수 있는 12평짜리 집"을 마련했다는 데 그 근본적인 차이점이 있다.

집을 계약해놓고 나서 이사 들어가기 전에 저녁마다 아직은 남이 살고 있는 그 미래의 자기 집으로 찾아가 담 밖에서 그 안의 삶을 엿보는 세 식구는 그들이 "누릴 수 있는 행복의 조건과 그리고 모든 분위기들을 먼저 가불하는 형식으로 즐기는" 것이다.

"저마다 절실한 외톨이로만 이 도시를 돌처럼 구르며 살아온 이 사람들은 이제 정착의 희망에 부풀어올라 있다." 작가 자신이 1976년에 서울로 이사한 후 그 이듬해에 발표한 이 작품은 작가의 구체적 체험과 아주 무관하지는 않을 듯하지만 하여간 김주영의 작품 속에서는 "행복의 나날" "행복의 몸짓" 등 행복이라는 표현이 최초로 그리고 가장 빈번하게 등장하는 경우라고 할 수 있다. 다른 작품에서와 마찬가지로 여기서도 성관계의 장면이 빠지지 않고 언급되어 있지만 처음으로 나타나는 정상적인 부부간의 관계라는 점이 주목되고 여전히 아들인 '나'는 부모들의 성관계로 인해서 잠이 깨지만 그것은 「도둑견습」에서와 같은 공격적 충돌을 불러일으키는 것이 아니라 "피곤에 잠긴 잠꼬대 같은 걸 연출하여 그들의 밤 이야기가 나로 인해 방해되지 않도록 신경을 써주는" 긍정과 협조의 분위기에까지 이르게 된다.

더구나 가장 의미심장한 변화는 내레이터인 어린 나에게 가족관계가 부정과 풍자의 대상이 되는 것이 아니라 처음으로 하나의 공동체인 '우리'로 수용되고 있다는 점이다. 화자는 "'우리는' 그 집을 사기로 작정하기 전의 길바닥에 깔린 돌처럼 천하고 이리 차이고 저리 차이는 넝마와 같은 존재는 아니었다는 얘깁니다"라고 함으로써 이 공동체에 일어난 근원적인 변화를 지적하고 있다. 그러나 변화는 이 가정의 공동체적 결속에 그치지 않고 '집'을 매개로 하여, 아니 집이라는 공간 속의 행복한 삶을 매개로 하여, 그 집의 현 소유자와 장래의 새 소유자 사이의 동화현상으로까지 발전한다. "우리는 벌써 '그 집 식구들'과 깊디깊은 관계에 도달되어 있으며, 그리고 운명조차도 같이 하지 않을 수 없는 입장에 도달되어 있다고 각자의 마음속으로 생각해버린 지가 오래였다는 얘깁니다."

「즐거운 우리집」의 이와 같은 긍정적 변화가 무대를 옮겨 구체적으로 실현된 작품들이 제2기의 여러 소설들이다. 「익는 산머루」는 전쟁 동안 산골동네에 피난 와서 살고 있는 한 가족의 이야기지만 특히 집안에서 주워다 키우는 식모인 '누나'와 소년 사이의 관계가 주축이 되어 있다. '누나'는 눈 오는 날 갈 곳 몰라 찾아든 새처럼 이 집으로 들어온 고아다. 그녀를 통해서 우리가 느낄 수 있는 것은 "지악스럽게 가해지는 어머니의 매를 거의 운명적으로 잘 견디어내는" 운명의 수용력과 건강함이다. 매를 맞고 쓰러져 있는 그녀가 죽지나 않았나 싶어 볼따구니를 가만히 찔러보면 "벌겋게 부푼 눈두덩이를 들어 나를 보곤 키들 웃어버리곤 하던 것이다".

이같이 건강한 생명력을 바탕으로 그녀는 한편으로는 그녀를 학대하는 "우리 어머니"가 "이 세상에 살고 있는 여자 중에서 가장 악독한 여자"요 "원수" 관계라는 것을 확신하면서도 다른 한편으로는 그같은 만남과 헤어짐을 "신령님의 뜻"으로 달게 받아들인다. "원수끼리 워찌 한솥밥을 묵고 살겠노. 이게 다 신령님의 뜻이다. 원수끼리 붙었다가 오늘 밤으로 헤어지라는 뜻인기라. 그날이 바로 오늘인기라. 니가 신령님 대신으로 그런 말을 외어바치게 했는기라. 니 죄도 내 죄도 아잉기라. 신령님의 뜻인기라." 이와 같이 너그러움에 바탕을 둔 운명론을 우리는 제1기의 대도시에서는 찾아볼 수 없었다. 산골길 30리를 오가며 '누나'가 따주는 산머루, 매맞고 쫓겨나던 날 한밤중에도 다시 찾아와 "밤이슬 맞으며 새벽까지" 따다주고 가는 한 보자기의 산머루는 삶의 뿌리에서 길어올린 다할 줄 모르는 사랑의 생명력 바로 그것이다. 김주영은 이러한 생명의 샘을 찾기 위해 대도시를 떠나 그 뿌리가 잠긴 시골로, 과거로 되돌아간 것일까? 아니면 가설무대와 같이 허구적이고 조악한 삶의 무대인 대도시로부터 떠남으로써 그는 생명의 샘을 다시 발견하게 된 것일까?

어쨌건 우리는 여기서 김주영이 「휴면기」로 처음 데뷔했었다는 사실을 상기할 필요가 있다. 사실 전쟁으로 인해서 찾아온 휴면기는 삶의 정상적인 활동을 정지시키는 대신 그전에는 잘 눈에 띄지 않았던 세계를 전면으로 노출시키게 된다. 그것이 바로 자연의 세계다. 백정의 아들 뚝이는 그 생명감 넘치는 자연세계의 전율로 인도하는 안내자로서 개미집, 독거미집, 노루, 산머루들을 차례로 보여주게 된다. 이런 자연세계는 그것이 스스로 존재함으로 그냥 의미있는 것이 아니라 인간의 내면에 잠들어 있던 싱싱한 감각과 생명을 일깨워주기 때문에 중요한 것이다. 「휴면기」에서 아이들 눈에 비친 밀도살 장면은 충격적이고도 신비스럽다. "세 차례의 도끼를 얻어맞은 소는 네 다리를 각목처럼 쭉 뻗고 넝쿨로 나가떨어졌다. 그것은 너무나 삭막하고 기교 없는 죽음이었다. 우리는 소가 넘어진 넝쿨에 산머루가 새까맣게 열린 것을 보았다." 죽음의 옆에 잘 익어 있던 산머루의 생명감을 김주영은 7년이 지난 뒤에야 다시 찾기 시작한 것이다.

「겨울새」는 김주영이 단편으로 쓴 『여자의 일생』이다. 이 아름다운 단편소설의 제목은 「익는 산머루」에서 거렁뱅이 순덕이 누나가 처음으로 '우리집'에 찾아들던 날의 장면을 상기시킨다. 눈이 많이 내린 날 부엌 아궁이로 기어들어 잠자고 있던 그녀를 끌어내는 아버지를 보며 화자인 '나'는 이렇게 말한다.

> 눈은 뜰 건너의 맞은편 담장을 거의 반이나 묻히게 내려 있었다. 아마 아버지는 그때, 하늘을 나는 새를 생각했는지도 몰랐다. 세상이 거의 파묻힌 듯한 절박한 눈밭 속에 아무리 거렁뱅이긴 하지만 인간을 내다 버리기엔 적합하지 못하다는 걸 깨달았는지도 몰랐다. 아니면 아침마다 들리던 뒤꼍의 새소리가 들리지 않으므로 모이를 줍지 못할 새를 생각했는지도 몰랐다.(「겨울새」)

김주영의 상상력 속에서, 애를 낳지 못하는 불행한 여자 난옥(「겨울새」)은 분명 그렇게 매 맞고 쫓겨난 순덕과 깊은 혈연관계가 있는 것 같다. 그 두 여자들은 다 같이 모진 매를 맞고 쫓겨난 채 눈밭에서 "모이를 줍지 못할" 겨울새들처럼 내려앉지 못한 채 방황한다. 김주영의 문학은 어느 면에서 보면 겨울 하늘을 떠도는 새의 문학이다. 그 새는 강인한 힘으로 높이 날지만 고독하다.

그리고 여기서 우리가 주목해두어야 할 사실은, 지금까지 모든 이야기의 주인공이나 화자가 한결같이 공격적인 남성이었던 제1기와는 달리 여자가 주인공인 작품들이 나타나기 시작한다는 사실이다. 더할 수 없이 불행하기만 한, 그러나 환난 속에서도 끈질긴 생명력으로 살아남는 이 여인들은 장차 『천둥소리』 속에서 지울 수 없는 감동을 자아내는 신길녀에게로 그 맥이 이어진다. 또 이렇게 긍정적인 성격의 여자들은 종래에 반감만을 불러일으키던 '어머니'가 아니라 흔히 '누나'로 변모하여 내레이터와 화해한다. 나중에 「새를 찾아서」에서는 나와 "유별나게 우애가 좋았던", 드물게 긍정적인 누나가 등장하고 「쇠둘레를 찾아서」에 이르면 "내겐 어머니 맞잡이였던 누나에 대한 절절한 그리움"으로까지 나타난다.

김주영의 다른 많은 인물들처럼, 배우지 못한 여자인 난옥은 무당의 딸로 태어나 사납기로 소문난 소몰이꾼에게 시집을 갔다. 장터를 떠돌다가 오랜만에 집에 돌아오면 주먹질이 인사인 남편이 어느 날 밖에서 얻은 사생아를 데리고 들어온다. 그 기회에 자신이 불임증이라는 사실을 알게 된 난옥은 무당인 어머니에게 돌아와 20년을 살다가 어머니가 죽자 얼마간의 논밭을 물려받는다. 글을 읽을 줄 모르는 그녀는 외사촌동생에게 땅문서 사기를 당했다가 붓도감 최석도의 도움으로 땅문서를 다시 찾게 되자 그에게 정을 준다. 그러나 자신의 모든 것을 다 바치고 의지하고자 했던 그 남자에게도 이용당한 것을 알자 그녀는 옛 남편이었던 소몰이꾼의 사생아를 찾아가 호소하고 여생을 의탁하고자 한다. 땅문서를 바로잡기 위해 집을 나간 그 '아들'은 그 땅을 팔아 목돈을 손에 쥐자 소장사를 하겠다고 소식도 없이 떠나버린다.(이야기의 표면적인 줄거리는 다르지만 이 단편은 『천둥소리』의 원형임이 분명하다. 난옥－신길녀, 남편－차병조, 최석도－지상모, 아들－황점개의 상호대응은 가시적일 정도다.) 그러나 이 소식에 접한 난옥의 반응은 오히려 긍정적이다.

> 그 순간 그 애비에 그 아들이구나 하는 회한이 가슴에 저며오면서도 어쩐 일인지 그녀는 그런 아들이 밉지가 않았다. 좋든 글렀든 아들이 애비를 닮았다는 게 이상하게도 그녀에겐 즐거웠다. (……) 자기와는 아무런 관계도 없다던 그 아들이, 남의 속으로 빠진 아들이, 이제 아무 상관도 없다는 자기의 재산을 손에 쥐고 소장사를 떠났다는 사실이, 그 순간 그렇게 가슴 뿌듯할 수가 없었다.(「겨울새」)

이리하여 「도둑견습」에서 처음으로 싹트기 시작한 삶에의 긍정은 「즐거운 우리집」을 지나 「익는 산머루」 「겨울새」에 오면 운명의 너그러운 수용을 바탕으로 하여 생명의 끈질긴 힘을 과시하게 된다. 이와 동시에 우리가 「겨울새」의 이 긍정적 전환 속에서 특히 눈여겨보아야 할 한마디 말이 있다. 바로 "소장사를 떠났다는 사실이 그 순간 그렇게 가슴 뿌듯할 수가 없었다"라는 말이다. 이 말 속에는 '소장사'라는 직업과 '떠난다'라는 동사가 포함되어 있는데 이 두 가지는 이후 김주영의 소설이 다루게 될 가장 중요한 테마가 된다.

'소장사'를 주제로 한 최초의 단편이 바로 「천궁의 칼」이다. 소와 관계된 직업은 소를 잡아서 고기를 파는 백정과 장터를 돌며 소를 사고 파는 소몰이꾼 두 가지다. 이 두 직업은 엄연히 다르지만 김주영의 상상력 속에서는 동일한 뿌리를 가진 것으로 보인다. 데뷔작인 「휴면기」 속에는 이미 인적 끊어진 깊은 계곡 속에서 벌어지는 밀도살이 '충격적인 장면'으로 어린아이의 눈을 통해서 목도되고 있으며 이 밀도살의 주역은 작중화자의 집 행랑채에서 사는 황서방이다. 이 백정은 김주영의 상상력 속에서 난옥의 남편 소몰이꾼, 「천궁의 칼」의 아버지, 『아들의 겨울』의 칠성이 아버지 등으로 변신을 거듭하면서 집요하게 살아남아 마침내 『천둥소리』의 황점개로 다시 그 모습을 나타낸다.

그렇다면 이처럼 집요하게 작가의 머리를 떠나지 않는 이 백정이라는 직업과 도살이라는 행위는 무엇을 의미하는 것일까? 이 질문에 답하는 것은 결코 쉬운 일이 아니다. 「천궁의 칼」은 아마도 나에게 백정이란 무엇인가?라는 작가 자신의 질문일지도 모른다. 서울에서 취직하여 살고 있는 '나'는 자신의 아이를 임신중인 묘희와 함께 고향의 어머니를 찾아간다. 백정이었던 아버지가 죽은 지 20년이 가까워오지만 어머니는 아들에게 백정의 자식임을 구태여 확인시키고자 하고 아들은 세상이 변한 것을 들어 그 말을 무시하려 한다. '나'와 묘희는 산책길에 지금은 건초 창고로 쓰는 옛 도살장에 들어가 정사를 하고 집으로 돌아온다. 그때 집에서 어머니는 싸늘한 시신이 되어 있었다. 이것이 「천궁의 칼」의 줄거리다. 이 작가가 쓴 작품들 중에서도 그 의미 해석이 가장 곤란한 것이 이 작품이다. 우리나라의 전통적인 사회

계층의 문제, 그중에서도 특히 백정의 가계가 지닌 숙명적인 성격을 그린 작품이라는 짐작은 가지만 그 속에 등장하는 각 인물들과 사건들은 독자의 머릿속에 끝내 화해하거나 통일되지 못한다. 이는 아마도 작가 자신의 머릿속에서 여전히 내게 백정이란 무엇인가?라는 질문에 대한 해답이 아직도 확연하게 정리되지 않고 있는 탓인지도 모른다. 그래서 작가는 백정의 문제를 장편에 가까울 만큼 긴 『아들의 겨울』에서 다시 한번 다룬다. 미리부터 말해두건대 사실 김주영에게 백정이라는 직업이나 천궁(도살장)이, 그리고 칼과 피가 무엇인지 알기 위해서는 아마도 그가 계획하고 있다는 또하나의 대하소설 『화척(禾尺)』을 기다려보아야 할는지도 모른다.

그러면 이제 김주영의 제2기를 마감하는 『아들의 겨울』을 살펴보기로 하자. 우리는 이 글의 첫머리에서 김주영이 우리들 앞에 세 번 데뷔했다고 말했다. 『아들의 겨울』은 이를테면 두번째의 데뷔작이다. 말을 바꾸면 「휴면기」에서 처음 들여다보았던 어떤 내면의 세계를 이제 본격적으로 다시 한번 다루어보고자 한 듯한 장편인 것이다. 그런데 이번에도 또다시 실패작이 되고 말았다. 그러나 실패작이라고 해서 감동이 없는 것은 아니다. 어린아이를 주인공인 동시에 화자로 택한 것은 사건 및 심리의 총체적 파악과 해석에 매우 제한을 가하는 약점이 있어 장편소설이 지닌 큰 틀을 지탱하기가 어렵다. 이 소설이 실패한 근본적 요인은 바로 구성상의 결함과 아울러 그같은 화자의 선택에 있다. 그 반면 어린아이의 눈을 통해서 본 어른들의 세계, 그리고 사춘기에 접어드는 아이가 삶에 눈뜨는 과정 등은 그 드러냄이 서투른 만큼 우리들에게는 오히려 그 서정적인 떨림과 더불어 기묘한 감동을 자아내는 일면도 있다.

『아들의 겨울』은 주인공 박무도가 초등학교에 입학하는 날부터 버스를 타고 마을을 떠나기까지, 어린 시절의 순진무구한 세계로부터 어른들의 세계가 지닌 각종의 충격과 타락한 관계들을 발견해가는 과정을 그린 또하나의 성장소설이다. 이런 의미에서 볼 때 소설의 초입에서 그가 입학하게 되는 '학교'는 바로 어른의 세계로 들어가는 관문이라고 할 수 있다. "나에게 부끄러움을 가르친 사람은 어머니였다"라는 말로 이 소설은 시작한다. 그리고 멀지 않아 화자는 또 이렇게 술회한다.

"학교란…… 수치와 배반만을 내게 잔뜩 짊어지우는 개떡 같은 곳이었다는 걸 알아버린 것이었다." 이리하여 어머니와 학교는 성년의 세계로 가는 고통스러운 두 가지 관문이 된다.

여기서 '어머니'는 김주영의 모든 소설 속에서 외간남자들과 정을 통하는, 그리고 정을 통하는 장면을 아들에게 들키는 숱한 어머니들의 전형이다. 더군다나 주인공 박무도가 입학한 학교의 담임선생님이 공교롭게도 여선생이고 그녀 역시 남자와 정을 통하는 장면을(그것도 두 번씩이나) 소년에게 들키고 있다는 사실로 보아 그녀 역시 어머니의 또다른 변형임을 알 수 있다. 「천궁의 칼」에서 석연한 해답을 얻지 못한 아들과 어머니의 관계, 그리고 백정의 문제가 이 소설에 오면 전체 줄거리의 핵심에 놓인다. 그리고 탱자울타리, 감꽃, 우물, 건초 썩는 냄새가 풍기는 외딴집(옛 도살장) 등의 자질구레한 듯하지만 지울 수 없는 인상을 남기는 요소들을 공유하는 것으로 보아 그 두 작품은 서로 깊은 관련이 있는 것이 분명하다.

『아들의 겨울』은 세 가지 층의 남녀관계를 서로 교차시키는 형태로 짜여 있다. 박무도는 과부인 자신의 어머니가 윗방에서 양조장 일꾼인 박술과 정을 통하는 것을 목격한다.(이 박술이라는 인물은 생김생김, '고무신', 성, 성격 등으로 보아 「도둑견습」의 의붓아버지와 맥이 닿아 있다.) 그보다 앞서 그는 냇가에서 백정인 칠성이 아버지와 알몸의 어머니가 누워 있는 것을 본 적이 있다. 결국 칠성이 아버지는 도수장에서 박술에게 살해된다. 한편 어머니와 두 남자 사이의 관계에 병행하여 소년은 미혼인 여교사 채순미가 빈집인 교장 사택의 광에서 마을청년 태호와 정을 통하는 것을 밖에서 엿듣는다. 어머니, 그리고 여교사 채순미의 남자관계가 각기 어른들의 세계라면 아직 성이 무엇인지를 잘 모르는 상태에서 주인공 박무도와 희자 및 사팔뜨기 계집아이 사이의 관계는 아이들의 세계다. 이 세 가지 층의 성관계를 통하여 이 소설은 한 소년이 성에 눈뜨면서 성장하는 과정을 그려 보인다. 그 순서를 시간적 앞뒤 관계에 따라 간추려보면 다음과 같다. 1) 희자가 소년에게 옹기굴에서 옷을 벗어 보여주다.(이때 소년은 '단추'를 잃는다. '단추'는 의심할 여지 없이 소년의 성이다.) 2) 알몸의 어머니가 냇가에서 칠성이 아버지와 누워 있는 것을 발견하다. 소년은 그것이 무엇을 의미하는지 확실히 알지 못하지만 어머니가 '백정'과 같이 '노는' 것을 못마땅해한다. 3) 자다가 깬 소년은 윗방에서 어머니가 박술과 통정하는 것을 엿듣고 "비봉산에서 울어쌓는 뻐꾸기 소리처럼 쓸쓸하고 그리고 개똥 같다는 기분"을 느낀다. 4) 사택의 작은 광에서 채순미가 태호와 관계를 맺는 소리를 엿듣다: "어른들이란 이상했다. 어른들은 좋으면 서로 잤다. 그리고 그들은 그 좋다는 일을 언제나 은밀한 곳을 골라 다니며 저지르고 다녔다." 5) 희자와 도수장에서 도살과 살인을 목격. 6) 사택의 광에서 사팔뜨기 계집아이를 옷 벗게 한 후 우물물로 씻는다. 7) 동생 순도가 물에 빠져 죽는 것을 보면서도 방치하다. 8) 사택의 광 속에서 희자와 입 맞추며 감꽃 냄새를 맡고 터진 홍시에서 엿강정이 입 안으로 흘러드는 꿈(꿈을 매개로 한 성에의 눈뜸). 9) 여교사 채순미(어머니가 없어지자 소년을 자기 집으로 데려가서 어머니의 대역을 하려고 하는)의 발가락과 "풍만한 가슴속"을 들여다보다가 쫓겨나다: "나는 다만 보이는 것을 보았을 뿐이었다. 보이는 것을 본 아이에게 그처럼 화를 내는 것이 정상이라면 이 세상은 이처럼 보아서는 안 될 것이 많게 만들어놓은 것일까? ……아 나는 희자가 보고 싶었다. 보이는 것을 보여주며 보이지 않는 것도 내게 보여주는 희자." 10) 철탑 꼭대기에서 그네 타는 희자의 몽상. 11) 채순미의 하숙집에서 그녀와 태호(희자 삼촌)의 정사 장면을 문틈으로 엿보다. 12) 동생 순도의 식어버린 몸을 끌어안고 울고 있는 어머니를 집에 두고 "먼 나라로 가는 한 대의 첫 버스"를 타고 떠나다.

『아들의 겨울』은 아들의 성(性)이 연상의 저능아 희자, 여교사 채순미를 다리로 하여 어머니의 성과 만나는 이야기다. 이 만남은 두 가지 죽음을 거친다. 칠성이 아버지와 동생 순도의 죽음이 그것이다. 죽음을 당한 그들은 모두 어머니와 나 사이의 장애물이다. 소설의 초입에서 학교에 입학하기 위하여 소년 박무도가 목욕하는 장면은 펄 벅의 소설 『대지』에서 왕룽이 결혼하기 위하여 목욕하는 장면을 연상시킨다. 과연 박무도의 목욕은 성인의 세계를 엿보기 위한 최초의 의식이다.

이제 여기서 잠시 우리는 김주영에게 일차적으로 백정이란 무엇인지를 해석할 수 있는 하나의 가설을 세워볼 수 있을 것 같다. 백정은 단순히 하나의 직업이기 이전에 어린 그가 엿본 충격적인 삶의 모습이다. 여기서 중요한 것은 '엿본다'라는 동사다. 김주영의 인물들은 도처에서 보아서는 안 될 장면을 엿보고 들어서는 안 될 소리를 엿듣고 있다. 그 엿보여지는 대상은 바로 어른들의 성인 동시에 공격성과 죽음〔殺生〕이다. 도살의 장면은 항상 여러 가지 방식으로 성과 중첩되어 있다는 것을 주목해볼 필요가 있다.

「휴면기」와 『아들의 겨울』은 엿본다는 행위의 중요성에 시각을 맞춰 읽는다면 동일한 이야기다. '나'와 뚝이는 "가재처럼 재빨리 몸을 바위 뒤에 숨기고" 밀도살의 장면을 엿본다. 그 장면의 충격이 어찌나 컸는지 두 소년은 다 같이 "오줌을 싸버린다". 『아들의 겨울』에서 무도와 희자는 "이빨이 딱딱 부딪히는 것"을 느끼며 판자벽 틈으로 도수장 안의 풍경을 들여다본다. 뒤이어 칠성이 아버지가 박술의 낫에 찍혀 쓰러지는 장면을 목격한 소년은 나무막대를 희자의 발목으로 착각한 채 휘어잡고 도망친다. 또 박무도는 칠성이네 아버지가 죽던 날 울음소리를 따라 그 집 담장에다 귀를 갖다 대고 엿본다. 그때 그는 박술에게 "뒷덜미를 획 가로채여" 들려간다.

이와 같이 엿보는 행위는 『천둥소리』의 신길녀가 행랑방을 문틈으로 엿보다가 "북두갈고리 같은" 차병조의 손에 입이 틀어막혀 들려가는 장면을 연상시킨다. 그 소설의 끝에서 작가 자신이 작품 구상의 출발로서 회상하는 어린 시절의 경험(뜸마을에서의 처형 장면과 "내 손을 거칠게 나꿔채어" 업고 뛰어 읍내의 집으로 데려다 놓는 외삼촌)은 과연 이러한 '엿보는' 행위와 엿보여진 장면의 성격과 그 중요성을 충분히 말해주는 것이다.

다른 한편 도살, 혹은 처형의 장면이 성의 발견과 동일화되는 것은 그 두 가지 일이 일어나는 장소, 혹은 공간이 비일상적이고 외따로 떨어진 장소라는 사실과 무관하지 않다. 무수히 등장하는 외따로 떨어진 장소들은 매번 그 이름을 달리하고 있지만 그 묘사나 특징을 면밀하게 비교해보면 결국은 동일 공간임을 알 수 있다.

이 작가의 데뷔작인 「휴면기」의 서두가 '곳집'에서 시작되는 것은 의미심장하다. 사실 이 '죽음의 집'은 김주영의 상상력의 출발점이다. 이 '곳집'은 『아들의 겨울』의 도수장, 『천둥소리』의 첫머리에 나오는 천궁과 그 모습이나 기능에 있어서 조금도 다를 바 없는 것이다. 우리가 이 세 작품을 김주영의 세 번에 걸친 데뷔작으로 간주하는 데는 그의 상상력이 깊은 뿌리를 담그고 있는 이 공간과 관련이 없지 않다. 그러나 일상에서 벗어난 외딴 장소, 죽음과 성과 탄생을 품어주는 이 신비스런 공간은 이 작가의 다른 여러 작품들에도 산재해 있다. 『아들의 겨울』에서 그토록 강한 호기심의 대상이 되고 있는 빈 사택의 건초 냄새 풍기는 광은 「천궁의 칼」의 천궁, 그 밖에 옹기굴, 대장간, 「익는 산머루」의 읍내에 있는 빈집, 황장재 아래의 주막이나 월전리의 고택(『천둥소리』), 나아가서는 「도둑견습」의 마이크로 버스, 「즐거운 우리집」의 채석장 절벽 위의 집 등의 공간들과 맥을 같이한다.

우리는 앞에서 단편 「겨울새」의 긍정적 전환을 언급하면서 '소장사'라는 직업과 '떠난다'라는 동사에 주목한 바 있다. 장차 이 작가가 다루게 될 가장 중요한 두 가지 테마 중 우리는 '소장사' 혹은 '도살'의 테마를 살펴보았으므로 남은 또하나의 테마인 '떠난다'는 동적 주제를 눈여겨볼 필요가 있을 것이다.

『아들의 겨울』의 대단원에서 마침내 어머니가 홀로 울고 있는 자기 집 앞에서 화자는 다음과 같이 술회한다.

> 우리들의 장소가 어느덧 폐허가 되었듯이 이제 어머니와 나 사이에도 하나의 커다란 폐허가 자리잡게 되었다는 것을 나는 느꼈다. 아니 그 폐허는 어른들이 만들었다기보다 내 키가 자라고 있음으로써 만들어진 폐허인지도 몰랐다.(『아들의 겨울』)

어린 시절의 왕국이 무너져버린 그 폐허에서 비로소 성장한 인간의 '떠남'은 시작된다. 「겨울새」의 아들이 소몰이꾼이 되기 위하여 떠났듯이 『아들의 겨울』의 아들도 "먼 나라로 가는 한 대의 첫 버스"를 타고 떠난다. 김주영의 작품 전체를 황량한 슬픔으로 물들이는 그 '겨울'은 바로 어린 시절의 고통이 남긴 '폐허'다. 그는 이제 "알 수 없는 나라, 길이 끊어지는 곳에서 왜가리가 되어 날게 될지도" 모른다. 『아들의 겨울』과 더불어 김주영 소설의 제2기가 마감되고 이제 바야흐로 겨울새를 찾아서 떠나는 기나긴 여행의 시기인 제3기가 시작된다. 김주영의 참다운 데뷔는 이제부터다.

이 작가는 1979년부터 오늘날까지 겨우 네 편의 단편소설을 썼을 뿐이다. 「외촌장 기행(外村場 紀行)」「달맞이꽃」「새를 찾아서」「쇠둘레를 찾아서」가 그것이다. 이 제3기를 빛내는 작품들로는 단편들보다는 대하소설 『객주』『활빈도』, 그리고 단연 세번째의 빛나는 데뷔작인 『천둥소리』를 꼽아야 하겠지만 여기서는 지면관계로 대하소설들 및 장편소설에 대한 분석은 생략할 수밖에 없다.

단편이건 장편이건 대하소설이건, 이 시기에 씌어진 모든 작품들은 하나의 근본적인 특성을 공유하고 있다. 그것은 바로 한결같이 제 집을 떠나와서 뿌리뽑힌 듯 객지로 떠도는 자들의 이야기라는 사실이다. 하기야 김주영이 쓴 작품치고 제 집에 들어앉아 한가하게 일상생활을 영위하는 인물은 거의 없다. 아예 집을 나와서 산과 골짜기와 외딴집을 헤매고 다니는 소년, 구치실에 끌려온 남녀들, 도둑, 케익 부대, 고아, 리어카 행상꾼, 거렁뱅이, 쫓겨난 여자 모두가 뿌리뽑힌 사람들 일색인 것이다.

그러나 제3기 소설들의 특징은 그 등장인물들이 기질적, 직업적으로 길 위에서 떠돌 수밖에 없는 사람들이라는 점이다. 제2기의 단편들은 이미 그같은 직업적 성격을 다분히 예고하고 있었다. 「익는 산머루」에 등장하는 아버지의 평상시 직업은 외장꾼이었고 「겨울새」의 아버지와 아들은 소장수다.

『객주』의 인물들이 직업적 보부상들이라는 사실은 새삼스럽게 지적할 필요가 없다. 『활빈도』 또한 떠도는 자들이다. 그러나 직업적인 이유 이상으로 김주영을 떠돌게 하는 것은 바로 '기질'이다. 김주영을 진정한 작가로 만드는 것은 떠나지 않고는 견디지 못하는 그 기질이다. 이리하여 제3기에 이르면 '여행'과 '창작' 행위는 어느 면 같은 것이 된다. 김주영의 소설에 가벼운 차림으로 여행길에 나선 나그네가 등장하면 거기에는 항상 기이한 신명이 솟는다. 그의 소설은 길 위에서 비로소 아름답다. 그 소설의 아름다움은 떠도는 자의 아름다움이다.

「외촌장 기행」은 이미 그 제목이 말해주고 있듯이 떠도는 자의 여행기다. 이 소설의 아름다움은 떠도는 행위 그 자체가 아니라 떠돌이 생활과 정착에의 그리움 사이의 긴장관계에서 생긴다. "나두 된장 보글보글 끓여놓고 벽시계 쳐다보며 밤 깊은 줄 모르고 자기 좀 기다려 보았으면 얼마나 좋을까, 씨발." 산골의 낯선 여인숙 방에서 들리는 여자의 목소리다. 화자인 '나'는 "기다림을 소원하는" 그 여자를 구경하고 싶은 강한 호기심을 느낀다. 정착에 길이 든 "이 세상의 모든 유부녀들이 정말 지겨워하고 있는" 남편 기다리기를 그 여자는 열망하고 있는 것이다. 그 여자가 '나'와 길가의 구멍가겟집에 드는 것은 바로 그 '정착'에의 모방일 것이다. 불가능한 정착의 모방.

그러나 그녀의 속에 있는 그 무엇인가가 그 여자로 하여금 끊임없이 모든 것으로부터 떠나게 한다. 그 여자는 떠돌아다니는 행위 바로 그 자체이다. 그녀를 떠돌게 하는 동력은 그녀의 야성이다. "도대체 그녀는 이편에서 거절할 수 있는 틈이나 허점을 가지고 있지 않았다. 이를테면 그 여자는 원시적 체취 이외에는 아무것도 갖고 있지 않음으로 해서 오히려 어설픈 예의나 지식 따위로 어설프게 무장된 나를 아주 깔아뭉개고 있는 판국이었다." 바꾸어 말하면 그녀의 야성, 혹은 원시적 체취는 머물지 않고 떠도는 운동 그 자체가 만들어내는 것이다. 김주영은 여기서 서서히 생명과 자유의 원리를 이끌어낸다.

객지로 떠돌아다니는 것은 본래 이 인물들의 직업이었다. 보부상은 물건을 사고 팔기 위해서, 야바위꾼은 남을 속여서 돈을 벌기 위해서, 「달맞이꽃」의 화자는 '옛날의 도부꾼'을 찾아내기 위해서, 또 누구는 '새를 찾아서', 혹은 '쇠둘레를 찾아서' 떠난다. 떠나고 또 떠난다. 그들은 매우 뚜렷한 목적을 가지고 있다. 어찌나 목적이 뚜렷한지 작품의 제목에 크게 나붙을 정도다.

그러나 결국 그 목적은 매번 그 뚜렷한 성격을 조금씩 상실해간다. "내 기대 앞에는 항상 철저한 배반이 두 손을 크게 벌리고 서 있었다. 이 여행을 시작한 지 꼬박 이 년 동안을 나는 그 배반과 해후를 위해 집을 나서곤 한 셈이었다"라고 「달맞이꽃」의 여행자는 말한다.

매번의 여행에서 여행자는 배반을 만난다. 원래의 여행 목적에 대한 배반이다. 그러나 동시에 해후도 만난다. 있지도 않은 '옛날의 도부꾼'을 찾아나선 그는 옛날의 상처와 해후한다. '내'가 날카로운 "이징가미"로 면상을 그어버렸던 그 여자와 그 상처는 동시에 '나' 자신의 상처이기도 하다. "새우젓 파는 장사"의 아들인 나 자신의 운명과의 해후이기 때문이다. 이리하여 하나의 해후는 또하나의 해후를 향하여 나를 떠나게 한다. 하나의 배반은 또하나의 배반을 향하여 나를 떠돌게 한다. 여기서도 또다시 정착과 떠도는 삶은 서로 긴장관계에 놓인다. "조금도 불행할 줄 모르는" 아내는 정착의 핵이다. 반면 소장사의 아내가 된 어린 시절의 소꿉친구는 떠도는 삶의 핵이다. 그러나 그 소꿉친구도 "산골 여인숙의 죠바"에 대해서는 또하나의 정착의 핵이라 할 수 있다. 머물러 있는 자는 나를 떠나게 한다. 떠남은 머무는 자를 만나게 한다. 끝없는 여행은 이렇게 계속된다.

이 떠돌이의 이야기들 중에서 가장 성공하고 있는 작품 중의 하나는 「새를 찾아서」이다. 이 작품은 김주영의 『잃어버린 시간을 찾아서』이다. 마르셀 프루스트가 잃어버린 시간을 찾아서 떠났다가 마침내는 하나의 방대한 소설을 얻었듯이 김주영 또한 새를 찾아서 떠났다가 마침내는 아름다운 단편소설을 하나 얻었다. 화자는 선림원사지의 답사여행을 가기 위하여 일행 회원들을 태우고 갈 약속장소로 버스를 타러 간다. 그러나 지각한 그를 기다려주지 않고 버스는 떠나고 없다. 버스를 따라잡기 위하여 택시를 잡는다. "절터보다 일행을 뒤따라 잡는 게 더 절박한" 상황이 된다. 결국 택시로 양양까지 갔고 양양에서 다시 오색 약수터로 간다. 거기서도 일행을 발견하지 못하자 밤중에 낙산과 설악산 주차장을 모두 뒤져보나 다시 또 실패, 다시 오색으로 돌아왔다가 아침에 택시를 타고 원림사지에 도착한다. 인적이 없는 그곳에서 몇 시간 동안이나 꼼짝 않고 앉아 똑같은 구도의 풍경을 응시한다. 한 마리의 새가 날아와 솔방울이 된다. 그제서야 선림원사지에 도착한 일행과 만난다. 나는 혼자 떠난다.

원래는 절터를 찾아 떠났지만 나중에는 일행을 뒤따라 잡는 것이 더 급해지는 것과 같이 본래의 목적이 새로운 목적을 낳고 이리하여 매번 새로운 해후가 차례로 하나씩 생겨나면서 연속되고, 그리하여 본래의 목적이 아니라 과정의 연속 그 자체가 목적이 되는 여행, 그것이 바로 김주영의 삶이요, 그것이 또한 소설이다.

움직이지 않는 것은 삶이 아니라 죽음이다. 날지 않는 새는 새가 아니라 솔방울이다. 우리는 여기서 지칠 줄 모르고 길을 가고 또 가는 『객주』의 도부꾼들을, 그들의 끝없는 해후와 이별을 생각하게 된다. 돈을 벌고 생계를 유지하려 했던 애초의 목적보다도 등짐을 지고 밤낮없이, 산등성이로 소로로, 개화지로, 산 넘어 물 건너 가고 또 가는 것이 목적이 되어버린 듯한 도부꾼들의 삶을 생각하게 된다. 김주영은 언어의 도부꾼이다.

> 적절한 어휘를 찾아나선 사냥꾼이라는 측면에서 시인들을 관찰해보면 그들은 두 가지 부류로 대별된다. 그중 한 부류는 새잡이꾼들이요 다른 하나는 몰이꾼들이다. 랭보는 앞서의 부류에 속하고 말라르메는 나중 부류에 속한다. 나중의 부류가 성공할 확률도 훨씬 더 높고 수확도 또한 전자에 비길 바 아니다. 그러나 그들은 사냥감을 "산 채로 잡아올 줄 모른다".

쥘리앙 그라크의 말이다. 김주영의 인물들이 찾고 있는 '새'는 삶이요 아름다움이다. '새'는 명사가 아니라 동사인지도 모른다. 새를 '산 채로' 잡기 위해서는 엄청난 도로가 필요하다. 날아다니는 새를 잡으려면 나도 끊임없이 떠돌지 않으면 안 된다. 처음부터 산 채로건 죽은 채로건 많은 사냥감을 노획하는 것이 목적이었다면 용의주도한 작전에 의거하여 몰이꾼처럼 추격해가면 그만일 터이다. 그러나 찾고자 하는 대상이 살아 있는 채로의 아름다움이라면 새잡이꾼처럼 밤새도록 헤매고 다닐 수밖에 없다.

선림원사지를 찾아가는 사람의 이야기에는 내레이터가 어린 시절에 누나와 함께 체험한 새잡이 이야기가 회상의 형식으로 삽입되어 있다. 그 새잡이는 과연 기나긴 기다림과 헛된 노력의 연속이다.

> 그 극성스런 덴찌꾼들이 북새판을 놓고 난 뒤를 따라다니면서 혹시 그들이 놓치고 지나가버린 새집을 후리거나 아니면 오래오래 밖에서 떨며 서성이다가 덴찌꾼들의 분탕질에 놀라서 도망간 새들이 다시 저희들의 구멍집으로 돌아올 때를 기다렸다가 새집 사냥을 하곤 했기 때문에 우리는 무수한 시간을 무작정 떨면서 새들을 기다리곤 하였다. 겨울밤 허공을 나는 새들은 흡사 돌멩이처럼 까맣게 보였다. 새들은

도망나온 깃으로 재빨리 찾아들기보다는 희뿌연 허공 저쪽을 날아서 사라져버리곤 하였다. 우리는 남의 집 깟짓동에 기대 앉거나 불 꺼진 쇠죽솥 아궁이 앞에 앉아서 도망나간 새들이 깃을 찾아들기를 무작정 기다리는 것이었다.(「새를 찾아서」)

"가계가 넉넉한 집"의 아이들이 갖추고 있는 효과적 사냥의 도구인 '덴찌' 라든가 "허약한 시골 아이들에게는 보신이 되는" 참새고기, 그래서 "겨우 내내 육고기 맛을 볼 수 없어" 새집 후리기에 거의 아귀다툼이다 싶게 열중하는 아이들은 모두 앞에서 지적한 '몰이꾼' 의 세계에 속한다. 반면 '나' 와 누나 역시 다른 아이들과 똑같이 '새를 찾아서' 같은 과정을 밟고 있지만 우리들의 사냥은 언제나 '서투르다'. 더군다나 "덴찌는 그만치 결정적인 물건"임을 잘 알면서도, "그 덴찌라는 물건을 한없이 부러운 눈초리로 바라보았으면서도 그것을 손에 넣겠다는 데까지 생각이 미치지 못했었다." 그것은 과연 '이상한' 일이었다. 흔히 이런 신비스럽고 설명하기 어려운 그 무엇이 한 작가의 기질을 설명해주곤 한다.

'새잡이꾼' 으로서 김주영은 무엇을 찾고 있는 것일까? 물론 '새' 를 찾고 있다고 간단히 대답할 수 있다. 그러나 그렇게 간단하지 않다. 우선 그는 "그래서 우리는 새를 잡아본 적이 없었다"고 술회한다. 그리고 좀더 깊이 생각해보면 이미 '잡힌' 새가 과연 새일까 하는 의문도 생긴다. '몰이꾼' 과는 판이한 '새잡이꾼' 의 특징은 바로 "산 채로의" 생명을 포착하려는 데 있는 것이다. 주질러앉아서, 고여서, 정지해서 썩거나 고갈하거나 굳어지는 삶이 아니라 어떤 방식으로건 살아서 움직이는 생명이 김주영에겐 관심의 대상인 것 같다. 좀 성급하지만 결론부터 이야기하자면 김주영의 문학은 목적지의 문학이 아니라 찾아가는 과정의 문학이다. 「새를 찾아서」의 화자는 그 본질을 정확하게 인식한다.

이제 정말 일행과 만나는 일에 대해선 생각하지 말자. 이곳까지 당도할 동안 길거리에서 우연히 만난 사람들이 모두 나와 동행해주지 않았던가. 정작 아둥바둥 공력을 들여서 뒤따라잡고자 했던 사람들은 나를 기다려주지 않았지만 예정에도 없이 만났던 사람들은 이곳까지 정확하게 나를 데려다주지 않았던가.(「새를 찾아서」)

그의 대다수의 주인공들은 "술과 외박과 여행"을 가장 좋아한다는 작가 자신과 같이 제 집 밖에서 떠돌고 있다. 그는 언제나 길 위에 서 있다. 김주영의 문학은 무엇을 찾아가고 있는 자, 아니 가장 흔하게는 무엇을 찾는지도 잘 알지 못한 채 길 위에서, 거리에서, 장터에서 떠도는 자들의 문학이다. 그러나 '떠돈다'라는 말이 지닌 다소 허무주의적인 어감은 그 볼륨을 낮추어서 생각할 필요가 있다. 그의 떠돌아다니는 인물들은 염세주의자들과는 달리 생명감으로 충만해 있기 때문이다.

기나긴 기다림과 도로의 끝에 '나'와 누나는 마침내 새집에서 새를 잡게 된다. "살아 있는 새와의 첫번째 만남은 충격적이었다"고 화자는 말한다. 손끝에 "뭉클한 온기"가 와 닿는다. 그러나 꽉 움켜쥐는 순간 "손바닥이 물어뜯기는 듯한 따끔한 충격"과 더불어 새는 구멍집을 빠져나갔다. 새로운 사건. 새가 불 켜놓은 방 안으로 들어갔다. 간헐적으로 벽에 부딪치는 깃털 소리. 우리가 몸을 던질 때마다 "엉뚱한 곳에서" 들려오는 날개 소리. 어둠 속에서 보이지 않는 새와의 혼전. 그리고 마침내 아무 소리도 들리지 않는다. "열려 젖혀진 방문으로부터 희미한 그믐달이 새어들고 있었다." 새는 보이지 않는다. 꿈이었을까? 리얼리스트 김주영의 소설에서는 환상이나 꿈은 흔하게 보이지 않는다. 『아들의 겨울』 속에서 우리를 신비의 꿈속으로 안내하곤 하던 그의 초현실주의는 어디로 갔을까? 하기야 길 위를 떠도는 자의 지나간 이정은 그 자체가 이미 하나의 덧없는 환상이요 꿈인지도 모른다. 소설은 바로 그 환상과 꿈이 변하여 만들어진 것이다. 그러나 여전히 새는 어느 하늘에서 날고 있다. 그 뒤를 쫓아 여행자도 줄기차게 가고 있다. 그 이어지는 떠남이 생명이기 때문이다. 힘겨운 바위를 굴려올리는 시지프스가 끝내는 바위를 닮듯이 겨울 하늘을 나는 새를 찾아가는 김주영 자신은 벌써 새를 닮아간다.

> 야야, 기다리자. 지놈이 워딜 가겄냐? 이 세상 끝이 바로 이 집구석이라는 걸 진들 알게 될 날이 오지 않컸냐?(「겨울새」)

「겨울새」의 어머니는 며느리의 차가운 손을 감아쥐며 이렇게 말한다. 이 세상 끝까지…… 김주영에게는 그렇게 갈 힘이 충분히 있는 것 같다. 그 겨울 하늘, 그 폐허가 생명의 밭으로 변할 때까지…… 그리하여 언젠가는 우리도 작가 김주영과 더불어 우리의 끝없는 떠남의 목적이 우리들 속에 잠재해 있음을 깨닫게 될지도 모른다. 마치 '심우도(尋牛圖)'의 소년이 소를 만나듯이 여행자가 솔방울로 변한 새를 만나듯이, 우리는 길 위에서 문득 자신의 참모습을 만나게 될지 모른다. 겨울 하늘의 폐허와 같은 공간을 날아가는 새의 문학은 궁극적으로 어떤 구도(求道)의 문학이라고 볼 수 있다.

(김주영문학선『새를 찾아서』해설, 나남, 1987)

모래와 안개, 그리고 섬으로 가는 길
—한수산론

"참 싱싱해뵈죠?"

다방 안으로 들어와 앉는 등산복 차림의 여자들을 보면서 형수는 말했다. 밖에는 문득 새 옷을 갈아입고 싶게 만드는 사월의 오후가 화사하게 가로수 위에서 반짝거리고 있었다.

나는 그들 중의 한 여자를 어디서 본 듯했다. 그때 저쪽에서도 나를 보았는지, 어머 선생님 안녕하세요, 했다. 나는 고개를 끄덕였다.

"아니, 선생님이라니…… 어떻게 되는 거예요?"(「사월의 끝」)

1972년 신춘문예를 통하여 한수산이 작가로 데뷔하는 계기를 만들어준 작품 「사월의 끝」은 이렇게 시작된다. 독자들 앞에 작가가 처음으로 선보인 이 작품은 사실 지난 20년 가까운 세월 동안 그가 발표한 수많은 작품들의 중요한 모티프와 특징들을 그 나름대로 내포하고 있으며 동시에 장차의 것들을 예고해주고 있다는 점에서 주목할 만하다.

비평가들은 흔히 한수산을 소개할 때 "감성적"인 작가라고 말한다. 좀 막연한 표현이지만 그의 작품들이 주는 한결같은 인상을 비교적 잘 요약하고 있는 것 같다. 이때 감성적이라는 표현은 적어도 이성적, 논리적, 설명적인 것이 갖는 무겁고 느린 인상들과 대립적으로 이해해볼 수 있다. 그는 차근차근 논리적으로 설득하기보다는 생략법을 폭넓게 활용한 빠른 필치의 그림들을 연속적으로 그려 보인다. 그림도 현실의 모습을 있는 그대로 자상하게 재현한 구상화라기보다는 반추상, 혹은 서정추상에 가깝다. 그는 현실 속에서 핵심적인 몇 가지 요소들만을 가져와서 마음의 색조와 결합시키면서 빠른 터치로 새로운 틀 속에 그것을 형상화한다. 한수산의 '감성'은 언어가 만들어내는 심상의 유동성, 속도감 그리고 그 유동성에서 생겨나는 신선함을 특징으로 하고 있다.

한수산의 작품들, 특히 단편소설들은 앞서 말한 반추상의 그림들이 끊임없이 연속 병치되면서 독자의 마음속에 만들어내는 또하나의 커다란 그림인 동시에 그 커다란 그림 속에서 끊임없이 느껴지는 경쾌한 운동감의 아름다움이다.

위에서 인용한 데뷔작의 시작 부분을 자세히 살펴보자. 독자에게 처음으로 선보인 작품의 첫 줄을 대화로, 그리고 동의 유도형의 짧은 질문으로 시작한다는 것은 작가로서 하나의 선택이다. 20년이 지난 오늘 그가 쓴 다른 작품들을 함께 읽으며 생각해보면 어느 면에서는 의미심장한 선택이라고도 할 수 있다.

"참 싱싱해뵈죠?" 이 짧은 질문은 여러 가지 면에서 심상의 유동성, 속도감을 생산해내는 계기가 된다. 우선 이 짧은 대화체 의문문은 시각적으로 행(行)의 빠른 교체를 가능케 한다. 이것은 독자에게 구체적 상황이 알려지기도 전에 이미 어떤 동요를 불러일으킨다. 작은 파문이 인다. 대화가 의문문인 만큼 독자는 질문을 던진 발화자와 질문을 받은 수화자가 누구인가를 알고 싶어하게 마련이다. 곧 형수가

"나"에게 던진 질문임이 밝혀진다. 질문에 대한 답은 물론 "그렇다"이다. 그러나 긍정의 대답은 생략되어 있다. 이같은 생략은 속도감을 낳는다.

작품의 무대가 되고 있는 '다방', 즉 실내 공간 속으로 실외, 그것도 가장 신선한 실외 공간인 산을 함축하는 '등산복' 차림의 여자들이 들어왔으니 강한 대조 때문에 당연히 '싱싱해' 보인다. 닫혀진 실내 공간과 열려진 실외 공간의 돌연한 대비. 거기서 생겨나는 생명감의 인상을 강조하려는 듯 '밖' '새 옷' '사월(봄)' '오후(햇빛)' '화사하게' '반짝인다' 등 일련의 가볍고 빛나는 싱싱한 이미지들이 잇달아 쏟아져 들어온다. 「사월의 끝」은 안과 밖, 겨울과 여름의 경계 지점이다. 가벼움과 속도감은 거기에 그치지 않는다. 이 작품의 도입부는 시선과 대화의 신속한 전환이 돋보인다. "참 싱싱해뵈죠?"라는 질문은 시선과 관심의 빠른 이동을 암시한다. 형수는 시동생인 나(다방에서 마주 앉은)에게 질문을 던지지만 그녀의 시선은 동시에 "싱싱하다"라는 형용사의 주체인 "등산복 차림의 여자들"에게로 가고 있다. 그뿐만이 아니다. 질문이 동의 요구형이었던 만큼 형수의 시선은 잇달아 '나'에게로 전환되었을 것이며 따라서 '나'의 시선 또한 질문에 유도되어 질문하는 형수로부터 "등산복 차림의 여자들"에게로 이동하고 있음을 짐작할 수 있다. '등산복' 차림의 여자들에게로 간 '나'의 시선은 문득 '밖'의 가로수와 그 위에 쏟아지는 빛과 광채로 연장된다. "문득"이라는 부사는 안과 밖의 대조의 강도를 증폭시킨다.

한편 대화는 어떠한가? 형수가 '나'에게 던진 질문에 대한 답이 나오기도 전에 이번에는 저쪽의 '한 여자'가 어머 선생님 안녕하세요 하고 '나'에게 인사를 건넨다. 그 인사에 '나'는 고개를 끄덕이기만 하면서 답례하고 잇달아 형수의 두번째 질문이 이어진다. 이처럼 이 짤막한 한순간의 도입부에는 형수, 나, 등산복 차림의 여자 사이에 대화와 시선의 신속한 전환이 이루어지고 있다. 매번 상대방의 '말 걸기'는 '나'의 침묵, 혹은 비언어적 응답의 벽에 부딪치면서 방향 전환을 일으킨다. 그런데 정작 이같은 신속하고 다소 복잡한 관계 설정이 어떤 '행동'으로서의 결과를 가져오는 것은 아니다. 다시 말해서 돌연 다방 안으로 여자들이 들어왔다고 해서 등장인물 상호간의 실질적 '관계'에 변화를 가져오는 것은 아니다. 그 여자들은 오직 소설의 도입부가 그려 보이는 '그림'에 시선과 관심의 이동, 안과 밖의 대조 등을 통하여 역동성을 부여하고 '싱싱함'의 모티프를 제공하는 요소에 불과하다. 이런 우연한 만남은 흔히 통속소설들에서 중요한 '사건' '행동'의 계기가 되곤 하므로—실제로 한수산의 몇몇 장편소설, 예컨대 『바다로 간 목마』에서는 그렇다—이 대목은 독자들의 있을 법한 예측을 빗나가게 한다는 점에서도 그 나름의 문체적 유동성을 지닌다. 요컨대 1) 등산복 차림의 여자들이 다방 안으로 들어온다. 2) 그중 한 여자가 '나'를 알아보고 인사를 건넨다라고 하는 도입부의 행위는 이 작품 전체의 '스토리' 차원에서 아무런 영향도 끼치지 않는다.

「사월의 끝」의 스토리는 "나는 형수와 함께 다방에서 형을 기다린다"이다. 그리고 스토리의 결말은 "형이 늦어지므로 형수와 나는 다방에서 밖으로 나온다"이다.

결국 사건적인 면에서 아무 일도 일어난 것은 없다. 오직 "기다린다"라는 말이 전제로 하고 있듯이 시간이 흘러갔을 뿐이다. 물리적으로 흘러가는 기다림의 '시간'에 깊이와 두께를 부여하는 것이 '삶'이다. 여기서 삶은, 겉으로는 대학병원 앞 다방에 앉아서 벽에 부딪쳤다가 다시 튀어 되돌아오는 공과 같은 대화를 주고받거나 침묵한 채 생각에 잠기는 두 사람의 행위, 즉 불안한 기다림의 행위로 표현되고 다른 한편으로 그것은 화자인 '나'가 과거에 경험한 세 가지 죽음—누이의 죽음, 할아버지의 죽음, 상희의 죽음—속에 암시적으로 투영된 또하나의 죽음, 즉 마주 앉은 형수를 위협하고 있는 불치의 병이다. 시간에 깊이를 부여하는 것은 구체적인 삶과 죽음이다.

한수산이 최초로 독자에게 선보인 주제는 이처럼 죽음의 문제였다.

죽음은 또한 20년간 한수산의 작품 속에서 가장 집요하게 다루어지고 있는 일관된 주제라고 할 수 있다. 70년대 말에서 80년대 초에 이르는 동안 산업화 과정에서 야기되는 사회적 풍경을 그려 보이는 일련의 작품들 속에서 상대적으로 약화되었던 이 형이상학적 주제는 1984년의 「빛의 감옷」, 1991년의 「타인의 얼굴」 「날개와 사슬」에 오면 또 다시 표면화되면서 정공법으로 깊이 있게 다루어진다.

이처럼 작가의 거의 고정관념적인 주제에 비추어 다시 읽어본다면 「사월의 끝」의 도입부에 던져진 동의 유도식 질문 "참 싱싱해 뵈죠?"의 의미는 깊고도 분명해진다. 싱싱함은 객관적 단언이 아니라 질문하는 사람의 주관적 해석이다. 등산복 차림의 여자들에게서 싱싱함, 즉 생명감과 젊음을 읽는("……뵈죠?") 형수의 시선은 생명에 대한 선망과 동시에 그것의 반대항, 즉 자신에게 한 발 한 발 다가오는 죽음의 공포를 암시하고 있는 것이다. 이같은 암시는 도입부에 곧바로 이어지는 그림 속에서 구체화된다. "형수는 지친 듯 서른한 살의 나이를 의자 등받이에 기대었다. 창 밖에서는 십육 층의 대학병원이 우리를 찾으며 기웃거리고 있었다." 앞서의 등산복 차림의 여자들과 "지친" 형수나 우리를 감시하고 있는 듯한 '병원'은 삶과 죽음의 대립에 상승 작용을 가져온다.

한수산은 기이하게도 20년이 지난 최근에 발표한 작품 속에서 다시 한번 '싱싱함'의 주관적 해석과 죽음과의 대비라는 모티프를 반복하고 있다. 그는 강도와 성격을 좀더 본격화하면서 이번에도 역시 죽음의 주제를 깊이있게 다루고 있다. 암에 걸려 죽음을 기다리며 투병중인 은사의 집을 찾아가는 작중화자는 다음과 같이 마음속으로 생각한다.

엘리베이터를 내려 아파트의 초인종을 누르려다가 그는 깊이 숨을 들이마셨다. 괜찮아, 괜찮아, 그는 누구에겐지 알 수 없이 중얼거렸다. 들고 온 과일 바구니가 어쩐지 선생님에게 욕이 되는 게 아닌가 하는

> 생각이 들었다. 그것은 잘 익어 싱싱한 과일이었다. 그러나 잘 익어 싱싱하다는 과일의 상태는 살아 있는 사람을 위한 것이었다. 그것을 먹을 수 없는 사람에게 썩은 것과 떫은 것과 싱싱한 것이 무슨 차이가 있으랴.(「타인의 얼굴」)

20년 전 최초의 작품 첫 줄에 갖다 놓았던 이 "싱싱하다"라는 형용사를 세 번씩이나 같은 문맥 속에서 반복하고 있다는 것은 단순한 수사학 이상이라 여겨진다. 이번에도 역시 "싱싱한" 사과는 등산복 차림의 여자들과 마찬가지로 '밖' 으로부터 안으로 들어가는 것이고 아파트 '안' 에는 죽음을 기다리는 선생님이 있다. 그러나 등산복 차림의 여자들이 시각적 대상이었다면 사과는 먹는 과일이다. 죽음과의 직접적인 접촉이 암시된 것은 아닐까? 이 안과 밖, 싱싱한 생명과 죽음의 위협 사이의 대조는 작중화자의 방문에 바로 이어지는 장면을 통하여 더욱 강화된다. 초인종이 울리고 문을 열자 '왁자지껄한 목소리' 가 들려온다. '아주 커다란, 거의 내 키에 가까운' 소철 화분이 '푸른 잎을 내뻗으며' 응접실 안으로 들여놓이는 것이다. 생명의 당당한 입장이다. 「타인의 얼굴」을 시작하는 첫머리에서도 "싱싱하다"는 형용사는 죽음과 삶의 세계를 비정할 정도로 갈라놓는 역할을 하고 있다. 자신의 은사가 사망했다는 소식을 접한 화자가 현관으로 나설 때 그의 마음속에서 또하나의 '자기' 는 이렇게 말한다.

> 아무것도 달라진 것이 없어. 수도꼭지를 왼쪽으로 돌리면 물이 나오는 것도 여전하다구. 태초의 그날처럼 땅 위에는 삶이 가득하다는 걸 잊지 마. 하루하루는 아침 우유처럼 싱싱해.(「타인의 얼굴」)

"싱싱하다"는 형용사가 이 작품에서는 두 번 다 우유나 사과와 같이 '먹는 것' 과 관련되어 있다. 거리를 두고 바라보는 대상으로서의 등산복 차림의 여자들은 20년 후 훨씬 더 직접적인 체험의 대상인 우유와 사과로 변용된 것이다. 이런 변화는 아마도 초기 작품들이 주는 다소 작위적 인상과는 달리 최근의 작품에서 느낄 수 있는 정면 돌파의 진정성과 무관하지 않을 것 같다.

「사월의 끝」이 근래의 「빛의 갑옷」 「타인의 얼굴」 「날개와 사슬」과 마찬가지로 죽음(특히 불치의 병에 의한 죽음)의 주제를 다루고 있으면서도 그 분위기와 울림이 크게 다른 것은 무슨 까닭일까? 작가 자신의 경험의 깊이와 넓이, 혹은 나이와 관계가 있는 것일까? 「날개와 사슬」에서 내레이터는 말한다.

> 내가 늙는 것인가. 비내리는 차창 밖을 바라보며 그는 문득 그런 생각을 했다. 늙는다는 것은 무엇일까. 그것은 같은 말을 되풀이하는 것이라고 그는 생각했었다.(「날개와 사슬」)

「사월의 끝」에서 시작된 한수산의 초기 단편들은 서로 그것이 다루고 있는 모티프들에 있어서 거의 유사하다. 「사월의 끝」에서 나와 형수와 형의 관계는 「대설부(待雪賦)」에서 나와 형과 형의 여자와의 삼각관계로 반복된다. 전자에서 불치의 병에 걸린 사람이 형수라면 후자에서 죽은 사람은 형이라는 점이 다르지만 양쪽 다 형이 현장에 없다는 점은 같다. 「사월의 끝」에서 나와 형수는 형을 기다리지만 형은 오지 않는다. 이 작품의 끝에서 우리는 다음과 같은 의미심장한 대목을 읽을 수 있다.

> 형이 없이 입원을 해도 될 것을 이렇게 기다리는 것도 시간을 조금이라도 늦추어보겠다는 생각에서였던가.
>
> "우리 여길 나갑시다."
>
> 그리고 나는 계속하려 했다. 내일 입원을 합시다. 아니면 형이 오지 못할 곳으로 갑시다.
>
> 그때 그녀가 일어섰다.

"네, 나가요. 저 혼자 입원을 하겠어요."(「사월의 끝」)

물론 표면적인 서술의 논리에 따른다면 형이 온다는 것은 입원, 즉 죽음과 대면하는 순간이 오는 것이므로 그 순간을 늦추어보고 싶어하는 마음이 표현된 것으로 해석할 수 있다. 그러나 "형이 없이 입원" "우리 여길 나갑시다" "형이 오지 못할 곳으로 갑시다" "네, 나가요. 저 혼자 입원을 하겠어요" 등에서 반복적으로 읽혀지는 형의 소외는 '나 – 형 – 형수'의 삼각관계에서 마땅히 주목할 만한 모티프이다.

형이 자살한 후 찾아온 형의 여자와 나의 관계를 그리고 있는 「대설부」의 마지막 부분에 이 대목을 대입해보면 의미는 더욱 분명해진다.

그것이 가능하다면 나는 스스로 성을 허물고 싶었다. 감추어진 형의 안팎을 새롭게 뒤져보고 싶었다. 끝없는 고통을 가져오는 일이라 할지라도 피하거나 물러서진 않으리라. 저 여자를 사랑할 수도 있으리라.

그녀가 스카프를 꺼내어 머리를 여몄다. 그 위에 희끗희끗 눈송이가 얹혔다. 남은 계단을 내려가서 나는 그녀와 우리들이 되었다.(「대설부」)

여기서도 나와 형의 여자가 다방에서 밖으로 나간다는 결말은 같다. 「사월의 끝」에서는 형의 소외가 강조되었다면 여기서는 나와 여자의 사랑, 즉 "우리들이 되었다"가 강조되었다. 이 작품이 "남은 계단을 내려가서 나는 그녀와 우리들이 되었다"로 끝맺고 있는 데 비해 「사월의 끝」을 마감하는 마지막 행은 "우리는 횡단보도를 건너갔다"였다. 두 작품이 다 '우리'라는 결합형 복수로 끝맺고 있다. "우리가 된다"는 것은 '성을 허무는 것', 즉 타자와의 만남, 사랑의 관계 맺음이고 '계단을 내려가는' 행위나 '횡단보도를 건너가는 행위'와 관련이 되고 있으며 그것은 동시에 '끝없는 고통을 가져오는' 것과 무관하지 않은 것 같다. 사랑에서 오는 '끝없는 고통'은 필시 어떤 금기와 관련이 있다고 짐작된다.

작가는 「대설부」에 붙인 '작가노트'에서 이 마지막 부분을 "열 몇 번 고쳐쓴 끝에 '우리'라는 말을 찾아낼 수 있었다"고 술회하고 있다. 같은 해에 쓴 「사월의 끝」 마지막에 이미 사용한 '우리'라는 단어를 열 번씩이나 고쳐쓴 끝에 찾아낸다는 것은 어떤 무의식의 억압적 힘과 닿아 있는 증거로 해석될 수 있지 않을까?

위의 두 작품에 이어 그 이듬해(1973)에 씌어진 「미지의 새」는 삼각관계가 아닌 두 젊은 남녀의 관계를 그리고 있다. 여기서도 여자는 "횡단보도를 건너가서"[1] 남자의 옷자락을 잡으며 "안타깝게 앞을 가리는 장막을 찢어내리듯" 호텔로 가자고 말한다. 다시 한번 더 '우리'가 되는 장면이다. 그후 임신한 그녀는 분명한 이유도 없이 병원을 찾아가 아이를 '유산'시킨다. 입원-유산의 모티프는 후일 「모래 위의 집」에서도 반복되는데 앞에서 본 두 작품에 공통적으로 나타나고 있는 삼각관계에 입원, 사랑, 금기의 모티프를 겹쳐놓아보면 우리는 근친상간이라는 집요한 모티프를 읽어낼 수 있게 된다. 사실 근친상간의 테마는 「사월의 끝」에서 나와 형수 사이에서 주고받는 대화 중에서 가장 비중 있는 주제였으며 나와 형수가 다방에서 형을 기다린다라는 서사적 내용 가운데서 유일하게 '사건'으로 간주될 수 있는 목각인형의 출현이 그 발단이 되고 있다. "형수는 손아귀에 쥐면 머리 부분이 주먹 밖으로 나오는 작은 천하대장군을 탁자 위에 놓았다"에서 보다시피 그 목각인형은 명백한 남근(男根)의 암시를 담고 있다.(형수는 이 인형을 시동생에게 선물한다.)

앞서 지적했듯이 이 작품은 작중화자의 내면에 강한 충격의 자취를

1) 성의 금기와 '횡단보도' '선(線)'의 이미지 사이의 상투적 관계를 작가는 다른 작품 속에서 해학적으로 언급하고 있다: "요 위에 오버를 벗고 누우며 그날 선미는 내가 그 금을 넘어가지 않으리라고 믿었던 것일까. 넘지 말아야 할 선을 넘었다는 식으로 소설을 쓰는 사람을 볼 때마다 나는 이 작가가 아직도 방바닥에 금을 긋는 애인을 가졌었나 보다 생각하며 웃곤 했었다."(「안개시정거리」)

남긴 세 가지 죽음(누이, 할아버지, 상희)의 영상을 형수에게 임박해 오는 현실적인 죽음 속에 투영시키고 있다. 그러나 작중화자가 과거에 체험한 세 가지 죽음이나 현재 형수에게 위협적으로 다가오는 죽음이 한결같이 '현실'의 죽음이라면 그 네 가지 죽음은 천하대장군의 목각인형이 발단이 되어 화제에 오른 근친상간 설화의 '상징성'을 통하여 새로운 의미를 얻게 된다. 즉 앞에서 지적한 네 가지의 '표명된 죽음'은 장승의 설화 속에 '숨겨진(딸의) 죽음'(근친상간)의 상징적 의미망 속으로 들어온다는 말이다. 근친상간의 은유는 누이의 죽음 속에도 담겨 있다. 시냇물 속에 목욕하는 "열네 살의 누나가 벗은 몸으로 옷을 가져가기 위하여 뛰어올 것"이라고 믿으며 집으로 돌아오면서 내레이터는 누나의 옷이 자신의 허리에서 펄럭일 때 "더욱 무서웠다"고 진술하고 있지 않는가? 이 '무서움'의 끝에 온 것은 누나의 죽음이지만 그 인과관계는 분명하지 않다. 옷이 없어졌기 때문에 찬물 속에 오래 있었던 누나는 "열에 들떠 앓아누운" 것으로 해석될 수 있을 뿐이다. 그러나 이 사실을 죽음에 연결시키는 내레이터는 기이하게도 매우 모호한 수사법을 동원하고 있다. "그날 혼자 돌아와야 했던 소년은 신비와 오해의 줄을 풀어 누나의 얼굴 같은 연을 날리며 성장해버렸다. 날아가버린 연을 생각하듯 '부끄러움'이라는 것을 생각하면서."(여기서도 또 한 번 '벗은 몸'의 누나와 나의 사이에는 형이 개입하고 있다. 즉 "누나가 돌아온 것은 저녁 무렵 형이 옷을 내다준 후였다".) 이때 '부끄러움'은 근친상간의 무의식적 모티프와 관련되어 있는 것이 아닐까? 이 작품 속에는 이 대목 못지않게 그 의미가 지극히 모호한 언급이 또 한 군데 나타나고 있는데 거기서도 역시 '부끄러움'이라는 표현이 나타나고 있다. 병원에서 '초기 단계'라는 진단을 받은 형수를 바라보면서 '나'는 우울한 상념에 사로잡힌다.

> 겨우 두 발을 들고 다니는 것으로 만물의 영장이라고 자위하면서 구더기의 탈바꿈도 도마뱀의 자절(自切)도 배우지 못한 우리들, 우리들

은 무엇을 아는가. 한 여자의 과오가 만든 부끄러움을 알 뿐이다.(「사월의 끝」)

죽음 앞에서 맛보는 인간의 무력감을 암시하는 듯한 표현에 이어서 나타난 '한 여자의 과오가 만든 부끄러움'은 과연 무엇일까? '한 여자'는 형수일까 누나일까? 그 뒤에 곧바로 나타나는 누나와의 에피소드로 미루어본다면 누나의 부끄러움일 듯도 하지만, 그렇다면 '과오'란 무엇일까? 이처럼 모든 표면적 논리의 매듭을 끊어놓고 있는 듯한 불확실성 속에는 어떤 무의식적 억압이 개입되어 있을 가능성이 높다. 결론적으로 말해서 한수산이 데뷔한 이후 70년대 초반에 발표한 대다수의 작품들에서는 죽음이라는 주제가 근친상간의 모티프와 긴밀하게 연관되어 있다는 것을 알 수 있다. 이것은 무엇을 의미하는 것일까? 여기에 대해서 꼬집어 대답하기는 어렵다. 다만 죽음과 근친상간의 모티프는 대(對)사회관계 쪽보다는 내면의 불안을 환기하고 있다고 풀이할 수 있을 뿐이다. 근친상간의 모티프는 그 속에 이끌림과 금지라는 서로 상반된 방향의 에너지를 함축함으로써 긴장감을 만들어내고 있다. 여기에는 타자에게로 다가가서 '우리'로 결합하고자 하는 욕구와 그 결합을 금지하는 무의식의 힘이 서로 교차하고 있다. 모든 성장기는 이같은 오이디푸스적 드라마를 거치게 마련이다. 앞에서 분석한 작품들에서 한결같이 부재하는 '형'은 오이디푸스의 드라마에서 만나게 되는 아버지의 변형이다. 아버지는 대타관계를 지배하는 원칙인 동시에 대타관계를 억압하거나 금지하는 힘이다. 이같은 아버지의 역할을 맡고 있는 '형'의 의미가 가장 많이 암시되고 있는 작품은 「대설부」이다. 작가는 기이하게도 이 작품에 "날 것인 채로의 감성이 가장 많이 드러나 있다"고 고백한다.

우선 이 작품에는 다음과 같은 매우 의미심장한 표현이 나온다.

어쩔 수 없이 다가오는 그녀 뒤에 숨겨진 형의 그림자도 흐느적거리며 밀려가고 어둠이 퍼져왔다.(「대설부」)

다음으로 형의 죽음은 건축 현장에서의 '실족사'였다. 오이디푸스의 이야기 속에서 '발'은 명백한 남근의 상징이라는 점을 상기하면 매우 의미있는 대목이다. 그리고 무엇보다도 형의 오이디푸스적 의미를 단적으로 지적해주는 대목은 형의 자살로 인하여 "갑자기 적과 동지를 한꺼번에 잃어버렸다"는 단언이다.

한수산의 작품들 속에서 형과 아버지는 상호치환 가능한 원칙들이다. 사실 한수산이 쓴 거의 대부분의 작품은 아버지(형)의 부재, 죽음, 혹은 기다림의 테마로 일관하고 있다고 해도 과언이 아니다. 삶을 구성하는 모든 요소들을 하나의 전체로 묶어주는 원칙도 아버지이고 나와 세계를 연결지어주는 힘도 아버지이다. 그런데 한수산의 세계 속에서는 그 원칙과 힘이 아예 부재하거나 무너지고 있다. 그것이 바로 죽음의 의미라고 할 수 있다.

「사월의 끝」에서 나와 형수는 형을 기다리지만 끝내 형은 오지 않는다. 마침내 나와 형수는 '형이 없는 곳'으로 결연히 나선다. 그러나 횡단보도를 건너면 거기에는 병원과 죽음이 기다리고 있다. 「대설부」에서는 형은 죽고 없다. 70년대 후반기의 역작에 속하는 「안개시정거리」에는 지극히 환상적인 상황 속에서 '아버지'가 하얀 옷을 걸친 두 사람과 함께 검은 차를 타고 나타난다. 이 '사내'가 실제로 아버지인지는 확실치 않다. 더군다나 이 기나긴 작품 속에서 단 한 번, 그리고 돌연히 안개 속에 나타난 '아버지'는 오히려 그 존재보다도 부재를 웅변으로 말해주고 있는 것 같다.

80년대에서 최근에 이르기까지 한수산이 발표한 대다수의 작품들은 이러한 맥락에서 해석해본다면 한결같이 '아버지의 죽음'을 그려 보인다고 할 수 있다. 「빛의 갑옷」은 장인의 죽음을, 「겨울 숲」은 전사한 아들을 기다리며 서성거리던 아버지의 교통사고를, 「타인의 얼굴」은 정신적 아버지라고도 할 수 있는 은사의 죽음을, 「날개와 사슬」

은 젊은 시절 자신의 마음을 사로잡았던 작가 다자이 오사무의 죽음을 다루고 있다. 그러나 이같은 측면에서 무엇보다도 주목할 만한 작품은 1982년에 발표된 「모래 위의 집」이다.

사실 지금까지 한수산이 발표한 단편, 중편, 장편 등 모든 작품들 가운데서 한수산의 개성이 가장 분명하게 표현되고 있는 역작은 단연 「모래 위의 집」이라고 말할 수 있다. 이 작품 속에서 작가는 삶을 그 뿌리에서부터 위협하는 존재론적 고독과 우리의 근대화·산업화 과정에서 야기된 가치의 상실이라는, 이 작가의 중추적이고 양면적인 주제를 그 어디에서보다도 더욱 뚜렷하게 결합시키고 있다. 그런데 사실상 이 작품을 가장 한수산답게 만들어주고 독창적으로 만들어주는 것은 이토록 우울하고 어두운 주제를 다루는 언어의 투명함과 경쾌함이다. 이 작품의 매혹은 어느 면 주제와 언어의 이완에서 생겨나는 아름다움의 매혹이라고 해석할 수 있다. 그러나 다른 한편으로 생각해보면, 한수산은 이 작품에서 의도하고 있는 중심적인 주제에 가장 걸맞는 스타일을 동원함으로써 적절한 효과를 산출하고 있다고 볼 수도 있다. 그것은 형식과 주제 전체를 지배하고 있는 고독의 심상이다. 이같은 고독의 톤은 이미 작품의 도입부에서 분명하게 제시되고 있다.

> 어제도 아버지는 오지 않았다. 목련이 지기 시작했다. 아침의 일이었다.
>
> 아버지는 오지 않았다. 그리고 아침에 그녀는 집이 비어 있다고 생각했다. 밤새 모래 위를 달려온 사람처럼 서서 그녀는 비어 있는 집을 둘러보았다. 그리고 목련이 지고 있는 것을 보았다. 떨어지기 시작한 첫 꽃이었다.(「모래 위의 집」)

이 도입부는 알베르 카뮈의 『이방인』의 도입부를 연상시킨다. "오늘 엄마가 죽었다. 아니 어쩌면 어제였는지도 모른다. 양로원으로부터 전보 한 통을 받았다." 카뮈에 비해서 한수산 쪽이 훨씬 더 서정적이라고 볼 수 있지만 이 속도감 있는 단문들이 산출해내는 효과는 유사하다. 그것은 바로 고독의 심상이다. 처음 세 개의 짧은 문장들은 각기 분리된 의미의 섬들이다. 그 세 개의 섬들은 서로 연결되기 어렵다. 아버지가 오지 않는다는 사실과 목련이 지기 시작하는 사실 사이에는 상관관계가 없다. 공통점이 있다면 부재와 분리와 단절이다. 아버지는 오지 않고 목련꽃은 떨어진다. 뒤에 보면 어머니는 부엌 창문을 열면서 이렇게 말한다. "오늘은 아버지가 오실 거다. 오늘은…… 꽃이 졌거든." 형식적인 인과관계의 설정이 오히려 실제적인 인과관계의 부재를 더욱 선명하게 드러내는 역설이 성립된다.[2] 작품의 끝에 나타나는 가족간의 대화 속에는 이같은 인과관계의 부재, 통일된 의미의 부재가 더욱 뚜렷하게 암시되어 있다.

안개가 가득 찬 정원이 희뿌옇게 되었다. 거실로 돌아온 윤씨에게 경미가 물었다.
"밖이 왜 저래요?"
"불을 켰다."
경미가 몸을 돌려 윤씨를 쳐다보았다. 윤씨가 말했다.
"얘, 넌 모르지, 목련이 지고 있단다."
"새요?"
"난 아침에 그걸 보았어. 꽃이 지는 걸 보았단다."
"새냐니깐?"
"뭐라구?"
"가스가 새냐니까요? 부엌에서 말예요."
"응, 아니야."

2) 잠시 뒤에는 그 두 가지 사이의 단순한 병치를 단적으로 말해주는 표현이 다시 한번 등장한다: "오늘 목련꽃이 떨어지는 걸 보았단다. 오늘은 아버지가 오실 거야. 그녀는 그 둘 중에서 어느 말을 먼저 하려고 했던가를 잠시 잊었다." 인과관계는 허구에 불과하다.

경미가 몸을 바로했다. 그 뒤로 다가온 윤씨는 희뿌연 유리문 밖을 내다보았다. 안개뿐, 목련은 보이지 않았다.

"너희들은 아무도 믿지 않는구나."

"뭘요?"(「모래 위의 집」)

이것은 동문서답의 세계요 어긋남의 세계다. 대화는 인간관계를 맺어주는 것이 아니라 인간관계의 부재를 확인해준다. 이것은 대화라기보다는 대화의 네거티브이다. 말은 의미를 전달하거나 인간들 사이에 의사를 소통시켜주는 기능 대신에 제각기 동떨어진 사물이나 파편으로 변해버렸다. 이 소설의 주조를 이루고 있는 짧은 문장들이나 차례로 연속되고 있는 작은 묘사적 그림들은 전체의 논리 속에서 분리된 사물의 아름다움과 고독의 표현이다. 마치 전체의 맥락으로부터 현실의 한 부분을 사각형의 틀 속에 인위적으로 절단시켜 재현해놓은 사진이 아름답듯이 이 파편과 같은 문장들이나 그림들은 그 자체로서만 아름답다. 그러나 전체 속에서의 어떤 관계를 갖지 않음으로 해서 진정한 의미를 지니지 못한다. '모래'는 이같은 파편들의 은유다. 한수산의 작품 속에는 '모래'가 자주 등장한다. 「모래 위의 집」은 전체 구조로서의 견고함을 보장받지 못한다. 어머니 윤씨, 첫딸 경순, 둘째딸 경미, 막내딸 경혜는 각기 하나씩의 섬이며 모래에 불과하다. 아버지가 오지 않았기 때문이다. 이들 상호간에는 연결이 없다. 아버지는 의미를 성립시키는 통일의 원칙이다. 모래 위의 집에는 원칙이 없다. 이 집의 식구들은 "아무도 믿지 않는다". 경혜는 뫼르소처럼 "다 마찬가지야"라는 말을 반복함으로써 비교와 선택을 무화시킨다.

딸들은 네 음절로만 말한다. 그들은 늘 그렇다. 그것은 딸들과 그녀와의 사이에 놓여 있는 유일한 통로다. 그들은 그 네 음절의 다리발이 받치고 있는 교량을 건너서 그녀에게로 온다. 그리고 그녀도 그 다리를 건너서야 비로소 딸들과 만난다.(「모래 위의 집」)

여기서 가족 구성원들인 딸들과 어머니 사이의 '만남'을 가능하게 해주는 것은 말이다. 그러나 그 말은 '네 음절'로 상투화되어 있어서 살아 있는 말이 되지 못한다. 그것은 관계의 허구에 불과하다. 내레이터 자신의 표현을 빌리건대 그것은 "말이 아니라 사물이다. 느낌도 의미도 없는 습관일 뿐이다". 삶이 빠져나가버린 말은 아버지가 돌아오지 않는 '빈집'이나 '펴놓은 채 그대로 깔려 있는 새물 냄새 나는 이부자리', 욕조에 가득 받아놓은 채 '미적지근하게 식어 있는 물'과 동렬에 놓인다.

말이 의미를 지닌 커뮤니케이션의 수단이기를 그치고 사물화되는 모습의 하나로 윤씨가 마시는 술병의 글씨를 예로 들 수 있다. 그녀는 우편함에 숨겨둔 술병을 꺼내어 술을 마신다.

> 대문에 기대서며 그녀는 목을 뒤로 젖혔다. 그녀의 손아귀 안에서, YAL이라고 씌인 A자에 걸려서 찰랑이던 갈색의 술이 목을 타고 넘어갔다. 그녀가 목을 바로 했을 때 술은 병에 쓰인 L자의 아래쪽에 걸려 있었다.(「모래 위의 집」)

그 여자가 양주 아닌 소주를 마실 때 또한 언어(글자)는 그 자체의 의미를 상실한 채 술의 남은 양을 표시하는 지표에 불과하다.

> 내일은…… 내일은 진로로 시작해서 진로로 끝내야지. 맞아, 섞어도 안 좋거든 그저…… 오전에는 진로의 진 자(字)까지만 마셔야지 로자 부근까지 갔다간 과음이 된다구.(「모래 위의 집」)

어머니 윤씨가 술과 헛된 기다림, 그리고 관상이라는 숙명론의 울타리 속에 갇혀 있는 섬이라면 막내딸 경혜는 낙태수술이라는 불모의 사랑, 영화나 전자오락과 같은 '규격품'의 사막 속에, 둘째딸 경미는 안개 속의 절망이라는 '부드러운 죽음' 속에, 큰딸 경순은 화투와 땅투기, 그리고 '중년의 뻔뻔스러움' '황폐한 성욕' 속에 갇혀 있는 각기 하나씩의 섬이다. 그런데 이처럼 각자의 섬이 진정한 의미의 전체 속에서 통합되지 못한 채 단순히 병치되어 있을 뿐인 점이 바로 「모래 위의 집」의 내적 관계의 특성이다. 아버지가 오지 않는 이 불모의 모래밭 같은 집을 외형상으로 지배하는 것은 이 작품 전체에 깔려 있는 그 어떤 적막과 안개다. 이 절망적인 작품의 분위기로부터 떠오르는 아름다움과 매혹은 바로 그 적막함에서 오는 것 같다. 여기서 한수산의 수작 「모래 위의 집」은 문득 우리에게 보다 근본적인 질문을 던진다. 인간의 존재론적인 고독, 산업화 과정 속에서 실종된 가치관, 황폐해져버린 생명력…… 그렇다. 이 작품이 아버지에 대한 헛된 기다림을 통하여 겨냥하는 것은 분명 이러한 것이다. 그런데도 그것 이상의 어떤 것이 여기에는 더 있는 것 같다. 한수산은 흔히 그의 성공적인 작품들 속에서 논리적인 것 이상의 그 무엇을, 쉽게 추상화할 수 없는 그 무엇을 우리에게 직접 보여주곤 한다. 그는 「모래 위의 집」 속에서 주제와 스타일의 일탈을 통해서 오히려 생동하는 아름다움을 만들어낸다. 앞에서 인용해 보인 이 작품 서두의 짧은 문장들은 서로 논리적 관계가 없는 섬들이지만 그 각각의 문장 자체는 경쾌하다. 어머니, 그리고 세 사람의 딸은 서로서로 자신의 섬 속에 갇혀 있는 고독이지만 그 각각은 수미일관한 전체다. 그와 마찬가지로 이 작품을 구성하고 있는 연속적인 작은 그림들은 흔히 서로서로간의 관계가 차단되어 있지만 그 자체로서 아름답다. 좀더 대담하게 논리를 비약시키자면 그 각각의 그림들은 서로간에 관계가 차단되어 있기 때문에 더욱 아름답고 순수하다. 어떤 전체적 목적이나 통일된 의미 속에 통합되어 있지 않기 때문에 그만큼 더 투명하게 반짝인다. 한수산은 무의미의 아름다움을 창조하는 힘을 가지고 있다. 이런 아름다움은 흔히 '의미'를 추구하는 우리들의 억누를 수 없는 욕구와 다른 한편 그런 인간적 의미와 상관없이 거기 그렇게 파편처럼 존재하는 한순간의 사물과 빛의 자율성 사이에 존재하는 긴장감에서 생겨나는 아름다움일지도 모른다. 가령 다음을 보자.

> 인숙이는 부엌 바닥에서 열무를 다듬고 있다. 노란색과 푸른색 두 개의 플라스틱 그릇 사이를 그녀의 손은 기계처럼 오간다. 왼쪽 노란 그릇에서 집어올려진 열무는 그녀의 손에서 빙그르르 돌며 잎이 흔들리다간 푸른 그릇으로 던져진다. 시루에서 듬뿍 집어낸 콩나물처럼 그녀의 손을 떠난 열무는 정돈된 모습이 된다. 노란 그릇 속의 열무는 다 시들고 지저분해 보이다가도 그녀의 손을 거치면 다시 푸들푸들 살아나는 것처럼 말쑥한 모습이 된다.
>
> "나 나가요. 아마 늦을 거야."
>
> 부엌을 지나며 경미가 말했다. 그녀는 뒤를 돌아보지 않고 물었다.
>
> "오늘 일요일 아니니?"(「모래 위의 집」)

이것은 이 집안의 식모인 인숙이가 열무를 다듬는 모습을 싱싱하게 묘사하고 있다. 이 장면은 '그녀'라고 지칭되고 있는 윤씨의 공허한 눈에 비친 생명 운동의 광경이다. '다 시들고 지저분해 보이는' 열무를 '푸들푸들 살아나게' 만드는 인물은 물론 이 집안 식구 중에서도 예외적인 식모 인숙이다. 그녀의 생명감은 이 집안의 공허와 불모와 무의미 등과 강한 대조를 이루고 있다. 이 대조는 「사월의 끝」에서 보았던 '싱싱함'과 형수에게 다가드는 죽음의 대조를 상기시킨다. 인숙의 손에서 '빙그르르 돌며 잎이 흔들리다간' 푸른 그릇으로 던져지는 열무는 그것 자체로서 경쾌하고 아름답다. 그것은 이 장면을 바라보는 윤씨의 공허함과 철저히 무관하기 때문에 더욱 아름답다. 주위의 문맥에서 분리된 섬의 아름다움이다. 신선하게 빛나는 묘사는 이 작품의 도처에 박혀 있다. 벽장 속에서 재빨리 소주병을 꺼내서 마시는 윤씨의 "빠르고 치밀하게 박자에 맞추듯 이루어지는" 동작들에서부터 병원의 침대에 누운 경혜의 눈에 비친 간호원의 얼굴이나 천장의 모습, 저 삭막한 전자오락기에서 재빨리 변하며 움직이는 영상들의 묘사, 화투판에 움직이는 손들의 고속 촬영("패를 돌리는 경순의 손이 보료 위에서 번득였다. 다섯 개의 손가락과 세 손마디가 의장대처럼 움직였다. 패들을 펼쳐본다. 이쁜이와 똘이 엄마가 죽는다") 등은 뛰어난 장인으로서의 한수산의 기량을 유감없이 드러내 보여준다. 매우 현상학적인 비전들이다.

이런 대목도 있다. 여고 2학년인 막내딸 경혜는 낙태를 하고 나와서 동전이 뒤집히는 쪽에 따라 영화 구경을 가기로 한다. 철저한 무의미의 세계이므로 여기에는 고뇌도 없다. 비통할 정도로 순진하고 우연적이며 참혹할 정도로 무반성하다. 그래서 그녀의 동작과 그녀의 눈에 비쳐지는 순간순간의 장면들은 스테인리스처럼 반짝거린다. 무의미의 속도와 광채의 세계다.

> 천천히 경혜는 극장 매표구로 다가갔다. 돈을 들이밀었다. 매표구에서 표와 거스름돈과 손가락 세 개가 나타났다가 손가락만 사라졌다. 거스름돈을 집어 가방에 넣고, 경혜는 입장권을 들고 입구로 들어섰다.(「모래 위의 집」)

한수산의 묘사가 돋보일 때는 주로 카메라의 렌즈가 현실의 한 부분을 빠른 속도로 절단해낼 때이다. 열무가 노란색 그릇과 푸른색 그릇 속에 담기거나 그릇을 옮겨간다. 이렇게 하여 오브제는 순간적으로 분리되면서 강한 조명을 받는다. 마찬가지로 매표구의 칸막이에 의하여 안의 세계와 밖의 세계가 한순간 분명하게 절단된다. 테두리도 한계도 없는 현실의 연속으로부터 작은 공간이 한순간에 분리되면서 언어의 속도 빠른 조명을 받으면 돌연 하나의 장면이 살아난다. 그 순간의 장면이 아름답고 반짝일수록 그 불꽃이 꺼진 다음의 어둠은 깊다. 「모래 위의 집」에는 이런 수많은 불꽃들이 폭죽처럼 터졌다가 사라진다. 한수산의 그림들은 그 덧없음 때문에 아름답고 그 만화

경처럼 변하는 속도 때문에 신선하다.

> 멧돼지가 뛴다. 난초는 때도 없이 개화했다. 벚꽃이 만발했고 허옇게 달이 떠 있다. 목단꽃이 그 위로 떨어진다. 시월 단풍은 가려서 잘 보이지도 않는다.
>
> 은빛 매니큐어가 손톱에서 번득이는 손이 내려와 또하나의 단풍을 내려친다. 화투장이 경쾌한 소리를 냈다.
>
> "야, 죽겠구나야. 박 여사야. 너 정말 화투 이렇게 치간?"(「모래 위의 집」)

복부인들의 화투 치는 장면이다. 화투는 그림 자체가 중요한 것이 아니라 그 기호가 가지는 기능, 즉 그것의 값이 중요하다. 그런데 이 묘사의 아름다움은 시니피에 자체 그리고 그 시니피에들 사이의 관계를 지워버린 채 시니피앙(멧돼지, 난초, 벚꽃, 달, 목단꽃)만을 클로즈업시켰기 때문에 생겨나는 낯설음에서 오는 것이다. 시니피앙으로 환원된 멧돼지나 벚꽃은 순간적으로 매니큐어 칠한 손톱과 병치되어 있을 뿐 그 양자 사이의 논리적 관계는 단절되어 있다. 이 장면의 신선하고 놀라운 인상은 이같은 의미의 단절에서 온다. 순간적인 초현실주의다. 그러나 "복부인에 매니큐어 칠한 손으로 화투장을 잡고 있다"라는 평범한 의미로 일단 되돌아오고 나면 신선한 아름다움은 사라지고 유머러스한 관계의 흔적만 남는다. 한수산은 이러한 순간을 민첩하게 포착하는 타고난 자질을 마음껏 발휘한다. 그는 특히 '모래 위에 지은 집'이라는 허위의식의 주제를 네 사람의 섬과 같은 인물들에 의하여 그리고 1) '아버지는 오지 않았다' 2) '사막' 3) '살〔肉〕' 4) '부드러운 죽음' 5) '밤에서 밤으로'라는 다섯 개의 단절된 장면들의 병치에 의하여 적막하고 아름답게 그려 보이는 데 충분히 성공했다.

그런데 이처럼 분리시켰을 때 더욱 빛나는 장면들을 민첩하게 포착하는 한수산의 자질이 언제나 그에게 도움만을 주는 것 같지는 않다. 이같은 재치와 그의 또다른 특기로서 속도감 있는 대화를 이끌어가는 능력 등은 한편으로 매우 신선하지만 마음의 깊은 뿌리에 닿지 못한 통속소설로 인도할 수도 있기 때문이다.

그렇다면 한수산의 마음속에 깊이 내린 뿌리는 과연 무엇일까? 「모래 위의 집」에는 반짝이는 그림들이 가득하다. 그러나 그 가운데서 어쩐지 아버지를 기다리는 어머니, 그리고 특히 둘째딸 경미에게는 반짝이는 우연 이상의 것이 배어 있는 듯하다. 한수산의 전 작품을 지배하는 두 가지의 공통되면서도 상반된 이미지가 있다면 그것은 '모래'와 '안개'라고 할 수 있다. 경혜와 경순이 모래에 가깝다면 어머니와 경미는 안개에 가깝다. 전자가 삭막한 파편이라면 후자는 무겁고 암담한 박명의 장막이다. 모래가 한수산의 낭만주의에 대하여 균형을 유지해준다면 안개는 경박하고 작위적이고 해학적인 재치에 진정성을 추가해준다. 안개는 만남에 대한 그리움이다. 안개는 파편들을 이어주고 감싸주는 듯하지만 사실은 지척을 알아볼 수 없게 하는 장막이다. 안개는 그리움인 동시에 절망이다. 「안개시정거리」「회선」 두 작품 속에 너무나도 짙게 깔려 있던 안개는 「모래 위의 집」 속에서는 특히 어머니와 경미를 자욱하게 뒤덮고 있다. 어머니가 오지 않는 아버지를 공허하게 기다리며 안개 속에서 떨어지는 목련꽃을 보듯 경미는 그의 남자와 헤어지고 안개 속에서 집으로 돌아오다가 낯선 사내를 맞는다. 이것은 무엇을 의미하는 것일까? "어두운 시대를 갈수록 밤길을 조심해, 처녀는 지켜져야 해, 그렇지 못할 때 우린 어떤 자에게나 몸을 맡기는 갈보가 될 수밖에 없어"라고 한 남자의 도덕적 발언과 관련된 것일까? 아니면 "태엽을 감아주면 움직이는 인형" 같던 벽돌공장의 인부가 비 오는 어느 날 문득 '놀라운 부화'와 '화려한 출분'을 보여준 것에 가슴 설렌 경미가 마침내는 그 생명의 부름에 자신을 맡긴 것일까? 아마도 여기서의 안개는 금기와 이끌림을 동시에 함축하고 있는 것인지도 모른다. 하여튼 작가는 경미의 암울한 장면에, 안개가 자욱한 경미의 그림에 「부드러운 죽음」이라는 제목을 붙여놓았다.

부드러운, 그러나 마음의 깊은 뿌리에 닿아 있는 죽음 — 한수산이 최근에 마음을 기울이고 있는 것은 바로 이쪽이다. 종래의 재치 있는 문장과 속도감이 실린 감성의 움직임보다는 오히려 약간은 행보가 느려지고 때로는 다소 어눌하게까지 느껴지는 목소리로 그는 죽음과 정면 대결하는 모습을 보여준다. 그는 이제 남의 눈을 통해서 죽음의 그림을 화폭에 담는 것이 아니다. 그는 더이상 방관자가 아니다. 그는 이제 육안으로 죽음을 바라보려고 한다. 자신의 죽음을 스스로 증언하는 것은 물론 불가능하다. 죽음은 항상 '타인의 것'으로만 다가와 있는 것이지만 작가는 타인의 죽음과 자신 사이의 거리를 안타깝게 헤아린다. 자신의 죽음이 보이는 나이에 이르렀기 때문일까? 「빛의 갑옷」에서부터 「타인의 얼굴」 「날개와 사슬」에 이르는 최근의 작품들은 모두가 죽음의 문제에 대한 일종의 정면 돌파를 시도하고 있다. 지금까지와 같이 죽고 없는 형, 오지 않는 형, 혹은 아버지도 아니고 과거형이나 허상이 아닌, 마침내 죽음을 통하여 참으로 존재하는 아버지의 모습이 비교적 꾸밈없는 육성으로 그려지고 있는 것이다.

「타인의 얼굴」에 등장하는 영문학 교수는 이미 이 작가의 다른 작품들을 통해서 구면이 된 인물이다. 작가가 현대문학상 수상소감 속에서 '박용주 교수'의 이름을 밝히고 있고 또한 이 작품 속에서 직접 언급되고 있는 에세이집 『시간의 들목에서』에도 등장하는 이 모델의 뿌리는 작가의 마음속에 아주 깊은 곳으로 뻗어 있는 것 같다.

작가의 20년 전의 데뷔작 「사월의 끝」에서 이미 '내가 좋아하는 영시 교수님'은 새로 태어난 '아기의 아빠로'서 두 번씩이나 반복하여 등장하고 있다. 이 교수가 한수산의 개인적 신화 체계 속에서 '아버지'인 것은 너무나도 확실하다. 예술가란 어느 면 자신의 개인적 신화에 매번 새로운 옷을 갈아입히는 은유적 반복 행위를 하는 것일지도 모른다. 한수산의 경우 대학 시절의 은사가 그렇고 청소년기에 결정적인 영향을 끼친 다자이가 그러하다. 이들은 '아버지의 죽음'이라는 모습으로 "저 어둠 속에서 생활의 가지를 꺾으며 뿌리를 흔드는 보이지 않는 손"으로 그에게 다가들고 있다. 「타인의 얼굴」은 "아주 큰 것" "따뜻했던 움집 같은 것"으로 표현되는 은사 최명하 교수가 암으로 사망한 소식을 접한 주인공이 지난날 그 교수와 깊은 친밀감을 갖게 된 과정, 그리고 그의 투병을 지켜보았던 시간들을 회상하는 이야기이다. 그런데 여기서 흥미로운 것은 바로 죽음이라는 경험을 다루는 형식이다. 암 선고를 받고 죽음을 기다리는 사람은 최명하 교수다. 그런데 죽음을 향하여 다가가는 최 교수를 고통스럽게 바라보는 사람은 내레이터인 제자다. 제자가 교수에 대한 친밀감, 존경, 사랑을 느끼면 느낄수록 죽음은 오히려 교수가 타인임을 확인시켜줄 뿐이다. 간접 체험으로써만 가능한 죽음은 죽어가는 사람에 대한 사랑에 비례하여 그 간접성을 더욱 뚜렷하게 부각시켜놓는다.

이와 같은 주제는 이미 「사월의 끝」에서 병의 일차 진단 결과를 알고 난 형수와 가족 사이에 대한 비유로 나타났었다. "우리는 코너로 돌아오는 권투 선수처럼 그녀를 둘러싸고 나왔다." 삶 속의 싸움에서는 아직 유대의식이 가능하다. 그러나 구체적인 진단 결과가 나오자 그 비유는 절망의 강도를 높인다. "우리는 KO당한 선수를 탈의실로 데려가듯 그녀를 둘러싸고 나왔다." 그러나 이십대의 한수산에게 '권투 시합'으로 보였던 죽음이 이제는 더이상 게임으로만 보이지는 않는다.

죽음의 충격은 정신분열의 은유 체계를 갖춘다. 삶을 통하여 '영혼의 울림'으로 다가왔던 교수는 죽음에 의하여 다가갈 수 없는 저만큼의 거리 밖에 물러나 있다.

죽음은 간접 체험이므로 사실 우리는 죽음에 대하여 직접 말할 수도 없다. 기껏 우리는 '잠'과 같은 삶 속의 체험 속에 죽음을 은유적으로 투영시킬 수 있을 뿐이다.

나는 그를 향해 킬킬거리면서 그렇게 돌 하나씩을 놓아 징검다리를 만들어갔을 것이다. 던져놓은 돌들이 다리가 되고 다음에는 물을 막으며 길이 되었을 것이다.

우리는 함께 잠을 잘 수는 없다. 얼마나 오래 지속되느냐 하는 시간의 문제가 있기는 하지만 사람들은 무엇이든지 함께 할 수 있다. 함께 밥을 먹고 함께 걷고 함께 울 수도 있다. 사랑도 함께 한다. 그러나 우리는 함께 잠들 수는 없다. 그러므로 우리는 섬이다. 물 위에 홀로 솟아오른 땅의 이름 그것이 섬이다. 우리는 혼자다. 그 무엇도 함께 할 수 있지만 잠이 들 때는 각자로 돌아가 혼자여야 한다. 하나의 섬에서 다른 섬으로 가기 위해서는 뱃길이 필요하다. 섬은 움직일 수 없다. 배가 그들을 이어준다. 그러나 그 길은 물 위의 길이다. 지도에만 있는 길을 배는 오고간다. 이내 사라지고 마는 물 위의 길, 뱃길은 그러므로 시간 속에서 아무런 영속성을 가지지 못한다.[3)]

섬과 섬을 오가는 뱃길, 사실 지금까지 한수산이 쓴 모든 소설은 '시간 속에서 아무런 영속성을 갖지 못하는' 그 뱃길의 이야기라고 할 수 있다. 그의 소설(특히 초기 단편) 속에 그렇게도 자주 등장하는 '다방'은 장소라기보다는 일종의 '공간의 허구'와도 같은 것이다. 그곳에는 '기다림'과 '만남'이 이루어진다. 다방에서의 기다림과 만남은 '이내 사라지고 마는 물 위의 길'과도 같은 것이다. 격리된 섬과 섬 사이를 이어보려는 만남의 노력, 기다림의 공간으로서 '다방'과 아울러 한수산의 작품 속에 반복적으로 출현하는 것은 '여행'이다. 그의 작품들에서 흔히 두 인물은 상당히 먼 공간에 각기 격리되어 있

3) 이보다 10년 전인 1982년에 쓰여진 「회선(回船)」에서는 섬이 오히려 '고립을 통한 원초적 자유'로 보다 긍정적인 의미를 지닌다. 이는 앞에서 해석한 '고립된 그림'들의 아름다움과 일맥상통하는 것이 아닐까? : "훗날에 가서야 안 일이지만, 그때의 내 출발이 고립을 통해서 비로소 사람은 자유로워진다는 사실에 대한 확인임을 나는 알지 못했다. 내가 어떻게 알 수 있었으랴. 섬은 사면이 바다로 둘러싸여 있음으로 해서, 그 단절과 고립을 통해서 원초적인 자유를 획득한다는 것을 어떻게 알 수 있었으랴."

다. 분리와 이별은 '거리'이지만 동시에 그리움의 공간이고 이끌림의 자장이다. 그래서 한쪽이 다른 한쪽을 찾아간다.[4] 「대설부」에서는 겨울방학이 되어 시골 소도시의 외가로 내려와 있는 나를 형의 여자가 찾아온다. 「미지의 새」에서도 '그'가 "회사의 확장 계획에 따라 자원하여 내려와 있는" 시골로 여자가 찾아온다. 장편 『부초(浮草)』는 텐트를 세우고 나면 다시 헐어 새로운 장으로 떠나는 서커스단의 끝없는 여행의 이야기다. 「목탄화(木炭畵)」 속에서 하나의 삽화는 아내의 할머니의 무덤을 찾아 고향으로 갔던 이야기다. 「안개시정거리」는 자신이 청소년기를 보낸 시골도시의 숙부의 집과 애인의 집으로 잠시 '외출'을 갔다가 돌아오는 인물의 이야기이다.(이 작품은 한수산의 「무진기행霧津記行」이다.) 섬과 섬을 이어주는 물길 여행이 문자 그대로 그 전체를 이루는 작품은 무엇보다도 「회선」이다. 그리고 끝으로 다자이 오사무의 무덤과 생가를 찾아가는 오이디푸스적 여행의 기록이 최근의 「날개와 사슬」이다.[5] 특히 이 작품의 제목은 이끌림과 금기라는 '아버지'의 전형적 모순명제를 그 속에 명백하게 담고 있다는 사실을 우리는 주목할 필요가 있다. 한수산은 그 출발에서부터 오늘에 이르기까지 타자라는 섬으로 찾아갔다가 또다시 자기에게로 되돌아오는 「회선」의 뱃길을 끈질기게 반복하고 있다. 더러는 순간적인 '우리'의 체험을 갖기도 하고 더러는 짙은 안개 때문에 섬에 이르지 못하고 되돌아온다.[6] 그러나 궁극적으로 두 개의 섬을 이어주는 뱃길은 지워

---

4) 그러나 이 '여행'은 반드시 공간 속의 여행만은 아니다. 그것은 때로 시간 속의 여행이기도 하다. 가령 「날개와 사슬」에서 내레이터는 이렇게 술회한다: "그는 이 여행이 한 곳에서 다른 곳으로 가는 장소에의 이동이 아니라 지금 이 시간에서, 흘러가버린 손때 묻은 시간 속으로 돌아가는 시간에의 여행은 아닐까 하는 환각에 빠졌다."

5) 다자이의 생가 '사양관'을 보면서 내레이터는 말한다: "아주 먼 거리를 시간과 공간을 거쳐서 여기까지 온 것 같았다. 소년 시절에 조금씩 삶에 눈떠가던 시절에 만나 사랑했던 작가의 집이었다. 그리고 그도 이제 아무 희망 없는 꿈을 뒤척이고 있던 소년이 아니었다. 이 집에서 태어나 살다 죽어간 작가보다도 그는 더 나이가 들어 있었다." 이 기나긴 여행은 만남의 필연적 실패의 기록인지도 모른다.

6) "언제나 또하나의 박명의 공간으로 남아서 우리를 기다리는 섬, 아아, 섬에 가기는

져버리고 만다. 섬과 섬을 이어보려는 헛된, 그러나 안타까운 노력의 과정이 삶이고 시간이고 소설이다. 그리고 삶과 소설은 동시에 그 섬들 사이의 거리에 대한 확인이다. 이것이 궁극적으로는 죽음의 경험이다. 그런데 죽음의 파장은 크고 깊다. 그것은 타자와 나, 교수와 제자 사이를 섬과 섬으로 갈라놓는 것만이 아니다. 교수와 그 자신, 나와 나 자신도 각기 하나씩의 섬으로 변한다. 삶과 사랑을 통해서 "내 안으로 뚜벅뚜벅 걸어들어왔던" 교수는 자신 속에서도 분열한다.

> 끊임없이 싸워 정상적인 자아와 병든 자아가 이십사 시간을 싸워. 이게 나야. 내가, 두 개의 내가 살아 있어. 내가 나를, 정상적인 자아가 병든 자아를 두 시간만 재워놓자, 그러면서 잠이 들어 여덟시에 깨우자, 그러면서 살아. 병든 자아를 달래서 약을 먹이고 병든 자아에게 사정해가며 물도 몇 모금 먹고…….(「날개와 사슬」)

죽음의 파장은 죽어가는 교수를 바라보는 사람의 자기 분열로 나타난다. 전체 14개 장으로 분할된 이 작품은 각기 시점이 삼인칭 '그'와 일인칭 '나'로 분열되어 교차하고 있다. 이것은 단순히 소설 테크닉상의 시점 변화만이 아니다. 이것은 보다 본질적인 존재의 분열과 직결되어 있다.

> 그리고 담배연기를 뱉어내면서, 이것으로 나는 내 예정된 삶에서 오 분쯤 빨리 죽을지도 모른다는 생각을 했다.(「날개와 사슬」)

이 문장에서 숨겨진 주어 '그'는 곧 '나'이고 또한 동시에 '나'가

어렵다. 나는 가만히 중얼거렸다. 갇혀 있는 자유, 그것이 섬일 것이다."(「회선」) : 「모래 위의 집」의 경혜의 세계 : "해방감, 또다른 자유, 절대의 구속이 가지는 절대의 자유, 번데기처럼 고치 속에, 침대에 누워 있다."

아닌 제3자이다. '나'는 주체이지만 동시에 '그'인 객체이다. 사실 '죽음'에 대한 가장 절실한 '체험'은 자기 분열에 의해서만 가능하다. 오 분쯤 빨리 '죽는' 것은 '나'이지만 그런 생각을 할 수 있다면 '죽는 나'로부터 밖으로 나간 '그'가 되지 않으면 안 된다.

한수산은 「타인의 얼굴」 속에서 타인의 죽음에 대한 간접 체험을 통하여 어쩌면 예술작품의 존재 방식에 대한 질문을 동시에 던지고 있는지도 모른다. 교수와 나의 하나됨과 죽음에 의한 분열, 나의 동일성과 나의 내면적 분열—여기에서 은유는 실제의 삶과 작품 속에 반영, 혹은 투영된 삶과의 관계, 그리고 작가와 작품 사이의 관계로 옮아갈 수 있다. 이같은 은유적 확장은 두 가지 근거에 의존하고 있다. 그 하나는 작품 속에 등장하는 '나'의 이름이 '쉬운 한자만 갖다붙인' 작가의 이름과 동일하다는 사실이다. 작중의 제자는 작가 한수산일까? 그 양자는 어떤 관계일까? 다른 하나는 교수의 전공과 관련된 문학작품의 분석을 '해부학'에 비유한 에피소드이다. 이것은 필경 이 작품 전체에 대한 한 암시로 해석할 수 있을 것 같다. 작가는 자신의 작품 자체에 대한 질문을 던진다.

> 말하고 느끼고 주장하고 슬퍼하면서 용서하고 나누어 주고 함께 하면서 기쁨을 아는—밥을 먹고 걷고 손을 잡으며 사는 그 사람을—인체의 한 기관과 기관이 불가해의 신비로 묶여져서 그의 행위를 만들어 내는, 그 인간을 각 기관으로 제각각 떼어놓는다면 어떤 모습이 될 것인가.(「타인의 얼굴」)

지극히 예외적일 만큼 길고 복잡한 문장이지만 분명히 의도적이고 치밀한 구조를 쉽게 읽어낼 수 있다. 삶을 구성하는 수많은 동사들은 주로 '결합'과 '통일'의 유기체적 개념으로 묶이면서 '사람'과 '인간'이라는 명사를 수식하는 반면 후반부의 짧은 절은 "제각각 떼어놓는다"는 기계적 분해와 해체로 대립을 이룬다. '우리'됨과 '섬'으로의 분열이라는 한수산의 영원한 주제를 요약하고 있는 의문문이다. 다음에는 영문학 강의실 장면이 이어진다.

강의실에서였다. 오월이었고 아직 푸르기보다는 더 많은 갈색으로 뒤덮여 있는 잔디밭에서 학생들이 기타를 치며 노래를 하고 있었다. 그 노랫소리가 가늘게 강의실 안으로 새어들었다. 우리는 T. S. 엘리엇의 시를 읽고 있었다. 그것은 읽는 것이 아니라 관찰이었고 해부였다. 우리는 그 시를 허파와 간과 심줄과 늑골을 각각 끄집어내어 무게를 달고 색깔을 들여다보고 어떤 기능을 가지는가를 관찰하고 있었다. 영시 해부학 교실은 지루했고 졸음이 우리들의 메스를 든 손을 감싸고 있었다. 창 밖에 모여앉아 노래를 하고 있는 녀석들을 저주하며, 차라리 나는 그들이 더 좀 크게 노래하기를 바랐다.(「타인의 얼굴」)

좀 지나치게 도식적이라는 느낌이 없지 않지만 유기적 전체인 생명과 예술작품, 다른 한편에는 그와 대립되는 죽음, 즉 구성요소들로 해부하고 분해해놓은 생명 없는 현실, 이 두 가지 사이의 관계를 「타인의 얼굴」 속에 그려진 죽음의 파장은 은유적으로 말해주고 있는지도 모른다. 그것은 곧바로 작가 자신의 반성 행위로 이어진다. '거울보기'의 자기 분열이다.

앞자리에 그 사내가 앉아 있었다. 햇빛이 탁자 위에 만들고 있는 그림자를 내려다보며 그는 중얼거렸다. 넌 계꾼이냐. 계꾼이 낙찰계 일 년짜리 끝나면 한 해가 간다고 말하듯 너는 책 숫자를 가지고 세월을 계산하는 거냐. 앞자리의 사내는 어디론가 가고 없었다. 삶. 그는 소리 내어 그 말을 중얼거렸다. 삶.(「타인의 얼굴」)

'타인'은 내가 더이상 다가갈 수 없는, 죽어가는 은사만이 아니다. 타인은 어쩌면 거울에 비친 "그 태연한 얼굴의 사내", 예술가 자신일지도 모른다. 예술가의 거울은 무서운 심연이다. 그러나 그 심연을 바라보지 않으면 안 되는 순간이 반드시 찾아오게 마련이다.

요즈음 한수산은 그런 거울 앞에 앉아 있는 것 같다. 그 거울 속에는 요즘 '안개' 보다는 비가 더 많이 온다. 빗물은 모래에 스며든다.

> 쓸쓸함의 고통. 그 모든 것을 합쳐놓은 것보다 더 드넓은 심상, 지금의 이 쓸쓸함이란 말은, 자기에게 남아 있는 시간, 자기 삶의 예정된 진행을 눈치챈 사람의 가슴이 아닐까. 비로소 홀로 있음을 안 사람의 마음의 들판.(「타인의 얼굴」)

우리가 이런 거울 앞에 앉아 있는 작가를 상상한다면 그것은 '작가의 작품과 그 인간을 같은 것으로 바라보려는 독자의 우매함' 일까?

(한수산문학선, 『모래 위의 집』 해설, 나남, 1992)

인고(忍苦)의 무르익음과 바람기의 노래
—송하춘론

송하춘은 구체적인 경험을 통하여 자기가 잘 알게 된 친숙한 세계를 그린다. 이 말은 곧, 여기에 수록된 단편소설들이 다루고 있는 내용과 세계를 통하여 송하춘의 개인적 이력을 이루는 풍경들을 우리가 차례로 재구성해볼 수도 있다는 뜻이 된다.

우선 「이방(異邦)의 계절(季節)」 「밀알의 새」 「호박꽃 여름」에서 우리는 농촌이라는 공간을 배경으로 전쟁을 통하여 이 세계와 처음 접촉하는 유년기 혹은 소년기의 원초적 영상과 접하게 된다. 때는 늘 전쟁중이거나 '전쟁이 한바탕 마을을 휩쓸고 지나간 뒤'의 여름이다. 이 작가의 최초의 소설집 『한번, 그렇게 보낸 가을』에 수록된 「추석」은 비록 전쟁중의 가을을 배경으로 하고 있지만 그것은 다른 작품들이 그려 보이는 여름의 연장선상에 놓인 계절일 뿐이다. 이 원초적인 계절의 영상은 작가의 마음속 심층 어디엔가에 찍혀 있는 고정관념의 그림을 보여주고 있는 것 같다. 그 그림은 이 작품에서 저 작품으로 옮겨갈 때마다 부분적인 변화를 보이기는 하지만 한결같이 "만삭의 벼가 가쁜 숨을 몰아쉬는" 잉태의 절박함을 표현하고 있다. "인간에 의하여 이룩되는 작품이란 예술이라는 우회의 길을 통하여 처음으로 우리가 가슴을 열어 보였던 두셋의 단순하고도 위대한 이미지를 다시 찾기 위한 긴 행로 이외에 아무것도 아니다"라고 말한 사람은 알베르 카뮈였다. 이 적절한 지적은 송하춘의 이 원초적 이미지에도 적용될 수 있을 것 같다.

「이방의 계절」에서 작가는 그 원초적 이미지를 '한 폭의 수묵화'라고 했다. 「밀알의 새」에서는 그것을 '외딴집과 어머니와 호밀밭의 그 낡은 풍경'이라고 했다. 수묵화이건 낡은 풍경이건 고요하면서도 불안감과 신비를 담고 있는 이 그림은 작가의 세계가 탄생하는 근원적 출발점임에 틀림이 없다. "그것은 언제나 내 기억의 가장 먼 데 있었고, 그로부터 내 생애는 시작되는 셈이었다"고 「이방의 계절」의 '나'는 술회하고 있다. 그러면 이 그림은 어떤 특징을 지니고 있는가? 또 근원적 출발점으로서의 이 그림은 장차 어떤 세계들로 인도되는가? 말을 바꾸어서, 이 그림 속에는 어떤 미래의 싹이 담겨 있는 것일까?

모든 그림이 다 그러하듯 이 그림의 특징 중 하나는 그 침묵과 정지다. 그것은 한 폭의 그림일 뿐이기 때문이다.

> 벌판이 흠뻑 밤이슬에 젖고 있었다. 달빛이 이슬을 머금자 곧 안개가 되었다. 안개에 덮인 들판에서 만삭의 벼는 숨을 몰아쉬었다. 건너편 솔숲 그늘의 짐승 같은 음흉함도 또한 안개 너머로 보이는 풍경이었다. 찌르르 찌르르 풀벌레가 울고 있었다. '여기', 언덕 아래 논둑 쪽에서 그런 소리가 들렸다. 누군가가 소리나는 쪽을 향해 벼포기를 흔들고 가는 기척이 있었다.(「이방의 계절」)

「이방의 계절」이 보여주는 최초의 그림은 정확하게 이런 것이다. 우선 달빛, 안개, 이슬을 동반한 전원의 밤 풍경은 지극히 낭만적이라

할 수 있다. 만삭의 벼가 '숨을 몰아' 쉬지만 그것이 이 풍경의 고요를 깨뜨리지는 못한다. 또 풀벌레의 울음소리는 침묵을 방해하게 하는 것이 아니라 반대로 대조에 의하여 침묵을 참으로 존재하게 하는 것임을 우리는 잘 알고 있다.

그러나 이 그림의 참다운 가치는 침묵과 정지 그 자체보다는 그 침묵과 정지, 혹은 그 조화가 이제 막 깨어지려고 하는 위태로움에 있다. 즉 두 가지 상반된 세계 사이의 긴장에 있다는 뜻이다. 침묵을 깨고 이제 막 태어나려고 하는 '만삭'의 벼가 그렇고 그 식물적인 조화의 그림 속에 숨겨져 있는 '짐승' 같은 음흉함이 그렇다. '만삭'과 '짐승'은 비유를 통한 감각에 지나지 않는다고 치자. 그러나 그 고요와 정지 상태를 현실적으로 깨뜨리는 사건이 결국은 일어나고 만다. 고요한 '수묵화' 속에 불확실한 채로나마 누군가의 행동이 도입된 것이다. 누군가가 '여기' 하고 불렀고 또 누군가가 '벼포기를 흔들고' 가며 그 부름에 응답했다. 우리는 여기서 하나의 세계가 태어나는 순간을 목격한다. 새가 알을 깨고 나오듯이 '수묵화'는 찢어진다. 이것은 조르주 풀레가 말하는 '출발점의 경험' 같은 것이다. 송하춘에게 있어서 최초의 경험은 이 아름다운 수묵화의 파열과 같은 형태로 왔다. 그것은 사회적으로는 '전쟁'이고 가족적으로는 '누나의 가출'이고 아마도 개인적으로는(혹은 무의식 속의 현실로는) '또하나의 멀고도 낯선 세계' 혹은 '이방의 계절'로 표현된 성(性)의 눈뜸일 터이다. 사회적 격동이란 의미의 전쟁은 이 어린 눈에 아직 그 참다운 규모와 파괴력을 드러내기 어렵다. 그것은 장차 「호박꽃 여름」이라는 보다 성숙된 틀 속에서야 비로소 가늠될 것이다. 반면 '누나의 가출'은 이미 남아 있는 가족 구성원들에 의해서 직접 하나의 '파열'로, 그리고 '나'에게는 성(性)의 자각으로 파악된다.

"가출이란 뭔가 원형을 깨뜨리는 일이라고 그들은 생각하는 것 같았다. 그들은 누나의 원형을 간직하고 싶어하였다."

이렇게 송하춘의 원초적 경험은 원형의 파열, 혹은 세계를 향한 출발(누나의 가출)의 형태로 나타난다. 그러나 이처럼 성급하게 추상적인 도식을 이끌어내기 이전에 또하나의 풍경을 살펴보기로 하자. 「밀알의 새」가 보여주는 그림이 그것이다.

> 만삭의 벼가 가쁜 숨을 몰아쉬며 칠월의 따가운 햇살을 들이키고 있었다. 기어가는 듯, 벌판을 가로질러가는 구릉은 황토배기다. 그 위에 외딴집 한 채가 졸고 있다. 키 큰 호밀의 숲에 외딴집은 그나마 가려 있었다. 구릉을 타고, 높새바람이 언덕의 왼쪽으로부터 불어젖혔다. 바람의 방향에 따라 호밀의 연두색 숲이 일제히 드러눕는 시늉을 할 때마다 외딴집의 누추한 지붕이 독버섯처럼 드러났다 가려지곤 하였다. 밀밭 언저리에서는 어머니가 고추를 따고 있었다. 호밀은 거둬들일 생각조차 하지 않고, 고추만 따고 따서, 더 딸 것도 없는 고추나무 잔가지의 얼크러진 숲을 어머니는 다만 헤젓고 있을 뿐이었다. 외딴집과 어머니와 호밀밭의 그 낡은 풍경 속에 곰배팔이가 끼어들기만 하면 빈 마을은 온통 딱따구리가 되어 톡, 톡, 톡, 톡, 어머니를 쪼기 시작하는 것이다.(「밀알의 새」)

좀 긴 인용이 되었지만 여기서도 '수묵화'는 밤과 낮이 바뀌었을 뿐 대동소이하다. 이 풍경 속에 이번에는 누나 대신 어머니가 등장한다. 그러나 이번에 숲을 흔드는 것은 사람이 아니라 '바람'이다. 이 바람에 우리는 어떤 상징적인 의미를 부여할 수 있을까? 언덕으로부터 불어젖히면서 호밀밭 속에 숨어 있는 '아버지'의 존재를 노출시키려고 위협하는 이 바람은 작품의 중요한 주제가 되고 있는 전쟁과 관련하여 생각해볼 수 있다. 그러나 여기 인용한 대목 속에서 바람은 그것이 호밀의 연두색 숲을 일제히 드러눕히면서 드러났다 가려졌다 하게 만드는 '독버섯'과도 밀접한 관계를 맺는다. 이 다분히 에로틱한 연상을 자극하는 그 이미지는 전쟁과 함께 이 작품의 중요한 테마를 이루는 간통의 혐의와 연결되는 동시에 이 작가의 다른 작품 「바람」을 상기시킨다. 모든 바람은 무엇보다도 강렬한 유혹이다. 바람 부는 호밀밭 언덕을 무대로 한 이 이야기는 '바람나는'(적어도 그런 혐의를 받는) 사람들의 이야기이기도 하다. 좀 대담하게 해석을 연장해 본다면 호밀밭 속에 숨겨진 채 드러났다 가려졌다 하는 '독버섯'과 어머니가 그 밀밭 언저리에서 따고 따서 더 딸 것도 없는 '고추'와의 사이의 관계는 밀밭 속에 숨어 있는 아버지와 노출되어도 상관없는 불구자 곰배팔이와의 관계와 상응한다. '외딴집과 어머니와 그 낡은 풍경'이 침묵과 정지의 수묵화라면 "풍경 속에 곰배팔이가 끼어들기만 하면 빈 마을은 온통 딱따구리가 되어" 쪼아대는 것은 바로 수묵화의 파열을 의미한다. 전쟁과 세계로의 눈뜸은 이렇게 '낡은 풍경'의 파열로 나타난다.

이제 우리는 이 원초적 이미지 속에 담겨 있는 세 가지 요소를 정리해볼 수 있다. 첫째로 행동이나 사건이 일어나기 이전의 원초적 자연의 '수묵화', 또는 '원형'이 있다. 그것이 바로 만삭의 벼나 호밀밭 같은 침묵의 공간이다. 이것을 일단 농촌이라고 부르기로 하자. 다음으로는 '벼포기를 흔들며' 집을 나가서 밤기차를 타고 누나가 찾아간 도회가 있다. 그리고 끝으로 최초의 정지된 침묵의 공간을 파열시키며, 그 속의 인간을 도회로 불러내는 '바람'의 유혹이 있다. 바람은 어느 의미에서 송하춘의 세계에 있어서 영원히 잠재우기 어려운 넋이며 긴장이며 사건의 발단이며 때로는 생명의 힘이다. 이제 우리는 송하춘의 이 원초적인 이미지로부터 분기하는 그 세 가지 길을 차례로 따라가보기로 하자.

순서에 따른다면 최초의 수묵화가 보여주는 자연 공간, 즉 농촌을 무대로 하는 작품들부터 검토해보는 것이 옳을 것이다. 그러나 원초적 이미지로부터 서로 다른 길들이 분기한다는 것은 이미 그 수묵화 자체의 변화를 의미한다. 원형은 깨어져버렸다. 변화는 시간의 흐름을 전제로 한다. 벼포기를 흔들며 밤기차를 타고 떠나간 누나의 가출은 이리하여 자연스럽게 도시라는 낯선 공간으로 인도된다. 낯선 것은 공간만이 아니다. 유년기로부터 청소년기를 거쳐 청년기로 이동한다는 것은 낯선 성년으로 가는 충격을 동반한다. 이 낯설음이 어린 '나'에게는 '비누 냄새'로 나타난다. 다분히 육감적인 욕구를 내포하면서도 그것이 지닌 정화적 기능에 의하여 초자아의 검열을 피할 수 있도록 장치를 갖춘 것이 '비누'인 것이다. 그러나 이 낯설음의 정체란 너무나도 명백한 것이어서 내레이터 자신도 즉시 그것이 무엇인지를 또렷이 의식하기에 이른다.

"지금은 내 기억의 맨 끝에서나 더듬어낼 수 있는 잊혀진 냄새지만 그로부터 나는 어쩌면 내 육체의 성숙이 시작되었다고 믿고 있는지도 모른다. 그것은 성숙한 여자의 냄새였고 어느덧 타인의 냄새이기도 하였다. 성숙한 누에처럼, 나한테는 타인이 되어버린 누나를 보며 나는 한 마리 파충류처럼 어느덧 허물을 벗고 있었다."

이러한 성숙, 타인과 나의 분리, 허물 벗기 등 세계를 향한 눈뜸을 다루는 일련의 작품들은 이미 최초의 소설집인 『한번, 그렇게 보낸 가을』 속에 포함되어 있었다. '교외선'이라는 큰 제목으로 묶은 소품들인 「꽃시샘」「황혼녘」「첫눈」 등은 한결같이 성(性)에 눈뜨는 사춘기의 심리를 그리고 있다. 그러나 주제의 단조로움과 긴장감의 부족으로 인하여 별다른 성공을 거두지는 못하고 있다.

「이방의 계절」의 누나는 밤기차를 타고 대담하게 가출을 했지만 작가 송하춘은 그런 아웃사이더보다 훨씬 얌전하게 대학생이 되면서 대도시로 옮겨온 것 같다. 매우 정규적인 코스를 밟으며 '이방의 계절' 속으로 들어오기는 했지만 역시 그 '멀고도 낯선 세계'는 이 작가에게 상당한 충격 내지 고뇌를 안겨준 듯하다.

송하춘의 데뷔작 「한번, 그렇게 보낸 가을」로부터 시작하여 「동심원」「산마루의 집」「호박꽃 여름」 등 상당수의 작품들이 대학생들의 내적·외적인 경험과 고뇌를 소재로 삼고 있다. 이들은 모두 제 고향이 아닌 도회지로 유학 온 사람들이다. 「산마루의 집」의 대학생들은 학교 기숙사에 들어 살고 있다. 「동심원」의 주인공은 하숙을 하며,

「한번, 그렇게 보낸 가을」의 '나'는 "식구래야 초등학교 삼학년짜리를 하나 가진 부부, 그리고 그 아버지를 형님으로 모시고 이제 몇 달 남지 않은 졸업을 기다리는 대학생"이다. 「호박꽃 여름」 속의 '나'만이 아직도 "시골서 버스 통학"을 하고 있지만 그건 "여간 불만이 아니다".(사실 삼대가 같은 집에 사는 대가족을 도회지에 설정하기는 매우 어려웠을 것이다.)

한결같이 낯익은 세계를 멀리 두고서 이방인 도회로 옮겨 놓여진 인물들이지만 그들의 눈에 비친 도회는 기이하게도 '학교'라는 공간으로 제한되어 있다. 『한번, 그렇게 보낸 가을』에서는 그래도 「해갈의 잠」「가겟집 주인」「복권」「야쿠르트 아줌마」「좁쌀 아저씨」 등 도시 변두리 서민층의 따분하고 절망적이면서도 인정 있는 삶의 모습이 비교적 자상하게 그려지고 있었다. 그런데 그후 점차로 송하춘의 관심은 대학생 생활 주변으로만 한정되고 만다.

대학생들의 눈에 비친 학교 및 그 주변의 생활에서 가장 주목할 만한 두 가지 요소는 인간관계와 대학 속에 투영되는 사회적 현실이다. 「산마루의 집」은 새로운 세계의 공동생활에 적응하는 데서 생기는 인간관계의 갈등을 문제삼고 있고, 「한번, 그렇게 보낸 가을」에서 "꽁꽁 닫힌 학교 정문이나 의자들이 책상 위에 무질서하게 물구나무 서 있을 도서관" 같은 것으로 암시되었던 정치적 현실이 「호박꽃 여름」에 이르면 연극예술의 의미, 그것도 성불과 득도의 문제를 겨냥하는 형이상학적 연극의 세계와 "산의 계곡에 안개가 피어 오르듯 무대 위로 자욱이 감도는" 매운 연기의 모습으로 육박해 들어오는 원색적인 정치현실의 강한 대조로 발전한다. 아름다운 호밀밭이나 달빛에 젖은 들판 속으로 바람처럼 전쟁이 휩쓸려 들어와 원형을 파열시키듯이 대학이라는 공간 또한 공동 운명체의 거센 바람으로부터 비켜 있을 수는 없는 것이다.

그러나 이같은 충격과 고뇌에도 불구하고 대학에 대한 긍정적 희망은 건강하게 보호되고 있다. 「한번, 그렇게 보낸 가을」이 "문득 학교에 가고 싶은 생각이 치밀었기 때문이다"라는 강한 긍정으로 끝났듯이 「호박꽃 여름」 또한 "아버지의 자상한 목소리를 듣자 문득 학교에 가고 싶었다. 내일은 학교에 가서 미선을 만나야겠다고, 나는 어떤 결론을 내리듯 확실한 생각에 사로잡혔다"라고 희망찬 결말을 맺고 있다. 전자가 다분히 감정적인 긍정이라면 후자는 상당히 설득력을 갖춘 성찰과 구체적인 극복의 노력을 통한 긍정이라는 점에서 어느 정도의 발전이 없는 것은 아니다. 그러나 우리가 몸담고 있는 사회적 역사적인 현실의 어둠과 안개가 너무나도 엄청난 것이기 때문인지 작품의 결말 속에서 만나는 이와 같은 긍정과 희망이 대개의 경우에는 지극히 공허하게 느껴지는 것을 피하기란 매우 어렵다. 그만큼 우리가 맞이하고 있는 문제의 해결 혹은 극복은 전신으로 부딪치는 어떤 치열성의 경험을 요구하는 것이다. 그런 치열성이 과연 단편, 혹은 중편소설의 틀 속에서 충분히 체험될 수 있는 것인지도 한편 생각해볼 일이다.

최루탄 냄새를 맡아가면서도 정열과 꿈을 버리지 못하는 대학 시절이 그나마 끝나갈 때면, 아니 「춤추는 선생님」의 내레이터가 자조적인 목소리로 말하듯, "해박한 박사가 되어 노벨상을 타겠다던 꿈은 어느새 스커트 자락처럼 퇴색해 있을" 무렵이 되면, 선배들은 뭘 먹고 사나? 두리번거리던 끝에 송하춘의 인물은 교생실습에 돌입한다. 이리하여 이 작가의 세계는 다시 한번 '학교'라는 공간으로 제한된다. 이 작가의 소시민적 경험은 이제부터 "시내 중고등학교에서 늘 외로운 등대처럼 깜박이고 있는" 교사의 생활을 무대로 삼게 된다. 부분적인 변화의 조짐이 없는 것은 아니다. 「백규평전(白圭評傳)」에서처럼 야간 고등학교 교사 생활을 하는 한편으로 대학에서 박사과정을 밟거나 「비형(鼻荊)의 다리」에 나오는 '나'처럼 대학교의 조교 노릇을 할 수도 있다. 소설가 송하춘은 과연 그같은 경로를 거쳐 박사학위를 획득했고 대학교수가 되고 말았다. 그러나 근본적인 문제는 변화하지 않은 채 고스란히 남는다. '외로운 등대처럼' 같은 자리에서만 깜박이고 있는 학교 훈장 생활의 저 영원한 부동성과 그에 대한 회의가 바로 그것이다.

송하춘의 교사, 교수들은 이 직업 특유의 소시민적 폐쇄성에 대한 깊은 회의를 반복하여 그려 보이고 있다. 이미 이러한 폐쇄성은 「동심원」의 거미와 같은 삶 속에서 잘 드러나 있었다.

"거미를 보면 답답하다. 그게 무슨 운명이람. 열흘이고 백 날이고 먹이가 걸려들어주질 않으면 어쩌나? 제발로 걸어가 먹이를 구해오는 재주는 없잖아. 하기야 굶어 죽은 거미를 보았노라는 사람은 아직 한 사람도 보지 못했으니까 조물주는 또 우리가 모를 속꿍꿍이쯤 가지고 있는지도 모르지."

이처럼 교사들의 세계는 "어느새 각각 한 마리의 거미가 되어 자기네의 동그라미를 지키기에 열중하는" 숨막히는 세계로 나타난다. 따라서 많은 사람들이 그 울타리를 탈출하려고 시도해본다. 그 대표적인 모습으로, 최민영이 교사 생활을 그만두고 세검정 산동네에 판잣집을 짓고 살며 키우는 산꿩의 모습이다.(「산꿩」) 울타리 속에 가두어둔 산꿩은 답답하면 수직으로 하늘을 향해 뛰어오른다. 그렇게 날뛰다가 천장에 정수리가 으깨져서 죽기도 한다. 결국 최민영 자신도 "텔레비 뒤창 뜯어논 거같이" 전신에 고무 호스를 단 채 병실에서 죽어간다.

「백수광부(白首狂夫)의 처(妻)」에는 그같은 탈출의 실패가 비극적인 고양감도 지니지 못한 채 그려져 있다. 교사 길학인은 "해묵은 교과서 한 권 들고 들어가서 땡 치면 나오고 땡 치면 들어가는" 그 따분한 생활의 반복이 싫어서 멀리 해외로 떠났다. "미지의 세계를 두드려보는" 보람 있는 일을 위해서였다. 그러나 이 년 후에 돌아온 그는 "중학교 선생 자리라도" 있으면 아주 돌아오겠다고 한다. 그리고 사실은 옛 동료 교사들을 상대로 "밀수를 한탕 해먹고" 급히 도망쳐버린 사기꾼이었음이 판명된다. 물 건너가지 말라고, 가지 말라고 애원했건만 기어이 건너가더니 물에 빠져 죽고 말았다는 슬픈 노래 「공후인(箜篌引)」의 작자 '백수광부의 처'를 빌리고 있는 제목까지 감안한다면 작가는 다시 한번 이같은 탈출의 시도를 회의적으로 보고 있다는 해석이 가능해진다. '겨울 내의를 벗어버리고 새봄에 맞는 옷을 갈아입듯' 낡은 풍경을 떠나려고 하는 길학인을 앞에 두고 "사람이 나이를 먹는다는 게 낡아가는 일일까, 무르익는 일일까" 자문하면서 "무르익는 쪽을 택하고 싶었다"는 주인공 철호 쪽에 작가의 마음은 기울어지는 듯하다.

이같은 '무르익음' 속에는 기나긴 기다림, 고여 있는 삶, "선생질이나 해먹지 뭘. 작게 먹고 작게 싸기는 선생질이 괜찮아" 하는 자조와 자위(「산꿩」), 그리고 "욕망과 좌절과 성공과 타락의 반복"…… 그 모든 것이 포함된다.

그중 한 가지 예로 특히 「백규평전(白圭評傳)」을 들 수 있다. 대학원에서 김시습을 연구하며 "매월당의 유심적 사유가 관념론에 머무르지 않고 실지로 그의 삶의 문제 해결에 어떤 관련이 있는가"를 알고 싶어하는 교사 조백규는 한편으로 근무하는 학교 이사장 둘째딸 결혼식 청첩장을 받고 그 참석 여부를 놓고 망설인다. 마침내 결혼식장에 참석하여 간부 교사들 사이에 끼어 어느덧 선택받은 자의 '자부심' 같은 것을 느낀다. 그러나 식후의 연회석에는 참석지 않고 나온다. 다음날 그는 "평소에도 학교일에 협조를 많이 해주시는 편"으로 평가되어 교육 차출에 지명된다. "이렇게 해서 충신은 태어나는 것을." 마침내 조백규 선생은 자신의 사진을 들여다보며 "이게 난가?" 하고 자문하며 자신의 아이덴티티에 균열이 생기는 것을 느낀다.

따라서 '무르익는' 일이란 결코 손쉬운 자위나 체념만으로 가능해지는 일은 아닌 것이다. 이 작품집 가운데서도 가장 균형잡힌 단편 중의 하나인 「백수광부의 처」가 거두어들인 성과는 바로 그러한 의미에서 귀중한 것이다.

이 작품은 민방위 훈련으로 인하여 버스가 정지하는 동안 다방에서 기다리다가 우연히 만난 낯선 사람과의 관계(그는 그 낯선 사람에게 아파트 경비원이 되기 위한 신원보증을 서준다), 다음으로 교직을 버리고 외국으로 떠났다가 일시 귀국한 옛 친구를 환송하러 가는 일, 끝으로 신장결석으로 입원했던 아내의 몸에서 돌이 빠져나오는 과정 등 세 가지 요소를 매우 재치 있게 교차시키면서도 주인공인 교사 조철호의 하루라는 시간적 단일성 속에 통일시키고 있다. 그 세 가지 요소들은 한결같이 해결되어야 할 '문제'를 내포한 채 제시된다.

오후 한시, 조철호는 길학인을 환송하기 위하여 버스를 타고 간다. 따라서 그 친구의 '환송'이라는 문제가 우선 제시된다. 이야기 첫 장면이 공항을 향해 가는 버스 속의 조철호를 등장시키고 있으므로 공항 환송은 원칙적으로 '문제'일 것이 없어야 마땅하다. 그러나 뜻하지 않은 민방위 훈련으로 인하여 지체됨으로써 "두시 반까지는 대야 할 텐데" 하는 초조감을 불러일으킨다. 더군다나 떠난다는 길학인은 "세시에 오면 만날 수도 없어, 늦어도 한 시간 전에는 나와야 한다구"라고 말했던 것이다.

두번째 문제는 생면부지의 낯선 사내에게 신원보증을 서주는 문제다. '함부로 남의 빚 보증을 서주는 법이 아니라는 말'을 들어 알고 있는 소시민 특유의 공포감, 그러면서도 또 교사 특유의 '침착함과 점잖음', 야박해질 수 없는 선량함 사이에서 갈등을 느끼면서도 그는 마침내 도장을 눌러주고 만다. 그러나 '보증'이 연루시키는 책임감은 '보증 서준 염치 없는 도장처럼 크기를 헤아릴 수 없을 만큼의 겁먹음'을 남긴다. 이 또한 해소되어야 마땅할 '문제'다.

세번째로 주인공 조철호의 의식을 당초부터 사로잡고 있는 '아내의 뱃속에 박힌 돌'의 문제가 있다. 이것은 세 가지 문제 중에서 가장 중대한 사건이다. 의사들이 수술을 결정하자, "아내보다 철호가 더 겁을 먹고 아내를 집으로 빼내온" 판국이고 보면 그 심각성은 충분히 이해될 수 있다.

그런데 정작 해결되기는커녕 더 커다란 문제로 발전하는 것은 가장 문제될 것이 없었던 공항 환송으로 판명된다. "밀수를 한탕 해먹고"

문제의 옛 친구는 이미 오전에 떠나버리고 없는 것이다. 반면 걱정했던 아내의 몸에서는 돌멩이가 저절로 빠져나왔다. "십 년을 걸려 한 낱 좁쌀만한 돌멩이 하나를 만들고 마는 삶이지만 그 하찮은 삶이 그날 철호한테는 아주 그럴듯하게 느껴지는 것이었다"라고 작가는 말하고 있다. 외로운 등대처럼 붙박인 채 깜박이기만 하는 사람들의 '메마른 인고'가 낳은 일종의 '사리'가 그 돌이다. 그 돌은 "아직 무너지지 않았다"는 작은 개선의 의식을 안겨준다. 다른 한편 보증을 서주었던 낯선 사내로부터는 고맙다는 전화가 온다. 떳떳하지 못한 방식으로 자취를 감춘 옛 친구 대신 '이웃사촌'을 얻게 되는 이 작품의 결말은 분명 아웃사이더에 대한 인사이더의 잠정적 승리라고 할 수 있다.

그러나 송하춘의 세계에 있어서 인사이더의 결정적인 승리란 과연 가능한 일일까? 의식의 측면에서 작가는 과연 '메마른 인고'에 인간적이면서도 윤리적인 값을 부여하려고 노력하고 있는 것이 분명하다. 그러나 저 원초적인 영상 속에서 벼포기를 흔들며 안개 젖은 달밤에 떠나가던 누나의 유혹을 어떻게 간과할 수 있겠는가? 내레이터인 '나'는 집에 남았지만 가출하는 누나의 그 설레임은 '나'의 내심 깊은 곳에 지울 수 없는 진동을 남기게 마련이다. 엄밀한 의미에서 작가 송하춘은 '나'인 동시에 '누나'이다. 그는 안에 있으며 동시에 밖으로 내닫고 있다. 이 작가의 소설의 세계는 바로 나와 누나 사이의 수묵화와 그 속으로 불어닥치는 바람 사이의 갈등과 화해가 그려 보이는 궤적이라고 할 수 있다. 한편에는 '메마른 인고'를 받아들이는 많은 인물들이 있는가 하면 다른 한편에는 가출하는 누나에서부터 '춤추는' 선생님들, 「산꿩」의 최민영 및 산꿩, 「호박꽃 여름」의 미선, 하나꼬, 「백수광부의 처」의 길학인, 「저문 길」의 나미, 「가을 손님」의 종례를 거쳐 「은장도와 트럼펫」의 정님에 이르기까지 정도의 차이는 있지만 한결같이 '원형'을 깨뜨리거나 깨뜨리고 싶어하는 '바람난' 인간들의 유혹이 있다. 메마른 인고의 가치는 사실상 이같은 바람의 유혹에 부딪침으로써 비로소 인간적이고 구체적인 가치를 획득할 수 있는 것이다. 백수광부의 처가 아름답고 애절한 노래를 부를 수 있기 위해서는 백수광부는 물을 건너가지 않으면 안 되는 것이다. 아내의 몸에서 나온 돌이 '욕망이랄 것도 좌절이랄 것도 없는' 삶의 '사리'로서의 의미를 지니자면 "겨울 내의를 벗어버리고 새봄에 맞는 옷을 갈아입는" 학인의 유혹과 좌절이 또한 필요한 것이다.

농촌을 무대로 한 두 작품 「저문 길」과 「가을 손님」은 그 서두가 한결같이 인상적이다. 소설이 시작되자마자 나미는 '앵 – 하고 설움을 돋우며' 울고 종례는 "하필 남 애성이 받치라고 그러는 것처럼 목구멍저 안창에서 소리를 갉아먹듯" 웃는다. 울든 웃든, 이 두 여자는 「바람」의 남이, 「은장도와 트럼펫」의 정님이와 함께 귀엽고 건강하고 싱싱한, 요컨대 앞일이야 어찌되건 우선 바람이나 나봤으면 싶은 여자들이다. 아니 그들은 바로 '바람' 그 자체의 신선한 이미지들이다.

「저문 길」은 이 나라 한 시대를 특징짓는 '남편 해외에 돈벌이 내보내고 집에서 춤바람난 여자'의 이야기다. '나'는 "돈은 시골 돈보다 서울 돈이 낫고, 서울 돈보다는 외국 돈이 훨씬 낫다는데, 우리도 이런 기회에 외국 돈 좀 만져보면 어떻겠느냐"는 아내 나미의 권유에 따라 사우디에 가서 온갖 고생을 하며 일을 한 후 돌아오나 아내가 동네의 점잖은 사내 준태와 어울려 놀아나서 모은 돈을 다 탕진해버렸음을 알게 된다. 그러나 증거가 없다. 장모가 죽었다는 소식을 듣고 준태가 사태를 무마하기 위하여 주는 돈봉투를 받아들고 '나'는 장모의 장례식에 참석하러 간다. 역시 인사이더와 아웃사이더 사이의 갈등과 화해, 미움과 사랑의 궤적을 회화적으로 그린 그림이라고 할 수 있다. 여기서 아내 나미의 바람과 '외국 돈'은 우리가 최초로 접해본 수묵화 속의 농촌 풍경에 속 깊은 변화가 일어났음을 말해준다. 그것이 아름다운 한 폭의 수묵화로 그치지 않고 현실의 냄새가 짙게 풍기는 삶의 현장이 되게 하는데 중요한 역할을 하는 것도 바로 그 '바람'이다. 이러한 의미에서 바람은 삶을 삶이게 하는 생명의 원천이다.

「가을 손님」 역시 오늘의 구체적인 삶 속에 깊이 뿌리내린 농촌 풍경을 그려 보이고 있는 수작이다. 이 작품은 전체가 크고 작은 대립적 요소들을 병치시킴으로써 얻는 대조의 효과를 변주시키고 있다. 수삼이라는 가장은 남의 국회의원 선거에 관여하다가 그만 농사짓던 땅을 날리고 전락하여 여관집 방심부름을 하던 종례와 가게를 차리고서 술짐배달을 하며 지낸다. 한편 그의 큰아들 명수 및 그 형제들과 큰마누라 박씨는 서울로 옮겨 가서 산다. 서울 가 사는 식구들은 할아버지 성묘를 빙자하여 시골에 내려와 막내아들 진수의 결혼 허락을 받고자 하고, 다른 한편 수삼은 서울 식구들이 다니러 오는 기회에 옛날에 잃어버린 땅을 다시 사들일 수 있도록 부탁하려고 계획한다. 그러나 서로의 목적이 어긋났기 때문에 만남은 환멸로 끝난다. 이 작품은 서울 식구들이 고향의 가장을 만나고 가는 어느 하루 동안의 이야기다.

여기서 가장 두드러진 대조적 요소는 시골에 사는 수삼과 '가을 손님'이 되어 다녀가는 서울 식구들이다. 양쪽 세계에는 각기 수삼의 여자가 하나씩 있다. 술을 파는 시골 가게에는 수삼의 아이를 둘씩이나 낳은 젊은 여인 종례가 있고 서울 식구 가운데는 큰마누라 박씨가 있다. 흥미로운 점은 '바람'의 세계에 속해 있어야 할 여관집 방심부름꾼 출신의 종례가 시골에 머물고 있고 본처인 박씨가 서울로 '가출'해 있다는 아이러니다.(더군다나 수삼은 이제 종례를 집에 둔 채 새 두루마기로 갈아입고 바람 피우러 가는 사내처럼 큰마누라를 만나러 갈 참이다.) 그러나 종례는 물론 시골에서 붙박이로 농사를 짓고 살아가는 농가의 아내가 된 것이 아니라 길거리의 가게에서 술장사를 하며 지낸다는 점에서 순수한 농촌의 인물과도 대립적이다. 박씨는 본바탕이 농촌의 전통적인 아내이나 지금은 뿌리가 뽑힌 채 도회로 가서 살고 있음으로 해서 '진보적'인 아들 세대 속의 볼모와도 같다. '선거'라는 정치적 '바람'이 농경사회를 뿌리째 흔들어놓은 결과 모든 식구들이 땅을 떠난 것이다.

한편 작품의 초입에서부터 강조되고 있는 '양복쟁이들' 틈에서 홀로 하얗게 빛나던 '두루마기' 차림의 수삼은 새로운 변화에 의하여 붕괴되는 전통사회의 마지막 아름다움의 상징이며, 또한 수삼과 종례의 대화를 통해서 드러나는 '상것'과 '양반'의 계급적 차별의 붕괴와 혼합 또한 이 작품이 대조법에 의하여 자연스럽게 드러내 보이는 사회적 특징들이다. 전통적인 세계와 근대화의 물결에 휩쓸려 변모하는 세계가 혼재하는 모습은 이 작품이 소개하는 치밀한 공간적 구도 속에도 잘 나타나 있다.

"길은 남북으로 밋밋하게 뻗어 있었다. 새로 포장한 아스팔트 바닥이 벗고 뒹굴고 싶게 번들거렸다. (……) 그 길을 가로질러, 달구지 자국이 선명한 황토길이 한 가닥 걸쳐 있다. 그러니까, 국도인 아스팔트 길과 이따가 수삼이 거쳐가야 할 이 달구지 길과는 마치 흑선과 황선을 가위표로 그어놓은 것만큼이나 대조적인데, 그것들이 교차되는 지점의 서편 구석에 수삼의 가게가 있었다."

여기는 모든 것의 교차로다. 서울과 농촌, 전통과 현대, 과거와 미래, 큰마누라와 작은마누라, 양반과 상것, 사랑과 미움, 욕심과 명분이 모두 여기서 교차한다. 그래서 모두들 여기서 차를 타고 떠나고 또 이곳에 차를 타고 와서 도착한다. 여기는 읍내로 나가거나 마을로 들어가는 관문이다. 이 관문에서 수삼은 땅을 찾아 마을로, 과거의 영광으로, 돌아가고자 기다리고 큰마누라와 아들 명수는 막내아들 진수의 미래(임신한 처녀와의 결혼)를 공인받고 도시로 돌아가고자 한다.

"싫다. 일은 느이들이 저질러놓고, 개국장사 사돈은 날더러 하라구?"

그때 박씨가 나서서 마침내 쐐기를 한 방 박는 것이었다.

"그나마 영남이네도 내가 난 자식이니까 딸을 내주지, 그까짓 술장사한테서나 생긴 것들이라면 그쪽에서 먼저 거절하겠답니다."

"허어, 말짱들 변했구나, 변했어."(「가을 손님」)

「가을 손님」은 이 간결하고 매서운 대화가 보여주듯이 농사꾼들이 땅을 잃고 '개국장사'와 '술장사'로 변모하고, 그 아들딸들이 혼전에 아이를 만드는 사회적 변화의 충격에 가을볕을 조명한 작품이다. 이야기의 초입에서 희망에 차 있는 수삼은 '초가을 아침 햇살'을 받으며 "단정하게 두루마기 자락을 여몄다". 그러나 서울 식구들이 휭하니 떠나고 나자 저무는 석양은 맞은편 황씨네 가게의 유리창에만 "호박꽃처럼 피어 있고" 수삼의 집은 "그늘을 드리운 무대처럼 음산했다". 그러나 가게 안에서는 하안마느은 이 세사앙 야소옥허언 니임 아아…… "요새 바싹 소리가 구성져가는" 종례의 노래가 들려온다. 송하춘의 세계 속에서 어차피 '바람'과 '노래'가 끝날 수는 없는 것이다. 인사이더의 삶이 고여서 썩는 것이 되지 않도록 하려면 그 바람과 노래는 끊임없이 운동과 문제를 그 속으로 싣고 와야 하기 때문이다.

「은장도와 트럼펫」은 송하춘의 모든 작품들 속에서 '늙어가는 것은 무르익는 것'이라고 믿으며 '동심원' 속에 갇혀 사는 사람들에게 참다운 생명줄을 대어주고 있는 근원이 어디인가를 손가락질해주는 아름다운 작품이다. 이 작품은「이방의 계절」에서 가출한 누나로부터 출발하여 마침내 도달한 송하춘의 바람기의 절정이다. 여기가 송하춘의 낭만주의의 고향이다.

이 작가는 도처에서 "울타리 밖으로 나가떨어진 공", 즉 가출한 사람들의 실패를 그려 보이고 있지만 이 작품에서는 그 가출 자체의 매혹을 정면으로 다루면서, '바람'의 신명을 고도의 아름다움과 신선함으로 구체화시키고 있다. 삶의 현실을 제아무리 적나라하게 그려 보인다 한들 하나의 작품이 예술의 세계에 속하려면 무엇보다도 그것은 '노래'여야 한다. "바싹 소리가 구성져가는" 종례의 노래는 이렇게 하여 한갓 바람기에 머무는 것이 아니라 우리들 내면 깊은 곳에 잠들어 있는 생명력의 소용돌이와 이어지는 것이다. 송하춘의 세계에 있어서

체질적으로 타고난 예술가들은 '노래'를 좋아한다. 초기의 작품 「바람」에서 '나' 역시 이 점에서는 「은장도와 트럼펫」의 '나'와 동일한 세계에 속한다.

"휘파람은 내 장기다. 휘파람을 불 때마다 수탉 생각이 난다. 참외 따는 처녀들이 내 곁으로만 몰린다. 원두막에 누워 휘파람을 불면 여름밤 별들까지 모조리 쓸어 모을 것 같다. 가늘게 입술을 떨어 일단 가락을 내기만 하면 여름밤 메마른 별들이 고기비늘처럼 파닥거린다."

「바람」의 휘파람은 「은장도와 트럼펫」에 오면 트럼펫으로 변한다. 떠돌아다니는 쓰리꾼 이봉수는 "정님이한테만, 아- 나는 수탉이었다"고 고백한다. 남의 집 대문을 걷어차버리고 싶을 정도로 행복해진 그는 정님이를 꿰차고 앉아 "밤낮 입술이 불어터지도록 트럼펫이나 빨고 살았으면 좋겠다"고 생각한다.

정님이는 '바람난' 여자다. 그 여자는 "자기들끼리만 사귀고 지내는 이웃도 있고, 남의 눈총을 피해 감춰야 할 것이 따로 있는" 인사이더의 궤도로부터 문득 튕겨져나온 아웃사이더다. '누나'처럼 "울타리 밖으로 나가떨어진 공"이다. "공은 도시의 바람과 선망으로 부풀어 있었고, 어디론가 달아나고 싶어했고, 그리고 이 세상 어딘가에 숨어 있었다."(「이방의 계절」) 이봉수 또한 "배고프면 남의 것 훔쳐먹고, 들키면 얻어맞고, 그리고도 부끄러울 것도 미안할 것도 없는" 이 세상의 '혼자'이며, 타고난 바람이다. 「은장도와 트럼펫」은 바람과 바람이 만나, 트럼펫 곡조처럼 절정을 떠도는 노래다. 이 노래는 우리에게 "내가 살아 있음을 깨우쳐준 귀신 같은 여자"를 위한 노래다. 송하춘은 '작가의 말'에서 참으로 적절하게 그 노래의 감상법을 일러주고 있다. "바람은 항상 남이 볼 때 바람이지 바람난 당사자한테는 가장 절실한 감정을 누리는 행위다." 그런데 이 작품은 바로 바람난 당사자의 시각에 서서 바람을 노래하고 있기 때문에 싱싱한 시가 되고 있는 것이다. 작가는 인사이더로서의 삶을 "침묵을 하나 둘 세며 가는" 길로 비유하고 아웃사이더로서의 삶을 레일 위로 미끄러져가는 길로 비유한다. 그리하여 이 이야기는 "한 계단 또 한 계단 침묵을 세면서 걸어갔던 그 여자가 잠깐 레일 위에 올라서보고 싶었던 짧은 순간의 일"에 관한 이야기인 것이다.

이리하여 우리는 송하춘의 세계 속에서 한쪽에는 "어려움을 이기고 마악 안정의 기미가 보이면 이미 떠나고 싶어하는" 길학인이 아니라 '무르익는 쪽'을 택한 조철호의 시각이, 그리고 다른 한쪽에는 "맨드라미꽃 벼슬 정수리에 달고 서슬 퍼렇게 숫내 피울 수만 있다면 마냥 죽어도 좋다"는 봉수와 가출한 정님이의 시각이 함께 공존하고 있음을 알 수 있다. 그러나 이 상반된 두 가지 시각은 다 같이 개인적 차원에 속해 있다.

「호박꽃 여름」은 이러한 두 가지 시각을 함께 싸안으며 변증법적으로 극복해보고자 개인적 차원이 아닌 집단적 차원을 설정하고 있는 듯하다. 외형상으로 이 작품은 작가 자신이 "쓰고 나서 읽어보니 화자의 관점이 너무 어린 감이 없지 않다"고 말한 바 있는 「이방의 계절」을 중편으로 늘려 개작한 것이라고 할 수 있다. 「이방의 계절」에 비하여 시간적 좌표를 한 세대 늦추어 잡음으로써 앞서 '가출한 누나'가 여기서는 화자의 고모로 설정되어 있다. 원래 「호박꽃 초롱 속의 여름」이라는 소년소녀 소설 같은 부적절한 제목을 붙여 발표했던 (사실 '호박꽃'은 이 작가의 작품 속에 직접적인 소도구나 사물로서, 혹은 은유로서, 간단 없이 등장하는 고정관념적인 꽃이라고 할 수 있다) 이 작품은 송하춘의 『삼대』라고 할 수 있을 정도로 역사적인 시각에 강한 악센트를 준 소설이다.

염상섭의 『삼대』에서처럼 이 소설에도 초장부터 할아버지, 아버지, 나—삼대가 동시에 등장한다.(오늘날에는 오히려 드물게 보는 대가족 동거의 경우다.) 일본 여자 하나꼬를 맹목적으로 미워하는 할아버지와 '가출한 누나'의 기억을 '수묵화'처럼 간직하고 있는 아버지는 각기 우리들의 공동체가 겪은 두 가지 엄청난 전쟁을 대표하는 과거의 세대들이고, '나'는 오늘의 젊은 대학생이다. 한편 한국인과 결혼하여 이 마을에 와서 사는 하나꼬와 깜둥이와 결혼하여 미국에 가서 사는 고모는 각기 일본과 미국이라는, 우리 역사와 밀접한 관계를 가진 두 나라를 상징적으로 암시하고 있다. 이야기는 의과 대학생인 화자 '나'를 통하여 서술되고 있다. 발단은 두 가지의 새로운 사실의 출현이다. 즉 '하나꼬 아줌마가 많이 아프다'는 것과 '고모님이 오신다'는 것이 그 새로운 사실이다. 이 소설 전체는 할아버지, 아버지, 나 이렇게 삼대가 하나꼬와 고모를 보는 서로 다른 시각을 교차시키는 방식으로 짜여져 있다. 결국 하나꼬는 마침내 숨을 거둘 것이고 그와 때를 같이하여 고모는 미국에서 귀국하게 될 것이다. 결국은 이 소설의 제목을 추상적으로 옮긴다면 '한국 근대사를 해석하는 세 가지 시각'이라고 할 수 있다.

할아버지는 '하나꼬가 일본 사람이라는 이유 하나만으로' 미워한다. '그 여자를 하나꼬 개인으로 볼 수 없는 할아버지의 역사'가 있기 때문이다. 그만큼 그의 태도는 맹목적이다. 반면 그는 고모(깜둥이 미국인과 결혼한)한테 꽤 많은 경제적 도움을 받았다는 생각을 떨쳐버릴 수가 없다. 할아버지의 역사적 시각은 따라서 다음과 같은 그의 말로 요약된다. "억울해서 그런다. 그 여자 아니었으면 네 뉘는 집을 나갈 리도 없었고 그때 집을 나가지만 않았다면 오늘날 네 뉘 신세가 이렇게 되진 않았을 거 아니냐?" 일본 여자는 미국 깜둥이와의 관계의 원인이라는 논리다. 이리하여 할아버지는 고모가 돌아온다는 소식을 접하자 바깥 출입을 폐한 채 지극히 방어적 반응을 보인다.

한편 아버지의 역사적 반성은 조직적이고 적극적이다.(너무나도 조직적이어서 그 뒤에서 조종하는 작가의 손이 눈에 보일 지경이다.) 아버지는 우선 소설의 초입부터 농사꾼 특유의 행위를 역사적 반성과 직결시킨다. "삽질을 푹푹 하면서도 아버지는 다만 흙을 파는 게 아니라 삽으로 어떤 생각을 파고 싶어하는 것 같았다"라고 작가는 강하게 암시하고 있다. 그리하여 그는 '잡초만큼이나 복잡하게 얽힌 고모의 일'을 풀어보고자 한다.

그러나 잡초 뽑기는 한결 사고의 진척이 이루어진 뒤의 행위다. 고모가 돌아온다는 소식을 처음 전할 때 아버지는 담배를 엮고 있었다. "무성한 열대의 밀림을 헤쳐나가듯 거기 탐스러운 이파리를 하나씩 따서 포개곤 하는 걸 보면 아버지는 담배를 엮는 게 아니라 그런 식으로 어떤 생각의 갈피를 접고 있는 것 같았다." 담배와 관련된 작업은 자연스럽게 따기, 엮기, 말리기로 이어진다. 그러나 그에 이은 잡초 뽑기는 "뜻밖이었다". 따라서 그것은 "다만 잡초를 뽑기 위해서가 아니라 아마 딴 생각이 있어서일 것이다". 이것이 바로 '자신이 농민의 한 사람으로서 어떻게 사는 것이 모범적인가를 확실하게 해두고 싶어하는 것처럼 하나꼬나 고모도 어떻게 사는 것이 좋은가를 늘 확실하게 규정하고 싶은' 아버지의 모습이다.

마침내 하나꼬가 죽고 고모를 흔쾌히 맞아들이기로 작정이 되자 아버지는 "집 안에 헌 누더기처럼 치렁치렁 매달아놓았던 담배나래를 말끔히 거둬들이고", 이제는 "잡초가 돋아나는 걸 방지하려고" 등에 물통을 걸머지고 분무기를 '조종'한다. 역사의 회오리 속에서 피동적으로 당하기만 하던 아버지가 마침내 "분연히 떨치고 일어나 세상일을 아버지 마음대로 조종하고 있는 것처럼" '나'에게는 그같은 행위가 믿음직스러워 보인다.

작가는 하나꼬가 죽고 난 직후의 장면에서 역사를 보는 삼대의 시각을 이렇게 요약했다.

"그러고 보니 아버지가 하나꼬를 동정하는 것도, 할아버지는 그것을 못 하지만 아버지는 그렇게 할 수 있다는 어떤 보상심리가 작용하지 않았나, 하는 생각이 들었다. 그것은 할아버지와는 또다른 점에서 부당한 역사를 극복하려는 간접적인 태도였다."

여기서 한 세대를 물러난 '나'의 태도는 어떤가? 우선 '나'는 젊은 이답게 "인생을 승부를 거는 식으로 사는 건 싫다"고 할 정도로 과거의 역사로부터, 따라서 아버지의 태도로부터, 상대적으로 자유롭다.

"아버지가 고모 개인의 특수 상황을 들고 나온 건 뜻밖이었다. 할아버지가 하나꼬의 개인 상황을 묵살한 채 할아버지의 생애로만 세상을 읽으려 할 때 그것이 얼마나 답답한 일이었던가를 떠올리며, 아버지의 과거가 나한테도 어느덧 굳어버린 화석이 되었음을 깨닫고 나는 놀랐다."

이 대목은 추상적, 개념적 역사 파악과 구체적, 체험적 역사 파악 사이의 긴장감의 문제를 제기한다. "귀로 읽은 역사로만 사건을 이해하려 할 때 개인의 특수한 상황이나 감정이 얼마나 묵살되고 있는가" 라는 문제가 바로 그것인데 이는 잠시 문학의 기본적인 존재방식으로 우리의 시선을 되돌리게 만든다.

겹쳐진 삼대의 서로 다른 시각과 입장, 하나꼬와 고모로 대표되는 우리의 근대사, 종교적 혹은 형이상학적 열반을 소재로 삼는 예술과 그 예술의 장 속으로 최루탄이 되어 육박해 들어오는 오늘의 정치적 현실 사이의 이율배반적 관계, 농부의 일상적 작업, 연습중인 연극의 진전 상황과 오버랩되는 역사 해석의 다면적 교차 등, 이 소설은 매우 조직적이며 정교한 구조를 갖추고 있다. 그럼에도 불구하고 「가을 손님」이나 「백수광부의 처」, 혹은 「은장도와 트럼펫」과 같은 감동과 균형의 아름다움이 전달되지 않는 까닭은 무엇일까? 작가는 우리들의 상상력의 가장 잘 울리는 곳을 가볍게, 그러나 예리하게 퉁겨주는 대신 앞에 나서서 길게 길게 추론하고자 한 나머지 '굳어버린 화석'의 인물들과 역사를 제시한 것은 아닐지 모르겠다. 아마도 훨씬 호흡이 긴 장편소설에서 여유 있게 다루어야 할 매우 심각한 주제를 너무 비좁은 틀 속에 담는 바람에 가랑잎 타는 냄새나 담뱃잎 마르는 냄새 같은 것은 모두 사라지고 너무 유식한 농부나 너무 사변적인 의과 대학생만 덩그렇게 남아버린 느낌을 지우기 어렵다.

그러나 참다운 소설의 미학을 송하춘이 결코 모르고 있는 것은 아니다. 아름다운 침묵의 그림 「세한도(歲寒圖)」는 수다스러운 붓보다는 아주 예민하고 수줍은 붓끝이 우리에게 얼마나 엄청난 전율을 전달하는가를 이렇게 지적해 보이고 있는 것이다.

"텅 빈 하늘과 헐벗은 나뭇가지의 끝이 어떻게 허공에서 만날 수 있겠는가를 순간적으로 포착해두고 싶었던 것이다. 날카로운 바늘의 끝이 전축의 판에 파인 그 정교한 선을 긋고 지나갈 때 생기는 엄청난 음향처럼 가지의 끝이 하늘 한구석 어느 허공에 닿을 때 생기는 그 엄청난 생명을 나는 노리고 있었다."

그래서 「호박꽃 여름」처럼 공을 많이 들이고도 노력한 만큼의 성과를 거두지 못하는 작품을 만나면 「세한도」에서 세화가 하던 말을 다시 한번 던져보고 싶어진다.

"그건 증명사진이 아니었잖아요. 다만 바닷가에 서 계신 것만 확인이 되면 그뿐이었단 말예요. 아주 없어도 안 되고요. 그러니까 선생님은 어디고 점 하나면 돼요. 그래 맞아요. 점 하나로 존재할 때 선생님은 훨씬 인상적이었을 거예요."

그런 의미에서 송하춘의 뛰어난 장기인 담채색의 공간 묘사들, 그리고 속도감 있고 짧은 대화들은 특히 눈여겨볼 만하다. '말의 특색이란 발음이나 표기보다 어조에 있다고 믿는' 이 작가 특유의 '어조'는 '어디에고 점 하나' 만으로 존재하면서 침묵의 행간에 전율이 솟아나도록 하는 데 성공할 수 있는 충분한 잠재력을 갖추고 있다. 노래는 가사보다도 우선 가락이 아니던가! 그 노래가 '이승'의 노래이다 보니 할 수 없이 살냄새 땀냄새도 나게 마련이지만 살냄새 땀냄새도 신명나는 가락에 실리면 푸른 하늘에 높이높이 뜨는 법이다. 그러자고 노래 부르는 것 아닌가! 그래서 작가는 어디선가 이렇게 적고 있었다.

"그리고 문장도 바람처럼 끼가 있게 쓸 것."

(송하춘 창작집 『은장도와 트럼펫』 해설, 나남, 1987)

균형과 거리에 이르는 길
—서영은론

이즈음에 와서 여럿이 모인 자리에서 벌떡 일어서기를 잘한다. 집에 가야겠다고 한다. (……) 그녀가 스스로 반짝 신을 낼 때를 제외하고는 늘 무용한 시간, 재미없는 자리라고 생각하는 것 같아서 마음이 절로 쓰이는 것이다. 별로 재미가 없는 경우라도 그저 웬만큼 눌러앉아 있는 버릇을 들여가지고 있는 우리들로서는 그녀가 아무 때나 가야겠다고 일어서는 것이 신경에 쓰인다. 어떤 날은 집에 안 보내려 하는 친구들 틈에서 벗어나려고 지나가는 택시를 갑자기 세우고 혼자 올라타 가버리기도 한다. 우리는 떠나는 택시에다 대고 소리를 지르고 욕을 하곤 하지만 그녀가 떠나고 난 뒤의 여운은 좋다. 긴장감 있고 신선하다.

좀 장황한 인용이 되었지만, 이것은 1984년 8월에 출간된 서영은의 소설집 『황금 깃털』의 말미에 소설가 김채원이 붙인 글 「이 작가를 말한다」에서 발췌한 대목이다. 따라서 여기서 '그녀'란 가까운 친구의 눈에 비친 작가 서영은을 가리킨다.

그런데 같은 소설집에 실린 서영은의 단편 「삼각돛」(소설집이 나오던 1984년에 발표)에는 다음과 같은 대목이 나오는데, 위의 것과 비교하기 위해서는 또다시 장황하게 인용하지 않을 수 없다.

> 말없이 앉아 있을 때의 명훈은 우리들의 기분에 맞춰보려 고투하는 빛이 역력했다. 그러나 오래잖아 벌떡 일어서며 집에 가겠다고 했다. 어느 땐 우리에게서 벗어나려 지나가는 택시를 갑자기 세우고 혼자 올라타 가버리기도 했다. 이경숙은 떠나는 차에 대고 심한 욕을 했지만, 이내 은밀하고 매혹적인 웃음으로 자신의 입술에서 욕을 씻어냈다. 그녀에겐 그의 그런 점이 더한층 매력적으로 비치는 것 같았다.
>
> 사실 그가 그렇게 떠난 뒤엔, 마치 어떤 말이 자기 속의 내밀한 충동을 받아 네 발굽을 쳐 어디론지 달려간 것처럼 신선한 긴장감이 감돌았다.(「삼각돛」)

여기서 묘사의 대상은 명훈이라는 작중인물이고 서영은은 글을 쓴 작가이다. 위의 두 가지 글을 쓴 필자들 중 누가 누구의 표현을 거의 그대로 옮겨놓고 있는지 알 수가 없으나, 이것을 우연의 일치라고 보기에는 인식의 방식, 즉 대상을 관찰하고 심지어는 표현하는 방식까지가 너무나도 유사하다. '벌떡' 일어나는 것이나 '집에 가겠다'고 하는 것이나 '벗어나는' 방법으로 '택시'를 '갑자기' 세우는 방식이나 다 동일하다. 떠난 후의 '신선함'과 '긴장감' 또한 동일한 어휘를 빌리고 있다.

여기서 우리의 관심은 작가에 대하여 말하는 글과 허구적 인물을 그린 단편소설 중 어느 것이 먼저 씌어졌으며 어느 것이 다른 것을 차용하고 있는가에 대한 해답이 아니다. 그보다 우리에게 흥미있는 몫은 작가와 작중인물 사이의 관계에 대한 부분이다. 어떻게 하여 작가와 작중인물에 대하여 동일한 표현이 동원될 수 있을까? 이는 일차적으로 작가와 작중인물의 동일화 경향을 의미한다. 동일화 경향에는 두 가지 측면이 있다. 그중 하나는 작가가 자신의 구체적인 체험을 소설 속에서 표현하는 자전적이고 사소설적(私小說的) 측면으로 우리가 자주 마주치게 되는 현상이다. 특히 우리나라의 단편소설에서처럼 일인칭 소설이 널리 퍼져 있는 경우에는 더욱이 이러한 경향은 현저하다. 또다른 하나의 측면은 작가가 자신의 실제 경험, 즉 과거에 이미 체험된 바를 글로 옮기는 쪽보다는 자신의 마음속에 잠재해 있는 자신의 열망, 동경, 꿈, 그리고 잠재적인 자아를 천착하고 발견하고 형상화하는 과정이 작품이라고 볼 수 있는 측면이다. 전자의 자전적 측면은 흔히 부분적인 반영의 성격을 띠고 있는 반면 후자의 측면은 작가와 작품 사이의 총체적인 조응이라는 성격을 특징으로 한다.

그러나 실제에 있어 이 두 가지 측면을 엄격하게 분리하기란 지극히 어렵다.

카뮈가 말했듯이

> 설사 작가가 자기 자신을 무대에 세워놓고 그리는 경우가 있다 하더라도 그가 실제의 자기 모습을 이야기하는 경우는 예외라고 볼 수 있다. 한 인간의 작품이란 흔히 그의 향수와 유혹의 역사를 재구성하려는 것일 뿐 자기 자신이 체험한 이야기를 그려 보이는 경우는 거의 없다. 특히 작품이 자전적이라고 자처할 경우에는 더욱 그러하다.

라는 시각은 서영은의 경우에 적용되어도 크게 무리할 것은 없다. 그러나 이런 식의 관점은 사실 어느 작가에 적용되어도 무방하다는 점에서 이 작가에게 특별한 의미는 없다고 여겨질지도 모른다. 그렇다면 우리는 앞에서 인용하여 비교한 두 가지 글, 그리고 거기서 이끌어낸, 작가와 작중인물의 동일화라는 문제를 상기할 필요가 있다. 동일화라는 말의 의미를 조금만 넓혀 생각한다면 이것은 특히 서영은의 특징을 지적하는 데 유용한 것이 될 수 있다. 왜냐하면 서영은에게 있어서 항상 중요한 것은 '우리'가 아니라 '나'의 문제이기 때문이다. 그리하여 그의 소설 속에 등장하는 인물은 그 인칭에 관계없이 모두가 어떤 '나'의 변신이거나 '나'의 모습을 드러내기 위한 거울 같은 것에 지나지 않는다. 그의 모든 인물들의 '뒤'에는, 혹은 '속'에는 작가 자신의 강렬한 시선이 작용하고 있음을 우리는 느낄 수 있다. 김윤식은 이러한 서영은의 특징을 "소설을 통한 자기 삶의 실천"이라고 지적했다. 김채원은 지나가는 말처럼 이렇게 꼬집는다. "우리는 그녀에게 '변화무쌍'이라는 낱말을 붙여주었다. 그녀는 그 별명을 의식하며 더욱더 그렇게 변덕을 부려보기도 한다." 하여간 서영은은 객관적이고 사실적인 작가로서의 차분한 거리를 유지하면서 인간의 삶을 관찰하는 것이 아니라, 어떠한 방식으로건 작품 속에 스스로 뛰어들고 있다는 인상을 강하게 풍긴다. 이런 의미에서 볼 때 중편 「살과 뼈의 축제」(1977)는 이 작가의 자아가 가장 직접적으로 노출되고 있는 전형적인 작품이며 그에 전후한 여러 다른 작품의 주제들을 원형 그대로 간직하고 있다고 볼 수 있다.

우선 이 작품은 서영은의 일인칭 소설 가운데서 유일하게 소설가인 여성 주인공 자신의 내면적 변화의 과정을 자상하게 서술하고 있는 경우이다. 비교적 초기 소설에 속하는 「야만인」도 '나'라는 일인칭으로 서술되고 있지만 이때의 나는 바라보는 시점 혹은 비교의 항에 그칠 뿐 실제로 서술의 초점은 '나'의 남편에 맞추어져 있다. 「작아지는 망치」의 '나'는 아내의 시선 속에서 '기준의 아빠'와 비교되는 상대적 인물로서의 역할을 맡고 있다. 「삼각돛」에서 '나'는 오로지 함명훈, 그리고 부분적으로는 이경숙을 바라보는 시점일 뿐이다. 그렇다면 내레이터인 '나'가 실질적인 주인공으로서 자신의 모습을 스스로 비춰 보여주는 작품으로는 「살과 뼈의 축제」 이외에 최근 작품으로 단편 「황금 깃털」(1984)이 있을 뿐이다. 우선 「살과 뼈의 축제」를 살펴보기로 하자.

이 작품은 일종의 '실존적 각성'이라고 불러도 좋을, 약간 철 늦은 느낌의 주제에 깊숙이 관련되어 있다. 다분히 카뮈 식의 '부조리의 감성'을 연상시키는 그 '느낌'은 돌연, 소설의 첫머리에서 다음과 같이 찾아온다.

> 이때 내 마음 밑바닥에선 엷은 막으로 된 주머니가 터지고, 그 속에 싸여 있던 '아!' 하는 어떤 느낌이 수증기처럼 솟구쳐 차오르기 시작했다. 그 느낌은 내 존재 위에 찬물을 끼얹는 것 같았다.(「살과 뼈의 축제」)

이 소설의 모두에서 전광판을 깜빡이면서 올라가는 엘리베이터의 '2층 3층 4층 5층'의 규칙성, 습관성은 저 유명한 카뮈의 "기상, 전차, 사무실이나 공장에서의 네 시간 노동, 식사, 전차, 네 시간 노동, 식사, 잠, 그리고 월요일·화요일·수요일·목요일·금요일의 똑같은 리듬"을 그대로 상기시킨다. 거기서 초래된 '무대장치의 붕괴'는 바로 사회 생활의 단절로 나타난다. 주인공인 '나' 한수진은 다니던 직장을 그만두고 자기 방 속에 칩거하기 시작한다. 이 여류 작가는 이리하여 서영은의 여러 작품들 속에서 그렇게도 자주 등장하는 '사표 쓰는 인물들'의 원형이 된다고 할 수 있다.

이 여자의 사표 쓰기는 어머니의 눈에 "직장도 참 좋은데 멀쩡히 다니다 뛰쳐나와가지고 소설을 쓴답시고 방구석에 처박혀 있는" 것으로 나타난다. 「황금 깃털」의 송기태 역시 "소설만 쓰겠다고 직장을 그만둔다". 같은 작품 속의 오민경 역시 직장을 그만두고 '글만 쓰는' 생활 속에서 '거칠 것 없는 자유인'의 해방감을 맛본다. 「삼각돛」의 함명훈 역시 사표를 집어던지고 휘파람을 불며 떠난다. 이렇게 시원스럽게 사표를 던지는 사람들 뒤에는 "십오 년 동안 출근 때마다 남몰래 품고 있었으면서도 감히 행동으로 옮기려고 생각조차 해본 일이 없는 그 은밀한 탈출의 욕망"을 속으로만 끓이고 있는 인물들, 즉 「황금 깃털」의 '나', 「삼각돛」의 '우리'들의 소극적인 선망이 떠받치고 있다.

여기서 흥미로운 점은, 직장을 그만두는 행위, 즉 사회적 단절을 초래하는 행위 뒤에는 흔히 직장 생활과 소설 쓰기라는 두 가지 가치 개념의 대립이 전제되어 있다는 점이다. 즉 엘리베이터의 기계적인 전광판이 의미하는 일상성에 대립하여 소설 쓰기는 항상 '본질적'인 자아의 탐구를 의미한다. 이러한 지나치게 단순한 도식은 서영은의 전 작품 속에 거의 예외없이 깔려 있다. 이리하여 비록 목적이 소설 쓰는 데 있지 않다고 할지라도 직장을 그만두는 행위, 사표를 쓰고 떠나는 행위 그 자체가 벌써 긍정적인 의미를 내포하기도 한다. 「삼각돛」에서 함명훈이 사표를 내고 난 뒤에 '나'와 이경숙의 태도에는 그같은 가치판단이 명백하게 깔려 있다.

> 그녀와 나는 누가 먼저랄 것도 없이 높은 산봉우리 쪽으로 시선을 보냈다. 그렇게 해서 그를 뒤쫓으려는 세상의 손길이 닿지 않는 곳으로 그를 멀리 밀어내듯이. 발목에 반짝이는 띠를 채워준 자신의 새가 이 세상 구석구석까지 날아다니기를 바라는 조류학자처럼, 먼 하늘 끝을 바라보는 나는 사뭇 가슴이 설레었다.(「삼각돛」)

서영은의 의식 속에는 빈번히 이 도식적인 '조류학자'가 들어앉아서 멀리 날지 못하는 모든 존재들을 향하여 따분하다는 시선을 던지고 있다. 「살과 뼈의 축제」에서 주인공이 돌연 맛보게 되는 그 '서먹서먹한 느낌' '심드렁한' 감정, '덤덤할 뿐인', 혹은 '시시하게 느껴지는' 느낌은 모두 자아와 타자, 자아와 세계 사이의 괴리에서 오는 부조리의 감정임에 틀림없다. 일견 『이방인』을 연상시킨다. 주인공은 직장과 옛 은사와 친구와 애인과 자신의 작품과 마침내 어머니를 차례로 떠난다. 그러나 주인공의 세계와 타자에 대한 관계는 처음부터 엄밀한 괴리, 이혼, 무관심의 관계가 아니다. 소설 쓰는 여자 한수진에게는 선박회사 사원 뫼르소의 순진성이 없다. 한수진과 타자 사이의 관계는 무관심의 관계가 아니라 공격성과 피해의식의 불행한 관계이다. 한수진에게는 뫼르소의 무심한 순진성이 없기 때문에 그의 운명은 '비극적'이라고 하기 어렵다.

한수진은 뫼르소처럼 친근하게 '엄마'라고 부르지 않고 그냥 '어머니'라고 부른다. 그러면서도 그 여자는 어머니를 지겨운 일상성의 밧줄로 여긴다. 그래서 '신경질'을 부린다. 타자 역시 도처에서 그녀를 공격한다. 집 안에서는 어머니, 옆방에 세든 사람들, 이모, 이종사촌, 길거리에서는 친구의 가정교사집 아들, 전화 부스에서는 옛날 동창생, 심지어 영화관 속에서도 옆에 앉은 관객들이 공격해온다. "이건 내가 집에 있을 때 벽을 뚫고 밀려드는 남의 일상생활에 몸서리를 치던 일과 조금도 다름없다. 이 휴게 시간이 나는 조금도 달갑지 않다"고 영화관 속의 주인공은 말한다. 그녀의 타자에 대한 시선은 극도로 시니컬하다. 옆방 세든 여자에 관해서는 아직 만나본 일도 없으면서도 "남편과 정사를 하면서도 가계부 얘길 하는가 하면 모든 사람들이 정상이라 생각하는 데서 한치의 빗나감도 없는 알뜰 주부형"으로 상상한다. 이것은 절대로 '무관심한' 사람의 표현이 아니다. 공격성은 치열한 관심의 표현이다. "빌어먹을 여편네. 당신은 죽을 때까지 헌옷가지나 뜯어고치고 십원짜리 동전이나 짤랑거릴 팔자야." 주인공은 일체의 상식, 일상, 타성, 습관, 속물근성을 혐오하고 조롱한다. 고등학교 동창생 보애가 찾아왔을 때 방 안을 휘젊아치는 그의 어린 아기가 어서 작은 소란을 일으켜주기를 바라는 나머지 "꼬마야, 어서 접시를 깨뜨려라" 하고 내심으로 열렬히 부추긴다. 파괴를 통하여 타자와의 단절을 기대하는 한수진의 내면적 고뇌는 형이상학적이라기보다는 심리학적 범주에 속할 것 같다. 그는 항상 일상성이 지닌 무의미성과 타인들의 속물근성을 혐오해마지 않으면서도 그쪽에 맹렬한 관심을 가지고 있다. 옆방에 세를 든 사람들 쪽에서 나는 소리에 한수진은 귀를 기울인다. "갑자기 나의 방은 남의 일상생활로 가득 찬다. 나는 하나의 커다란 귀로 변해 내가 나 자신이 되고자 애를 써도 소용없다. 있는 것은 다만 일상생활과 하나의 귀뿐이다." 이같은 피해의식은 우연히 지나가는 현상이 아니다. 그 현상은 후일 '관사 사람들'의 숙희에게서도 다시 반복된다. 우선 그녀를 에워싼 세계가 여전히 공격적이다. "방문을 닫고 커튼을 꼭꼭 여며도 자기의 생활을 엿보는 눈과 흉보는 입은 어느새 방 안에 들어와 있곤 했다"고 숙희는 느낀다. 그에 대한 반응은 전형적인 틀 그대로다. "숙희의 귀는 이따금씩 부르르 경련을 일으키며 바깥을 향해 귓바퀴를 곤두세우곤 했다. 이렇게 웅크리고 있는 사이에 숙희는 자신의 몸이 달팽이처럼 무릎 사이로 오그라들어 오직 딱딱한 각질의 귀만 남게 되는 게 아닌가 싶어 겁이 났다. 아니 그러한 징조가 보임에랴? 게다가 그 귀는 차츰 피해망상증기를 띠어가고 있다."

이처럼 의식과 공간을 침범해 들어오는 일상성, 속물근성, 타성, 상식적인 세계의 부정적인 성격은 모든 단순하고 집요한 도식이 그러하듯 그 반대편에 긍정적인 그 무엇을 가정하고 있게 마련이다. 「살과 뼈의 축제」의 끝에 가서 주인공 '나'가 의식하게 된 것도 그 사실이다. "무엇인가 끊임없이 거부하는 것, 그것은 곧 무엇인가를 끊임없이 긍정하는 것이기도 하니까." 한편 생각하면 이렇게도 단순한 인식에 도달하기 위하여 그토록 기나긴 의식의 수정을 건너야만 했단 말인가 하는 느낌도 없지 않다. 하여간 서영은의 세계 속에서 이른바 강렬한 결벽증, 허위의식은 일상성의 부정, 허위로부터의 단절 그 자체를 이미 어느 정도의 '긍정'으로 받아들이고 있다.

우리는 앞에서 작가 서영은과 작중인물인 함명훈에게 공통되게 적용시킨 두 가지 글을 인용한 바 있다. 흥미로운 점은 그 표현 속에서 핵심은 어떤 '돌연한 떠남'과 그 단절이 가져오는 신선함과 긴장감이었다. 그 상황을 몇 개의 단위들로 분석하면 대체로 1) '여럿이 모인 자리'라는 장(場), 즉 일상성 2) 장으로부터의 돌연한 이탈 3) 그 단절에서 생겨나는 신선함, 긴장감으로 요약될 수 있다.

서영은의 대다수의 소설은 이 도식에서 크게 벗어나지 않는다. 우선 지금 논의의 대상이 된 「살과 뼈의 축제」에서 일상의 장으로 직장이 전제되어 있고 직장을 그만두는 행위가 이야기의 첫머리에 발단으로 설정된다. 그러나 또다른 일상의 장은 그대로 있다. 어머니와 옆집 사람들로 구성된 그날그날의 삶의 장이 그렇고 타성화된 사랑이 그렇고 결코 구원이랄 수 없는 그녀의 집필중인 소설이 그렇다. 그리하여 이야기의 끝에 이르면 주인공은 그 모든 것들로부터 떠난다. 그 떠남을 그는 "내 인생의 한순간 한순간까지도 철저한 주인이 되고 싶은" 결단으로 해석한다.

「삼각돛」의 함명훈 역시 돌연 사표를 내고 떠난다. 「술레야 술레야」의 아내 혜미 역시 가정을 버리고 떠난다. 「황금 깃털」의 오민경 역시 "세속적 사고방식에 대해서 심하게 거역하며" 서둘러 떠난다. 그 모든 것 뒤에는 어떤 신선하고 긴장된 여운이 남는다. 이런 돌연한 떠남은 지금까지 지속되어온 상황으로부터의 일탈, 인격의 돌연한 방향 수정, 내면적 변화 등으로 나타날 수도 있다. 「야만인」에서 '돌림병'에 걸린 듯한 남편들의 돌변하는 모습들이 그러하다. 따분한 일상 속에서 잠시 엿보게 된 어떤 '바람'의 유혹을 받아 나름대로 엄청난 일을 저지르는 유나(「노란 반달문」) 또한 그런 변화를 노출시킨다. 그러나 서영은의 작품 중에서 가장 참혹한 변화를 보이는 인물은 「관사 사람들」의 숙희다. 끈질기고 진저리쳐지는 일상성과 속물근성으로부터 벗어나기 위하여 그녀에게 허락된 유일한 길이 광기(狂氣)였기 때문이다.

그렇다면 이들은 대체 어디로 떠나는 것일까? 그들이 일상성, 속물적 세계로 '부터' 떠나는 것이라면 대체 무엇을 '위하여' 떠나는 것일까? 즉 다른 말로 바꾸어서 부정의 대상이 일상성과 습관과 무반성한 세속적 세계라면 긍정의 대상은 무엇일까? 여기서 서영은의 본질적인 낭만주의가 그 모습을 드러낸다. 그의 대다수의 '의식화된' 인물들은 모두가 한결같이 '아웃사이더'가 되고자 한다.

제목부터 모든 것을 명백히 말해주고 있는 「야만인」에서 남편들이 처한 일상적 상황은 '자상한 남편' '은행원' '계리사' 등의 소부르주아적 단란과 안락이다. 이 고요하고 무의미한 삶에 대립되는 세계로서 나폴레옹, 전우의 시체, 혹은 험준한 산에 오르기 위하여 목숨을 거는 일, 아니면 문명에 오염되지 않은 야만의 생(生), 사냥꾼의 모험, 폭력, 사납고 격렬한 정사 같은 매혹이 이 남편들을 사로잡게 된다. 이같은 변화는 '돌림병'처럼 돌연 일상의 질서와 안락을 뒤흔들어놓는다. 가공된 안정 속에 밀려드는 '날(生)냄새'의 물결이다.

「작아지는 망치」에서 이같은 '날냄새'는 '망치의 힘'으로 표현되고 있다. 주인공 '나'의 맥없는 소시민화 경향은 "얼마나 더 많은 진짜 망치를 버려야 할지도 알고 있다"는 힘의 상실감으로 나타난다. '나'와 옆방의 기준이 아빠는 '아내'에 의하여 '망치'의 위력이라는 척도에 의하여 상호 비교된다. "아내의 말을 통해서 부상되고 있는 그의 존재가 차츰 확실해지면 해질수록 나는 반대로 작아지는 느낌이랄까?" 이렇게 하여 이 작품은 작가가 의도했건 않았건 매우 강한 성적(性的) 알레고리의 성격을 띤다. '망치'라는 오브제가 그러하고 기준이 아빠에 대한 칭찬이 "고생도 많이 해보구 의리도 강하구 생각하는 스케일도 크구……"라는 척도에 근거하는 것도 그렇다. 아내는 말한다. "사내 대장부로서 세상을 부끄럼 없이 살아가려면 무엇보다 체력이 강해야 한다고 했대요." 이쯤되면 망치가 줄어드는 남편 쪽에서 아내의 마음에 "나 모르는 구멍이 뚫려 그리로 낯선 바람이 새어들어오는 것을" 은근히 경계할 만하다.

문명, 관습, 타성 등에 의하여 훼손되지 않은 '날것'의 잔영으로서 인간에게 잠재하고 있는 성(性)의 중요성은 이 작가의 많은 작품들 속에 고개를 들고 있다. 우선 제도화한 성에 대한 혐오는 혼외정사, 혼외의 사랑을 자주 등장하게 만든다. 「살과 뼈의 축제」 속에서 '나'는 결혼하지 않은 상태로 애인을 맞아들이는 상황에 있어서 「먼 그대」의 문자와 동일한 상황을 경험하고 있다. 그녀가 일상과 사랑을 다 떠나기로 결심할 때조차도 섹스만은 해결해야 할 문제로 남는다. 그 여자는 마음속으로 부르짖는다. "당신의 눈엔 내가 비공식적으로 섹스를 한다 이거지? 그래서 그 점을 쉬쉬하는 줄로 알고 딴은 내 생각을 해준 모양인데 오버센스라는 거요. 동리 사람, 아니 대한민국 전체가 나의 비공식적인 섹스를 안다 하더라도 나는 털끝만큼도 부끄러울 게 없소. 도시 그런 부끄러움이란 게 있을 수 없는 걸 어떡한단 말요. 당신들은 결혼이란 홑이불을 뒤집어써야지만 안심하고 섹스를 하는 모양인데 나는 애초부터 이불을 덮을 필요를 느끼지 않았을 뿐이요."

이와 같은 태도는 「술래야 술래야」의 장모, 「노란 반달문」의 저 매혹적인 '첩' 명희 엄마, 「타인의 우물」에서 '처자가 있는 사람의 애인' 노릇을 하고 있는 주인여자, 그리고 「관사 사람들」에서 숙희의 어머니가 처한 상황과 태도에서 여러 번 반복된다. 그들은 흔히 일상성의 기득권자들인 본처들의 무자비한 공격을 받는다. 흔히 그들의 방에는 자개 박힌 테두리의 화장대가 놓여 있는데 그 화장대는 본처의 공격에 박살나기 위해서 장치된 물건인 듯하다. 이같은 파괴 행위 앞에서 침묵으로 저항할 뿐 초연한 태도를 유지하는 이 여인들은 장차 문자의 가슴속에 낙타를 길러내고야 말 것이다. 「관사 사람들」에서 이미 내레이터는 '현실이 휘두르는 폭력'에 대한 어머니의 태도가 어린 딸에게 어떤 영향을 끼치게 될지를 예언하고 있었다. "소녀가 성년이 되었을 때 그 되풀이된 모험은 무언가를 향유하기 위한 훈련이었음을 어렴풋이 깨닫게 되었다." 이러한 어머니들이 장차 혜미를, 문자를, 숙희를, 유나를 길러내게 될 것이다.

「야만인」에서 그 모습을 나타내기 시작한 아웃사이더들은 소설가 한수진, 숙희, 「노란 반달문」의 명희와 그의 어머니, 「삼각돛」의 함명훈으로 이어지면서 사표를 쓰고 가출하기를 거듭하다가 「술래야 술래야」에 와서 가장 끈질기고 조직적인 매혹을 행사하게 된다. 이 작품 속에는 한쪽으로 극단적인 일상성과 속물근성을 대표하는 김윤상,

미옥. 연숙과 다른 한쪽에는 '아웃사이더'의 근성을 지닌 안경원, 염애리, 박춘식, 장모 그리고 혜미가 서로 대립적인 인간군을 이루고 있다. 이 작품은 이미 오래 전부터 문학의 커다란 주제가 되어온 '예술가성'과 '시민성' 사이의 갈등을 다루고 있다고 할 수 있지만 서영은의 모든 작품을 꿰뚫고 있는 '괴짜의 매혹'과 그 앞에서 인사이더가 느끼는 기묘한 열등감을 집요하게 강조하고 있다. 주인공 용호의 영혼 근저에는 이미 오래 전부터 "그네들의 방약무인한 영혼"에 대한 경탄이 도사리고 있었다. 그는 항상 "괴짜들에 대한 열등감이랄까 선망이랄까 그런 것"이 자조의 감정의 밑바닥에 흐르고 있음을 느낀다. 이것은 사회적으로는 흔히 단절, 괴리, 심지어는 파괴의 형태로 나타나기도 하지만 근본적으로는 생명 그 자체에 대한 원초적 그리움을 의미한다. 이런 점에서 서영은은 근절하기 어려운 낭만주의적 경향을 지니고 있는 작가라고 볼 수 있다. "가진 것이란 어깨에 걸머진 보따리뿐인데도 세상의 모든 것이 자기의 것인 양 당당한" 안경원, "배추 속고갱이처럼 풋풋한" 얼굴에 "악동스런 방만함"이 배인 몸가짐의 염애리, "상투적인 분위기 속에서 꽃병의 카네이션이 그렇듯이 밝고 강한 감탄부호 같은" 임선주, "결코 추해 보이지 않는 본능적 교태"를 지니고 있으며 "다이아몬드처럼 투명하고도 견고한 것"을 마음속에 숨기고 있는 장모, 그리고 그 '독특한 풍토'에서 자라난 혜미, "원하는 것이면 무엇이든지 서슴없이 행동으로 옮기고" "길들여지지 않고자 하는 영혼의 춤"으로 "우리 모두로부터 눈부신 속도로 멀어져가고 있는 저 여자" 혜미. 이들의 동적인 매혹 앞에서 '나'는 매혹과 두려움을 함께 경험한다. 이같은 주저와 갈등은 '가정을 가진 분'을 사랑하는 혜미와 '살림솜씨 알뜰한' 연숙이라는 두 가지 극으로 구체화되어 나타난다. 처음에 '나'는 혜미를 선택했다가 그를 잃고 마침내 연숙을 택하게 된다는 결말에 이른다.

서영은은 자신의 '낭만주의'가 지닌 위험을 애초부터 의식했던 것일까? 그의 작품 속에 등장하는 그 많은 괴짜들, 방약무인한 영혼들은 그들이 드러내 보여주는 원시적 생명, 본능적 자유, 동적인 에너지 등으로 인하여 우리에게 언제나 신선한 충격을 불러일으킬 수는 있다. 이 부랑과 야수적 난폭성, 그 불꽃의 아름다움을 과연 삶의 지속적인 시간 속에 구체화하는 것은 어떻게 가능한 것일까? 여기에 대하여 실천으로 답하지 못하는 한 이런 낭만주의는 서영은 특유의 민첩하고 명민한 수사법과 더불어 상쾌한 통속소설이 될 위험을 언제나 안게 마련이다. 이런 종류의 상쾌함은 일상성이 거침없는 자유로 급선회하는 순간에만 발생하는 것이다. 집을 떠날 때, 사표를 내던질 때, 흔히 "바람은 거기 뜰에 있는 느티나무 가지를 신들린 듯 춤추게 하고 햇빛은 잎사귀 위에 은비늘처럼 부서지는" 상쾌감이 나타난다. 그러나 항상 떠난 뒤의 그 신선함과 긴장감만을 즐길 수는 없는 일이다. 매순간 집을 떠나고 매순간 사표를 내는 일을 반복하고 있을 수는 없는 일이다.

이를 미리부터 예감한 듯 서영은은 '회귀'라는 배수진을 마련해놓고 있다. 「살과 뼈의 축제」에서 한수진은 집을 떠나면서 생각한다.

> 이제야 알겠다. 나는 지금 떠나는 것이 아니라 돌아가는 길인 것이다. 내가 버린 그 모든 것 속으로 다시 돌아가는 것이다. (……) 외형적으론 내가 그 동안 버린 것과 이제부터 도로 찾으려는 것 사이엔 아무런 차이도 없는 것 같다. 그러나 다르다. 암, 다르구말구.

떠나는 사람들이 취하는 대부분의 태도는 이와 유사하다. 「산행(山行)」의 남편(이 인물 역시 소설가다)도 산에서 '돌아온다'. 그러나 겉으로 보기에 돌아온 장소가 떠난 장소와 동일하다고 해서 그것은 과연 '회귀'라고 할 수 있을까? 「산행」의 남편은 말한다. "아니, 맘속으로부터 진정으로 지나온 곳은 다시 돌아갈 수 없지. 자기 맘에다 묻고 또 묻고 그래서 버린 것이니까."

몸은 동일한 장소로 돌아왔으되 사람은 근본적으로 변모한 듯하다.

"남편은 싱글싱글 뜻없이 웃고 있다. 그 웃음은 꼭 짐승의 그것처럼 무구해 보인다. 그렇다. 그는 예전의 그가 아니다. 지순한 어떤 짐승이 그의 허물 속에 들어 앉아 있다. 짐승이 웃고 있다."

이 '웃고 있는 짐승'이 바로 「먼 그대」의 문자 가슴속에 지칠 줄 모르고 일어서는 낙타다. 낙타는 가령 「삼각돛」에 나오는 각종의 아름다운 짐승들, 머리를 흔들며 잠깨어나 "네 발굽을 쳐 어디론지 달려가는" 말, "이 세상 구석구석까지 날아다니는" 새, 혹은 질풍 속을 향해하는 삼각돛과는 다르다. 이 짐승은 느릿느릿, 그러나 참을성 있게 사막을 건너는 힘을 지니고 있다. 이 낙타는 작가 자신의 말대로 「사막을 건너는 법」의 노인이 "몇 날 며칠을 기도하고 기도한 끝에 불러모은 보이지 않는 혼으로" 탄생시킨 짐승이다. 이것은 '날냄새'의 유혹에 이끌려 일상을 박차고 떠났던 인물들이 다시 삶 속으로 끌고 온 귀중한 인내력의 상징이다.

이제 외형상 도식은 완전히 전도되었다. 일상성에 대한 혐오에서 출발하여 아웃사이더의 매혹에 끌려 삶의 장(場)을 떠났던 인간이 돌아와 이제 삶의 장(場)의 주인이 된 것이다. 이제 이 세계 속에서는 혹시 '물을 얻으러 나타난 집시'가 있어도 한데 휩쓸려 밖으로 떠나가는 일은 없을 것이다. 「관사 사람들」의 끝에서 박선생은 외쳤었다. "자, 우리의 길은 지금부터야. 지금까진 자기의 삶을 남의 수중에 던져놓고 방관만 해온 우리 잘못이 바로 오늘의 불행을 가져온 거야. 이제는 아무도 우리에게 더이상 상처를 주지 못하도록 싸울 테야." 문자는 그 싸움을 위하여 마침내 "남들이 눈치채지 못하는 자기 맘속의 어떤 그윽하고 힘찬 상태"를 획득한다. 이것이 바로 낙타의 무궁무진한 수용성을 가져온 것이다. 이와 같은 힘은 지금까지의 이원론, 즉 일상성의 세계와 아웃사이더의 매혹이라는 대립개념의 극복을 통해서 얻어진 것이다. 이것을 「먼 그대」의 작가는 "절대긍정적 자신감"이라고 부른다. 두 개의 극의 대립이 아니라 양극을 동일체 속에 수용하는 능력이 그것이다. 이 변증법적인 통일은 문자의 집으로 가는 가파른 언덕의 고목을 통해서 아름답게 구현되고 있다.

"그 고목은 몸뚱아리가 온전치 못한 불구의 몸임에도 늠름한 키에 풍성한 가지를 지니고 있었다. 그의 가지 하나하나가 모두 하늘을 어루만지려는 갈망의 손으로 보였다. 저토록 높은 데까지 갈망의 손을 뻗치기 위해서는 아마도 그의 뿌리는 자기 키의 몇 배나 깊이 땅속으로 더듬어 들어갔을 것이다. 생명수를 찾아 부단히, 차고 견고한 흙 속으로 하얀 의지를 뻗친 나무의 뿌리가, 자신의 발밑에 맞닿아 있다는 것을 생각하면 문자는 시린 삶의 아픔이 가시는 듯한 위안을 느꼈다."

가지가 뻗어가며 표현하는 갈망의 높이와 땅속을 더듬는 뿌리의 깊이가 고목나무 속에서 하나로 이어지듯, "더 높은 곳으로 멀어지는 신(神)의 등불"과 "땅속 깊은 곳으로 흐르는 푸른 물길", 즉 '신의 길'이 서로 통하듯이 서영은은 마침내 정(靜)과 동(動)의 대립이 아니라 동적인 두 가지 갈망이 긴장과 균형을 이룩하는 빛나는 사막에 당도한 듯하다. 그것은 지금까지 '자기 맘에다 묻고 또 묻어' 하나씩 하나씩 소유를 버려온 고통스러운 행로의 끝에 얻은 보상이라고 할 수 있다.

이제 서영은이 하나 더 버렸으면 싶은 것이 있다면 그의 지나치게 명민한 수사법이다. 위험한 재산이기 때문이다. 그러면 아마도 인물들과 적당한 거리를 유지하면서 지나치게 간섭함 없이 그들 나름의 삶을 보다 치열하게 살 수 있는 자유를 인물들에게 부여할 수도 있을 것이다.

(서영은, 이상문학상 수상작가 선집 『야만인』 해설, 문학사상사, 1986)

2부 작품론

고독한 정서(情緒), 흐르는 의미의 아름다움
—이제하의 「나그네는 길에서도 쉬지 않는다」

이제하의 작품 「밤의 창변」은 이렇게 시작된다. "중 하나가 오토바이 뒤에 수녀 하나를 태우고 산 속으로 들어간다. 새벽 세시, 전화벨이 울린다." 또하나의 작품 「초식(草食)」은 이렇게 시작된다. "세번째 출마를 위해 부친이 채식을 시작하자 미구에 우리집은 예의 그 선거참모들로 또 붐비기 시작하였다." 「기적(奇蹟)」이란 제목이 붙은 단편의 시작은 이렇다. "그날 아침 어머니가 우리 기도합시다, 고 작은 소리로 말했을 때 부친은 갑자기 모친의 뺨을 때렸다." 그런가 하면 단편 「스미스 씨의 약초」를 펴보면 "소시지와 베이컨과 엄청난 양의 레이션 박스들이 보리와 콩으로 끼니를 이은 지 넉 달 만에, 웬 양공주 하나를 묻혀 달고 미국에서 도착했을 때도 우리는 의연히 죽음의 골짜기로 나아가고 있었다"라는 첫 문장을 만난다. 그리고 "대왕연이 바다 위로 넘어서는 것을 보자 나는 속이 텅 비었고, 발바닥 밑에서 갑자기 땅이 쑥 꺼져 나가버린 듯이 뛰기 시작했다"는 작품 「한양고

무공업사」의 모두(冒頭)이며, “비닐을 통과한 것 같은 트릿한 햇빛을 뿌옇게 뒤집어쓰고 저마다 힘껏 배를 끌어당긴 채, 7, 8명씩 나란히 오열 횡대로…… 네 발 가진 의자나 무슨 그런 짐승이라도 된 듯이 의연한 표정들로 그들은 버티고 서 있었다”는 「근조(謹弔)」라는 제목이 붙은 작품의 첫 대목이다. 「환상지(幻想志)」라는 작품의 내레이터는 “십 년 전에 죽은 내 아내와 어제 처음으로 호텔에서 하룻밤 같이 지낸 이야기를 이젠 해도 좋을 때가 된 것 같다”라면서 허두를 떼고 있다.

대체로 독자와 이제하의 작품과의 첫 대면은 이런 식이다. 독자는 중과 수녀와 오토바이가 공존하는 세계, 선거 출마와 채식이 상관관계 속에 놓이는 세계, 기도와 빰따귀를 올려붙이는 행위가 결합된 세계, 소시지 · 베이컨 · 레이션 박스가 보리 · 콩과 양공주와 죽음의 골짜기와 동일한 문맥 속에 놓이는 세계와 대면한다. 심지어는 십 년 전에 죽은 아내와 꿈속에서도 아닌 호텔에서 하룻밤을 보냈다는 사람의 이야기도 듣게 된다.

이때 독자는 더러는 신기한 상황에 매혹되기도 하고 호기심이나 재미를 느낄 수도 있지만, 서술이 진행되는 동안 그 최초의 호기심에 열쇠가 주어지거나 기이하게 제시된 상황이 교묘한 논리에 의하여 속시원하게 풀려지는 것도 아니고 보면 작품은 ‘재미있는’ 이야기와는 거리가 멀어지게 된다.

우리가 이제하의 작품을 읽으면서 끊임없이 느끼게 되는 감정은 어떤 당혹감, 불편함, 거리낌, 소화불량, 나아가서는 불쾌감 따위의 것이다. 한마디로 말해서 그의 작품은 우리의 편안한 이해방식에서 끊임없이 벗어나고 있다. 이야기의 줄거리가 일관된 논리나 인과관계로 통일되는 일이 드물고, 하나의 골격이 짜여진 듯한 경우에도 일견 아무 소용에도 닿지 않는 듯한 다른 주제가 난데없이 혹처럼 혹은 암처럼 돋아나 비약하고 전체의 흐름을 방해한다. 이래서 그의 작품은 전체적으로 산만하다는 인상을 주기 쉽다.

작품이 우리의 편안한 이해방식에서 벗어나고 있다는 말을 뒤집어서 생각하면 우리에게 어떤 '편안한 이해방식', 즉 이해의 논리와 틀이 미리부터 준비되어 있다는 것을 의미한다. 가령 소설은 수미일관한 통일성을 갖추어야 한다든가 소설을 구성하는 인물·삽화·시간·장소·시점·행동·문장·수사법 등은 전체의 통일성에 기여하는 필연성을 지니고 있어야 한다든가, 이해 가능한, 그리고 가급적이면 여러 가지 장치에 의하여 흥미를 불러일으키는, 줄거리에 따라 각 요소들은 배치되어야 한다든가, 현실과 환상, 실체와 환영, 현재와 과거, 꿈과 깨어 있는 상태 사이를 구별지어주는 단서들과 체계들을 동반해야 한다든가 하는 식의 어떤 틀이나 법칙이 독자들의 머릿속에 갖추어져 있다는 말이 된다. 그런데 이제하의 작품은 많은 경우, 그리고 자주, 그같은 법칙을 위반하거나 그 틀 밖으로 빠져나가버린다. 이런 경향이 바로 그의 작품에 대한 우리의 상식적 접근을 방해하고 독자를 불편하게 만드는 원인이다.

그는 어느 정도 고의적으로 우리를 불편하게 하고 있다고도 말할 수 있다. 우리들에게 거리낌을 자아내고 당혹감을 불러일으키게 하는 것은 우리의 편리한 상식이 틀고 앉아 있는 해묵은 안도감을 파괴하려는 그의 의도에서 생겨난 결과이다. 상투성에서 오는 것인 이 안도감이 파괴되지 않고서는 우리가 살고 있는 세상의 참다운 모습, 우리와 세계, 인간과 인간, 인간과 사물 사이의 있는 그대로의 관계가 보일 수가 없다. 왜냐하면 우리의 상식과 상투성, 즉 안도감을 동반한 이해의 법칙이라는 것은 지극히 나태한 것이어서 이미 변화한 현실, 이미 산산조각 나버린 세계, 이미 결렬되어 있는 관계까지도 기존의 논리와 카테고리 속에 수용하여 규격화하지 않고는 성이 풀리지 않는 속성을 가지고 있기 때문이다. 그러나 불편하고 난해한 세계는 불편하고 난해한 방식으로 서술되어야 보인다는 논리 속에 이제하는 서 있는 것 같다. 부조리한 세계의 모습은 부조리의 논리에 의해서 비로소 조명될 수 있다는 입장과 그는 그다지 멀리 있지 않다. 김병익은 흔하지 않은 이제하의 작품론에서 그의 소설이 난해하다는 것은 다시 말하면 '이 세계의 난해함'에서 오는 결과임을 적절하게 지적했다. 이제하의 '환상적'이라는 수식어가 붙은 '리얼리즘'은 그런 의미에서 일종의 리얼리즘임이 분명하다. 그는 산산조각 나고 지리멸렬한 세계 및 관계를 산산조각 난 거울을 통해서 비쳐 보이고자 한다.

한 발자국 물러서서 생각해보면 우리나라의 소설이 지금까지 얼마나 위에서 언급한 바 안도감을 요구하는 전통적 '리얼리즘'의 주문에 착실히 응해왔는가에 놀라움을 금하기 어렵다. 이제하가 그의 작품 「근조」에서 회화적으로 야유하는 '스승' '순수파' '참여파' 가릴 것 없이, 모든 소설가는 이데올로기적 자세의 차이, 주제와 관심의 차이에도 불구하고 독자에게 안도감을 가져다주는 전통적 리얼리스트였다는 데는 차이가 없었다 해도 과언이 아니다. 그들은 모두가 착실한 이야기꾼들이었다. 이제하는 「근조」의 침삼목(沈三目)처럼 이 전통적 리얼리스트의 대열에서 '두말 없이 삐어져나와' 나무 꼭대기로 올라가 있는 얼마 되지 않는 고독한 소설가들 중의 한 사람이다. 우선은 이 사실 하나만으로도 그는 관심의 대상이 될 만한 작가이다.

이제하가 화가라는 사실은 접어두더라도, 또 그가 자기의 초기 작품의 성격을 요약하여 표현한 '환상적 리얼리즘'이 기왕에 있어온 미술상의 한 경향에서 차용해온 용어라는 사실을 구태여 감안하지 않더라도 같은 나라의 여러 예술양식 가운데서 미술과는 달리 유독 소설만이 전통적 '리얼리즘'의 테두리 속에 안주하고 있다는 것은 참으로 기이한 일이 아닐 수 없다. 그 까닭은 여러 각도에서 찬찬히 따져보아야 할 일이겠지만, 소설이 사용하는 산문적 언어 형식, 의미 전달의 직접성, 발생기 이래 소설이라는 장르와 밀착된 대중의 성격 등으로 인하여 안도감을 요구하는 계층의 보수적 권력이 소설 미학의 파수꾼 역할을 해오고 있기 때문인 것으로도 풀이된다.

그런데 아이러니컬하게도, 혹은 당연하게도, 이 작가가 수상소감에서 피력한 바와 같이, "그들이 즐겨 쓰는 전통적인 사실주의 기법으로 우선 한 발 물러서서 같은 방법으로 맞서지 않으면 안 되겠다—이런 결론을 얻은" 최근의 작품 「나그네는 길에서도 쉬지 않는다」가 상을 받게 된 것이다. 역시 문학의 전통적인 제도 중의 하나인 이상문학상 역시 그가 전통적 사실주의의 틀 속으로 돌아오고서야 비로소 안도감을 느끼고 그를 공인하게 된 것일까!

우선 이 작품의 모두는 우리에게 안도감을 줄 만하다. "계해년이 저물던 12월 중순 해질 무렵에 있었던 일이다." 이만하면 이야기의 시작으로서는 그야말로 모범 답안이다. 이같이 이야기의 시간적 좌표가 설정되고 속초발 삼척행 버스가 물치라는 공간에 도착하고 인물들이 차에서 내리면서 이야기 속에 등장한다. 표제의 '나그네'와 버스라는 교통 기관, 낯선 거리, 여행자들의 비교적 자상한 차림새 묘사 등은 서로 잘 조화된다.

이야기의 줄거리 자체도 이제하가 쓴 종래의 작품과 비교하면 매우 일관성이 있고 단순하다. 서울에서 말단 공무원 생활을 하고 있는 어떤 사내가 죽은 아내의 유골을 뿌릴 곳을 물색하려는 듯 막연히 길을 떠나 동해안의 이곳저곳을 떠돌아다니는 중에 우연히 만나게 된 사람들 이야기며 풍경, 그리고 머릿속을 오가는 생각과 환영—끝으로 그 역시 우연히 만나게 된 간호원과 하마터면 새살림을 차릴 뻔했다가 마지막 순간에 무당과 마주침으로써 그 간호원에게 신이 내리게 되고 주인공은 배를 타고 서울로 돌아오게 된다는 것이 이 작품의 대강 줄거리이다. 더 간단히 말하면 죽은 아내의 환영을 좇아 낯선 고장을 떠돌아다니는 한 나그네의 사흘 동안의 이야기라고도 할 수 있다.

"전통적인 사실주의 기법으로 우선 한 발 물러섰다"는 작가 자신의 말에 안도감을 느끼면서 버릇대로 격식에 맞는 이야기의 서두도 읽어보고 스토리도 요약해보고 했지만, 그의 작품은 자세히 읽어보면 여전히 도처에서 우리의 기대로부터 빗나간다. 우선 계해년이라는 첫 단어 뒤에는 괄호가 붙어 있고 그 속에 한자로 癸亥年도 아닌 癸亥만이 반복되는가 하면, 잇달아 콜론에 이어 1983이라는 숫자가 붙어 있다. 계해년이라는 시간 단서는 역사소설에나 어울릴 법한 표현인데, 사건이 벌어지는 시간은 1983년 우리들의 시대이다. 괄호 속의 한자의 불완전한 반복, 또 1983이라는 아라비아 숫자 모두가 우리를 또다시 불편하게 한다. 설악산 입구에서 하차한 사내가 "전차에 받힌 듯한 얼굴을 하고" 우두커니 서 있다는 비유 중 '전차'는 오늘날, 특히 설악산 입구라는 공간에서는 너무나 비약된 교통 기관이어서 우리의 정서를 불편하게 한다. 모두의 객관적이고 파노라믹한 시점의 채용으로부터 주인공의 내면으로 시점을 엉뚱하게 전환하는 방식도 독자에게는 불편하다. 예의 주인공의 행동을 기술하는 문장은 여간 거북하지가 않다. "코르덴 점퍼에 옛 시골 면서기의 그것 같은 낡은 가방을 늘어뜨린 모습으로, 버스 꽁무니가 사라진 쪽을 눈여겨보고 있는 눈치였으나 실은 길 건너편을 그는 바라보고 있었다"라는 문장 구문은 이제하의 전형적인 수사법이다. 이 장황한 문장의 주체는 '그'이지만 그 주체는 문장의 끝에 와서야 나타난다. 즉 행동이나 대상, 환경을 주도하는 주체가 항상 뒤쪽으로 물러나 있다. 독자는 마치 주체적 인격도 없는 인물의 코르덴 점퍼나 가방이나 시선이나 그 시선의 대상과 먼저 대면한 후 뒤늦게서야 그 모두를 통어하고 소유하는 주체와 만나게 된다. 우리는 문장의 선두에 나타나서 행동과 대사와 태도를 통제하는 주체, 즉 인간 중심적 논리의 틀에 익숙해 있다. 그래서 독자인 우리 편에서 보면 이제하의 소설은 항상 우리의 독서 속도를 방해하고 늦추어놓는다는 인상을 받는다. 그래서 우리는 이미 읽은 부분으로 되돌아와서 새로운 우리들의 편안한 질서로 그의 세계를 재구성하려고 노력하지 않으면 안 된다. 그의 작품은 천천히 읽기를, 여러 번 읽기를 요구한다.

이제하의 나그네는 확실한, 적어도 확실하다고 인식되는 의도나 동기에 의하여 행동하기보다는 우발적으로 마주치는 외적·내적 인물이나 사건이나 충동의 뒤를 따르고 있다고 할 수 있다. 그래서 코르덴 점퍼가, 가방이, 시선이, 길 건너편의 바다가 먼저 나타나고 '그'

는 뒤늦게서야 따라온다. 의도나 동기 이전에 어떤 현상·물체·타인·충동 등이 먼저 나타난다.

앞에서 우리는 나그네가 길을 떠난 것은 아내의 유골을 뿌릴 곳을 찾아서라고 했지만 그렇게 확실하지는 않다. 아내를 화장한 직후에 떠난 것이 아니라 "허섭스레기와 함께 처박아둔 채 근 삼 년이나 까맣게 잊어버리고 있었던" 그가 왜 지금 그 유골을 들고 떠났을까? "여긴 왜 오셨어요"라고 두 번씩이나 물어온 질문에 나그네는 두 번씩이나 대답을 주저하거나 포기한다. 물론 "그러고 보니 오늘이 여편네 기일인 것 같군……"이라고 첫번째는 막연하게나마 대답한다. 그러나 '여편네의 기일'은 떠남의 동기가 아니라 떠난 후에 확인된, 혹은 상기된 사실일 뿐이다. '그러고 보니'라는 표현이 그 사실을 말해준다. 그보다는 소설의 초입에서 볼 수 있듯이 그의 출발은 '거의 충동에 쫓기다시피'라는 동기 아닌 동기에 의한 것이 더욱 확실하다. 그러나 그 '충동'의 내용은 항상 빈칸으로 남아 있다. 그 빈칸 속에 울리고 있는, 그리고 변용하는 의미를 우리는 읽어내려고 노력해야 한다.

출발의 동기만 충동적인 것이 아니라 물치라는 곳에 내린 동기 또한 충동적이다. 그는 "자신도 모르는 힘에 떼밀려 마지막 순간에 급하게" 차에서 내린 것이다. 이처럼 '충동'이나 '자신도 모르는 힘'에 의하여 나그네는 길을 떠나기도 하고 멈추기도 한다. 그의 행위는 자신의 의지보다는 자신의 밖에 있는, 혹은 자신의 내면에 있는 그 우발적인 힘이나 권유나 거리낌에 '떼밀려' 행동하고 떠나고 발걸음을 멈춘다. 그에게는 동기가 없듯이 목적도 없다. 그래서 그는 도처에서 주저하고 망설인다. "전차에 받힌 듯한 얼굴을 하고 우두커니 그 자리에 못박혀" 서 있고, "주춤거리며" 걷고, "무작정 위쪽으로" 올라가고, "케이블카 부근을 어정거리고" "하릴없이" 바다를 향해 걷기 시작하고, 여러 곳에서 "생각을 고쳐먹고" 방향을 돌연 바꾼다.

이 소설 속에는 초입부터 그의 진로를 막아서는 벽이 많다. 그를 마지막 순간에 급하게 내리게 만든 바다는 원래 열려진 공간으로 인식되게 마련인데 그에게는 “창졸간에 앞을 막아선 절벽”과도 같다. 그래도 그 바다 쪽으로 다가서려 할 때는 초병이 막아선다. 산으로 가려 할 때는 중늙은이가 노인을 데려다달라고 권하며 막는다. 노인을 데려다주려니까 검문이 잦다고 하고 노인이 가려는 곳에서 휴전선이 막혀 있다. 한계령을 넘어 원통에 도착하면 폭설이 흰 벽을 쌓아올리고 마을을 옴짝없이 그 속에 가둬버린다. 이 소설은, 이러한 각도에서 읽는다면 나그네를 가로막고 있는 여러 가지 감금을 뚫고 저 한계선을 넘어가려는 불가능한 노력을 그린 소설이라고 해석할 수가 있다. 그것은 우선 죽은 아내를 찾아 삶과 죽음이라는 경계선을 뚫고 가려는 노력이다. 아내는 아마도 창졸간에 앞을 가로막는 벽과도 같은 바다 저쪽에 있는지도 모른다. 바다 이쪽에서 그는 아내의 허상과 같은 세 여자, 즉 백설여관의 앳된 여자, 간호원, 횟집에서 동침한 여자를 만날 뿐이다. 한 여자는 짝이 맞지 않아 남아도는 여자, 간호원은 노인의 유담보 노릇을 하는 여자, 횟집의 여자는 창녀다. 이들은 모두 성(결합 불능이거나 사랑이 결여된 매춘)과 죽음과 관련된 아내의 허상들이다.

아내를 찾아 삶과 죽음의 경계선을 넘어서기 전에 나그네가 마주치는 보다 현실적인 경계선은 초병이 지키는 경계선, 그리고 휴전선, 즉 정치적 분단 현실이다. 나그네를 끊임없이 주저하게 하고 생각을 바꾸게 하고 “꺼림칙한 이런 기분으로는 도저히 그냥 돌아갈 수 없게” 하는 것은 바로 휴전선 저 너머 고향으로(“돈 있으면 뭘 해, 가지두 못할 땅”) 가고자 하는 노인의 집념이다. 그러나 노인은 결국 두 사내의 “안정감이 되레 그를 무거운 기분으로 짓누르는” 벤츠에 실려 서울로 떠나고 말았다.

마침내 두 가지 경계선은 하나의 경계선으로 합쳐지는 문제로 변한다. 나그네를 떼미는 충동, 그 알 수 없는 힘은 그러니까 분단이라는 현실과 죽음이라는 내용을 짙게 감추고 있다는 것을 알 수 있다. 나

그네가 가고자 하는 곳과 노인이 가고자 하는 곳은 동일선상에 놓인다. 노인이 가고자 하는 '월산'과 불확실한 채로나마 죽은 아내가 고향이라고 둘러댄 '원산'이 유사한 소리의 여운을 담고 있는 것은 우연일까? 분단이라는 현실은 죽음에 의한 사랑의 차단과 동일선상에 놓인다. 이런 의미에서 비교적 「나그네는 길에서도 쉬지 않는다」와 비슷하게 최근작인 「밤의 창변」의 조명을 받으면 이 작품의 이해가 어느 정도 진전할지도 모른다. 「밤의 창변」 역시 부부 사이의 사랑이 좌절되어가는 상황 속에 통일에 대한 강연 연사로 부부를 동시에 등단시키고 있다. 아내는 통일의 실체를 인체에다 비유하고 "열강들의 외세와 간섭을, 병자를 길바닥에 방치하고도 태연한 무자비한 행인들에 비유한다"고 내레이터는 말한다. 남편은 추상 논리보다는 "구체적이고 디테일한 방법"의 제시가 필요하다고 여기며, 연설 도중 "아랫도리에서 거대하고 어마어마한 폭발"이 일어남을 경험한다. 이처럼 성, 혹은 사랑과 분단이라는 문제는 동일한 울림을 지니고 있다. 여기서 나그네와 간호부는 각기 혼자 몸이 되어 만난다. 그들은 과연 만나게 되는 것일까? 간호부에게 신이 내리게 되는 이야기, 대단원의 놀라운 급전은 정치적 현실과 사랑은 집단적 무의식으로, 혹은 예술의 혼에 의해서 극복하는 것을 의미하는 것일까? 아니면 또다른 헤어짐으로의 계속을 의미하는 것일까? 아니면 그 둘 다일까?

하여간 우연과 우발적 만남과 헤어짐으로 점철된 이 작품의 배경에는 필연을 닮은 운명적 그림자가 자욱이 깔려 있다. 물치 삼거리, 아내 유골을 방치해둔 삼 년, 횟집 여자를 권하는 세 번의 전화, 원통 삼거리, 간호부가 받은 삼백만원의 수표, 손바닥의 금들이 그리는 세 개의 방형, 작품을 등분하는 세 개의 장, 세 여자와의 만남과 세 가지의 죽음, 벤츠를 타고 돌아가는 세 사람의 남자, 이 이야기를 구성하는 사흘 동안, 그리고 물가에서 관 셋 짊어진 사람을 반드시 만난다는 점쟁이의 예언—이 전체를 관류하는 3이라는 숫자는 그 자체에 의미가 있다기보다 집요한 반복을 통해서 짙은 운명의 그림자를 던지고 있다. 그러나 이 모든 짜임새와 상징적인 해석과 의미도 중요하겠지만 이 작품 전체에 마력적인 힘을 행사하는 것은 나그네의 떠도는 모습 그 자체다.

이제하의 산문 「행려(行旅)를 위하여」를 읽어보면 이 소설의 맥이 어디에서 출발하고 있는지를 알 수 있을 것이다. '외설한 고독'과 철저하게 대면하면서 떠나는 나그네, "사람 때문에 떠나고 사람으로 끝나는" 나그네의 이야기가 우리들 속에 깊숙이 감추어진 우리들 자신의 벌거벗은 모습을 시시각각 드러내 보여주기 때문에 이 소설은 무엇보다도 감동적이다. "비로소 그대는 떠날 때와 똑같은 하나의 공규를 스스로 지니고, 떠날 때와 똑같이 자신을 거기다 투영시키게 된다"고 「행려를 위하여」에서 필자는 말하고 있지 않는가! 의미는 '관계'에 의해서 생성된다. 그런데 나그네의 고독은, 우리의 삶 그 자체인 근원적 고독은 '관계'를 차단하고 의미를 무(無)로 돌린다. 의미의 생성과 무화(無化) 사이에 생기는 긴장감, 혹은 의미의 행려, 이것이 바로 이제하의 불확실의 아름다움이다. 스쳐 지나가고 변화하는 아름다움이다. 관계 속에 균형이 생겨서 안정되면 의미는 굳어지고 정지되고 아름다움은 생명을 잃는다. "그래서 떠난다. 떠나지 않으면 뾰루지가 되어 목숨조차 걸레쪽처럼 밟지 않으면 중병에 걸릴 수 있기에 할 수 없이 떠난다…… 가라! 그냥 흐르듯이 가라!" 이것이 이제하의 고독한 정서의 세계요, 흐르는 의미의 아름다움이다.

(이제하 소설집 『용(龍)』 해설, 문학과지성사, 1986)

가치의 무거움과 노래의 가벼움
—이문열의 『그대 다시는 고향에 가지 못하리』

1

이문열의 소설 『그대 다시는 고향에 가지 못하리』는 프랑스 문학사처럼 「롤랑의 노래」로부터 시작된다.

프랑스 문학사가 아름답고 장중한 무훈시 「롤랑의 노래」의 전설적 안개를 출발점으로 하여 그 나라 문학사 이전의 시간과 어렴풋이 분리되어 하나의 독립된 문화 공간을 형성한다는 점을 주목한다면 소설의 이같은 프롤로그가 매우 상징적인 의미를 내포하고 있음을 곧 알 수 있다.

샤를마뉴 대제의 조카로서 롱스보에서 장렬한 최후를 마친 중세의 가장 영웅적 기사의 전설을 노래한 「롤랑의 노래」를 책의 서두에서 만나면 '아, 드디어 프랑스 현대문학사가 시작되는구나' 하는 느낌을 갖게 된다. 마찬가지로 이 소설의 내레이터는 "고향 동구 조금 못 미친 산비탈의 조그만 바위" 어림대(御臨台)에 이르면 '아, 드디어 고향에 돌아왔구나' 하는 생각을 하게 된다. 여기서부터 회한과 그리움, 고통과 향수가 동시에 얽혀 만들어진 한 인류학적 공간, 즉 '고향'과 우리는 대면하게 된다.

프랑스 문학사가 롤랑의 영웅적 투쟁과 충성을 노래하듯이 이 소설 또한 그 출발점에서 어떤 가치에 대한 충실성, '옛 정신의 권화, 은성(殷盛)했던 시절'의 빛을 노래한다. 고향은 바로 이 원초적이고 드높은 빛으로 형성된 공간이다.

고향이 어떤 지도 위에 표시될 수 있는 단순한 장소일 뿐이라면 그 공간 속에 담긴 시간은 그저 무한히 먼 지질학적 시간으로부터 시작하여 무심한 현재, 미래로 스쳐 지나가는 것에 그칠 것이다. 그러나 구태여 '고향'이라는 이름을 붙여 마음 깊숙이 잠재해 있는 생래적 감동과 더불어 부르는 그 특수한 공간은 무엇보다도 어떤 인간 공동체의 체험, 즉 사랑하고 고통하고 싸우고 화해하는 삶에 의하여 '만들어지는 공간'인 것이다. 따라서 그 공간이 우리에게 실감나게 이해되기 위해서는 그것이 문화사적 통일성에 의해서 어떤 시작과 끝을 가져야 한다. 고향을 하나의 삶의 형식, 혹은 의미의 단위로 분절시켜주는 역할 또한 그 '어림대'에 맡겨져 있다.

이교도의 반항으로부터 성지를 수호하기 위하여 일어난 십자군의 영웅 롤랑의 무용담이 프랑스 문학사의 시초를 약 삼백 년 동안의 전설적 안개 지대의 어렴풋한 경계선으로 한정해주듯이, '어림대' 바위에 얽힌 전설은 여조(麗朝)와 이조(李朝) 사이의 상당 기간에 걸친 시기를 경계선으로 하여 시작된 씨족 공동체 사회의 시간과 공간을 하나의 덩어리로 통일시켜주는 역할을 한다.

요컨대 이 소설은 어림잡아 국도가 오십 미터쯤 비켜간 동구 산비탈에 버티고 선 바윗덩어리 '어림대'에서부터 '마지막 여왕'이 만신창이 기사를 처연하게 전송하며 들고 선 '램프 불빛'까지의 공간, 그리고 입향조(入鄕祖)의 후인 한 분이 어가(御駕)를 뒤따라 출사한 이조 초기에서부터 '내' 가 그곳을 마지막으로 떠나고 마는 날까지의 오랜 시간을 적재한 거대하고도 아름다운 선박 '고향' 이 장려한 낙일(落日)도 없이 기억의 깊은 어둠 속으로 침몰하는 이야기이다. 또한 '짚고 있던 명아주 지팡이에 불을 붙여 어두운 세상을 밝혔다는' 청려(靑藜)의 불빛에서 폐원(廢苑)의 마지막 램프불까지 타오르고는 어둠 속으로 무너져버린 불꽃의 이야기이다.

각각 하나씩의 분리된 단편소설이나 수필들로 읽어도 좋을 이야기들을 은밀한 질서에 의하여 하나의 전체로 묶어놓은 이 미묘한 작품처럼 '고향' 이라는 유별난 공간을 정서적, 문화적, 역사적, 윤리적 감동과 함께 체험시켜주는 일종의 협주곡은 일찍이 없었다. 다른 어느 외국어로도 번역하기 어려운 '고향' 은 낙원이라는 것이 그러하듯이, 행복이 그러하듯이, 그것을 잃어버리는 순간에야 비로소 '발견' 하게 되는 어떤 삶의 총체다. 그러므로 우리는 이제 처음으로, 아니 적어도 최초와 같은 감동으로 고향이라는 막연한 마음속의 공간을 참으로 발견하는 것과 동시에 잃어버리는 순간에 참여하는 셈이다.

'현대소설' 이라는 것이 처음 탄생하게 되는 18세기 말엽과 19세기 초엽의 서구 소설가들이 얼마나 강한 사명감에 불타고 있었는지를 우리는 알고 있다. 그들은 스스로 철학자, 경제학자, 사회학자, 역사학자를 자처했었다. 이문열의 이 소설이 우리에게 주는 감동은 소설이란 장르가 얼마나 포괄적인 기능을 행사할 수 있으며 다른 분야와의 관계에 있어서 얼마나 강력한 흡수력을 가지는가 하는 감탄을 동반한다.

이 작품은 물론 예술작품으로서의 소설이지만 동시에 이제 영원히 사라져버리게 될 어떤 가치 혹은 삶의 형식에 대한 충실하고 감동적인 '증언' 으로서 귀중한 가치를 지닌다. '고향' 이라는 특유한 대상, 아니 '이미지' 를 살아 있는 것으로 증언하는 방식으로서 소설은 역사적 문헌이나 사회학적, 인류학적 보고서보다 훨씬 웅변적임을 이 소설은 또한 보여주고 있는 것이다. 또 작가가 이같은 '증언' 을 제공하기까지에는 '진정한 고향을 가졌던 마지막 세대'에 속한다는 강한 동기성이 뒷받침되어 있다. 고향이라는 특유한 주제를 다룸으로 인하여 작가는 자기 스스로를 발견하고 독자에게 그것을 드러내 보임과 동시에 아름다운 것, 소중한 것, 이제는 사라져버리게 되는 것을 바라보는 그의 '낭만주의적' 방식을 또한 보여준다. '사라져 그리운 것들' 혹은 '스러져가야 할 것이기에 더 아름다운' '사라진 모든 것의 추억처럼 희미한 빛' '몰락하는 영광이 가지는 비장미' 등 작가의 직접적인 목소리로 확인시켜주는 말들, 그리고 '에필로그' 뿐만이 아니라 작품 전체의 구체적인 분위기 모두가 참다운 발견과 상실의 동시성(同時性)이라는 낭만적 비전을 강하게 전달하고 있다.

그러나 이 소설 속에는 그런 낭만적 비전의 일부인 과거 지향성에 균형을 부여하고자 하는 강한 의지도 또한 내포되어 있다. 따라서 이 소설은 침몰해버린 가치와 형식에 대한 단순한 증언 이상이다. 왜냐하면 이 낭만적 비전은 동시에 '우리 역사와 전통에 대한 또다른 평가와 해석'이 가능하다는 것을 보여주고 있기 때문이다. 평가와 해석은 그 대상뿐만 아니라 평가와 해석을 내리는 사람이 발딛고 있는 현재와 미래의 모습 또한 조명해주는 것이다.

2

우선 이 작품을 대하는 독자는 그 오랜 독서문화의 관습으로 인하여 이 작품의 '장르'에 대한 의문에 다소 부대낄 가능성이 있다. 통일된 주인공이 있는 것도 아니요(구태여 주인공이 있다면 그것은 물론 '고향'이다), 현장감 있는 행동이나 사건의 연쇄를 통해 '소설적 짜임새'가 강하게 노출되는 것도 아니다. 그렇다고 어떤 전위적이고 반소설적인 실험을 보여주는 것 같지도 않다.(이 작품 전체를 꿰뚫고 있는 강한 주관성, 내레이터인 '나'의 심리적이고 낭만적인 시점은 때로는 좀 염려스러울 정도이다.) 첫눈에도 알아볼 수 있는 통일성이 있다면

'나' 라는 내레이터, '고향' 이라는 주제, '첫날' 에서 '마지막날' 까지 기껏해야 일 주일 남짓할 듯싶은 고향 체류 기간뿐이다.

그렇다면 이 작품은 소설이라기보다는 매우 소설적인 성격이 가미된 아름다운 산문집에 더 가까운 것이 아닐까? 마치 독자의 이같은 의문을 미리부터 예감했다는 듯 이 소설의 초판을 낸 출판사는(혹은 작가는) 『그대 다시는 고향에 가지 못하리—그 귀향(歸鄕)을 위한 영가(靈歌)』(민음사, 1980)라는 제목 밑에 '이문열 장편소설' 이라고 굵은 활자로 강력하게 안내하는 친절을 보였었다. 오늘날 책의 표지에 이같은 장르 표시의 활자가 점차로 그 크기를 더해가는 현상은 우리 문학에 뒤늦게 밀어닥치고 있는 장르 개념의 붕괴(이것이 반드시 염려스러운 면만 지닌 것은 결코 아니다)를 역설적으로 반영해 보이고 있는 것인지도 모른다.

'고향을 주제로 하는 아름다운 산문집' 이라는 느낌은, 위에 지적한 특징, 그리고 제5장 「다시 사라진 것들을 위하여」를 구성하는 모둠, 화전(花煎), 채미(採薇), 서리, 천렵(川獵), 잿봉다리 싸움, 벽계학교 등의 에피소드들이 차지하는 비중과 민속학적 인류학적 논문을 방불케 하는 그 서술방식에 겹쳐, 무엇보다도 이 책 전체에 걸친 문체의 특성에 기인한다. 우선 이해는 할 수 있으되 이제는 상당히 낯설어진 어휘들—입향조(入鄕祖), 복송(復誦), 문회(門會), 색차(色且), 문명(文明), 가군(家君), 족인(族人), 불천위(不遷位)…… 등—과 반드시 방언이라고 치부할 수는 없으되 어떤 특수한 지방(가령 경상북도 북부 지방)의 씨족 사회적 관습이 물씬 배어 있는 용어들이 무수히 동원되어 있음은 상당수의 독자들에게 각별한 감동과 해묵은 추억을 불러일으킬 것이다.(작가는 '내게 있어서 고향의 개념은 바로 문중門中이다' 라고 못박아 말하고 있다.)

그러나 문체란 단순한 어휘 선택 이상의 것이다. 유종호씨는 이 책의 해설에서 "다룬 소재에 따라서 혹은 옛스러운 한문투를, 혹은 각설이적인 민요조로, 혹은 유장한 산문시투를 구사하고 있어 제재의 다양성과 평행관계를 이루고 있다"고 지적했다. 물론 그렇다. 그러나 이문열의 다른 작품들에서부터 시작하여 이 책에 이르러 그 본격적인 모습을 드러내는 문체적 특징이 있다면 역시 '유장한 산문시투'로 집약될 수 있으리라는 것이 나의 느낌이다. 이것은 한문투와 규방가사가 지닌 정형적 리듬이 합쳐진 것에서 온 특성으로 여겨진다. 다음의 예는 매우 시사적이다.

춘삼월 / 꽃 / 그늘에서 / 통음(痛飮)에 / 젖으시고 // 잎지는 / 정자에서 / 율(律) / 지으셨다. // 유흑(儒黑)을 / 논하실 땐 / 인간에 / 계셨지만 // 노장(老莊)을 / 설하실 땐 / 무위(無爲)에 / 노니셨다.

이 예는 한문투와 정형적 리듬이 결합된 문체를 지적하기 위하여 들어 보인 것이지만 이 예문 속에는 매우 중요한 또하나의 특징이 내포되어 있다. 그것은 동일하거나 유사한 리듬이 구문상의 반복을 동시에 수행하고 있다는 점이다. 전체적으로 3·4조의 정형성을 유지반복하는 것과 동시에 앞에서 예를 든 각 문장 속에는 장소+동작, 시간+상태의 의미론적 형식 또한 반복되고 있다. 또 위의 예문에 곧바로 이어지는 구절들은 반드시 규방가사나 시조의 정형적 3·4조를 반복 사용하고 있지는 않지만 대구(對句) 형식의 구문적 대칭관계에 있어서는 위의 예문과 동일하다.

당신들의 성성한 백발은 / 우주에 대한 심원한 이해와 통찰을 / 감추고 있었으며 // 골 깊은 주름과 형형한 눈빛에는 생에 대한 참다운 예지가 / 가득 고여 있었다.

지켜야 할 것에 / 엄격하셨고 // 노해야 할 곳에 / 거침이 없으셨다. // 한번 노성을 발하시면 마른 하늘에서 / 벽력이 울렸으며 / 높지 않은 어깨에도 / 구름이 넘실거렸다.

이와 같은 문체적 특징은 작가 개인이 지닌 미문(美文)의 재능은 별도로 하고라도 규방가사에서 현대 구문으로 넘어온 우리 국어의 문어체가 외국어 구문의 강력한 영향 및 복잡해진 삶의 내용과 격(格)의 변화로 뿌리째 뒤흔들려버리기 전 어떤 과도적인 문체의 시대를 웅변으로 증언하고 있다. 이같은 특이한 문체는 과연 한때 우리나라 중고등학교 국어 교과서(그 시대 학생들의 예민한 감수성, 가난했지만 아직도 근대화의 악착같은 공리주의에 의하여 비교적 덜 침식된 감수성이 서적 기근의 그 시대에 문학과 접할 수 있었던 유일하고 가장 보편적인 통로가 그 교과서였다)의 수려한 몇몇 산문들을 깊게 물들이면서 어쩌면 작가의 말대로 "진정한 고향을 가졌던 마지막 세대"의 감성 속에 지우기 어려운 자취를 남겨놓은 다음 산업 시대, 물신(物神) 숭배 시대, 기능주의 시대의 새로운 산문 문체 속으로 깊숙이 잠복해버린 채 겉으로 드러나게 사용되는 일이 드물어진 것 같다. 사라져가는 고향의 모습과 병행하여 새삼스럽게 재생시킨 이 문체와 억양은 바로 그러한 의미에서 주목될 만한 것이다. 다시 말해서 이문열이 그의 증언을 통해서 우리들의 기억 속에 복원시켜놓은 것은 '고향' 이라는 내용이나 대상뿐만이 아니라 그 고향을 노래하는 형식이기도 하다는 뜻이다. 사라져가는 것이기 때문에 더욱 아름다운 것은 단순히 폐원(廢苑)의 여왕들이나 어둠 속에 마지막 빛나는 등불만이 아니라 그것을 되살려주기에 가장 적합한 목소리와 억양이기도 한 것이다.

그러나 이러한 '유장한 산문시투' 가 가장 단적으로 나타나 있는 위의 예문 같은 소설의 어느 부분에서나 골고루 찾아볼 수 있는 것은 아니다. 여기에서 우리는 위의 예문이 위치한 문맥을 특히 주목할 필요를 느낀다. 즉 이같은 구문은 바로 '우리들 옛 고향의 마지막 할아버지' 이전의 '은성했던 시절' 과, 그 시절의 주조(主調)를 되살려내기 위해서 사용된 것이다. 내레이터는 그 사라진 가치와 더불어 사라져버리는 억양을 심각하게 애도하고 있다. 아마도 그 '옛 정신의 권화' 가 지녔었을 억양에 가장 가까운 목소리로.

3

1980년에 발표되었던 『그대 다시는 고향에 가지 못하리』의 「후기」에는 "사정에 밀리어 수록되지 못한 몇 개의 단편"이 있음을 밝히고 그것을 후일 다시 보충하여 "처음에 의도한 대로의 형태"를 갖추겠다는 뜻이 약속되어 있다. 이제 그 약속이 지켜지게 되는 듯하다. 이리하여 제2장 「암포 신문인협회(岩圃 新聞人協會)」의 방문이 내레이터의 귀향 '첫날'에 할당되었고 1980년 초 소설집 『그해 겨울』에 실렸던 「사라진 것들을 위하여」가 이 고향 이야기 속으로 제자리를 찾아들어옴에 따라 같은 제목의 일곱 가지 에피소드는 「다시 사라진 것들을 위하여」로 개칭되었으며 제9장에 「분호난장기(糞胡亂場記)」가, 그리고 제11장에 「백치(白痴)와 무자치 — 기상곡(奇想曲) 2」가 추가되었다.

이처럼 이제는 '처음에 의도한 대로의 형태를 갖추게 된'(후일의 독자는 이 소설의 초판이 출간된 1980년과 빠진 부분이 채워져 출간되는 1986년을 이 나라 정치의 우여곡절과 관련하여 의미심장하게 주목할 수도 있을 것이다) 이 소설 전체를 은밀하게 떠받치고 있는 통일성과 그 구조는 어떠한 것일까?

'어림대'라는 가라앉아가는 선박의 '양수표(量水標)'를 시작으로 하여 원래는 "진료소로 지은 대여섯 평 남짓한 블록 건물"인 암포 신문인협회, 정산(正山) 선생의 초당 청려당, 옛 주막의 흔적은 간데없는 술집, 벽계학교, 장터거리, 지서, 가택, 고옥의 불탄 자리, 도가(都家)·장자(長者)의 집, 그리고 폐원 — 유서 깊은 문중이 오랜 세월을 두고 부침(浮沈)을 거듭해온 '고향'에서라면 흔히 마주칠 수 있는 — 등이 이 소설 공간을 형성하는 이미지의 극점(極點)들이다. 이 장소들은 문중의 집단적 삶과 그 삶을 에워싸고 있는 아득한 전설들이 퇴적되어 마침내 탈바꿈한 공간들이다. 그 대부분의 장소나 건물들은 이제 그 본래의 기능을 상실했거나 아니면 아예 그 형적마저 사라지고 없다. 대개가 이제는 과거의 그루터기요 폐허에 불과하다. 종손(宗孫)은 이렇게 말한다. "그러나 돌을 바꾸고 비명을 고쳐 쓸 수는 있어도 고향 사람들의 기억 속에 서 있는 그 비석을 없애버릴 수는 없어. 마찬가지로 한번 잃으면 다시 회복할 수 없는 것 중의 하나가 사람의 격(格)이야." 그러나 때가 되면 모진 돌 속에 새겨두었던 비명도 비바람에 마모되고 거기에 서려 있던 전설도 망각 속에 묻히고 비석도 어림대도 그 본래의 한갖 '돌'로 되돌아간다.

삶의 시간에 씻겨 지워진 이러한 그릇들은 그 시간을 삶의 차원에서 기억하고 해석하지 못한다면 그저 바위나 집, 혹은 빈터에 지나지 않는다. 이 그릇들에 삶의 내용을 부여하는 것은 인간이다. 바위 앞에서 어가를 뒤따라 출사한 옛날의 입향조, 교리 어른, 정산 선생, 벽계학교를 거쳐간 저 정열적인, 혹은 절망적인 문중의 젊은 세대들, 종손, 장자, 그리고 한결같이 아름답고 비극적인 '여왕들', 혹은 한개〔大狗〕가 그들 나름의 격—"크고 환하다고밖에 형용할 길이 없는 인간 정신의 아름다움"—을 통하여, 그들 나름의 정념, 광기, 절망, 사랑, 고통을 통하여 고향이라는 장소를 어떤 가치와 체험의 공간으로 탈바꿈시켜놓은 것이다.

이 소설 전편에 기록된 갖가지 '최후의 모습', 혹은 꺼져버리기 전에 마지막으로 타오르는 불꽃, 침몰해버리기 전에 마지막으로 남아 있는 생명, 그 모든 것들 중에 가장 먼저 소개되는 것은 고향의 현주소인 '암포 신문인협회'다.

겨울이 되어 수온이 내려가면 물고기들은 점점 소(沼)로 몰린다. 북풍이 불고 그 소마저 두껍게 얼어붙으면 결국 물고기들은 그 소의 가장 깊은 곳에 몰려 오글거리게 된다.

이를테면 이곳은 고향이라는 중환자의 전신 기능이 정지해버리고 난 후 산소 호흡기에 의지하여 마지막으로 박동하는 심장과도 같은 곳이다. 그리하여 이곳은 "영락한 후예들의 낡은 자존심과 긍지가 마지막 안간힘으로 몰려 있는 곳"이다. 다음은 이 중환자에게 아직도 마지막 산소를 공급하고 있는 낡은 자존심과 긍지의 수원지다. 그곳이 바로 내레이터가 귀향 둘째 날에 찾아가는 청려당이다. 정산 선생은 그 '이상하리만치 단순한' 호(號)로 보나 프롤로그와 '소의 가장 깊은 곳' 에 이어 최초의 정신적 가치의 기틀을 보여주는 위치로 보나, 이 책 속의 생존인물 중에서 가장 연장자요 최고의 식자인 동시에 '나' 의 스승이었다는 사실로 보나 이 작품, 아니 고향의 역사와 전통 전체를 지배하는 어떤 가치규범의 핵심임에 틀림이 없다. 그가 남긴 글로서 내레이터가 작품 속에서 장황하고 수려하게 역해(譯解)하여 소개하는 「청려자 잡견설(靑藜子 雜見說)」은 일종의 교육현장 같은 것으로서, 종갑씨가 옥선이라는 여자를 통해서 언뜻 접한 "이조 풍류의 잔영", 그리고 옛 학문, 옛 신화와 전설, 옛 신앙 등 "사라진 모든 것들의 증언"처럼 남은 사립장 도평 노인의 장인 정신, "한번 잃으면 다시 회복할 수 없는 것 중의 하나가 사람의 격"이라는 종손의 신념, "포기해버린 양반 정신"을 회복하고 우리 문화의 정화인 "소수 엘리트의 정신적 성취"를 복원시키는 장자의 꿈으로 연결된다. 바로 이같은 가치의 맥락 속에서 작가는 '우리의 역사와 전통에 대해 다른 해석과 평가도 있을 수 있다는 가능성' 을 보여주고자 증언하고 있는 것 같다. 이 무너져가는 가치의 아름다움과 그것을 그리는 문체는 그리하여 대혁명으로 무너져버린 과거를 향수 어린 눈으로 바라보는 샤토브리앙의 장려하고 우수에 잠긴 문체를 연상시키기에 이른다—라고 한다면 아직은 혈기왕성한 이 작가에게는 좀 성급한 비유가 될 것인가.

그런데 여기쯤에서 제기되는 문제는 그러한 가치의 내용과 그 구현 방식의 뗄 수 없는 관계다. 미리부터 어떤 가치와 규범이 결정된 다음에 그것을 구현하는 방법이라든가 그것을 적용하는 장(場) 같은 것은 그 뒤에 찾아도 되는 것이라면 문학이라는, 나아가서는 예술이라는 까다로운 장르의 존재 이유가 설명되기 어렵다. 문학이 이들의 삶에 유별난 빛을 던져주는 것은 가치의 내용과 그 구현방식의 '동시성' 이라는 특징에 기인하는 것이다.

다분히 작가 자신으로부터 이데올로기적인, 혹은 수사학적인 원격조종을 받고 있는 것으로 짐작되는 정산 선생이나 장자, 종손이 때때로 늘어놓는 장황하고 유장한 가치관의 피력은 크고 드높은 것임에 틀림없다 할지라도 너무나 격과 억양이 높고 근엄하다 못해 작품의 아름다움을 그 무거움으로 압도해버릴 것만 같은 우려를 낳는다. 그 '무거움' 은 바로 여기서 거론되고 있는 가치 그 자체 속에 애초부터 내재하는 결함일지도 모른다는 느낌을 지우기 어렵다. 사실 이러한 가치는 그것이 무너져버리고 사라져가는 것이기에, 그것이 우리들의 고향이기에, 우리들 몸 속에 돌고 있는 피와 같이 우리들 정신의 일부를 이루고 있는 것이기에, 그리고 무엇보다도 우리들 청춘의 일부이기에, 애석하고 그립고 아름다워 보이는 것이다. 그러나 만약 그 가치가 사라지지 않고 고스란히 복원되어 다시 나타난다면 어떨까? 그럴 경우 그 장려함보다는 그것의 엄청난 구속력이 망령처럼 우리를 더욱 괴롭히지나 않을까? 작가는 물론 그것을 모르고 있지 않다.

장터거리에서 만난 '순실 누님' 과 자살한 '희 아주머니' 는 그것을 웅변으로 말해주고 있다. 그러나 옛 가치의 회복을 공연히 가상하여 염려할 것은 없다. 그것은 이미 '가만히 두어도 저절로 사라질 옛 제도와 관습' 일 뿐이다.

하지만 옛 제도와 관습은 사라져도 가치를 대하는 태도와 수사학, 아니 그 가치에 수반된 '무거움' 은 그대로 자취를 남길 수도 있다. 가령 귀향 첫날을 장식하는 「롤랑의 노래」의 마지막 페이지를 채우는 문명론은 우리가 이 작가에 대하여 걸고 있는 범용하지 않은 기대에 대한 좀 공허한 답으로 들린다. 이 정도의 거친 웅변, 혹은 제 모습을 비추는 비판적인 거울을 함께 갖추지 못한 붓은 대의원(代議員) 제씨(諸氏)의 연설문을 위해서, 혹은 수사학 예문집을 위해서 양보해도 좋지 않을까? 이 작가는 어딘가에서(벌써 수년 전이긴 하지만) 이렇게 말한 적이 있었다. "나는 아직 서적과 관념에 의존하고 있다. 좀더 공격적인 표현으로 고치면 현학적이란 뜻이 되겠는데 그러나 나는 앞으로도 버틸 수 있을 때까지는 이대로 버티겠다. 나는 믿는다. 현학으로 그 문학을 출발한 사람은 감각적이란 도피처를 갖고 있다." 그러나 앞에서 잠시 예를 들어 보인 '유장한 산문시투' 라는 것도 자칫 현학적인 것과 감각적인 것의 조급한 결합에 의하여 산출된 나머지 공허한 것으로 스러져버릴 위험을 안고 있다.

그러나 이같은 수사학과 가치관의 '무거움' 을 충분히 덮어줄 수 있는 작가 정신의 속도 또한 이 작품은 내포하고 있다. 그것은 이미 앞에서 잠깐 지적한 리드미컬한 문제다. 그리고 "짚고 다니던 명아주 지팡이를 태워" 어두운 세상을 밝혔다는 청려의 불빛이 마침내 제10장 「인생은 짧아 백 년, 한(恨)은 길어 천 년 기상곡(奇想曲)」의 대화재로 타올라 청기와집을 잿더미로 만든 후, 「폐원」에서 처음에는 '희미한 호롱불' 로 되살아나 떨리다가 마침내는 만신창이의 기사가 다시금 출발하는 길을 비추이는 '램프' 로 타오르려 하는 그 수줍은 희망이 그러하다. 「방황하는 넋」 「장자의 꿈」 「폐원」이 따뜻하고 아름답고 얌전하게 슬픈 가작(佳作) 단편들이고 「다시 사라진 것들을 위하여」를 구성하는 여러 가지 풍속 묘사가 여유 있고 능숙한 솜씨를 보여주는 것도 사실이지만 무엇보다도 이 작품을 하나의 전체로 통합하여 탁월한 예술작품의 경지로 끌어올리는 것은 바로 저 아름답고 광란하는 「기상곡」이다. 그것은 유종호씨의 지적처럼 "한국적인 한(恨)을 사회적 맥락에서 정의하여 제시"한다는 점에서도 그러하겠지만, 그 이상으로, 다른 이야기들이 너무나도 '나' 와 거리를 유지하지 못한 채 직접적 '경험' 으로만 표출된 나머지 오히려 비사실적이거나 도식적이 되고 마는 것에 비하여 '기상(奇想)' 의 노래는 환상이기 때문에 더욱 문학적인 현실감과 호소력을 발휘한다. 내용과 형식이 어느 순간에 참으로 불붙듯이 하나로 솟구쳐오르는 모습을 보여주는 데 있어서, 작품이 표현하는 의미와 불이라는 이미지가 빠르고 신비하고 시간적으로 탄생하는 것을 경험하게 하는 데 있어서, 「기상곡」의 서두만큼 탁월한 예는 흔하지 않을 것이다.

> 전설이 있었다. 아직 그곳에 구십아홉 칸의 청기와집이 있고…… 황혼 무렵 멀리서 그 집을 바라보고 있으면 지붕이며 담 위에서 불쑥불쑥 흰 옷 입은 처녀들이 솟아올랐다. 그녀들은 처음 대여섯에서 점점 늘어나며 손에 손을 잡고 윤무를 돌았다. 그러다가 문득 한 줄기 푸른 불꽃으로 변하여 문살이며 처마에 옮아붙었다.
>
> 일 년에도 그런 불은 몇 번이고 그 집을 괴롭혔다. 곡식 쌓인 곳간을 태우고 가축이 잠든 외양간을 태웠다. 비단 가득한 자개농에 옮아붙고 성하게 태어난 주인들을 불구로 만들었다…….(「기상곡」)

이 건잡을 길 없는 불의 세례를 거쳐 비로소 고향은 우리들의 영혼 속에 가치의 추억으로서가 아니라 노래의 속도와 율동으로서 영원한 현재로 살아 있을 가능성이 있다. 고향을 가져보지도 못한 채 잃어버린 사람들만이, 도회로 떠나는 사람만이 진정한 고향의 얼굴을 간직할 수 있듯이, 고옥(古屋)을 잿더미로 만들며 타오르는 불이 우리 영혼 속에 남기는 '가벼움'만이, 가치를 역설하는 것이 아니라 가치를 직접 몸으로 살 수 있게 해줄 것이다. 역설적이게도 이문열의 소설 『그대 다시는 고향에 가지 못하리』는 바로 그 상실의 아름다운 노래를 통하여 비로소 지금까지 잃어버렸던 고향이 우리들의 마음속에 영원히 살아 있게 하는 힘을 발휘한다. 왜냐하면 고향은 우리의 빛바랜 사진첩이나 쇠잔한 기억 속에 정적으로 갇혀 있는 공간이 아니라 그렇게 활활 타오르는 불꽃 속에 아니 기울어진 고가(古家)를 불태우는 그 너울거리는 불길 속에 춤추고 있는 공간이기 때문이다.

사람들은 흔히 삶을 덧없는 꿈과 같다고 한다. 그런데 어떤 작품들을 읽노라면 불꽃같이 타오르는 꿈이 바로 삶인 것 같아 보인다.

(『그대 다시는 고향에 가지 못하리』 해설, 나남, 1986)

나비가 되려는 홍어의 꿈
—김주영의 『홍어』

"태백산 남쪽 막바지 기슭에 자리잡은 마을"에 폭설이 쏟아지던 어느 날 아침, 삯바느질로 연명하는 젊은 어머니와 열세 살 난 사내아이 세영, 이 두 사람의 "단출한 식구"는 잠에서 깨자 갈 곳 없이 떠돌던 열여섯 살짜리 "낯선 계집아이" 하나가 밤새 자기네 집 부엌으로 숨어든 것을 발견한다. "반들거리는 눈"에 "당찬 성깔과 넉살"이 만만치 않은 이 아이를 어머니는 하는 수 없이 집 안에 거두어 한 식구로 삼고 삼례라는 이름을 지어준다.

옆집 남자가 아들아이 세영에게 들려준 이야기에 따르면 "홍어"라는 별명을 가진 아버지는 읍내의 주막 춘일옥 부인네하고 불미스런 일을 저지르고 도망친 후 여러 해 동안 소식이 없다고 한다. 어머니는 돌아올 기약 없는 아버지를 기다리며 말없이 긴 겨울을 견딘다.

몽유병과 연날리기와 새잡기와 한밤중의 밀회 등 온갖 수상하고 신기한 행동으로 소년에게 "온 삭신이 옥죄어드는 듯한 섬뜩한 흡인력"

을 행사하던 삼례는 겨울이 끝나가던 어느 날 마을 자전거포에서 일하던 청년과 사라져버린다. 그녀가 캐어다 놓은 씀바귀 반 아름만 부엌 문설주에 파릇파릇하게 매달려 있다.

아버지가 떠난 지 육 년 후인 이듬해 봄날, 이 집으로 한 낯선 사내가 찾아와 결혼 후 종적을 감춘 삼례의 간 곳을 대라고 위협한다. 어머니가 돈을 주어 달래자 떠난 그는 가끔씩 마을 방천둑과 소택지 부근을 배회하곤 한다. 그러나 그 역시 여름이 되자 아주 사라진다.

12월, 옆집 남자는 삼례가 술집색시가 되어 읍내에 나타났음을 귀띔한다. 눈 내린 밤, 혼자 읍내를 헤매다가 어느 술집에서 삼례를 찾아낸 세영은 여러 차례 그녀를 찾아가 만난다. 마침내 읍내로 나간 어머니가 삼례를 불러낸 다음, 그 동안 아버지를 찾기 위하여 모아둔 고액의 돈을 쥐어주고 그녀를 멀리 떠나보낸다.

그후 어느 날, "흡사 삼례를 대신한 것처럼" 삼십대 초반의 젊은 여자가 갓난아이를 업고 찾아든다. 사흘을 묵고 난 뒤 그 여자는 차편을 알아본다고 읍내에 나간 뒤 "연기처럼 사라지고" 돌아오지 않는다. "겨울 눈 속에서는 감당키 어려운 일들이 자주 일어난다"고 어머니는 말한다. 아버지가 떠난 날도 그랬다.

여인이 남기고 간 갓난아이가 소식 없는 남편의 소생임을 눈치챈 어머니는 아이를 거두어 키운다. 세영은 난데없는 이복동생에게 쏟는 어머니의 관심과 정성에 일종의 배신감을 느낀다. 어린 호영에게 계란을 먹이기 위하여 일부러 사온 수탉이 자취를 감춘다. 이웃집 개 누룽지가 닭을 물어죽인 것을 알면서도 그 사실을 어머니에게 숨기면서 세영은 '대리복수'의 쾌감을 맛본다. 그 결과 어머니는 이웃집 남자가 수탉을 잡아먹은 것으로 오해한다.

어머니의 채근에 못 이겨 수탉을 찾아 밤중에 마을을 돌아다니던 세영은 정미소에서 일하고 돌아온 이웃집 남자가 밤에 자기집 부엌에서 혼자 "회색곰"처럼 목욕하는 광경을 몰래 훔쳐보기도 하고 어머니의 바느질을 돕는 창범이네가 옆집 남자와 정을 통하고 있다는 사실도 알게 된다. 한편 삼례에 대한 그리움에 그는 읍내의 선술집을 찾아가 미스 민으로부터 대구 쪽으로 떠난 삼례의 주소를 얻어 뒤꼍 담구멍 속에 숨겨놓는다.

어느 날 발길을 끊었던 세영의 외삼촌이 뜻밖에 찾아온다. 아버지가 돌아올 수 있도록 하기 위하여 삼례가 외삼촌을 찾아갔었고 외삼촌의 주선으로 어머니는 춘일옥 주인과 화해한 것이다. 2월 하순, 마침내 집을 떠나 있던 아버지가 돌아온다. 그러나 아버지가 돌아온 이튿날 아침, 잠에서 깬 세영은 "간밤에 내린 눈으로 마을과 들녘은 온통 눈나라가 되어 있었고" 그 오랜 세월 동안 아버지를 기다렸던 어머니가 숨겨둔 삼례의 주소쪽지를 지닌 채 사라지고 없다는 것을 발견한다. 어머니는 "아버지를 떠나기 위해 내게서 삼례를 훔쳐간 것"이라고 세영은 생각한다.

*

김주영의 초기 단편 「익는 산머루」에 뿌리를 두고 있는 장편소설 『홍어』는 작중화자인 동시에 등장인물인 '나' 세영의 성장소설의 형식을 취하고 있다. 그의 어린 눈에 비쳐진 어머니, 삼례, 옆집 남자, 읍내의 술집여자들, 문득 찾아든 사내 '엘 콘도르', 낯선 삼십대 여자와 그녀가 남기고 간 어린 호영, 그리고 소설의 끝에 가서야 집으로 돌아오는 아버지, 이들 모두는 그에게 신기한 '발견'의 대상이고 또 대다수의 인물들은 삶의 비의를 드러내는 나름대로의 안내자들이기도 하다. 세영의 성장은 "깊은 잠에서 깨어나는" 고통스런 과정인 동시에 정적이고 내향적, 폐쇄적인 누에고치에서 껍질을 깨고 능동적, 외향적인 날개를 달고 생명의 춤과 비상으로 나아가는 과정으로 나타난다.

사실 소설의 도입부 약 열 페이지에 걸쳐서 지극히 인상적으로 서술되고 있는 폭설의 아침과 하얀 눈 속에 파묻힌 채 외부와 단절된 두메 산골의 초가집 안방에서 잠이 깨는 "두 사람의 단출한 식구"는 그 흰색과 닫혀진 공간과 침묵, 그리고 고적함으로 인하여 누에고치 속의 번데기를 연상시킨다. 그들의 세계는 누에고치 속처럼 아늑한 만큼 고독하게 격리, 폐쇄된 공간이다.

"뒤척이며 밤을 새운 자리옷의 옷고름 하나 흐트러진 데 없이 단정한 그대로"인 채 "조촐한 가난"을 인고하는 어머니는 이 누에고치를 영원히 닫혀진 보호의 세계로 지키고자 한다. "남편으로부터 외면당하고 있는 아내로서의 모멸감과 오 년 동안 홀로 스산한 집을 지키며 살아가는 여자로서의 고적감 외에 겉모습만 보면, 어머니의 생활은 별다른 고통이나 질곡을 겪고 있는 것 같지 않았다."(31쪽)

그러나 그 평화와 안식은 겉모습뿐인 평화요 중독된 안식이다. 세영은 마침내 그것은 삶이 아니라 '분묘 속의 은폐', 즉 죽음의 변형임을 깨닫기에 이른다. "어머니는 스스로 쌓아올린 작은 분묘 속에 몸을 숨기고 있는 꼴이었다. 그러나 사람들은 그 분묘의 존재를 확연하게 바라보고 있었다. 고치의 겉모양은 땅콩처럼 생겼지만 실제로 그 속에는 땅콩 아닌 누에가 들어 있다는 것을 누구나 알고 있다."(205쪽) 땅콩이 아닌 누에는 잠에서 깨어나고 마침내 나비가 되어 날아오르고자 한다.

이런 인식과 비상에의 꿈에 이르는 과정에서 결정적인 역할을 담당하는 인물은 물론 삼례다. 그녀는 눈에 덮인 아침, 돌연 이 고요하게 밀폐된 세계 속에 난폭한 위반의 모습으로 출현하여 소년과 어머니의 삶을 송두리째 뒤흔들어놓는다. 우선 요란한 '코고는 소리'로 모자의 잠을 깨우는 그녀의 첫 등장은 어머니의 '비명'을 촉발한다. 비린내를 씻는 그의 목욕은 겉보기에는 이 폐쇄적 세계 속으로 편입되기 위한 일종의 세례의식이겠지만 오히려 세례를 받게 되는 쪽은 누에고치 속의 두 모자다.

그녀의 난데없는 출현은 소년의 "호기심의 뇌관에다 불을 댕길 충분한 폭발력"을 갖고 있다. 삼례는 그 자체가 '불량기'이며 '섬뜩한 흡인력'이며 '폭발물'이다. "간절히 기다리는 마음이 없는 사람에겐 얼굴도 마주할 수 없다는 도도한 자태의 노란 두메 양귀비꽃"인 그녀는 눈밭에서도 살아 있는 생명 그 자체다. "허연 엉덩이를 까내리고" 배설을 서슴지 않는 그녀는 반항이며 위반이며 해방이며 성의 유혹, 생명의 바람기다. 삼례는 요지부동의 격리된 세계에 이처럼 해방과 유혹의 바람을 몰고 온 유목민이며 떠돌이다. 그녀는 "몽환의 공간을 떠다니며" 생명의 춤을 춘다. 그녀는 가오리연을 날리기보다는 살아 있는 새를 잡는다. 그리하여 "폭설이 마을을 덮쳐 오랫동안 머물렀던 그해 겨울, 우리 마을에서 살아 있었던 사람은 삼례 한 사람뿐이었다".

그녀의 생명력과 위반의 유혹은 강한 전염성을 지닌다. "낯선 사람이라도 찾아왔으면 좋겠다는 기대"는 이리하여 삼례가 모자의 마음속에 드리우고 간 "길고 긴 그림자"가 된다. 과연 그녀가 사라진 뒤, 철저히 격리되어 있던 이 집으로 낯선 사내 '엘 콘도르'와 '삼십대 여인'과 '외삼촌'과 '아버지'가 차례로 찾아든다. 하얀 눈으로 상징된 고치의 단단한 껍질은 깨어졌다. "삼례는 드디어 메마른 가슴속에 응고되어 있던 회한의 심지에 불을 댕긴 것이었다."

그녀가 발산하는 생명력의 강한 전염성은 결국 굳게 닫혀 있던 어머니의 가슴속에마저 존재론적 변화를 가져온다. 마침내 "삼례를 따라 떠나고 싶었다"는 어머니, "겨드랑이에 날개가 달려 있는" 어머니 역시 파릇파릇한 씀바귀를 남기고 집을 떠난다. 뒤에 남은 세영도 "종이쪽지에 적혀 있는" 삼례의 주소를 기억한다. 그러나 그 주소는 어느 낯선 붙박이 장소가 아니라 '떠남' 그 자체, '삶의 발견' 그 자체일 뿐이다.

그런데 아이러니컬하게도 김주영의 소설『홍어』에 홍어는 없다. 소설의 시작과 더불어 홍어는 '사라지고 없는' 것이다. 게다가 없어진 홍어도 본래 살아 있는 홍어가 아니라 "언제나 문설주에 너부죽하게 꿰어 매달려 연기와 그을음을 뒤집어쓰고 있던" 말린 홍어, 즉 부재하는 아버지의 '별명'에 불과하다. 그것은 매마른 상징일 뿐이다. 중요한 것은 그 마른 홍어를 살아나게 하는 가슴속의 생명력이다. 이리하여 물 속의 홍어는 차례로, 언 땅을 뚫고 솟아나는 씀바귀, 가오리연, 새, 나비로 상승하는 과정을 밟고 있다.

그러면 홍어는 대체 누가 먹었을까? 비린내를 풍기는 삼례가? 비린내를 풍기는 누렁이가? 어쩌면 그런 것은 중요하지 않을지도 모른다. 중요한 것은 이 소설이 존재하는 홍어가 아니라 '없어진' 홍어, '홍어의 부재'에 관한 이야기라는 사실이다. 말린 홍어가 비워놓은 자리, 그 결핍의 공간은 비로소 삶에 대한 치열한 욕망이 싹트는 자리이기 때문이다. 거기에서는 한겨울의 씀바귀가 파릇파릇하게 살아나고, 지느러미를 파상으로 움직이며 유유히 소택지를 헤엄치고 싶은 홍어의 꿈, 하늘 높이 날고 싶은 가오리연의 꿈이 요동친다.

그 격정적인 꿈이 탕진되는 날, 그 홍어가 남긴 빈자리로 피폐한 아버지가 돌아오는 날, 고만한 나이면 앓게 되는 '몽유병'이, 이곳에 몸을 두고도 늘 저곳을 꿈꾸는 '사팔뜨기'가 치유되는 날, 소년은 마침내 어른이 되어, 또다른 아버지가 되기 위하여 집을 떠날 것이다. 그때 마른 홍어는 다시 문설주에 돌아와 매달리고 폭설이 쏟아지는 어느 날, 소설은 다시 시작될 것이다.

(『서평문화』 1998년 여름호)

언어적 구조물로서의 작품
—유재용의 「관계」

벌써 오래 전부터 프랑스 문단에서는 단편이라는 장르의 이야기를 기피하는 작가·독자·출판사의 태도를 개탄하는 소리가 심심치 않게 일어나곤 했다. 사실 현대적 의미의 단편소설 하면 가장 먼저 머리에 떠오르는 작가 중의 하나가 모파상이요 메리메라고 할 수 있다. 그리고 또 프랑스 문학의 19세기는 바로 단편문학이 그 전성기에 이르렀던 시대로 손꼽힐 수 있을 것이다. 그런데 모파상, 메리메, 그리고 플로베르, 발자크, 릴아당, 노디에 등 단편소설의 대가를 낳은 프랑스에서 단편문학을 그토록 오랫동안 외면하는 풍토에 대하여 개탄하는 소리가 자주 나온다는 것은 과연 기이한 일이다.

그런데 그와는 거꾸로 된 풍토가 바로 우리나라가 아닐까 싶은 생각이 든다. 지면이 제한된 잡지에 실린 대부분의 소설이 단편인 것은 말할 것도 없고 대다수의 소설가들이 데뷔할 때 들고 나오는 작품이 단편소설이며 심지어 문학전집을 훑어봐도 단편집의 수는 외국에 비해볼 때 이상하리만큼 큰 비중을 차지하고 있다.

그같은 현상에는 사회·경제적인 여건, 그와 직접적인 관계 속에 놓이는 문단의 관행 및 출판 사정, 그리고 독자들의 기호 등 여러 가지 원인이 있을 터이다. 또 그것이 바람직한 현상이냐 아니냐에 대한 토론도 가능할 것이다.

그런데 최근 몇 년 동안에 경제적·사회적 여건의 변화와 더불어 단편소설과 장편소설 사이의 불균형 상태가 상당히 수정되는 경향을 띠고 있으며 전체적으로 작품의 길이가 길어지는 추세를 보인다. 이같은 변화의 구체적인 단서는 단순히 짧은 이야기인 단편과 단행본 한 권 분량이 될 수 있는 장편 사이에서 그 어느 쪽이라고 말하기 어려운 이른바 '중편' 소설들이 상당량 출현한다는 사실에서도 찾아질 수 있을 것이다.

그런데 이같은 변화하는 현상을 앞에 두고 우리가 한 번쯤 생각해 보아야 할 문제는 단순히 장편과 단편 중 어느 쪽이 바람직하냐 하는 당위적인 문제보다는 과연 단편소설과 장편소설은 장르라는 측면에서 어떻게 다른 것인가라는 보다 더 '문학적'—앞의 당위성 문제가 오히려 문학 풍토상의 문제라면—문제일 것이다.

서구문학을 예로 들어본다면 단편소설(Nouvelle)은 그 역사가 매우 오래 전인 중세시대의 우화시(Fabliau)와 보카치오의 『데카메론』까지 거슬러올라간다. 사건·상황·인물 분석 등이 아직 본격화되지 못한 채로 그저 정해진 몇 가지 주제—가령 연애담—를 중심으로 한 '재미있는 이야기'의 전통에 의존하고 있었던 것이 중세 이후의 우화시, 혹은 단편이라면 그것이 정작 하나의 장르로 정착되고 소설(장편)과는 또다른 서술방법을 갖게 된 것은 18세기 이후라고 볼 수 있을 것이다. 앞의 것이 단순한 전통이나 관습에 의존했고 18세기의 것이 의도적인 선택에 의하여 이루어진 장르라는 차이가 있지만, 하여간 '단편' 혹은 '콩트'는 이야기의 단일성, 서술의 간결성 및 속도, 결말 부분을 향하여 이야기의 동력이 집중, 혹은 압축되어 있다는 점이 특색이라 하겠다.

19세기 이후 단편은 그 소재와 형식이 매우 다양해진다는 점이 특징이다. 그전 시대에 비교적 안정되어 있던 '단편'과 '콩트'의 구별도 흐려졌다. 그러나 여전히 단편소설은 그 길이가 비교적 짧다는 특징 이외에 대체로 단일한 하나의 일화(이것이 그 시대 장편소설과 구별되는 근본적인 기준이지만)를 중심으로 압축된 서술방식을 동원하여 어떤 내레이터가 '이야기를 한다'라는 특징을 그대로 지닌다. 물론 단일한 일화는 가급적 '특이한' 성격의 것으로 선택된다. 19세기에 정착된 단편소설의 특징은 동시에 '인생의 한순간을 환기시킨다'라는 모파상의 말로 매우 간결하게 요약된다. 이 기준은 어떤 의미에서 '에피소드'라는 특징보다도 단편과 장편을 구별하는 데 훨씬 더 결정적인 역할을 한다. '인생의 한순간'이란 말은 다양한 모습의 인생 전체 속에서 따로 떼어낸 어떤 하나의 국면으로 주제를 한정시킨다는 뜻이 되겠다.

유재용씨의 단편 「관계」는 이와 같은 단편 장르 특유의 형식을 골고루 다 갖춘 매우 고전적인 작품이다. '나', 이만복과 정현삼 두 인물 사이의 관계라는 단일한 그러나 매우 특이한 일화를 열 페이지 남짓한 짧은 길이로 '나'라는 주인공의 입을 통해서 간결하게 이야기하는 것이 이 작품의 내용이다.

우선 이야기의 내레이터가 '나', 즉 일인칭으로 되어 있다는 사실은 주목할 만하다. 요즘 우리나라에서 발표되는 단편소설에서는 일인칭이 매우 흔하고 보면—또 유재용씨의 대다수의 단편들이 일인칭 소설들인데—이 일인칭 '나'는 상대적으로 독자의 관심 밖으로 나앉을 가능성이 많다. 그러나 이 작품이 다루고 있는 특이한 주제, 즉 상당히 우화적, 혹은 좀 거창하게 말해서 신화적인 주제를 수용하게 하는 데는 단편소설, 혹은 콩트가 지닌 '이야기' 전통의 원용이라는 점에서, '나'는 매우 효과적이다. 이야기의 주제가 '예외적'이라는 사실은 서술의 처음부터 예고되어 있다. "그러자니 이상한 일, 어처구니없는 일, 엉뚱한 일을 적지 않게 겪어보았다. 장현삼씨 집에 들어가서 겪은 일만 해도 그랬다." 이 이상하고 어처구니없고 엉뚱한 이야기를 독자로 하여금 받아들이게 하는 데는 사실 내레이터 자신이 겪은 경험을 의미하는 일인칭이 그 보증 역할을 하는 것과 동시에 이 일인칭은 이야기를 '옛날이야기' '콩트' '우화' 특위의 분위기로 윤색하는 역할을 한다.

다음으로 "장현삼씨 집에 들어가서 겪은 일만 해도 그랬다"는 서술은 주인공 '나'가 살아온 과거 속에서 분리해낸 단일한 '인생의 단면' 혹은 에피소드를 이야기하겠다는 의도를 예고하는 셈이다.

그러면 이야기 서술의 구조는 어떠한가? 이 작품은 시각적으로 네 개의 단위로 분리되어 있다. 첫번째 단위는 도입부로서 이만복이라는 '나'가 복덕방 영감이라는 중계인에 의하여 장현삼씨와 관계를 맺게 되는 상황의 설명이다. 두번째 단위는 '나'와 장현삼씨 사이의 첫번째 대면에 할애되어 있는데, 장현삼이라는 인물의 신체 조건과 특징이 묘사된다. 세번째 단위는 장현삼씨의 집에 들어가서 나, 이만복이 하는 하루의 일과가 자상하게 묘사되어 있다. 여기까지는 외면적인, 즉 물리적인 관계의 반복성이 암시되어 있다. 시간은 첫 월급을 받기까지 한 달. 네번째, 즉 마지막 단위는 두 사람의 관계가 불구자인 고용주와 건강한 피고용자라는 물리적·사회적 관계에서 한 발자국 더 발전하여 예외적인 심리적 내지는 형이상학적인 동일화에 이르는 과정을 서술하며 이 동일화가 완료됨과 동시에 빠른 속도로 대단원에 이르게 되어 있다.

그러면 이같은 외형상의 구조를 이야기의 내용과 결부시켜 구체적으로 살펴보자. 도입부에서 예고된 쌍방간의 '관계'는 고용주와 피고용주 사이의 서로 갈등하는 상하관계이다. 따라서 독자의 관심은 이 갈등이 해소되느냐 심화되느냐에 쏠리게 된다.

그러나 제2단위에 들어와 양자가 막상 서로 대면하는 것과 동시에 본래의 상하관계는 예측한 내용에서 빗나간다는 것이 확인된다. 즉

고용주가 신체적으로 지체불구자이고 피고용자의 경우는 '건강한 몸'이 그가 지닌 '재산'인 것이다. 사회적인 면에서의 상하관계는 이처럼 신체적인 면에서 볼 때 전도되어 있다. 그러나 심리적인 치열성이라는 각도에서 본다면 여전히 상하관계라는 것이 곧 드러난다. 즉 내레이터인 이만복은 '참을성', 즉 결과적으로 수동성 혹은 수용성이 단순한 특징인데 비하여 주인 장현삼씨는 "말소리가 탄탄하게 힘이 배어" 있는가 하면 "물그늘처럼 아슴푸레한 미소"가 "입꼬리와 눈꼬리에" 잠시 머물렀다 가는 것으로 보아 단순하지 않은 심리적 복합성, 그리고 어떤 난해하고 섬세한 내면적 분위기를 표현한다. 그뿐이 아니다. 그 "물그늘" 같은 미소가 걷힌 눈꼬리에서는 "서릿발같이 싸늘한 빛"이 뿜어나온다. 비교적 평범하고 수사적 기교가 제거된 담담한 문체로 씌어진 이 작품 속에서 "물그늘처럼" 아슴푸레한 미소나 "서릿발같이 싸늘한" 빛 따위의 비유는 주목을 끌어 마땅하다. 특히 '물'의 이미지가 순식간에 "서릿발"로 단단해졌다가 불과 몇 행 뒤에서는 "날이 선" 눈빛으로 노골적으로 광물화되는 과정은 공격성의 점진적인 강화를 암시한다. 결국 제2단위는 두 사람 사이의 강한 갈등관계―장현삼씨의 경우가 능동적 갈등관계라면 이만복의 경우는 수동적이지만―로 끝난다.

제3단위는 이야기의 사실성을 고려하여 등장시킨 듯한 박씨 아주머니로 시작되지만 곧잘 "그림자처럼" 조용히 움직이는 인물로 소개되면서 그 존재가 반쯤 지워진다. 이같이 중화된 배경 속에서 두 인물의 '관계'는 보다 선명하게 조명된다. 여기서 내레이터인 '나'가 장현삼씨를 시중드는 하루 일과가 새벽 네시부터 밤중에 주인이 잠드는 시각까지 소상하게 소개되는데 이때 서술을 위해서는 이 작품 전체에 걸쳐서 유일하게 현재시제가 채용된다. 소설의 서두에서부터 제2단위 첫 부분까지 이어지던 과거시제는 "나는 허겁지겁 옷을 주워 입고는……"에서부터 교묘하게 현재로 바뀌어 하루 일과의 반복적인 내용을 차근차근 설명하고 나서(이같은 시제의 고의적 용법을 은폐하려는 듯, 그와 동시에 행동의 반복성을 대조에 의하여 부각시키려는 듯, 중간에 "언젠가 장현삼씨가 짜증스럽게 물었다"라는 대목부터 몇 해 동안 과거로 바뀌어지기는 하지만) "비로소 나를 놓아준다"를 끝으로 "못 할 노릇이다" "잘 수가 있었다" "……라고나 할까" 따위의 교묘한 중간 시제를 거쳐 현재로 되돌아온다. 이리하여 작품의 제2단위는 다시금 과거시제로 끝나면서 소설의 마지막 결말 부분까지 그대로 계속된다. 여기서 과거에 둘러싸인 채 현재시제로 강한 조명을 받는 하루 일과의 반복적 의미는 간단히 한 단위를 뛰어넘어 한 달이라는 시간이 흘러가게 만드는 서술적 경제의 효과를 가져온다. 또 내용면에서 두 인물의 이처럼 반복된 물리적(육체적) 관계는 두 사람 사이에 있을 수 있는 갈등을 어느 정도 해소시켜준다. 그 사실은 "장현삼씨의 입꼬리와 눈꼬리에 물그늘같이 아슴푸레한 미소가 어렸다. 하지만 미소가 지워진 뒤에도 서릿발처럼 싸늘한 눈빛은 뿜어나오지 않았다"라는 마지막 진술이 웅변으로 증거한다. "날 선" 눈빛으로, 다시 그 서릿발이 사라지고 "물그늘"만이 남는 심리적 완화의 이미지 역시 지극히 논리적이다.

마지막 단위에 오면 시간은 쉽사리 일 년으로 껑충 뛴다. 여기서 비로소 이 작품의 가장 근간을 이루는 주제가 장현삼씨의 입을 통해서 제시된다. "우리 두 사람은 전생에서 무슨 인연을 맺었던 것 같소. 전생에서는 만복씨가 두 다리를 못 쓰는 처지였구 나는 만복씨한테서 월급을 받으면서 만복씨 시중드는 일을 했는지두 모르지." 그리고 "아니 우리는 전생에서 한 사람이었는지두 모르지. 한 사람 속에 들어 있던 두 마음이 따루따루 몸을 지니구 태어났는지두 모르지. 안 그렇소?"가 그것이다. 이같은 불교적 우주관을 통해서 단순한 고용인, 피고용인의 관계는 한 단계를 비약하여 동화화라는 과정을 밟게 된다. 이만복은 단순히 불구자의 배설과 일상적인 행동에 보조적인 역할에 그치지 않고 직접 식사, 자전거 타기, 결혼 등 기본적 행위를 장현삼씨 대신에 하게 된다. 앞에서 "요강 부셔다 놉시다"라는 일인칭 복수가 마침내 "닭고기 한번 먹은가 싶게 먹은 것 같은 걸"에로, 그리고는 "아 맛있게 잘 먹었다"로 일인칭 단수화하는 장현삼씨의 발언이 그것을 말해준다. 시간은 빠른 속도로 흘러가 작으면 "한 달 만에", 더욱 빠르면 "해가 가고 새봄이 돌아와"라는 식으로 서술된다.

두 사람 사이의 동일화는 사건적인 면에서는 장현삼씨를 대신하여 '내'가 어떤 여자와 결혼하여 '아이'—이 아이는 두 사람이 한 사람으로 동일화되는 구체적인 현상을 암시하는 듯—를 낳음으로써, 사회적으로는 아이의 이름, 호적 따위에 의하여 완료된다. 그러나 더욱 중요한 동일화의 완료는 이미지에 의하여 암시되어 있다.

> "……이만복씨가 아니라 장현삼이가 하구 있는 거라구 생각하시오. 장현삼이가 이만복이 몸 속에 들어와 하구 있는 것이라구 말이오. 자 내 눈을 보시오" 장현삼씨가 내 눈을 뚫어져라 쏘아보며 말했다. 나도 그 눈을 맞받아 바라보았다.
>
> 문득 내 몸이 장현삼씨의 눈 속으로 빨려들어가 장현삼씨의 몸과 하나로 합치는 것 같은 느낌을 받았다. 나는 눈을 감았다.

여기서 '물그늘' → '서릿발' → '날이 선'의 순서로 광물화되고 공격적이 되어가던 시선이 갈등 요인의 제기로 다시 '서릿발' → '물그늘'로 부드럽게 질료적 변용을 해왔던 것을 상기한다면 이만복의 '건강한' 몸이 장현삼씨의 '눈' 속으로 빨려들어가 '하나'가 되고 그와 동시에 '눈을 감았다'는 사실은 이 소설 전체의 의미를 이미지의 차원에서 완료시켜준다는 뜻이 된다. 단순한 갈등의 해소만이 아니라 강한 공격성의 날이 선 눈빛의 치열성이 뒤에 숨고 본래의 '물그늘'이 지녔던 수용적 능력이 이미 두 사람의 동일화를 암시적으로 준비하고 있었음을 알 수 있다. 이같은 동일화는 결국 '눈을 감는' 행위로 몸과 눈빛의 '결혼'을, 통일적 자아의 성숙을 의미하겠는데 그 이미지가 여자와의 결혼, 아이 탄생이라는 외면적 현상을 낳는 것은 당연한 일이다. 그리고 석 달 후에 '여자'가 사망하는 것은 사건적인 차원에서는 좀 갑작스러운 면이 없지 않으나 이때의 '여자'는 장현삼씨의 눈꼬리에 집요하게 서려 있던 '물그늘'이 육체적으로 구체화된 것에 지나지 않으므로 당연한 귀결일지 모른다. '죽음' '사라짐'이 '선산'을 돌보는 다른 이미지와 연결된 것 또한 당연한 것이며 이 죽음을 통해서 '내'가 '잃어버렸던 나 자신을 되찾는 기분'이 되는 것은 '잃어버림'을 통해서 눈뜨는 자아라는 도식에 들어맞는 것이다.

이 이야기는 끝의 관광 '여행'을 통해서 꿈과 현실로 건너뛰는 액자소설의 전형적인 양식을 간접적으로 원용하면서 끝난다. 이 소설은 물론 자아의 탐색을 다룰 때마다 서구문학이 흔히 사용하는 '분신(Double)'의 문제를 다루고 있다. 이 테마는 바로 소설의 형식과 내용을 다 같이 하나의 초점으로 집중시키는 데 더없이 유용하기 때문에 문학에서는 매우 중요한 주제로 되풀이되어 사용된다. 그러나 서구문학에서는 대체로 자아분열이나 갈등의 문제 쪽으로 심화되는 이 주제가 이 작품 속에서는 갈등의 해소라는 쪽으로 무리 없이 설득력을 발휘하고 있다는 점에서 특히 흥미롭다. 내레이터인 나의 그 기막힌 수동성, 내지는 수용성이 불교적인 우주관과 무리 없이 보조를 같이하면서 '관계'가 하나의 '동일화'로 성공하는 과정을 사건·서술구조·이미지 등 여러 가지 차원에서 나란히 교묘하게 짜나간 솜씨는 사실은 한국적 혹은 동양적인 저 관계의 감동적인 복(福)이라는 의미 이상으로 주목되어야 마땅할 작품이다. 왜냐하면 문학작품은 주제나 거기서 우러나는 메시지로서의 의미 이전에 하나의 언어적 구조물이기 때문이다. 단편소설의 경우에는 더욱 이 점이 강조되어 마땅하다.

(『문학사상』 1980년 12월호)

'만남' 으로 가는 미완의 노래
—김채원의 『형자와 그 옆사람』

미당 서정주 선생은 「춘천의 눈」이라는 짤막한 수필에서 이렇게 말하고 있다.

"나는 매주 수요일마다 춘천에 올 일이 있어, 벌써 한 이 년 가까이 한 주일에 한 번씩 또박또박 춘천을 겪고 지내왔다. 그래 춘천의 머리는 어디고 화장실은 어디고—그런 것들을 두루 요량하게 되었다. 그런데, 묘하게도 아직껏 영 잘 안 보이는 것이 춘천의 그 눈이다. 그 눈은 어디에 놓여 숨어 있기에 이렇게도 잘 안 보이는가? 아라비아의 미인처럼 너무 두꺼운 면사포를 쓰고 있어서 안 보이는 것인가?…… 이것은 혹 강원일보 같은 신문이나 토착의 형안들이나 두루 나서면 찾아지는 것일까. 춘천의 눈이 보이게 된다는 것—그것은 우리 같은 외래의 객에게는 참으로 기다려지는 일이다."

김채원의 작품 속으로 발들여놓으면서 내가 가지게 된 의문은 바로 이러한 것이었다. 그의 세계는 눈이 잘 보이지 않는다. 아마도 잘 보이지 않기 때문에 "외래의 객"은 그만큼 더 그 "눈이 보이게 된다는 것"을 기다리게 되고 그 눈을 두리번거리며 찾게 되는 것 같다. 그의 작품세계를 이해하려는 노력은 어쩌면 그 고독한 의식과 눈 맞추기 위하여, 좀처럼 보이지 않는 그 눈을 발견하기 위하여 더듬어가는 긴 우회의 과정일지도 모르겠다.

『형자와 그 옆사람』은 김채원이 발표한 최초의 장편소설이다. 지금까지 그의 단편과 중편만을 대해온 독자들에게는 그만큼 비상한 관심의 대상이 될 것이다. 그러나 이 작품은 그 길이가 길다는 사실을 제외한다면 이야기 및 인물과 상황의 단순성으로 보아 종래에 그가 발표해온 다른 단편이나 중편의 성격에서 크게 벗어나는 점이 없다고도 할 수 있다. 이 작가의 다른 대다수의 작품과 마찬가지로『형자와 그 옆사람』 역시 중년에 접어드는 한 여자의 일상에 관한 이야기다. 아니 이야기라기보다는 고독한 시선과 목마르게 삶의 중심을 찾는 몸짓과 느닷없는 환상의 떨림이 미묘하게 교차하며 박명 속에 차곡차곡 쌓이는 반추상의 우울한 그림이다. 일상이 그려놓는 단조로운 그림은 기억과 환상의 어스름으로 지워지고 그 환상들이 쌓이면 다시 또다른 형상이 만들어진다. 이 어렴풋한 형상 위에 다시 일상의 발자국이 찍힌다. 이러한 그림과 지워짐의 반복 속에 어떤 삶의 모습이 떠오른다. 의미가 만들어졌다가는 다시 사라지며 변형되는 이 희미한 그림의 자취들이 우리에게 감동을 주는 것은 아마도 매순간 꾸밈이 없는 어떤 진실의 빛이 그 위에 던져지고 있기 때문일 것이다. 그리고 매우 담담하고 나지막하지만 그 속에 진실을 향한 열정을 담고 있는 어떤 목소리 때문일 것이다.

김채원의 작품 속에서는 한 여자, 그의 남편, 아이, 어머니, 할머니 그리고 대개의 경우 먼 곳(흔히 외국)에 가서 살고 있는 여자의 언니나 여동생이 가족관계의 축을 이루고 있다. 그중에서 중요한 특징으로 대부분의 작품에서 남성, 즉 아버지와 남편이 어떤 이유로 부재하고 있다는 사실을 주목할 수 있다. 「애천」·「오월의 숨결」을 거쳐서 마침내 「겨울의 환」에 이르게 되는 이 가족관계의 기본 도형은 이번의 장편소설에 와서도 대체적으로 반복되고 있다는 느낌이다. 다만 흥미로운 점은, 주인공 형자에게는 남편, 두 아들, 아버지, 어머니가 골고루 갖추어져 있다는 충만한 기본 도식에도 불구하고 정작 이야기 공간 속에서는 오로지 주인공 형자만이 오두마니 남아 있다는 사실이다. 상황은 이처럼 극단적으로 단순화되었다. 오히려 단편소설들에서보다도 더욱 단순화되었다고도 볼 수 있다.

이야기가 시작될 때 형자는 승준, 태준 두 아이들을 "서울 근교의 외가"에 데려다주었다.(1) "방학이 끝나기 전에 아이들을 데려오라는 부모의 뜻을 따른 것이었다."(2) 한편, 남편은 가족들과 더불어 바닷가로 여름 휴가를 갔다가 그 길로 "그곳에 남아 배를 한 척 샀다. 그리고 그는 다니던 회사에 사표를 내고 어부 생활을 시작했다. 그는 어부 생활이 자신에게 가장 맞는 생활인 듯하다고 말했다. 그는 그럴 수 있는 사람이라고 형자는 생각했다."(8)

이렇게 하여 길이가 서로 다른 스물다섯 개의 장(단락)으로 구성된 이 이야기는—이 글에서는 각 인용의 끝에 단락의 번호만을 괄호 속에 표시하겠다—형자가 아파트에 혼자 남게 되는 날(1)부터 마침내 "서울 근교"의 외가로 아이들을 데리러 찾아가는 날(25)까지 약 열흘 남짓한 기간 동안에 일어난 일들 및 그 여자의 의식 속에 떠오르는 온갖 상념, 기억, 그리고 감정들의 서술로 이루어지게 된다. 이와 같은 주인공의 '고립'으로 인하여 이야기는 형자라는 객관적 삼인칭 서술형식을 취하면서도 동시에 시점을 한결같이 이 인물에만 고정시킨 채 그의 외적·내적 세계를 자유자재로 넘나들면서 조명할 수 있는 일인칭 특유의 유연성을 가질 수 있게 된다. 뒤집어서 말해본다면, 형자의 고립에 힘입어 삼인칭 서술의 객관성을 유지하면서도 일인칭이 갖는 내면적 주관성을 드러냄으로써 "주관과 객관의 조화"라는 작품의 주제 자체를 이를테면 "걸어가면서 걷는 방법을 보여주는" 매우 이상적인 방식으로 실현한다. 사실 소설은 대부분이 삼인칭 서술에 의존하고 있지만 후반부의 19장에서 22장에 이르는 네 개 장은 일인칭인 '나'로 슬며시 바뀌어져 있다. 그러나 서술체에 각별한 주의를 기울이는 독자가 아니고는 이같은 변화를 눈치채지 못할 만큼 일인칭과 삼인칭, 그리고 주관성과 객관성의 경계는 유동적이다.

형자가 아파트에 혼자 남는다는 사실은 서술상의 효과만을 가능하게 하는 것이 아니다. 남편이나 아이들과 더불어 살아간다는 것은 어느 정도 미리 짜여진 공동 생활의 리듬과 습관에 실려서 살아가는 안락과 위안을 특징으로 한다. 이 경우 시선은 상당 부분 밖으로 향하게 한다. 그러나 문득 '혼자'가 된다는 것은 돌연한 변화의 충격에 이어 이른바 관계의 재조정과 그 반성을 요구하게 된다. 여기서 관계라 함은 한편으로 자기 자신과의 관계, 다른 한편으로는 타자 및 세계와의 관계를 의미한다. 문득 혼자 남은 여자는 주위를 돌아보고 자신을 돌아보지 않을 수 없다. 자기 자신과의 고독한 대면, 타자와의 대면, 주위의 사물과의 대면. 다른 가족과 공동 생활을 할 때도 이와 같은 대면이 이루어지지 않는 것은 아니지만 그것은 습관의 베일 속에 가려질 수가 있다. 그러나 돌연 혼자가 된 인간에게는 이같은 대면, 즉 관계의 문제가 의식 속으로 절박하게 떠오르는 것이다. 『형자와 그 옆사람』은 문득 혼자 남게 된 여주인공 형자가 타자 및 세계와의 관계에 대한 반성을 통해서 자신의 실체에 대하여 질문을 던지고 스스로의 존재를 인식해가는 고통스러운 과정이라고 할 수 있다.

*

어느 날 형자에게 전화가 왔다.
전혀 누구인지 감을 잡을 수 없는 낯선 남자의 목소리였다.
"저어, 문형자씨 댁이지요? 문형자씨입니까?"
낯선 남자는 얘기를 시작했다.(1)

이 소설은 이렇게 시작한다. 이 시작은 의미심장하고 상징적이다. 앞에서 말한 '관계'의 측면에서 지극히 시사적이기 때문이다. 전화는 이 소설 속에서 주인공 형자가 타자와 맺는 관계의 주된 수단이다. 그런데 이 경우 형자가 타자에게 전화를 건 것이 아니라 밖으로부터 그녀에게 전화가 걸려왔다는 것, 그리고 그 발신자가 "전혀 누구인지 감을 잡을 수 없는 낯선" 사람이라는 사실이 중요하다. 이 얼굴 없는 사람은 장차 여러 번에 걸쳐서 전화를 걸어올 것이다.

도대체 이 소설에서만큼 빈번하게 전화벨 소리가 울리거나 전화를 걸고 받는 경우는 쉽게 찾아보기 어려울 것이다. 무려 삼십여 회에 걸쳐서 전화벨이 울린다. 사건, 행동, 서술의 성격상 전화가 등장하지 않거나 못 하는 열두 개 장을 제외한다면 한 개 장에 평균 두세 번의 전화벨이 울린다는 것을 의미한다. 소설 전체의 시작인 제1장을 포함하여 무려 여섯 개 장이 전화로 '시작'되고 한 개 장(4)이 전화벨 소리로 '끝'난다.

3장(시작) : "전화벨 소리에 형자는 잠을 깨었다."

5장 : "전화벨이 울리기 시작했다.
수화기는 무선전화 몸통 위에 놓여 있지 않았다. 형자는 여기저기 수화기를 찾으러 다녔다. 벨은 열 번쯤 울리다가 끊어졌다."

6장 : "그녀가 집으로 돌아왔을 때 전화벨이 울리고 있었다. 형자가 열쇠를 돌리는 중에 끊어졌다. 어쩌면 전화벨이 울리지 않았는지도 모른다."

9장 : "전화벨이 울렸다. 그녀는 달려가서 가스레인지의 불을 줄이고 부엌 식탁에 놓인 무선전화기의 수화기를 집어들었다. 낯모르는 사람에게서였다."

11장 : "비틀즈를 듣다가 전화 거는 거야. 지금 눈이 오지?"

4장(끝) : "그녀가 종종걸음으로 아파트에 들어섰을 때 전화벨이 울리고 있었다."

오늘날의 삶을 그린 소설 속에 전화가 등장하는 것은 전혀 이상할 것이 없고 전혀 예외적인 것도 못 된다. 그러나 이 정도의 빈도와 중요성과 효과를 지닌다면 이 전화는 결코 우연하거나 범상한 것이 아니다. 전화는 형자가 대타관계에 있어서 의존하는 가장 빈번한 수단이라는 점에서 그 대타관계의 특징을 말해주고 있기 때문이다. 즉, 전화는 대타관계의 기호다. 우선 전화를 통한 관계는 직접적인 것이 아니라 기계를 통한 간접적, 소극적이라는 데 그 특징이 있다. 따라서 타자와 나는 전체 인격이 아니라 얼굴이 없는 목소리로만 관계를 맺는다. 그것도 기계를 매개로 한 것이므로 간접화한 관계다. 이것이 바로 이 소설의 첫머리에 등장하는 '낯선 남자의 목소리'가 우선 함축하는 의미이다. 타자는 이처럼 형자에게 얼굴이 없는 목소리로서, 그리고 간접화되어 다가온다.

가령 친구인 정애의 경우, 이미 알고 있는 얼굴이지만 지난번 전시회에서 "못 보아" 섭섭해서 전화를 건다.(3) 다시 말해서 전화는 '보는' 관계를 '말'의 관계로 대체한다. 그러나 적어도 아는 얼굴일 경우에는 상상에 의하여 '보는' 것이 가능하다. 그래서 형자는 친구 윤희의 전화를 받으면서 생각한다. "윤희의 목소리가 낯익으며 형체가 떠오르는 것에 안도했다. 낯선 사람에게서의 전화는 그의 모습도 장소도 떠오르지 않기 때문이었다."(13)

더군다나 이 관계는 기계에 의하여 간접화되어 있기 때문에 원인을 알 수 없는 채, 혹은 본의 아니게 관계의 성립이 어려워지거나 불가능해진다.(위에 인용한 5, 6장의 시작) 또는 통화 도중 안타깝게 단절되기도 한다. 가령, 형자가 공중전화로 심우진과 통화할 때가 그러한 예이다. "얘기가 더 지속되기 전에 신호음이 울리고 전화가 끊겼다. 유리 전화박스에 형자의 모습이 희미하게 비치고 있었다. 형자는 자신의 실체가 유리박스에 비친 모습처럼 매우 불투명하다고 느꼈다."(4)

끊어지기 전에 형자가 하고 있었던 말이 일상적인 대화가 아니라 훨씬 진지한 내면성을 지닌 것이었기에 이같은 돌연하고 예기치 않은 단절은 그만큼 더 전화의 냉혹한 기계적 실체를 드러내 보인다. 통화의 단절에 뒤이어 "유리박스에 비친 모습"이 '희미하고' '불투명하게' 나타나는 것은 타자와의 관계 단절이 초래하는 고독의 의식과 자기 상실의 반영이다.

전화는 그 빈번한 벨소리로 인하여 소음이 되어 휴식과 고요한 생활을 방해하는 공격적 역기능도 유감없이 드러낸다. 전화는 수면을 방해한다. 형자는 두 번씩이나 전화벨 소리에 잠을 깬다.(3, 11) "냉장고 모터 소리가 갑자기 큰 소리를 내었다. 모터 소리와 때를 같이 하여 전화벨이 울렸다. 벨소리가 네 번 울리도록 그냥 두었다. 자동응답기의 필요성을 느끼며 형자는 전화를 받을지 말지 망설이다가 받았다. 방금 와사비를 얻어가지고 간 아파트 여자였다. (……) 냉장고의 몸통을 두드려 모터 소리를 죽이며 형자는 수화기를 놓았다. 다시 전화벨이 울렸다."(2) 혼자가 된 생활 때문에 특히 소리에 민감해진 형자에게 아래층의 "망치로 벽을 부수는" 공사 소리는 물론이려니와 수돗물 떨어지는 소리, 냉장고 모터 소리(이 소리도 형자의 잠을 깨운다 : 2), 현관문의 벨소리, 그리고 소설의 도처에서 화려하게 나열되는 각종 소리들(1, 2, 4, 7, 13, 16)과 더불어 전화벨 소리는 소음이 되어 공격할 뿐만 아니라 원하지 않는 관계를 수시로 강요하면서 그의 의식을 뒤흔들어놓는다.

이리하여 전화는 형자의 대타관계가 갖는 수동성을 노출시킨다. 형자는 자신이 타인에게 능동적으로 전화를 걸기보다는 수동적으로 전화를 받는 경우가 훨씬 많다. '낯선 남자', 이웃집 여자, 정애, 윤희, 심우진, 외가에 간 큰아이 등이 전화를 걸어온다. 특히 소설의 시작에서부터 여섯 번에 걸쳐서 일방적으로 전화를 걸어오는 '낯선 남자'의 경우에서 우리는 형자의 수동성을 충분히 실감할 수 있다. 그 남자는 전화를 걸고 형자는 전화를 받는다. 상대방이 주로 말(흔히 충고)을 하고 형자는 주로 듣는다. 그뿐이 아니다. '낯선 남자'는 "전시회에서 그녀를 보았노라고" 했다.(1) 그는 심지어 형자의 "성격이나 내면은 모르지만 외형은 그릴 수 있다"고 한다. 또 실제로 전화로 그녀의 생김새와 처지를 소상히 그려 보인다.(13) 그런 데 비하여 형자는 그 남자의 얼굴을 한 번도 본 일이 없으며 그에 대하여 아는 바가 전혀 없다. 다만 동네가게 앞에서 마주치곤 하는 "가죽잠바"의 사내가 그 낯선 남자라고 의심한다. 타자는 이리하여 목소리로 듣는 인격과 눈으로 보는 인격으로 분열된다. 두 인격은 서로 어긋난다.

이처럼 전화를 통한 대타관계가 대부분 수동적이고 왜곡되어 있는 만큼 그녀가 드물게 능동적이 되는 경우는 상대적으로 더욱 중요한 긍정적 의미가 있다고 볼 수 있다. 항상 전화를 받기만 하는 그가 스스로 전화를 거는 상대는 심우진, 외가에 간 아이들, 그리고 친구 윤희뿐이다. 따라서 이 세 인물과의 관계는 점차로 그 중요성을 더해간다. 더군다나 심우진의 경우 형자가 전화를 거는 횟수가 가장 많고 또 매번 자기 집이 아닌 공중전화를 이용하여 그에게 전화를 건다는 특징을 보여주고 있다. "자유롭고 싶다"는 것이 이유다. 그러나 두 번은(5, 15) 자동응답기가 대답하고 다른 두 번은 통화중에 끊어진다. 이런 여러 번의 실패는 그녀와 심우진과의 관계의 어려움을 의미하는 동시에 관계의 안타까운 추구를 암시한다. 어느 면 소설은 주인공 형자가 대타관계에 있어서 차츰 어려움을 극복하고 수동성으로부터 벗어나는 과정으로 읽을 수도 있을 것 같다.

그러나 어쨌든 전화는 대체로 형자의 대타관계를 간접화하고 왜곡한다. 그는 전화를 통하여 타인과 관계를 맺고 있다는 환상을 가질 뿐이다. 낯선 사람에게 정애가 하는 말은 그같은 "환상"의 표현이다. "누구신지는 모르지만 무언지 조금씩 고마운 마음이 듭니다. 이렇게 전화로 만날 수 있다는 일이요. 이렇게 전화로 만나는 일이 현대 같고요. (……) 왜 지하철을 타고 보면 지독히 소외감을 느끼는 사람들의 모습을 그대로 적나라하게 바라볼 수 있지요. 바로 그 사람들이 이루어내는 만남이라는 생각이 들어요."(3) 전화는 소외감을 느끼는 사람들간의 만남의 환상이며 만남의 왜곡이다. 특히 "현대 같고요"라는 형자의 말은 이러한 "오염된 관계"(이는 친구 윤희의 표현이다)를 일반화하고 있다.

전화가 간접적인 만남이라면 아파트의 현관에서 울리는 벨소리는 직접적 만남의 신호다. 그러나 이 집을 찾아오는 사람은 극히 제한되어 있다. 와사비를 얻으러 온 이웃집 여자(2), 신문값을 받으러 온 사람(5), 세탁물을 가지고 온 사람(9) 정도가 전부이다. 지극히 짧고 형식적인 접촉에 불과하다. 유일하게 인간적인 관계, 즉 만남을 위한 부름은 외가에 가고 없는 승준이를 찾아온 친구 "아이"의 벨소리다. 처음으로 벨소리에 이어 "대화"가 오가고 그 대화는 정다운 인사로 마감된다. 그러나 그 아이가 만나고자 한 상대는 형자가 아니다. 형자는 오히려 "현관문이 잠겨 있지 않은 것에 놀랐"을 뿐이었다.(7) 다음과 같은 벨소리는 관계의 시작을 알리는 신호라기보다는 오히려 관계의 부재를 극단적으로 드러내는 신호라고 할 수 있다.

> 딩동딩동하는 벨소리에 형자는 망설이다가 문을 열었다. 문 밖에 아무도 없었다. 조금 고개를 내밀어보니 체격이 건장한 한 남자가 옆집 현관 앞에서, 방금 벨을 누른 집이 문을 열었는지도 모르고, 옆집 벨을 눌러놓은 채 멍하니 다른 데를 보고 있었다. 형자는 도로 문을 닫았다.(5)

이제 더이상 마음과 마음, 시선과 시선은 서로 만나지 않는다. 벨과 문이 서로 기계적인 신호로서 응답할 뿐이다. 인간은 신호 체계의 부수적인 한 부분에 불과하다. 이와 같은 만남의 부재나 차단 혹은 왜곡은 "현대"의 일반적인 삶의 양식이 가져온 부정적 결과이다. 또 가깝게는 잠정적으로 '혼자'가 된 여자 특유의 상황에서 그 원인을 찾을 수도 있을 것이다. 자기 보호 본능과 막연한 두려움. "딩동하고 밖에서 벨이 울렸다. 형자는 행동을 멈추고 가만히 앉아 있었다. 누군가 현관문 손잡이를 비틀었다. 형자는 현관문 가까이 가서 현관문이 잘 잠겨 있는가 살펴보았다. 현관문은 잠겨 있었다. 작은 쇠붙이 장치 하나가 바깥과 자신을 차단하는 것에 생각이 미치자 그것이 매우 미약하게 생각되었다."(7)

그러나 보다 근본적으로는 형자의 소극적이고 폐쇄적인 삶의 태도가 대타관계의 성격을 규정하고 있다. 소설의 시작에서부터 형자는 밖에서 돌아오는 즉시 "현관문을 안에서 걸어 잠그고" 나서야 다시 조금 "안도"한다.

> 이제 모든 것을 밖에서부터 그녀의 안으로 철수시켰다. 그녀는 모든 것에서 물러나서 그녀의 내부 속에 자리잡았다.(1)

형자의 이러한 행동과 마음가짐은 일종의 고정관념이 되고 있다. 위에 인용한 표현은 제6장의 끝에서 기계적으로 다시 한번 반복된다. (우리는 간혹 어떤 종류의 행동이나 상태나 풍경이 같은 작품 속에서 동일한 언어 표현에 의하여 기계적으로 반복되는 경우를 김채원의 소설 속에서 종종 마주친다. 단편 「밀월」에서 등장인물을 통해 나타내고 있는 관심의 일단으로 미루어보건대 이 작가는 누보 로망으로부터 이 방법을 의식적으로 차용하고 있다는 인상을 준다. 위의 예문도 이러한 경우에 속한다. 이러한 반복은 형자의 폐쇄적 심리 상태를 고정관념적으로 강조하는 것에 그치지 않는다. 그것은 한 걸음 더 나아가서 누보 로망의 작가들이 노리듯이 시니피앙 저 너머에 전제되어 있는 '의미'의 무화를 초래한다. 이러한 반복은 언어의 기능을 손가락질해 보인다. 소설은 현실의 모방이 아니라 언어의 유희, 즉 언어적 상관관계에 의한 새로운 현실 그 자체이다. 형자는 언어가 만들어낸 존재다. 그녀의 대타관계도 그녀의 '내부'도 언어의 산물에 불과하다. 이 반복의 언어는 글쓰기 자체를 통해서 만남을

'무의미' 하게 만들고 있다.)

형자의 이러한 폐쇄성과 소극성은 마침내 관계의 기피나 혐오로 나타나기도 한다. 이웃사람들 중에서 그녀가 만나는 사람은 와사비를 빌리러 온 여자와 청소부, 그리고 아래층 노인뿐이다. 이웃집 여자와의 사이에는 와사비라든가 귀걸이 같은 지극히 피상적인 관계뿐이다. 아파트 입구에서 마주치는 청소부는 "목의 근육이 무엇 때문인지 삐뚤게 굳어버려 늘 고개를 한옆으로 기울이고 있어서" 고개를 "삐뚜루한 채" 인사를 한다. 그는 왜곡된 관계의 신체적 상징처럼 등장하고 있다. 낯선 남자는 이런 관계의 의미를 "두부장수나 쓰레기 치우는 사람 만나는 것과 다를 바 없는" 것이라고 적절히 표현했다.

형자에게 유일하게 관심을 표시하는 이웃은 아래층 '노인' 이다. 그런데 형자는 그 노인과의 관계를 기피한다. 노인은 형자의 바로 아래층인 6층에 살고 있다. 아내가 도망간 아들과 살고 있지만 안 들어오는 날이 많아서 늘 심심하다. 형자는 노인이 "목을 있는 대로 빼고 이쪽을 주시할 듯한 느낌에 휩싸이는"가 하면 집 안에 들어와서도 방금 밖에서 본 "노인의 그림자를 떨쳐내려는 듯" 실내화를 끌고(1) 노인이 말을 걸면 "자신의 머리채를 잡는 듯" 여긴다.(3) 형자는 노인에 대하여 "자신의 마음속에 실로 도사린 무엇인가가 있는 것 같다"고 느끼면서 "노인은 왜 그녀를 얽어매는가"를 자문한다.(11) 노인의 아들이 "도망간 아내"를 두었다는 사실은 남편과 떨어져 사는 형자 자신의 처지를 무의식적으로 상기시키는지도 모른다. 또 혼자 사는 노인은 형자 자신의 미래를 가시화시키고 있는지도 모른다. 한 층 아래에 있는 노인의 공간은 사실상 한 층 위에 있는 형자의 공간의 또다른 시간일 뿐이다. 노인은 형자에게 현재의 고독, 그리고 장차 다가올 노쇠와 죽음의 은유다. 어느 날 형자가 돌아왔을 때 노인의 아파트에는 지등이 걸렸다. "목욕물을 받는 동안 형자는 마루에 길게 드러누웠다. 그녀의 밑에는 노인의 관이 놓여 있을 것이다."(18) 위에 누워 있는 여자는 살아 있고 밑에 누워 있는 여자는 죽어 있다.

그렇다면 타자와의 관계를 철수시켜서 자리잡은 '내부'는 어떠한가? 이 질문은 자연스럽게 형자와 사물과의 관계에로 인도한다. 형자는 자기 혼자만의 내부 공간 속에서도 사물들의 '밖'에 있다. "사물들은 이 집 주인과 상관없이 저들대로 친화력을 가지고 이 집 안에 살고 있었다. 그들은 그들의 존재 그대로 거기에 있는 것이었다."(1) 형자는 사물들과 '관계'를 맺지 못할 뿐만 아니라 사물들 상호간의 '친화력'으로부터 소외된다. 아마도 그 친화력에 힘입은 듯하지만 "그들의 존재 그대로 거기에 있는" 사물들은 존재 그대로 거기에 있지 못하는 형자의 모습을 비춰주는 거울이 된다. 어떤 카페 앞에 장식용으로 갖다 놓은 자동차를 보면서 형자는 자문한다. "저 자동차는 본래 무엇이었던가 하고 형자는 생각했다. 그리고 나는 본래의 무엇이었던 것 같은데 지금은 무엇인지 모를, 사람인지 물건인지도 모르게 앉아 있는 것 같다고 생각했다."(4) 이와 같은 허위의식은 장차 실체를 지닌 존재로 향한 첫걸음이 될 수도 있겠지만 당장은 사물과 나 사이의 거리를 확인시켜주는 거울일 뿐이다. "화장대의 거울과 엇갈리는 각도로 벽에 기대놓은 전신 거울은 사물을 되비추고 나서 또다시 되돌려주고 있었다. 때문에 벽면은 여기저기 방 가운데 우뚝우뚝 서 있는 듯이 보였다."(1)

*

내부에서 만남을 갖지 못한 형자는 혼자서 밖의 거리를 쏘다닌다. 집 안에서 그녀를 몰아내는 것은 표면상 아래층에서 들려오는 공사의 공격적인 '소음'이다. 장편소설 『형자와 그 옆사람』은 김채원의 다른 작품들, 가령 「초록빛 모자」 「안개」에서 「봄의 환」으로 이어지는 대도시 속의 고독한 배회라는 형식의 연장선상에 있다. 가까이는 동네의 슈퍼마켓, 담배가게, 편의점, 다방, 멀리는 시내의 백화점, 빌딩, 카페, 음식점, 지하상가, 골목과 대로, 그리고 지하에서 옥상에 이르기까지, 도보로, 버스로, 지하철로, 자동차, 택시로 형자는 끊임없이 도시 속을 혼자 배회한다.(2, 3, 5, 12, 14, 15, 16, 17)

이처럼 다양한 공간과 교통 기관과 행동을 통해서 그녀가 타자나 세계와 대하는 방식은 거의 언제나 일정하다. 형자는 항상 사물과 사람과 빛을 '바라보기'만 한다. 그는 가죽잠바를 입은 남자를 바라본다.(3, 5, 9, 14, 17) 그는 지하철 속의 승객들을 바라본다. "그리고 그 옆사람, 그 옆의 옆의 사람, 이 지하철 안의 모든 사람, 이 도시의 모든 사람에게 형자는 불현듯 생소함을 느낀다. 그 생소하다는 감정이 어떤 것인지 정확히 자신도 알 수 없어 불투명 막이 둘러쳐진 듯 답답했다."(5) 바라보는 것은 '만남'이 아니다. 바라보는 시선은 대상을 주체로부터 저만큼의 거리로 밀어낸다. "버스정류소에 허름한 잠바차림의 남자와 노인과 아이를 데리고 있는 젊은 여자, 중년의 아주머니가 서 있었다. 버스가 멈추고 문이 열렸는데도 그들 중 아무도 타지 않았다. 화장품 할인 코너와 도시가스, 병원, 신문보급소, 유리가게, 약방들을 형자는 바라보았다."(3) 이 소설 도처에서 형자의 고독한 시선의 대상이 되고 있는 사물과 사람은 오직 관계의 부재를 확인시켜주는 기능밖에는 아무런 의미도 없다. 사물과 사람이 서로 아무런 구별이 되지 않은 채 거기 "있다". 형자는 "바라본다". 즉 형자는 매순간 그 사람들과 사물들의 밖에 있음을 확인한다. 다음과 같은 예는 강한 대조에 의하여 그의 "바라보는" 행위의 의미를 뚜렷이 드러내 보여준다.

> 형자는 버스정류소에 서 있는 노인의 눈 밑에 저절로 나와 있는 눈물, 아주머니의 바스러진 파마 머리, 아기의 젖은 피부들을 바라보았다.
>
> 정류소에서 조금 떨어진 곳에 젊은 남녀가 서로 마주 바라보고 서 있었다. 그들은 이 세상을 자신들의 배경음악으로 깔고 오로지 서로를 바라보며 서 있었다.

버스가 움직이자 형자는 거리에 가득한 사람들이 남자인지 여자인지 노인인지 아이인지 구별되지 않는 자세로 다시 바라보기 시작했다.(3)

형자가 바라보는 대상이 된 사람들은 자신이 바라보이고 있음을 의식하지 않는다. 형자 역시 바라보는 것 이상의 관계를 그들과 맺고 있지 않다. 이들은 모래알처럼 흩어진 인간들이다. 이 철저한 관계 부재와는 대조적으로 "조금 떨어진 곳"에는 젊은 남녀가 "서로 마주 바라보고 있다". 이들 남녀 사이에는 치열한 만남의 관계가 성립되고 있을 뿐만 아니라 서로 무관한 형자 및 그의 무심한 시선의 대상, 즉 '세상'을 한낱 '배경음악'으로 변질시키고 있다. 이들 남녀와 세상 사이에는 또다시 거리가 생긴다. "차창 밖의 사람들이 서로 구별되지 않는 자세로" 바라보여진다는 것은 곧 배경음악으로 변해가는 것을, 그리고 나와 세계 사이에 괴리가 생겨남을 의미한다.

바라보는 행위가 드러내 보이는 거리감과 이질감은 특히 이 소설 속에 매우 빈번하게 등장하는 수많은 "유리벽"을 통해서 강조되고 있다. 형자는 도처에서 유리벽을 통해서 사물과 사람과 풍경을 바라본다. 그는 위의 예에서처럼 달리는 버스, 지하철, 택시의 창 밖으로 내다본다. 그는 차창 밖으로 어두워지는 거리를 내다본다. 달리는 차는 바라보는 형자와 바라보이는 대상 사이의 관계를 시시각각으로 무화시킨다. 이 소설의 교통 기관들과 차창들은 형자가 말하는 "스치기만 할 뿐 만나지는 못하는" 관계(2, 5)의 기호이다.

형자는 또 실내에서 유리벽을 통하여 밖을 내다보거나 실외에서 유리벽을 통해서 안을 들여다본다. 그는 빵집에 앉아서 "유리문으로" 길 건너편의 커피숍과 그 앞에 세워진 자동차를 바라본다.(4) 그는 버스정류소 앞 매표소를 들여다본다. "조그만 창 속으로 어스름한 빛이 있고 그 속에 어릿한 사람의 형체가 들여다보였다."(4) 그는 카페에 앉아서 "유리벽으로 보이는 바깥 거리를 바라보았다".(5) 그는 "파리크라상 앞을 지나며 유리벽 속으로 티테이블에 앉아 아이스크림을

먹는 젊은 연인들을 바라보았다".(5)

이 유리벽은 알베르 카뮈가 『시지프 신화』에서 보여준 부조리의 장치를 닮았다. 유리벽은 시선만을 통과시키고 말과 소리를 차단하는 특징을 지니고 있다. 그런 의미에서 말만 통과시키고 시선을 차단하는 전화와는 정반대다. 그러나 관계를 왜곡시킨다는 점에서는 같다. 유리벽은 대상과 관계를 맺고 있다는 환상을 준다. 그러나 그 관계는 '의미'가 차단된 관계이므로 만남이 아니다. 나는 항상 유리벽의 밖에, 혹은 안에 있어서 대상과 떨어져 있는 것이다. 유리벽의 이와 같은 기능을 적절히 말해주는 사람은 정애다.

> 그 노래를 들으면서 카페 유리벽으로 밖을 내다보는데 아주 좋았어…… 언덕진 곳에 있는 카페였는데, 사람들이 한 사람 두 사람 지나갈 때마다 그 음악에 맞춰서 무슨 모노드라마나 판토마임을 보는 것 같았다. 너 그런 기분 알아? 음악을 들으면서 밖을 보면 밖의 소음들은 하나도 안 들려서 무슨 물 속 장면을 보는 것 같지, 무중력 상태로 둥둥 떠다니는 듯이 보이기두 하구.(11)

유리벽의 의미는 대상과의 거리, 관계의 차단에 그치지 않는다. 유리벽은 흔히 시선을 통과시키는 대신 반사함으로써 '거울'이 된다. 유리벽이 거울로 변하는 것은 물론 이 소설 전체를 지배하는 '어둠' 때문이다. 그 거울이 비추어 보이는 것은 바로 고독과 존재의 소멸 혹은 붕괴다. 이런 의미에서 형자가 심우진에게 전화를 걸기 위하여 사용하는 공중전화의 '유리박스'는 '고립'의 상징인 동시에 관계의 단절을 비추어주는 우울한 거울이다. 형자는 하루 종일 거리를 배회하다가 심우진에게 전화를 걸기 위하여 '유리박스' 안으로 들어간다. "조금씩 어두워져오는 거리를 배경으로 유리면에 자신의 모습이 붕뜨듯 비추어지는 것을" 바라본다.(4) 우리는 앞에서 이미 전화가 끊어진 다음 유리 전화박스에 '희미하게' 비친 형자의 모습이 곧 그의

'불투명한 실체'로 나타나는 것을 보았다. 지하철의 차창 또는 존재의 붕괴를 비추는 거울이다. "지하철 차창에 비치는 자신의 모습을 형자는 손잡이를 잡지 않은 약간 불안정한 자세로 선 채 바라보았다. 차창에 비친 모습처럼 형자는 실체가 매우 불투명하다고 생각했다."(5)

이리하여 형자가 오직 '바라보는' 것으로 그칠 뿐인 개별적 대상들, 나아가서 외부 세계 전체는 그 실체를 상실한 허구로 변하고 만다. "거리는 무의미한 꿈과 같았다. 모든 것은 정지되어 있거나 또는 움직이고 있었다. 혹은 빛이거나 어스름이었다. 형자는 그 사이로 걸어갔다."(4) 그 '사이'야말로 관계가 부재하는, 만남이 이루어질 수 없는 비어 있는 공간이다. 그래서 '낯선' 공간이다: "서울이란 도대체 어떤 곳일까? 어느 낯선 대륙과 같다고 형자는 느꼈다."(14) "도시는 낮의 빛과 저녁의 네온이 합쳐 점점 흐미해지고 있었다. 도시는 멀리 어디로 사라져가고 있었다."(11) 우울한 거울 속에는 사라져가는 세계 위에 형자 자신의 모습이 뿌리내리지 못한 채 "붕 뜨듯" 비추어지는 것이다. 세계와 나 사이의 분리를 비추는 거울.

*

그렇다면 구원은 없는 것인가? 진정한 만남은 불가능한 것인가? 이 소설 속에는 이와 같은 의문에 단서를 제공할 듯한 몇 번의 계기가 제시되어 있다. 첫번째 계기는 제4장에서 서술된 하루 동안의 기이한 탐구 과정이다. 그 암중모색과도 같은 탐구는 첫머리의 '여행'에 의하여 암시되어 있다. 아래층의 공사 소리를 견디다 못해 외출하면서 형자는 "우유 아저씨"에게 기이하게도 "여행 떠납니다"라는 메모를 남긴다. 이 '여행'은 그날 하루 동안의 긴 배회에서 각별한 상징적인 의미를 부여한다. 그 긴 '여행'으로부터 돌아올 때에야 비로소 형자 자신도 그것이 우연이 아니었음을 깨닫는다. "며칠간 집을 비울 것을 미리 예견이라도 한 듯하다고 형자는 생각했다. 그러나 그렇게 쓴 일이 우연이 아닌 듯 여겨졌다. 볼펜을 쥐었을 당시 그냥 순간적으로 그렇게 써버린 것이 이제 와서 필연처럼 여겨졌다.(24)

그는 이날 밖으로 나와서 어디어디를 가며 무슨 생각을 하는가? 우선 번화가의 빵집에서 창 밖을 내다보다가 처음으로 "본래의 무엇이었던" 자신이 "지금은 무엇인지 모를, 사람인지 물건인지도 모르게 앉아 있다"는 존재론적 반성에 이른다. 이어서 그의 생각은 이 소설 속의 가장 큰 수수께끼 중 하나인 '수도원'의 라이트 모티프로 옮겨간다. 종교적 구원의 암시로 읽혀질 수 있는 대목이다. "수도원 현관 입구 창으로 보이던 사람의 형체와 비슷한 감을 전해주었다. 수도원 창으로 보았던 수사복의 흐름, 그 어스름하고 투명하던 빛, 형자는 짐을 들고 그 가까이 다가갔었다." 그러나 다가간 그녀의 앞에는 '창'이 가로막고 있었다. 이어 그는 골목 속에 있는 "역사가 오랜 절"로 찾아가지만 그곳 역시 "절하는 횟수를 채우기 위해 일어섰다 앉았다 하는 것 같은"(종교 의식의 자동성) 사람이나 "스님의 설법을 귀에 들어오지 않게" 방해하는 어떤 신도(깨달음을 가로막는 제도)를 보았을 뿐 결국은 그곳을 빠져나오고 만다. 종교적인 구원에 대한 막연한 기대는 실패로 끝났다.

"그녀는 지나가는 사람들과 의미 없는 시선을 마주치기도 하고 어깨를 스치기도 했다." 그러나 구원도 만남도 얻지 못한다. 만남 대신에 무의미한 공격성으로서의 타자, 그리고 그 타자와의 관계 부재를 확인한다.

> 카운터에서 돈을 지불하려고 할 때 김밥을 주문하던 나이든 손님이 형자를 밀쳤다. 왜 밀치느냐고 형자는 물어보았다. 그 손님은 아무 말도 하지 않고 김밥을 주문하던 자세 그대로 서 있었다.

이러한 타자의 방해나 공격성은 다시 "텃밭의 상추"를 따지 못하게 하는 아낙네와 노인의 기억으로 이어진다. 자연, 생명, 자양분 등과 관련이 있는 '상추'와 그녀 사이를 가로막는 '아낙네'와 '노인'은 같은 아파트에서 만나곤 하는 이웃집 여자와 아래층 노인을 상기시킨다.(하여튼 싱싱한 '상추' 대신에 그는 결국 "빛을 잃고 신선함을 잃은, 과일인지 아닌지도 모를 물건들" 가운데서 "체념하듯" 사과 몇 개를 골라잡는다.)

이처럼 모든 만남에 실패한 형자는 심우진에게 전화를 건다. 그에게 "어느 부부와 바닷가 별장에서 같이 생활하면서" 만들었다는 '노래' 이야기를 한다. "바닷가의 어느 부부"는 형자가 남편과 같이 휴가를 보냈던 바닷가, 그리고 그곳에서 만난 어부 부부의 이미지(8)와 무관하지 않은 듯하다. 그리고 '노래'는 심우진을 통한 예술적 구원의 가능성을 예고하는 것인지도 모른다. 그러나 당장은 "뭔지 좋은 것이 내 안에 있어야 하는데 그것이 없어요…… 아무것도……"라고 형자는 말한다. 이 말은 자기 안에 있는 어떤 좋은 것을 끌어내어야 한다는 미래의 과제를 암시하는 것은 아닐까? 어쨌든 여기서 통화는 뜻하지 않게 중단되고 만다. 이렇게 하여 그의 구원과 만남을 찾아나선 이날의 '여행'은 끝내 실패로 마감된다.

그러나 제4장에 기술된 내용 속에 구원의 몇 가지 암시는 없지 않다. 첫째는 "궁둥이에서 햇빛이 뿜어져나오는 듯한" 아이들, 다음으로는 어린 시절 창경원 돌담 밑에서 만난 "이상한 사람"의 기억이다. 그 이상한 사람은 "창경원 나무 그늘 밑에서 예쁜 아가씨를 껴안고 푹 잠들면 더할 수 없이 좋단다"라고 말하곤 했었다. 행복한 관계의 꿈이 담긴 이 에피소드는 또하나의 라이트 모티프로서 소설 속에 반복적으로 등장하는데(4, 10, 15) "무르익은 과일의 과즙이 온몸을 적시는" 과일나무(1, 18) 이미지 및 "달빛 자장가"(16, 19)와 더불어 성적인 사랑, 잠과 휴식, 그리고 장차 등장할 치과 의사와 깊이 관련되어 있다. 어쨌든 그것은 "근원적인 무엇과 맞닿아 있는 것"으로 받아들여진 것이다. 끝으로 가장 핵심적인 구원의 가능성으로 암시된 것이 음악이다. 형자는 빵집에 앉아서 실내에 흐르는 음악에 귀를 기울인다. 영화 속에서 "새로운 생명감"을 띠게 된 곡이라는 〈아마폴라〉이다. 사실 형자의 생활 속에서 가장 중요한 자리를 차지하는 것 중의 하나가 바로 음악이다. 그는 집에서, 카페에서 줄곧 음악을 듣는다. 그리고 무엇보다도 음악은 심우진을 만나게 된 계기를 만들어주었고 또 장차 그와의 "새로운 관계"를 만들어줄 것이다. 〈아마폴라〉를 들으면서 형자는 "어느 누군가가 진정 사랑하여 써줌으로써 갑자기 생명감을 가지게 되며 해방되는 것을 몸소 느껴보려 하였다". 과연 그녀는 심우진에게도 "그런 힘", 즉 "그녀가 그녀를 끌어낼 수 있는 힘"이 있다고 믿는다.(11) 실제로 심우진은 장차 그녀에게 노래를 불러달라고 청하게 된다. 심우진은 어쩌면 형자를 "진정 사랑하여 써줌으로써" 그녀가 "새로운 생명감"을 가지게 되고 "해방"되도록 해줄지도 모른다.

구원과 만남을 위한 두번째 계기는 심우진의 전화에 의하여 주어진다. 제11장은 의미심장하게도 비틀즈의 노래 〈러브〉 이야기로 시작된다. 정애는 전화에서 그 노래로써 "비로소 비틀즈를 안 기분"이라면서 "그 노래는 어떤 열기에 휩싸여 부르는 게 그대로 듣는 사람에게도 전달되는 것 같았다"라고 말한다. 사랑의 신호임이 분명하다. 정애는 형자를 밖으로 나오라고 권한다. 그러나 형자는 "마음먹고 일을 좀 많이 하려고" 거절한다. 그런데 일하는 도중에 심우진이 전화를 걸어 같이 저녁을 먹지 않겠느냐고 하자 즉시 응한다. 그들은 어떤 카페에서 만나기로 약속한다. 이 소설에서 형자가 누군가와 약속을 하고 그와의 '만남'을 위하여 외출하는 것은 이것이 처음이다. 형자가 결혼하기 전인 "먼 지난 시절"에 심우진과 단 한 번의 '관계'를 가졌었다는 사실이 독자에게 알려지는 것도 바로 이 대목이다.

그러나 이번에도 만남은 실패로 돌아간다. "그가 일러준 카페에 그는 없었다"로 시작되는 제12장은 심우진을 찾아 헤매는 기나긴 순례의 과정이다. 그러나 그 긴 헤매임 끝은 결국 만남의 실패로 마감된다: "우동집을 향해 걸으며 자신의 인생의 색조는 바로 이것인가 하고 생각했다. 바로 지금 이 밤의 분위기, 혼자 어두운 밤 위에 서 있는 것, 결코 없던 것, 오십 년 후에 지금 있는 것들이 다 없어지는 것이 아니라 언제나 없던 것, 유령의 기차와도 같던 것."(12) 형자는 심우진이 "없는" 카페에 앉아서 그를 처음 "만났던" 날의 옛일을 "시간을 거슬러 더듬어나갔다". 그는 카페에 혼자 앉아서 "음이 핵을 향해 모아지고 단단하다, 탄력 있다, 섬세하다"고 느껴지는(다시 음악을 통한 구원의 가능성) 쇼팽의 피아노 협주곡을 들으면서, "감정에 오차가 없는 것, 지구의 중심과 잘 맞아 들어가고 있는 느낌, 공을 가지고 정확하게 자기의 연출을 실현해내고 있는 요술사처럼 한치의 오차도 없는" 심우진을 느낀다. 그러나 그를 "만나지 못한 것이 그녀를 아프게 했다".

구원의 세번째 계기는 형자에게 전화를 거는, 목소리뿐 얼굴이 없는 저 "낯선 사람"과의 만남일 수도 있다. 그는 "어떤 관계 속에서 존재하지 않고는 존재의 의미를 충족시킬 수 없다"는 것을 강조하면서 "전화통만 붙잡고 있는 것보단" 한 번 만나자고 제안해왔었다. 형자가 망설이자 직접 만나기 이전에 "단계 하나를 더 거치도록" 제안하면서 편지를 써서 G다방에 맡기겠다고 약속한다.(9) 그러나 약속한 다방으로 형자가 찾아가 편지를 찾으려 했을 때 레지는 편지는 고사하고 그런 메모조차 없다고 말했다. "심우진이 약속한 카페에 없던 다음날 일이므로 형자는 자신이 계속해서 유령기차를 타고 있는 것같이 느꼈다."(13) 또하나의 만남을 위한 노력의 실패다.

*

만남의 네번째 계기는 치과 의사라는 모습으로 우연히 왔다. 형자는 최초로 어떤 타자를 "만난다". 아니 그것은 필연에 의하여 암시된 우연인지도 모른다. 친구 윤희에게서 "그렇게 반복하여 헤어지는 연습을 하다가 이제 남편과 '만나진다'"는 이야기와 "가장 선에 가까운 상태가 '사랑'"이라는 말을 들은 직후에 이루어진 것이니 말이다. 더군다나 그녀가 이 소설 속에서 치과 의사를 우연히 만나는 것은 이번이 처음이 아니다. 이미 며칠 전 어느 카페에 혼자 앉아 있다가 그를 우연히 만나서 그의 명함을 건네받은 일이 있었다. 그날 하루를 마치면서 그녀는 이렇게 생각했었다. "지하철 속에서 몸뚱이를 서로 부딪고 있던 사람들은 모두 어디로 뿔뿔이 흩어지는가. 어디로 흩어지기에 거리에는 하루 종일 돌아다녀도 아는 얼굴 하나도 만나지 못하는가. 그러나 오늘은 아는 얼굴을 만났다고 형자는 생각했다."(5)

형자는 버스를 타고 가다가 문득 '창경궁 앞'을 지날 때 내려서 궁 안으로 들어간다.(13, 14) 어린 시절 그 "이상한 사람"이 "예쁜 아가씨를 껴안고 푹 잠들면 더할 수 없이 좋다"고 말하던 그 창경원 안으로! 그 안에서 그는 우연히 치과 의사를 "만난다". "궁 안은 도시와 다른 시간이 흐르고 있어서"였을까? 그후 그들은 함께 궁 밖으로 나와서 찻집으로 갔고, 저녁을 먹으러(심우진과는 약속을 하고도 먹지 못했던 저녁을) 음식점에 갔다가 거기서 "아는 일행과 만난다". 그후 그들 모두는 형자가 심우진을 처음 만나 '관계'를 가지게 되던 날 밤과 매우 유사한 과정을 거쳐 한밤중의 아스팔트 위에 단둘이 앉아 있게 된다. 느닷없이 커다란 소리로 연주되는 "음악 소리"를 들으면서 형자가 치과 의사에게 말한다. "참 이상해요, 하루 종일 돌아다녀도 단 한 사람도 만나지 못하는데 오늘은 치과 선생님도 만나고 또 들어간 음식점에서 동료들도 만나고요."

그들은 어느 호텔로 들어가 마침내 동침한다.(14) 그곳에서 형자는 "커진 후 처음 자보는 달고 깊은 잠"을 잤다. 치과 의사 역시 "자주 나쁜 꿈을 꾸고 꿈에 시달리는 때가 많은데 어제는 참 개운하게 잘 잤노라고 반복해서 말했다".(15) 어린 시절에 본 그 "이상한 사람"의 꿈이 실현된 것이다. 그 다음날, 형자는 심우진에게 전화를 하지만 자동응답기만이 대답한다. 치과 의사와 그녀는 또다시 하룻밤을 더 시외의 어느 모텔에 들어가 "첫날보다도 더 깊은 잠을 잤다". 이른 아침 치과 의사가 먼저 떠나고 나자 혼자 남은 형자는 곧 다시 잠 속으로 빠져든다.(15)

> 그녀는 흐려져가는 의식 속에서 창경원의 나무 그늘을 느꼈고, 그 나무 그늘 속에서의 깊은, 정말로 다디단 잠 속으로 빠져들어가는 자신을 느꼈다. 형자는 자신을 내던지듯 잠의 품속에 안겨버렸다.(15)

치과 의사와의 만남은 과연 진정한 '만남'일까? 이 우연한 '관계'는 이 소설 속에서 가장 해석하기 어려운 대목이다. 두 사람의 남녀가 이틀밤을 연속으로 같이 잠을 잤지만 결국 '만남'으로서의 가치를 지닌 결과는 아무것도 생기지 않았다. 그들은 우연히 만났다가 따로 따로 헤어졌을 뿐이다. 심우진과의 첫 만남에서처럼 시트 위나 차창을 얼룩지우는 피의 흔적도 남기지 않는다. 다만 이 에피소드와 관련하여 끊임없이 나타나며 강조되는 것은 '잠'과 '품'이다. 위의 인용문에서뿐이 아니다. 어린 시절 창경원 앞에서 만나곤 했던 그 "이상한 사람"의 말 속에서 가장 강조된 것 역시 "예쁜 아가씨를 껴안고"로 상징된 '품'과 '푹 잠드는 것'이었다. 이것은 무엇을 의미하는 것인가? 이는 필시 어떤 깊은 모성본능과 관련이 있는 것으로 추측되지만 이 추측을 설득력 있게 설명하기 위해서는 이 소설 전체에 산재하는 아이들, 잠, 품, 그리고 치과 의사 등의 이미지를 찾아내고 그들을 이어주는 긍정적 가치들의 역선(力線)을 읽어내지 않으면 안 된다.

우선, 치과 의사와 함께 보낸 모텔에서 서울로 돌아온 형자는 어떤 건물의 옥상에 올라가서 밤의 도시를 내려다본다.

> 도심의 밤이 대낮처럼 밝아 밤의 어둠이 없어져버릴수록 사람들은 더욱 잠들고 싶어한다.
>
> 어느새인가 무성 영화를 보는 것처럼 모든 소리들이 사라져갔다.

일순 고요가 왔다. 그 고요 속에서 어디선가 음들이 밀려왔다. 형자는 이것이 무엇인가 귀를 기울였다. 한참 동안 기울였다. 이것이 노래라는 것을 알기에 시간이 걸렸다. 그녀는 얼어붙은 듯 온몸과 마음을 멈추고 귀를 기울였다.

자장가였다. 자장가가 조금씩 살금살금 거리 위로 내려지고 있었다. 아주 작은 음에서부터 점점 조금씩 커지며 아주 작은 공간에서부터 조금씩 확산시키며.

그 음률은 점점 퍼져 도시 전체를 내려덮고 있었다. 형자는 자장가가 아주 느린 속도로 도시 전체에 퍼져내려지는 것을 보았다. 퍼져내려 이불처럼 도시 전체를 덮는 것을 보았다. 자장가가 포근히 도시를 감싸안고 있었다. 도시는 강보에 싸인 아기처럼 되어 거기에 누워 있었다. 꽤 오랫동안 꼼짝없이 그곳에 서 있었다.(16)

우선 여기서 소음(소리) 걷힌 침묵의 공간과 그 고요 속에 들려오는 "음"과 "노래"를 차후의 해석을 위하여 기억해두기로 하자. 그러나 지금 당장 우리의 비상한 관심을 끌어당기는 것은 바로 그 노래가 "자장가"라는 사실이다. 즉 어린아이를 잠재우는 노래인 것이다. 그리고 또 여기서는 "도시 전체"가 "아기"가 되고 자장가는 그 도시(아기)를 포근히 "감싸고" "덮는" "이불", 나아가서는 "강보"로 나타나고 있다는 점을 특히 주목할 필요가 있다.

다음으로 집에 돌아온 형자가 머릿속에 떠올리는 치과 의사와의 밤을 보자.(19) 굳게 닫혀 있던 이중문과 두터운 커튼에도 불구하고 "어느 순간 그 창문이 환히 열렸다". 달빛이 쏟아지고 "달님이 부르는 자장가"가 들려온다. "이제까지 들어보지 못한 악기의 소리"였다.

달님의 위무에 나의 몸을 맡겼다. 그러자 어떤 환희와도 같은 물결이 내 몸을 덮었으며 나는 그 물결을 타고 한없이 미끄러져 들어갔다. 나는 아마 태어나서 처음으로(어린 시절을 제외하고) 깊고 깊은 단잠

속으로 떨어져갔다. 육체가 정신이라는 것을 처음 느꼈다. 육체는 곧 정신이었다. 나는 이 경험을 무척 소중히 생각한다.(19)

제23장 끝에서도 다시 한번 반복되는 이 환상적인 "달님"과 "자장가"는 위의 인용에서 "몸" "육체" "미끄러지다" "물결" "태어나다" "어린 시절" 등의 모티프들과 이어지면서 필연적으로 여성의 신체적 조건과 아기, 즉 모성의 의미장을 손가락질해 보이게 된다. 여기서 다시 같은 19장 속에서 이 "달빛 자장가"의 바로 앞 서술로 거슬러올라가보자. 형자는 낯선 남자의 전화 내용을 음미하면서 어떻게 "나를 동여맨 이 밧줄을 끊고 벗어나와야 하는 걸까"를, "통합적인 신세계란 어떤 것일까"를 자문한다. 그러나 문득 어떤 "장면"이 떠오른다.(이 "장면", 혹은 "그림"은 정신분석학이 관심을 두는 대상이다.) 그것은 "아이 학교 근처에 있는" 미술 학원에서 본 장면이다. 이 장면 속에 등장하는 여선생은 "아이를 가지고 있어서 헐렁한 블라우스를 입었는데도 배가 약간 올라와 있었다". 형자에게는 그곳 남선생의 깨끗한 모습과 어딘가 사랑에 겁먹은 듯한 표정의 여선생이 "어떤 아름다움"으로 비쳤다. 그리고 그 두 남녀의 결혼에 대한 이야기를 듣고 "행복해했다". 이 두 가지 서술을 한데 연결시켜보면 우리는 곧 치과의사와의 관계가 아이와 어머니라는 모성적 테마와 깊이 관련되어 있음을 알 수 있다. 실제로 형자는 처음으로 치과 의사를 우연히 만나 명함을 받은 다음 그에게 전화를 걸어 "아이들의 치아에 대해서" 물어보아야겠다고 생각했었다.(7) 과연 그녀는 창경궁에서 두번째로 만났을 때 솜사탕 사는 "아이"를 바라보다가 그에게 "아이들 치아"에 대하여 물어본다.(14) 치과 의사는 형자에게 언제나 "아이"와 의식적, 무의식적으로 관련을 맺고 있는 것이다.(사실 김채원의 다른 작품들, 예컨대 「밀월」 「냇물」 「산중기」 「물 위에 어린 그림자」 등에서 이미 임신이나 유산은 매우 중요한 주제가 되고 있다.)

이제 우리는 이 소설 전체에서 어머니의 아이에 대한 태도가 매우 중요한 테마로 등장하고 있다는 사실로 눈을 돌려보지 않을 수 없다. 앞에서 이미 지적했듯이 이 이야기는 형자가 자신의 두 아이를 외가에 데려다두고 혼자 지내게 된 날부터 그 아이들을 다시 데리러 가는 날까지의 이야기이다. 거의 비현실적인 꿈속같이 외부와 관계가 왜곡되거나 단절된 생활 가운데서도 '아이'와 관계된 모든 서술들은 한결같이 긍정적이고 적극적인 의미를 가진다. 우선 친구 윤희는 마돈나의 비디오를 보고서 "성숙된 여인, 누이 같고 어머니 같은 큰 여자"라고 평가한다. 여기서 가수의 이름이 성모 마리아를 의미하는 "마돈나"인 것은 우연일까? 그리고 독신인 정애가 마돈나를 "창녀"라고 평한 데 비하여 "반복하여 남편과 헤어지는 연습을 하다가 이제 다시 '남편과 만나진다'"는 윤희의 그것이 "어머니 같은 큰 여자"인 것은 우연일까?(2) 또 형자가 윤희와 통화중 장차의 계획으로 "신생아 용품"을 파는 가게를 열어볼까 한다고 말하는 것은 우연일까?(2) 친구 윤희는 인간관계의 공허함을 이야기하다가 아이에 대한 모성을 가장 긍정적인 예로 들어 보인다: "우리가 아이에게 모든 것을 주어도 더 주고 싶지 않던가."(5) 또 우리는 앞에서 제4장에 서술된 하루 동안의 탐구 과정과 그 실패를 분석하면서 그래도 구원의 암시가 없지는 않다고 말했었다. 그중 하나가 바로 "아이들"이었다: "형자는 그녀의 아이들을 떠올렸고 아이들 궁둥이에서부터 햇빛이 뿜어나오는 듯한 느낌을 받았다."(4) 다소 느닷없어 보이는 이 이미지의 암시는 소설의 제10장을 음미해보면 이해가 간다.

비교적 짧은 제10장은 아무런 행동의 서술이 없이 하나의 이미지만을 제시하고 있다. 우선 "어둠의 순간" "빈방" "아직 난방이 들어오지 않아 썰렁한 방", 이렇게 부정적인 공간은 긍정적인 공간으로 변한다. 불이 켜지고 아이들의 숨소리가 "방 안을 가득 채우고" "어느새인가 스팀의 물이 들어오는 소리가 들리고 방 안은 조금씩 썰렁함을 면하다가 어느 순간 아주 따뜻해져 있다". 자는 아이들에게 어머니의 손길이 간다. "이불 밑으로 손을 넣어 아이들의 궁둥이를 두드려준다."

아이가 자면서 느낄 손길이 그대로 형자에게 전달되어온다. 아니 손길이라기보다 품이라고 하는 편이 맞을 것이다. 형자는 아이가 느낄 그 품을 타는 듯 느낀다. 그것은 지구의 저 깊은 품속인 것 같다.

그녀가 어린 시절, 창경원을 배회하던 사람에게서 느꼈던 그 사람이 바라던 품도 바로 이 품이 아닐까. 봄바람이 부는 나무 그늘 밑에서의 아늑한 품속.(10)

*

이제 치과 의사와의 만남, 그리고 그것이 손가락질해 보이는 진정한 '만남'으로서의 모성을 주목함으로써 우리는 이 소설 전체의 기나긴 탐색이 마침내 약속해줄 듯한 마지막 구원의 암시에 이를 수 있게 되었다. 그것은 물론 심우진이라는 인물과의 관계로 표상된 음악(예술)이다. 치과 의사와 함께 체험한 "잠"과 "품"은 어느 면보다 더 진정한 만남을 위한 예행연습이요, 새로운 출발을 위한 깊은 휴식인 동시에 자기 발견에서 타자와의 만남으로 통하는 관문인 것이다. 형자가 "타는 듯이" 느낀다는 "지구의 저 깊은 품속"과 아이와의 행복한 관계를 표상할 수 있는 인물이 "이 지구와의 오차가 적은" 심우진밖에 또 누가 있겠는가? 진정한 자기 발견과 자기 인식을 통해서 마침내 스스로를 해방하고 또 그리하여 타자를 가장 진정하게 만나는 수단이 예술(노래)말고 또 무엇이겠는가? 이 소설 전체에서 일인칭으로 서술된 19, 20, 21, 22장은 바로 그러한 사랑의 발견과 미적 체험에 바쳐져 있다. 형자는 말한다. "이제 알겠다. 그가 오차가 적다는 것은 바로 주관과 객관의 조화에서 오는 것임을. 또한 그가 이 지구와 오차가 적다고 내가 느끼는 것은 나와 가장 오차가 적다는 말과 같은 말이기도 하지 않을까. 그러므로 그와 나는 가장 가까울 수 있는 동질의 사람이지 않을까."(22)

치과 의사와 헤어져서 돌아온 형자는 우선 심우진에게 전화를 걸고 "여기 서울이에요"라고 말한다. 그냥 서울이라고 말한 것이 아니라 "자신이 느끼는 서울"을 말하고 있었다. 뚜렷한 자기 확인의 첫 신호다. 심우진은 자신이 작곡한 곡을 피아노로 들려준다. "귀를 기울일수록 하나하나 소리들이 사라져가고 결국 피아노의 음률만이 들려왔다. 형자는 귀를 열고 마음을 열어 들려오는 음을 들었다." 자기 해방의 두번째 신호다. "땅, 하고 우리는 음과 진동 그리고 여운, 어둠과 밝음이 있고 그 사이가 있었다. 어둠 속에서 밝음이 출몰했다가 다시 어둠 속으로 사라지고 그리고는 그 사이의 순간이 있었다. 그 사이의 순간은 비어 있었다. 밝음도 어둠도 없는 비어 있음이었다. 무였다. 그 속에는 아무것도 없었다. 아무것도 없는 것, 형자는 저 포근한 이틀간의 잠을 생각했다. 달고 깊던 그 잠은 어쩌면 길디긴 마지막 잠으로 연결될 수도 있는 것이 아닐까." 이 "비어 있는 순간"이야말로 내가 이 글의 서두에서 "눈이 보이지 않는다"고 말한 부분에 해당된다.

이 "아무것도 없음"은 저 "포근한 이틀간의 잠"을 거쳐 "길디긴 마지막 잠"(16, 19)으로 인도할 수도 있고 "목소리 속에 공간이 비어 있는" 형자의 음색, 즉 예술을 통한 구원으로 인도할 수도 있다. 소설 전체에 걸쳐 고정관념처럼 반복되는 '되돌아오기'의 테마(1, 9, 15, 16, 18, 19, 21)와 더불어 이 길디긴 "마지막 잠"은 죽음으로 인도하는 것일까? 아니면 그에 못지않게 강박적으로 반복되는 저 "수도원"과 "수사복의 흐름"(4, 9, 16, 19, 21), 그리고 윤희라는 인물을 통해서 신에게로 인도하는 것일까? 아니면 이 소설은 아직 그 눈을 그려 넣지 않은 미완의 그림으로 남는 것일까?

어쨌든 "아직 가사는 붙이지 못한" 채 곡부터 씌어진 상태에서 심우진은 형자에게 "노래"를 불러주기를 권한다.(16) 일인칭으로 서술된 19~22장은 "그는 내게 노래를 해보라고 권유했다"(19)로 시작하여 "그냥 쿵, 하고 가슴이 열리는 상태, 가슴이 먼저 아는 것, 그래서 가슴으로 세상을 이해하는 것, 그를 '만난' 것은 다락방 속의 외줄기 빛만을 좇아온 내게 커다란 행운이 아닐 수 없다"(22)로 끝나고 있다. 노래는, 예술은 자기 인식, 자기 확인, 자기 해방이요 타인을 향한 열림이요 타인과 세계에 대한 인식, 가슴을 통한 '직접적인 만남' 이다. 이것이 바로 심우진을 통해서 형자가 깨닫는 "주관성과 객관성의 조화", 즉 '사랑' 인 것이다.

형자는 자신이 분명 "울리고 있다"는 것을 깨달으며 이른 새벽 아이들을 향하여 떠난다. 죽은 노인의 집 문 앞에서 비로소 관계의 오랜 왜곡에서 벗어나 '직접적인 만남' 을 되살려낸다: "세상에는 그런 일도 있는 것이지, 전화의 다이얼을 돌리고 벨이 울리고 자동응답기나 주인의 음성이 나오는 대신, 문을 두드리고 문이 열리고 누구를 찾으시는지요, 라고 말하며 주인의 얼굴이 나타나기도 하는 것이지, 그런 것을 잊고 있었던 듯 그 방법이 형자에게 새삼스러웠다."(24)

"천지창조"의 순간을 연상시키는 시간, 형자는 "처음의 인간" 해와를 느껴보려 한다. 지하철이 지상으로 나오자 "도시가 새로 만들어진 것 같았다. 서울은 크고 넓고 높았다. 이렇게 신선한 아침이 도시에 찾아오다니". 이제 모든 것은 다시 시작한다. 형자의 노래는 아직 시작되지 않았다. 그의 노래는 미래형이다. 김채원의 예술도 아직은 눈을 다 그려넣지 않은 미완성이다. 그러나 우리는 벌써부터 그것이 탄생과 죽음 사이의 비어 있는 공간 속에서 "자신의 전 존재를 바치듯" 타인과 세계를 향하여 자기를 해방하는 '사랑' 이고자 한다는 것을 알 수 있다.

임종을 맞고 있는 어느 사람에게 힘이 되어주고 싶다는 생각이 형자에게 들었다. 아픈 사람에게, 혹은 아기를 낳기 위해 산고의 고통 속에 있는 사람에게, 혹은 치과 의사와 같이 잠을 못 자 뜬눈으로 밝히는 사람들에게…… 그리고 또 어딘가에 숨어서 전화만을 걸고 있는 사람들에게…… 그러자 자신이 불러야 할 노래란 바로 그런 것 속에 있다는 생각이 들었었다. 어둠이 다하면 밝음이 오고 밝음이 다하면 어둠이 오는 빛과 어둠의 출몰 그 사이에 자신의 노래는 있는 것이라고 생각했다.(24)

그러나 이 긍정적인 결말로 소설은 끝나고 있지 않다. 형자는 왜 흰 눈이 세상을 뒤덮고 있는 길에서 문득 "거름구덩"에 빠졌던 것일까? 고개를 수그리고 "자신을 던지듯 필사적으로" 오물을 닦는 그의 반복되는 몸짓은 고독한 의문부호들의 연속만 같아 보인다. 그렇다. 소설은 해답이 아니라 질문의 한 형식일 것이다. 그러나 쏟아지는 눈은 그 질문마저도 덮어버린다. 바로 이런 의문부호와 그 지워짐 사이에 어떤 진실의 빛이 있는 것은 아닐까?

(『형자와 그 옆사람』 해설, 도서출판 창, 1993)

숨은 그림 찾기로서의 소설

—은희경의 『새의 선물』

『새의 선물』은 액자소설의 외형을 갖춘 성장소설이다. 아폴로 11호가 달을 향하여 발사되던 1969년의 일 년 동안, 작중화자가 열두 살 계집아이로서 겪은 조숙한 경험과 관찰 내용이 전체 22장의 몸체이야기를 이루는 반면 무궁화호가 성공적으로 발사되는 1995년의 시점에서 자신의 26년 전 경험을 비관적으로 더듬어보는 프롤로그와 에필로그는 그 불타오르는 몸체이야기를 우울한 회색빛 액자 속에 담고 있는 것이다.

다소 진부한 이 형식은 그러나 열두 살에 불과한 어린 작중화자의 경험과 고도로 세련된 서술 사이의 괴리를 완충시켜주는 장치로서도 작용한다. "나에게 있어 이별의 고통을 느끼는 것과 그 이별에 대한 항체가 분비되는 것은 거의 동시에 이루어진다. 음식물이 들어가자마자 침이 분비되는 것과 같다. 이별이 닥쳐왔다는 것을 깨닫자 그것을 녹여 없애기 위해 내 마음속에서는 또 내가 두 개로 나누어진다."(198

쪽) 이것은 겨우 열두 살 먹은 '나'가 대학생인 허석과 이별하는 장면에 대한 서술이다. 비록 이런 심리의 메커니즘이 인물의 내면에 실재하는 것이라 할지라도 이 정도의 묘사 능력은 "소도시 전문대학에 자리잡은" 38세의 성숙한 작중화자만이 정당화할 수 있는 것이다. 이별의 아픔을 견디기 위해서뿐만 아니라 소설을 쓰기 위해서도 역시 "내가 두 개로 나누어지는 것"은 필요한 일인 것 같다. 하나의 나는 행동하고 다른 하나의 나는 서술하기 위하여.

이야기는 우물을 구심점으로 하여 두 채의 살림집과 가게채, 그리고 대문 바로 옆의 변소로 이루어진 '감나무집'을 주된 공간적 배경으로 삼고 있다. 공간은 이 집으로부터 "중앙통으로 해서 다리를 건너가는 신작로" 혹은 '제방'을 통하여 읍내의 학교로, 그리고 유지공장, 장터, 군청, 차부, 아리랑 비어홀 등으로 이어지거나 과수원과 '성안'으로 넓어진다. 또 사건의 전개에 따라 공간은 이모가 쌍꺼풀 수술이나 임신중절 수술을 받으러 가는 도청소재지, 그리고 더 멀리는 이모나 경자 이모가 이형렬을 면회가는 군부대, 삼촌과 허석이 오르내리는 서울에까지 확대되기도 한다. 그러나 결국은 '감나무집'이라는 구심점으로 다시 좁혀들고 있다. 이처럼 강한 현실감을 갖춘 공간은 '감나무집'을 중심으로 동심원을 그리며 확대 수축하는 가운데 군더더기 없는 이야기의 견고한 틀이 되어 작품 전체에 고전적 통일성을 부여해주고 있다.

한편 이 소설은 성장소설답게 시간의 흐름에도 매우 민감하다. 앞서 지적한 바와 같이 아폴로 11호의 달 착륙과 무궁화호의 발사 사이에 가로놓인 26년의 세월은 말할 것도 없고 소설은 몸체이야기의 배경이 되는 1969년 일 년간의 흐름 또한 마치 크로노미터처럼 정확하게 기록해 보이고 있다. 제1장 '환부와 동통을 분리하는 법'은 공간의 설정 및 '나', 할머니, 삼촌, 이모, 장군이, 장군이 엄마, 최 선생, 이 선생, 두살배기 재성이를 업은 광진테라 아줌마 등 '감나무집'의 주역 및 조역 배우들이 무대에 등장하여 관객에게 인사를 하는 전통적 도입부에 해당하므로 어느 면 시간적 제한을 벗어난다.

그러나 "남향마루에 봄볕이 몹시 따사로운 날" 이모가 이형렬로부터 두번째 펜팔 편지를 받는 제2장에서부터 시간은 때맞추어 작동하기 시작한다. 등장한 각 작중인물들이 일상의 행동을 통하여 그 겉모습, 속모습을 처음 선보이는 발단부의 봄철이 비교적 단조롭게 이어진다면, 서울에서 내려온 허석과 더불어 작중화자 '나'가 '사과꽃 향기 속'을 산책하는 '초여름'(제12장)부터 시간은 비교적 세분되면서 행동의 빠른 전기를 맞는다. "여름방학 열흘 후" 미스 리가 종구와 감쪽같이 자취를 감추고 나면 이모가 쌍꺼풀 수술을 해놓고 고민하는 "권태로운 여름", 그리고 "8월의 뜨거운 햇빛" 속에서 '나'가 떠나버린 허석을 그리워하느라면 어느덧 계절이 바뀐다. "9월 아침 하늘이 파란" 어느 날, 현석 오빠 남매가 비어 있던 뒷방에 든다. 그러나 "맑게 갠 가을날" 그들이 쫓겨나다시피 떠나버린 한낮의 빈집에서 장군이 엄마와 최 선생의 '정사' 장면이 발각되고 곧이어 '추석'이 다가온다. 그 다음주 "10월 군민축제" 때는 서울의 허석이 다시 찾아오지만 유지공장의 비극적인 화재로 경자 이모를 비롯한 사망자들이 발생하고 잔치는 취소되어버린다. 허석의 재등장이 남기고 간 것은 다만 미혼인 이모의 임신과 첫눈 내리는 날의 중절 수술. 홍기웅의 트럭에 실려 힘들게 집으로 돌아온 그 "눈 오는 밤", 작중화자인 '나'에게는 "60년대에 없던 아버지"가 문득 찾아오고 시간은 바야흐로 70년대로 넘어간다. 이렇게 소설의 시간은 1969년의 봄, 여름, 가을, 겨울 일년 사계절을 꽉 채우면서 흘러간다.

시간은 그러나 시계와 계절의 변화에 의해서만 헤아려지는 것이 아니다. 무엇보다도 이 작품은 한 사회집단이 구체적인 삶 속에서 다 함께 체험하는 시대의 모습, 즉 1960년대 한국의 사회적 정황을 고스란히 살려냄으로써 세태소설의 두께를 얻고 있다.

이 소설의 도처에는 한 시대 사회의 특징들을 개별화하는 수많은 '시대의 기호'들이 찍혀 있다. 인류 전체의 관심사에 속하는 아폴로

11호의 달 착륙은 말할 것도 없지만 이 무렵을 전후하여 처음 생긴 '주민등록증'의 출현으로부터 김신조, 동백림, 통혁당, 푸에블로 납치 사건 등을 거쳐 박정희 대통령을 재선시키는 개헌안의 변칙 처리와 '국민투표'에 이르는 일련의 정치적, 사회적 사건들이 평범하기 짝이 없는 등장인물들의 일상 속으로 밀려들면서 그들의 삶을 실감나게 윤색한다.

새로 제정한 '국민교육헌장'이 이 나라 사람들에게 "민족 중흥의 역사적 사명을 띠고" 이 땅에 태어났음을 일깨우는가 하면 군청 앞 아치에 쓰인 구호는 '증산 수출 건설'을 독려한다. '무미일'이 지정되어 있어서 주부들은 "쌀밥 짓는 것만 해도 양심에 찔리는" 일로 여기고 학교에서 실시하는 '도시락 혼식 검사'를 걱정한 나머지 장군이 엄마는 "밥에 보리쌀을 좀 섞었으니까 꼭꼭 씹어먹으라"고 등교하는 아이에게 이른다.

이 시대 서민들은 "쓰르메"를 씹어먹고 "까스명수"를 즐겨 찾으며 그들에겐 "가오" 잡는 것과 "기마이" 쓰는 것도 중요하다. 아낙네들은 "월남치마"나 "몸뻬", 더러는 "소데나시"를 입고 "석유풍로"로 밥을 지으며 우물가에서 빨래할 때는 "다라이"를 사용하고 "우리미장원"에서 "고데"를 한다.

시대의 기호로는 무엇보다 대중문화를 빼놓을 수 없다. 가장 흥미로운 인물 중의 하나인 이모는 언제나 '트랜지스터'를 껴안고 산다. 개인용 컴퓨터와 인공위성이 중계하는 텔레비전이 일상화된 오늘날에는 까마득한 선사시대같이 여겨지겠지만 60년대의 수많은 젊은이들에게 '트랜지스터'야말로 '문명'과 이어진 일상의 통로였다. 이모는 또한 친구와 함께 『명랑』 잡지의 펜팔란을 애독하며 그 덕분에 급기야 남자친구 이형렬을 사귀는 데 성공한다. 작중화자인 '나'는 어린 나이에도 이모를 따라 미장원에 가 앉아서 『선데이 서울』을 펼쳐드는데 연재소설 「60년대식」보다는 '어른들만 보는 페이지'에 관심이 더 많다. 한편 '김추자의 노래'가 유행인 이 시대에 이모는 감은 머리를 말리면서 남진의 히트곡 〈미워도 다시 한번〉을 흥얼거리고 광진테라 아저씨는 〈몽땅사장님〉을 거나한 목소리로 잘도 불러댄다.

언제나 스크린 왼쪽에 '탈모', 오른쪽에는 '방첩'이라 쓴 글씨가 선명한 영화관에서는 '신성일과 엄앵란'이 출연하는 〈맨발의 청춘〉이 인기이고 시골처녀인 이모는 '윤정희 신영균 출연'의 사극 〈여진족〉의 팬이지만 휘파람으로 〈바우고개〉를 부는 삼촌이나 〈알함브라 궁전의 추억〉을 기타로 칠 줄 안다는 허석 같은 대학생들은 외국 영화 〈도라 도라 도라〉를 선호한다. 할머니가 즐겨 사용하는 종이부채에 그려진 것은 인기 여배우 문희의 웃고 있는 얼굴이지만 젊은 관객들은 오히려 록 허드슨, 제임스 딘, 나탈리 우드 같은 외국 배우에 더 매혹된다.

이처럼 인물들의 개인적인 삶은 한 특정한 시기의 정치 사회 문화의 구체적인 토양 속에 깊숙이 뿌리내림으로써 리얼리티를 획득하고 있다. 그런데 시대적 경험의 날줄과 개인적 삶의 씨줄로 촘촘히 직조된 이 '성장소설'은 매우 특이한 양상을 드러내 보인다. 왜냐하면 한 인간이 태어나서 성년의 비밀에 입문함으로써 인격의 틀을 완성해가는 과정을 그린 것이 성장소설이라면 얼른 보기에 이 소설에 나타나 있는 것은 '성장', 즉 변화의 과정보다는 이미 '열두 살'에 고착 완료되어 있는 하나의 '관점'뿐이기 때문이다. "열두 살 이후 나는 성장할 필요가 없었다. 누구의 가슴속에서나 유년은 결코 끝나지 않는 법이지만 어쨌든 내 삶은 유년에 이미 결정되었다."(13쪽) 이처럼 작중화자는 '프롤로그'에서부터 일종의 결정론을 단호하게 선언하고 있지 않은가? 불과 열두 살에 성장이 '완료'된 이러한 고착 현상은 일종의 신경증적 조짐을 드러낸다.

그래서 이 성장소설은 어느 면 사르트르의 자전적 작품 『말』을 연상시킨다. 사르트르의 소설 속에서도 작중화자가 아버지 없이 어린 시절을 어머니와 함께 외가에서 자랐다. 오랜 세월이 지난 1960년 작가로 성장한 작중화자 즉 사르트르는 "나의 광란은 내 머리를 떠나 나의 뼛속으로까지 깊숙이 스며들고 말았다"는 열두 살 적의 결정적 신경증의 경험을 분석하면서 "오늘 내게 발전된 것이 있다면 그것은 내가 이제 더이상 발전하지 않는다는 것을 깨달았다는 사실이다"라고 술회한다. 『새의 선물』에서도 『말』에 못지않게 열두 살에 "삶을 너무 빨리 완성한"(13쪽) 소녀의 시선이 자신을 포함한 타자의 비밀과 삶의 이면을 가차없이 파헤친다.

물론 육체적인 면에서라면 이 열두 살 소녀의 성장과 변화는 뚜렷하다: 봄과 함께 그에게는 신체적 변화의 조짐이 나타난다. "할머니는 이미 올 봄에 내 젖가슴에 처음 멍울이 생겼을 때 포목점에서 무명베를 떠다가 생리대를 준비해두었다."(365쪽) 소설은 어느 면 이러한 육체적 변화가 완성되는 일 년 동안의 과정을 보여준다고 할 수 있다. 유지공장의 비극적인 화재 이후 허석은 떠나고 그에 대한 그리움과 환멸 속에서 한 해가 저물 무렵, 이모는 "내게 생리가 시작되었음을 보고" 이제 정신적으로뿐 아니라 신체적으로도 성숙한 여자가 되었다는 것을 알았기 때문에 "브래지어를 사다준다".(364쪽)

그런데 이 인물은 기이하게도 이러한 육체적 성숙을 거부하는 느낌을 준다. 문제는 심리적인 거부와 자연스러운 육체적 성장 사이의 괴리에 있다. "심장. 그곳은 내 이성이 통제할 수 없는 유일한 육체였다. 내 몸을 모두 내 마음대로 정지시킬 수 있건만 심장만은 그럴 수가 없었으며 그 박동은 내 스스로 원치 않는데도 무의미한 열정을 가속시킬 때가 있다. 나는 마치 심장을 쥐어짜듯 작은 젖가슴을 움켜쥐었다."(363쪽) 이러한 괴리는 분명 인물에게 훗날 심상치 않은 장애를 가져올 것이다. "사랑에 대한 냉소"(11쪽) 혹은 "삶이 내게 가까이 오지 못하도록 끊임없이 거리를 유지하는 긴장"(12쪽)이라고 스스로 명명하는 그 장애는 일종의 '불감증'을 연상시킨다.

가능하다면 육체적 성장마저 '통제'하고 싶어할 정도로 "일찍 세상을 깨친"(19쪽) 열두 살의 겨울이 성장의 종착점이라면 그 출발점은 그해의 봄이 아니라 더 오래 전인 '유년'으로 거슬러올라간다. 이 성장소설은 유년기의 내상으로부터 열두 살의 고착에 이르는 다분히 정신분석학적인 드라마를 보여준다. "그다지 호의적이지 못한 삶"의 단초에는 결정적인 상실의 경험이 가로놓여 있는 것이다. "엄마가 죽은 것은 내가 여섯 살 때라고 한다."(14쪽) '나'라는 주인공이 보여주는 특이한 행동 혹은 관점은 이같은 '상실의 경험'에서 비롯되며 이 '유년'의 상처야말로 그의 인격 형성에 결정적인 영향을 끼치게 된다.

그런데 우리가 이 소설 읽기에서 상처를 남긴 사건 그 자체 못지않게 주목하여야 할 대목은 그 상실의 '형식'이다. 왜냐하면 그 형식이 훗날 이 인물의 대응방식과 불가분의 관계를 맺고 있는 것으로 해석되기 때문이다.

그렇다면 할머니가 "무거운 입을 떼어" 설명한 그 유년 시절의 사건은 어떤 모습을 갖춘 것인가?

> 엄마의 병은 남 앞에서 해괴한 짓을 하는 것이 아니고 오히려 절대 남의 눈에 띄기 싫어하는 대인기피와 우울증이었으며 때때로 거의 나은 것처럼 보이기 때문에 결혼할 무렵만 해도 그 믿음직한 청년과의 행복을 아무도 믿어 의심치 않았다. 결혼 후 서울로 올라간 엄마는 이제 내 아버지가 된 그 청년이 직업상 객지로만 돌고 있는 사이에 혼자서 나았다 도졌다 하는 병을 끌어안고 여위어가다가 어느 날 나의 극성스런 울음소리에 방문을 열어본 안집 주인에 의해 자살이 미수로 끝났고 며칠 안 돼 그 소식을 듣고 달려온 아버지에게 반쯤 죽을 정도로 얻어맞자 아버지가 떠난 뒤 나를 마루기둥에 묶어놓고 집을 나가버렸다. 그 뒤 할머니가 연락을 받고 부랴부랴 서울로 올라간 지 오 일 만에 우리가 살던 효창동에서 멀리도 떨어진 뚝섬 파출소의 순경에게 발견된 거지나 다름없는 엄마를 할머니가 요양원으로 데려갔다.(129쪽)

결국 그후 어머니는 목을 매어 자살했고 '삼촌'이 어머니의 시신을 거두어 '화장'했다.(삼촌은 첫사랑 이야기를 하라는 권유를 받자 "내 손으로 태워버려서 상처도 없어"라고 말한다.) "새장가를 갔다"고 하는 아버지는 "나를 만나러 왔다가 그냥 돌아갔다고도 하며 먼발치에서 나를 봤다고도"한다.(130쪽)

'나'의 성장은 이리하여 "'엄마의 존재'를 의식하지 않고 또 '아버지라는 발음'을 극복하지 않아도 되는 삶"(136쪽)을 갈구하는 고달픈 싸움의 과정으로 나타난다. 그러나 그것은 불가능한 싸움이다. 왜냐하면 작중화자의 고백에 따르건대 "내 삶이 이어지는 한 그들의 이미지를 떠날 수 없다는 것을 알기 때문이다". 그렇다면 이 인물을 사로잡고 놓아주지 않는 그들의 '이미지'란 과연 어떤 특징을 가진 것인가?

이 장면 속에서 주목해야 할 것은 '나'를 "마루기둥에 묶어놓고" 집을 나가버린 어머니, 그리고 "먼발치에서 나를 봤다"는 아버지와 나 사이의 결코 줄일 수 없는 '거리'와 동시에 원거리에서 그를 묶어놓는 '끈', 그리고 어머니를 태워버린 '불'의 이미지다. '나'를 기둥에 묶어놓은 끈은 부모, 특히 어머니와 나 사이를 맺어주는 동시에 갈라놓는 "간절하면서도 절망적인" 운명의 끈이다. 한편 불은 생명과 희망과 축제인 동시에 그 끝에 환멸과 재를 남긴다.

'나'는 사라져가는 대상(어머니) 혹은 "먼발치에서 나를 보고만 있는" 대상(아버지)에게 다가갈 수도 없고 그렇다고 그 대상에게서 벗어나지도 못한다. 정신분석학에서 말하는 '원초적 장면'을 연상시키는 이 상실과 포박의 '이미지'는 '불'과 '재'와 함께 이리하여 소설 전체 속에 여러 번 반복되는 하나의 강박적 패턴을 이룬다.

이처럼 원초적 상황에 대한 '나'의 대응방식 자체는 역설적이게도 "그들(부모)의 이미지를 떠날 수 없다"는, 그래서 "내게는 '다른 삶'이란 없다"는 절망과 고착의 끊임없는 재확인과 되풀이인 것이다. 이 소설 전체에는 그 원초적 '이미지'가 수많은 숨은 그림들의 모습으로 변형되어 고통스럽게 반복하여 투영되고 있다. 이 숨은 그림들을 찾아내어 그들 사이의 상관관계를 밝히는 것은 곧 이 소설 읽기의 흥미로운 한 방식일 터이다.

"나는 쥐를 보고 있다."

마치 어떤 음울한 화두처럼 소설의 모두(冒頭)와 끝에 자리잡고 있는 이 간결한 단문은 매우 의미심장하다. 왜냐하면 이 소설은 과연 '나'라는 주체와 '바라보다'라는 행동과 '쥐'라는 대상으로 송두리째 이루어져 있기 때문이다. 왜냐하면 '나'의 '바라보기'에 의하여 주체와 대상 사이에 만들어지는 간절하면서도 절망적인 '거리'를 이 단문은 요약하고 있기 때문이다. 그렇다면 여기서의 '쥐'는 무엇일까? 장차 숨은 그림의 해독을 통해서 밝혀지겠지만 어쨌든 그것이 혐오의 대상인 동시에 감추어진 갈망의 대상인 것은 분명하다.

'바라본다'라는 것은 "원거리에서 소유한다"는 의미라고 사르트르는 지적한 바 있다. 원거리에 두고 소유하는 것은 욕망의 대상을 끌어당기는 동시에 저만큼의 거리 밖으로 밀어내는 이중의, 그리고 이율배반적인 행위인 것이다. 이 소설 속에서 집요하게 반복되고 있는 '훔쳐보기'는 바로 '바라보기'의 이같은 양면의 본질을 웅변적으로 드러내 보인다.

그런데 소설의 시작에서 기이하게도 "뭉클뭉클 움직이는 저 더러운 잿빛 털뭉치"의 모습으로 '나'의 시야에 들어온 '쥐'는 동시에 소설의 마지막 문장에서는 아폴로 11호, 무궁화호 등의 발사물을 거쳐 삶, 즉 "심각하지도 그렇다고 비루하지도 않은 회색의 일과들"로 변형되고 있다. 다시 말해서 소설은 "잿빛 털뭉치"에서 "회색의 일과"에 이르기까지 욕망이 보여주는 회색의 변주 과정이라고 할 수 있다. 이 과정 속에는 필시 어떤 억압된 '무의식'의 성적 장면이 개입되어 있을 것 같다. '성(性)'이야말로 성장소설에서 빼놓을 수 없는 중요한 동력으로 동시에 욕망과 혐오의 대상인 것이다. 이 미묘한 변형의 과정을 읽는 것은 독자의 몫이다.

숨은 그림의 첫 단서는 '미친년'이다. "엄마의 병은 남 앞에서 해괴한 짓을 하는 것"이 아니라고는 하지만, '미친년'이나 '거지'를 보면 '나'는 '요양원'으로 보내진 어머니를 연상하지 않을 수 없다. 누구보다도 엄마의 존재는 한사코 은폐하고자 하는 할머니가 기이하게도 이모를 향하여 가장 빈번히 사용하는 욕설이 '미친년'이다. 그뿐이 아니다. 장터에서 '미친년'과 '미친놈'을 보자 '나'는 허석이 마음속으로 "딸을 기둥에 묶고 도망간" 어머니를 연상하고 있다는 것을 재빨리 짐작한다.(157쪽)

한편 집을 나가 "거지나 다름없는" 모습으로 순경에게 발견된 엄마(129쪽)는 늘 '거지'의 이미지와 관련되어 있다. 지난 봄 읍내에 흘러들어온 '미친년'의 치마가 "죄다 나달나달하여 걸을 때마다 전 종아리가 다 드러났"듯이(128쪽) "나"는 가령 교과서에서 어머니를 아름답고 그리운 존재로 찬미할 때마다 "찢어진 치마 사이로 땟국에 전 다리가 내비치던 장터의 미친년을 떠올렸다".(130쪽) 학교에서 연습하는 무용극 또한 그 원초적 이미지를 숨기고 있는 그림의 한 변형이다. 흥부역인 '나'의 상대역 신화영은 "흥부처의 처지에 맞도록 누더기를 입어야 한다". 그러나 "주인공은 맡고 싶고 그러나 누더기옷은 입기 싫다".(132쪽) 마치 애증이 얽힌 '어머니'의 이미지를 되살려내듯이 '나'는 "한쪽 발로 신화영의 그 신성한 치마끝을 밟고 선다. (……) 그애의 치마에서 찍하고 찢어지는 소리가 난다". 그뿐이 아니다. 보다 더 적극적으로 나가서 "내 손으로 그 치마를 쭉 찢어버린다. 나는 (……) 그 화려한 갑사치마를 찍, 찍, 찍, 서너 군데 더 찢어놓는다". 흥부의 처가 그렇게 찢어진 치마를 입고 무대에서 춤을 추는 장면에 관객들은 놀라지 않을 수 없다. "팬티가 다 비치는 옷을 입고 나오다니……" 춤을 추는 신화영의 "희끗희끗한 팬티와 허벅지"가 드러난다.(192~194쪽) 이런 이미지는 이미 '바라보기'가 '훔쳐보기'와 깊은 관련이 있다는 암시다.

'미친년' '거지'는 이처럼 혐오의 대상이지만, 동시에 그 양자에게 공통된 점은 "찢어진" 치마와 그 사이로 드러나 보이는 "종아리" "허벅지" "팬티" "속곳" 등인데 이것은 오히려 강한 호기심과 이끌림의 대상이다. 어머니의 이미지는 항상 이런 이율배반적인 양면성을 동시에 지니고 있다. 이 점은 다음과 같이 가장 분명한 숨은 그림 속에서 더욱 명백해진다.

'감나무집'에는 할머니, '나', 이모, 그리고 삼촌으로 이루어진 주인집, 장군이네, 그리고 끝으로 광진테라 아저씨, 아주머니 및 그들의 어린 아들인 재성이 이렇게 세 새대가 살고 있다. 그중 광진테라 집만이 부모가 온전히 갖추어진 가정이다. 이들 가족은 분명 '나'의 오이디푸스적 환상이 투영된 숨은 그림이다. '나'의 경우와 마찬가지로 광진테라 집 역시 아버지가 어머니를 "때린다". 결국 어머니는 재성이를 버려두고 집을 나간다. "어느 날 나의 극성스런 울음소리에 방문을 열어본 안집 주인에 의해" 나의 어머니의 자살이 미수로 끝났듯이 재성이 어머니의 가출 역시 "아기울음 소리가 자지러지게 들려오는" 것을 신호로 온 집안 사람들에게 발견되고 마찬가지로 "안집 주인"인 할머니가 재성이를 데려와 자기 이부자리에 눕힌다.(227쪽)

그러나 "꼬박 닷새 동안" 어린 재성이를 돌보는 것은 '나'다. 어느 소나기 내리고 천둥치는 날 '나'는 아이에게 자신의 "손가락을 빨리다가"(이것은 어머니의 역할과 아버지의 역할을 동시에 하는 은유다), 젖꼭지가 아니란 걸 알아채자 "배신감과 절망이 섞인 극한적인 몸짓으로" 울어대는 재성이에게서 바로 자기 자신의 모습을 발견한다.

> 이상한 일이었다. 그 순간 내 눈앞에는 기둥에 묶인 채 울고 있는 한 어린아이가 떠올랐다. 그애는 울고 있었다. 제 눈앞에서 엄마가 사라져 가고 있기 때문이다. 그래서 그애는 운다. (……) 아기가 울어대고 빗

소리가 그에 못지않은 기세로 마당을 두드려댔지만, 내 눈에는 기둥에 묶인 채로 사라져가는 엄마를 보고 있는 그애만 보였다. (……) 그러나 내가 그애의 눈에서 분명히 본 것이 있었다. 그것은 엄마가 떠난 뒤 남겨지는 자기의 존재에 대한 두려움이었다.(236~237쪽)

그런데 놀라운 것은 이에 대한 '나'의 반응이다. 그것은 연민이나 보호나 사랑이 아니라 돌연한 공격성으로 나타난다. 흥부 아내의 의상을 찢는 공격성과 맥을 같이하는 대목이다. '나'는 울어대는 재성이의 "뺨을 찰싹 때리고야 말았다". 이어 "불에 덴 듯이" 자지러지게 울어대는 아이의 "뺨을 한 대 더 때렸다". 그리고 재성이를 마룻바닥에 내려놓은 채 울게 버려둔다.(237쪽) 자신의 욕망을 내쳐버린 아이에 대한 분노일까? 어쨌든 이 이율배반적인 행동은 바로 '원초적' 무의식의 존재를 말해주는 애매성을 드러낸다.

또한 흥미로운 점은 '나'의 어머니와 달리, 재성이 엄마는 가출했다가 결국 남편의 손에 이끌려 "돌아온다"는 사실이다. 더군다나 '나'의 어머니는 집을 나간 뒤 자살했고 아버지는 새장가를 들어 다른 여자에게서 아이를 낳았는 데 비하여 재성이 엄마는 남편에게 "꼭 처음 청혼받는 기분"으로 "둘째를 가지게 되었기 때문"에 "돌아온" 것이다. 한쪽이 부부간의 파경과 새로운 출산이라면 다른 한쪽은 부부간의 화해와 새출발이다.

따라서 그녀의 귀가에 대하여 집안의 다른 사람들과 달리 오직 "나만이 그 장면을 심상하게 똑바로 바라보았다"는 사실이다. 이것은 물론 "징그러움"(남근 = 아버지)을 극복하는 '나' 특유의 자기 방어 방식일 뿐이다. '바라본다'는 것은 욕망의 대상에 대한 이끌림과 물리침의 통합인 동시에 은폐다. 그러나 '나'의 실제 반응은 재성이 엄마에 대한 강력한 '비판'으로 나타난다. 그 비판이 바로 이 소설 속에서 가장 부자연스러운 대목인 화자의 지루한 직설법이다. "그렇게 열심히 살아가건만 아줌마는 자기 인생에 주인 행세를 하지 못하고 있었다"로 시작하는 장광설은 무려 두 페이지에 걸쳐 계속되면서 제16장의 숨은 그림을 마감하고 있다. 이 부적절한 페미니즘 강연은 물론 화해하고 "돌아온 어머니"에 대한 "배신감과 질투"("이모의 어머니"인 할머니에게서 느꼈던 감정과 동일한 : 122쪽)의 네거티브에 불과하다.

소설의 제1장 초입에서 작중화자인 '나'는 '상처의 내압'에 대한 자기 방어의 방법을 다음과 같이 매우 분명하게 설명하고 있다. 그것은 바로 1) "삶의 거리 밖에 두고" 2) "미심쩍은 눈으로 그 이면을 엿보는" 것이다. 그 결과 그는 "삶의 비밀에 빨리 다가가게 되었다".(14쪽) 이 편리한 도식은 '바라보기'에 의한 '거리 유지'와 '훔쳐보기'를 통한 '다가가기'라는 이율배반적인 욕망을 동시에 만족시켜준다. 그러나 이는 자기 분열이라는 고통스러운 대가를 치르지 않으면 안 된다.

"내가 내 삶과 거리를 유지하는 것은 나 자신을 '보여지는 나'와 '바라보는 나'로 분리시키는 데서부터 시작된다. 나는 언제나 나를 본다. '보여지는 나'에게 삶을 이끌어가게 하면서 '바라보는 나'가 그것을 보도록 만든다. 이렇게 내 내면 속에 있는 또다른 나로 하여금 나 자신의 일거일동을 낱낱이 지켜보게 하는 것은 20년도 훨씬 더 된 습관이다."(12쪽) 이 기묘한 자기 분열은 '일인칭 소설'이라는 장르의 형성에는 매우 효과적인 수단이 된다. 왜냐하면 이리하여 소설 속에서 '바라보는 나'는 지극히 자연스럽게 자신을 포함한 모든 다른 인물들을 관찰하고 그들 하나하나의 비밀을 훔쳐보며 '분석' '실험' '해석' 하는 '작중화자'가 되며 다른 한편 "보여지는 나"는 곧 다른 인물들과 마찬가지의 한 '등장인물'로서 행동하고 있는 것이다. 뒤집어서 말해보면 소설이란 곧 자기 창조와 자기 인식의 효과적인 수단이란 뜻이 된다. 한편 뒤에 가서 분석하게 되겠지만 "보여지는 나"는 어느 면 "이모"라는 분신을 통해서 더욱 구체적으로 "삶을 이끌어나

가게" 된다.

소설을 통한 자기 창조란 '원초적 이미지'가 변형된 숨은 그림 속에다가 억압된 무의식을 투영하는 것이며 자기 인식이란 바로 그 숨은 그림의 의미를 해석하는 일이다. 이러한 자기 인식이야말로 무의식 속에 잠겨 있는 숨은 그림을 의식의 표면으로 떠오르게 함으로써 신경증으로부터의 해방을 모색하는 과정이다.

이런 관점에서 본다면 이 소설의 가장 핵심적인 그림을 숨기고 있는 대목은 제9장 '운명이라고 불리는 우연들'이다. 이 대목은 처음이자 마지막으로 '나'의 "휑하니 비어 있던" 가슴을 "벅찬 느낌"으로 가득 채우는 황혼의 "실루엣"이 나타나는 장이다. 과연 그 중요성을 강조하기라도 하려는 듯이 작가는 초고에서 엄마의 가출, 떠나고 싶어하는 광진테라 아줌마 등의 이야기를 서술한 제9장 '우울한 날 1'과 황혼길의 귀가중 순덕이 아버지, 그리고 염소와 하모니카의 실루엣을 차례로 조우하는 장면의 제10장 '우울한 날 2'로 분리시켰던 두 개의 장을 개작하여 출판한 『새의 선물』에서는 하나의 장 속에 통합해놓았다. 이 장은 거기에 붙여진 제목부터가 숨은 그림의 존재를 암시하듯 의미심장하다. 왜냐하면 얼른 보기에 '우연'으로 여겨지는 것이 사실은 '운명'으로 판명되는 것이 바로 무의식의 숨은 그림이 지닌 특징이기 때문이다.

그런데 제9장은 우선 '금지된 것만 하고 싶고 강요된 것만 하기 싫고'라는 제목이 붙은 '훔쳐보기' 주제를 본격적으로 다룬 제8장에 의하여 도입되고 있다. 제8장은 어느 면 제9장의 숨은 그림을 해석하는 '독법'을 안내하는 장이라고 볼 수도 있다. 이 도입의 장에서 훔쳐보기는 우선 "삼촌이 보낸 사춘기라는 호기심 많은 시절의 편린이 고스란히 폐기되어 있는" 다락방의 "벽장 속"을 무대로 한다. 이는 명백한 무의식의 공간이다. 그곳에서의 훔쳐보기는 소설 속의 "성애 장면"에서 시작하여 고무인형의 "팬티를 벗겨보기", 책 속의 "음모 불태우기"로 이어지고 마침내는 "징그러움을 이기기" 위하여 남자들의 "성기"

를 "똑똑히 쳐다보기" 및 "난교파티"로 이어진다. 제8장은 이처럼 뒤에 이어진 제9장의 숨은 그림을 '성'과 '훔쳐보기'의 독법으로 유도해가고 있다고 볼 수 있다.

그런데 앞의 노골적인 '성적 훔쳐보기'보다 한결 의미 있는 숨은 그림은 이 장의 마지막 부분에 결론처럼 배치된 '벌레'와 '고데'에 관한 것이다.

1) "특히 벌레에 대해 신경이 예민한" 이 인물은 어느 날인가 마당에 "쭈그리고 앉아 있다가" 그 발밑으로 기어가는 벌레 한 마리를 목격한다. 그 벌레는 "수많은 털로 뒤덮인" 데다가 "연한 회색 몸통에 진한 검은색 가로줄이 빽빽하게 그려져" 있었다. 이는 작중화자가 "어린 시절 변소에 쪼그려앉아서 내려다보곤 했"던 회색의 쥐(10쪽), 즉 "뭉클뭉클 움직이는 저 더러운 잿빛 털뭉치"와 동시에 또한 '남근'의 변형이다. 벌레와 남근은 "징그러움을 이기는 훈련"에 의하여 한데 묶여 있다.(115쪽) 다시 말해서 '벌레'나 '쥐'는 결국 무력한 남근으로서 '나'의 불감증과 관련이 있을 듯하다.

2) 한편 '고데' 장면은 훔쳐보기의 '마지막 단계'(118쪽)로 소개되고 있는데 우리미장원 안에서 전개된다. 이따금 이모는 그곳으로 '고데'를 하러 가면서 '나'를 데리고 간다. 이모와 '나'는 이 미장원에서의 훔쳐보기 경험을 공유하는 동일한 자아의 양면인지도 모른다.

> 연탄구멍 속에 벌겋게 달궈진 고데기를 꺼내서 젖은 수건에 한번 적시면 그것은 '치익!' 소리를 내며 알맞은 온도로 식었다. 그러면 우리미장원 미용사는 이모의 머리카락에 오린 종이를 댄 다음 그 고데기를 마치 엿장수 가위처럼 짤깍거리면서 머리끝을 말아올리는 것이었다.(118쪽)

앞에 등장한 "음모를 불태워라"라는 "가학적 영상"(110쪽)의 변형 같은 이 장면에서 '나'는 "종이 타는 냄새"를 맡으며 잡지에서 "어른만 보는 페이지"에 고개를 묻는다. '훔쳐보기의 마지막 단계'에 등장한 이 '연탄구멍'과 '벌겋게 달궈진 고데기'는 아마도 유년기의 어린 아이가 보아서는 안 될 그 어떤 '어른만 보는' 장면이 아닐까? 그리고 '젖은 수건'에 한번 적시면 식어버리는 '엿장수 가위' 같은 고데기는 이 훔쳐보기와 관련된 '거세'를 의미하는 것은 아닐까? 어쨌든 '나'는 이 '훔쳐보기'의 경험을 거침으로써 "삶이 내게 가까이 오지 못하도록 끊임없이 거리를 유지"하고 "성을 우습게"(119쪽) 여기는 일종의 불감증에 이르고 만 듯하다.

이제 가장 중요한 무의식의 장면을 감추고 있는 듯한 제9장을 보자. 이 장은 미장원에서의 "종이 타는 냄새"를 연장하듯이 "유지공장에서 나는 비릿한 냄새"로 시작하여 하모니카 "소리"로 끝난다. 처음의 "냄새"와 끝의 "소리" 사이에는 가장 핵심적인 무의식의 "그림"이 한 폭 등장한다. 작중화자가 끝에 가서 "오늘 나에게는 너무 많은 일이 일어난다"(144쪽)고 의미 있게 결론짓는 이 장 속에 숨어 있는 수많은 '그림'들을 서술된 순서에 따라 살펴보고 마침내 그 '마지막 단계'에 나타나는 결정적 그림의 의미를 읽어보자.

1) 제9장의 첫머리에 밀려드는 유지공장의 강박적인 "비릿한 냄새"는 후일 일어날 비극적인 화재의 예고이며 복선이다. 또한 "어른만 보는" 장면과 무관하지 않을 듯한 이 "비릿한" 냄새는(이 냄새를 맡고 나면 "애 밴 사람모양 헛구역질부터 한다". : 120쪽) 장차 이 장의 끝에 오는 불(황혼)로 이어질 것이다.

2) 할머니가 예외적으로 이모의 '응석'을 받아주는 것을 보고 '나'는 문득 '배신감과 질투'를 맛본다. 부재하는 어머니의 대역이었던 할머니가 실은 '이모의 어머니'라는 분명한 사실을 자각함에 따라서 메울 수 없는 상실의 쓰라림을 맛보는 대목이다.

3) 등교하는 순간 장군이네 모자의 대화는 그 상처를 다시 한번 더 건드린다: "장군이의 '엄마' 소리는 오늘따라 더 듣기가 싫다"(126쪽)

고 털어놓는 것이다.

4) 이상의 일들을 종합하면서 '나'는 오늘 "자신이 왜 이렇게 기분이 좋지 않은지" "기억을 더듬어" 원인을 캔다. 이것은 무의식으로 접근해가는 과정 같다. 학교에 가는 길은 "두 갈래"인데 "중앙통으로 해서 다리를 지나가는 신작로"는 "편하고 아이들을 많이 만나는" 의식의 길이고 "제방으로 해서 올라가는 길"은 "험해도 혼자 생각에 골몰할 수 있어서 좋은" 무의식의 길이다. 오늘 "내 발길"은 "제방 쪽", 다시 말해서 무의식으로 향한다.(126쪽)

> 식은 잿더미를 천천히 헤쳐보니 그 안에 불씨가 하나 있긴 있었다. 깊이 묻혀 있던 불씨는 잿더미 밖으로 나오자 산소를 빨아들이며 갑자기 불꽃이 커진다.(127쪽)

이 의미심장한 은유법에서 '불씨'란 물론 뒤에 이어지는 어머니와 관련된 '상실'의 경험 내용을 가리킨다. 즉 어머니가 "나를 마루기둥에 묶어놓고 집을 나가버렸다"던 할머니의 설명에 대한 기억을 의미하는 것이다. 그러나 동시에 우리의 흥미를 끄는 것은 바로 은유법, 즉 '잿더미'와 '불씨', 혹은 '불꽃' 사이의 상관관계다. 불이 타고 나면 '회색' 재가 남는다. 이는 제8장에서 이미 암시되었던 바와 같이 한편으로 미장원의 "연탄구멍 속에서 벌겋게 달궈진 고데기"와 다른 한편으로 수많은 털로 뒤덮인 "연한 회색 벌레"나 그 변형인 "잿빛 털뭉치"의 쥐, 즉 무력해진 남근 사이의 상관관계와 일치한다.

5) 오늘 학교에서는 〈흥부전〉 연습이 있었다. "누더기옷 입기 싫어하는" 흥부의 처역 신화영에 관해서는 이미 앞에서 설명했다. 다만 여기에는 '나'의 원초적 상황과 관련하여 "자식들이 원하는 것을 주지 못하는 아버지인 나의 무능을 참을 수가 없다. 아니 아버지라는 가장의 존재를 참을 수가 없다"라는 흥부역의 "안타까움"(133쪽)이 특히 주목된다. 무용극 〈흥부전〉은 따라서 '나' 자신의 '원초적 이미

지'가 변형된 숨은 그림이 분명하다. 불씨가 어머니라면 무능한 아버지는 "식은 잿더미"에 해당한다. 과연 화자인 "나"는 어머니를 "존재"로 표현하면서 아빠는 "말"(130~131쪽), 혹은 "발음"(136, 143쪽)으로 지칭하고 있다. 말이나 발음은 존재가 아니다. 아버지는 존재가 아니라 무력한 "말"에 불과한 것이다.

그러나 '나'는 어쩐 일인지 이런 '연극' 정도에는 만족하지 못한 채 "시들하다". "어서 연습이 끝나고 혼자가 되었으면 하는 생각뿐이다."(133쪽) 무의식으로 한 발 더 다가가고 싶은 것이다. 무의식적 '현실' 속에 연극 이상의 '그림'이 그를 기다리고 있다는 암시처럼 이해된다.

6) 과연 '나'는 군청 앞 시외버스 정류장에서 "떠나고 싶어하는" 재성이 엄마를 목격한다. 이 장면이 '나'의 마음속에 "한 장의 사진처럼 정지된" 것은 앞에서 지적했듯이 나를 버리고 사라져가는 어머니의 '원초적 이미지'가 변형된 숨은 그림이기 때문이다. 이때 아줌마의 복장은 '나'의 실질적인 어머니역인 할머니와 동일하다. 소설 속에 처음으로 등장하는 할머니가 "앞섶에 진주색 납작단추가 주루룩 달린 헐렁한 지지미 웃옷"을 입고 있었듯이(15쪽) 아줌마 역시 "앞단추가 주르륵 달린 블라우스"를 입고 있다.(134쪽) 이들은 모두 잃어버린 어머니의 변형들이다.

한편 어머니가 "나를 마루기둥에 매어"놓고 가버렸는 데 비하여, "아줌마의 등뒤에서 그녀의 고달픈 삶을 이어갈 수 있도록 희망을 주는 한편 그녀를 바로 그 고달픈 삶에게로 '묶어놓는' 재성이"가 엄마의 머리끄덩이를 잡아당기며 논다. 아줌마는 그 재성이를 두고 떠나고 싶은 것이다.(135쪽) 여기까지가 초고에서 '우울한 날 1'로 묶여 있던 장이다. 다음 장이었던 '우울한 날 2'는 그야말로 본격적인 무의식의 그림이 등장하는 대목이다. 그 도입부의 정경 묘사는 그것을 잘 말해준다.

"해가 기울기 시작하면 제방 길은 '책에서 흔히 보는 고향마을 같은 풍경'이 된다. 그래서인지 초가집과 탱자나무 울타리 위로 불구름이 번져가는 모습을 보며 어쩐지 누군가 그립고 마음이 심란해지는 때도 있다."(136쪽) "책에서 흔히 보는 고향마을 풍경"이라는 표현은 이곳이 전형적 오이디푸스의 공간임을 말해준다. 이 원형적 공간 속에 등장하는 인물은 과연 어떤 존재들인가?

7) 앞서 나온 일련의 어머니 이미지들에 이어 여기서는 무용극 〈흥부전〉에서처럼 '무능한' 아버지의 이미지가 클로즈업된다. '나'는 얼마 가지 않아서 "황혼을 향해 걸어가고 있는 말과 마부를 발견했다".(136쪽) 말은 "빈 수레"를 끌고 가면서도 "침을 질질 흘리며 헉헉대고 있다". 마부는 "좀 모자라는 애"인 순덕이의 아버지로, 순덕이 어머니가 남 몰래 애를 떼려고 한 것은 "순덕이 아버지 애가 아니기 때문"에 지나가는 아이들은 그를 "핫바지"라고 놀린다.

사실 이 소설에는 남자보다 여자가 더 많고 등장하는 남자 혹은 아버지들은 순덕이 아버지처럼 한결같이 무력하거나 여성적이거나 아예 부재하는 인물들이다. 광진테라 아저씨 박광진은 겉으로 "풍운아"를 자처하지만 "병역 기피자"이며 아내를 때리지만 "위급한 순간에는 그토록 자랑하는 남자다움을 포기하는 것이 아저씨가 가진 호방함의 이면이었다".(328쪽) 장군이 아버지는 군인이었지만 장렬하게 전사한 것이 아니라 "어이없이 파상풍으로 죽었다".(39쪽) 그의 아들 장군이는 별명과는 달리 "물에 빠진 생쥐 같은"(48쪽) 몰골의 "똥장군"이다. 삼촌은 유일하게 '나'의 존경을 받지만 "유학하고" 내려와 있다가 입대하여 빈방을 남긴다. 최 선생은 "남자가 무용 선생"으로 육성회장의 위력 앞에서 쉽사리 무릎을 꿇고, "치질에 편두통으로 늘 찌그리고 있는" 이 선생은 학교에서 "하찮은 존재"로 취급되고 있다. "부모 없는" 현석 오빠는 "인물이 곱상하여 (……) 꼭 계집애처럼 예쁘다".(251쪽) 오직 소설의 끝에 가서 중요한 역할을 맡게 될 "검은 산"과도 같은 홍기웅만이 예외다.

그런데 '나'는 순덕이 아버지의 "알몸"을 본 적이 있다. 옷을 하나도 걸치지 않고 "흐르는 물에 말을 씻기고 있는" 그는 "몸의 중심에 자기의 수염 같은 시커먼 수염을 하나 더 달고" 있었다(137쪽) : "순덕이 아버지의 몸 중심에 있는 시커먼 수염은 그가 팔을 크게 움직일 때마다 그 반동을 받아서 팔이 왼쪽으로 움직이면 오른쪽으로, 오른쪽으로 움직이면 다시 왼쪽으로, 팔 동작보다 꼭 한 박자씩 늦게 따라 움직였다."(138쪽) 이 광경은 소설의 첫 페이지에서 "머리를 끄덕일 때마다 그 반동으로 가지 꼭대기가 휘청거리게" 하는 "잿빛 털뭉치"(9쪽), 즉 남근의 변형인 쥐를 연상시키기도 하고 장터를 돌아다니는 '미친놈' 염상의 기이한 '팔동작'(158쪽)이나 성안의 왼쪽 수풀에서 목격한 '수음하는 남자'의 행동(161쪽)과 매우 유사하다. 이 모든 그림들은 "다리를 가누지 못하고 상대 선수를 끌어안기만 하다가 제풀에 미끄러져 다운, 다시는 링에서 일어나지 못하는 권투 선수"(109쪽)나 "내게 성적 이미지를 연상시키지 않는" 수많은 남자들(116쪽)과 마찬가지로 한결같이 "욕망과의 단절을 상징할 거세"나 무력한 남근과 닿아 있다.

그런데 다른 아이들에게 놀림을 당한 "핫바지" 순덕이 아버지가 돌연 '나'를 공격한다. "머리채를 잡아서 나를 들어올린 것이다." 그러나 "식식거리며 나를 내려다보고 있는 그의 털복숭이 얼굴 위에 번들거리는 땀과 분기"(139쪽)에 대한 나의 반응은 일종의 불감증을 드러낸다. "자세히 본다면 내 빰이 경직되고 또 차갑게 메말라 있다는 것을 알 수 있을 것이다."(140쪽) 이 "황혼을 걸어가는 말과 마부"의 실패한 폭행 장면은 뒤에 이어지는 또하나의 "황혼의 그림"으로 인도하는 예행연습에 불과한 것이다.

8) 마침내 '나'는 무의식의 공간으로 진입하듯이 "길에서 벗어나" 아무도 보지 않는 제방의 돌 위에 올라가서 "위태롭게 걸음을 옮겨보기도 했다".(140쪽) 이 위태로운 '탈선'을 통해서 그가 목격한 '그림'은 어떤 것인가?

내가 그렇게 두 팔을 벌려 균형을 잡으며 걸어보곤 하는 제방 위에 지금 염소가 한 마리 매어져 있다. 언젠가의 나처럼 염소도 균형을 잡으려고 사선으로 서 있다. 사선으로 선 채 매애애 하고 운다. 하얀 털에 황혼이 불붙어 불그레해진 그 염소는 나를 보더니 또 한 번 매애애 하고 운다. 고개를 길게 빼며 목젖을 오래 떠는 그 울음소리에 나는 걸음을 멈추고 잠깐 염소를 바라본다. 아예 고개를 내 쪽으로 돌린 채 매애애 매애애, 계속해서 애처로운 울음소리를 내는 이 염소를 누가 빨리 와서 풀어주고 데려갔으면 싶다.

그런데 이 생각을 하자마자 마치 그런 지시를 기다리고 있기라도 했다는 듯이 염소의 뒤로 사람의 그림자가 나타난다. 젊은 남자다. 그는 염소를 몇 걸음 거리 밖에서 내려다본다. 그는 키가 크다. 염소를 풀어줄 생각은 하지 않고 한참 눈길을 던지는 것으로 보아 염소의 임자는 아닌 듯하다.

염소를 풀어주지 못해 미안한 그는 염소 옆의 돌 위에 앉는다. 그리고는 주머니에서 하모니카를 꺼내 분다. 염소는 자기를 위로하는 하모니카 연주에 깊은 인상을 받았는지 울음을 멈추고 가만 있는다. 그 하모니카 소리, 그리고 황혼을 배경으로 한 염소와 남자의 실루엣이 내 마음속으로 들어온다. 웬일인지 내 마음속은 휑하니 비어 있었던 모양이다. 하모니카와 염소가 들어오자 비로소 꽉 찬 느낌이 든다. 정확히 표현하자면, 벅찬 느낌이.(140~141쪽)

이 '그림'이야말로 지금까지 우리가 살펴본 숨은 그림들의 모든 부분을 완성하는 원형이라고 할 수 있다. 우선 염소는 "언젠가의 나"의 변형임을 알 수 있다. 염소는 제방 위에 "매어져"서 "균형"을 잡으려고 사선으로 서서 안간힘을 쓰며 울고 있다. 또 언젠가의 나처럼 "누가 빨리 와서 풀어주고 데려갔으면 싶다". 이 그림은 우리가 앞에서 본 '상실'의 장면에서처럼 '거리'와 '끈'을 함께 갖추고 있다.

"마치 그런 지시를 기다리고 있기라도 했다는 듯이" 염소의 뒤에서 젊은 남자가 나타난다. 그러나 그 남자는 우선 "사람의 그림자"의 모양을 하고 있다. 무의식의 전형적인 형식이다. 그는 "먼발치에서" 바라보기만 했던 '나'의 아버지처럼 "풀어줄 생각은 하지 않고 한참 눈길을 던진다". 그렇다면 그는 순덕이 아버지처럼 내가 밴 아이의 아버지가 아니지 않을까?

어쨌든 이 그림은 한편 '불'과 관련되어 있다. "하얀 털에 황혼이 불붙어 불그레해진 염소"나 "고개를 길게 빼며 목젖을 오래 떠는" 염소는 "연탄 구멍 속"에서 꺼내져가지고 머리카락을 말아올리던 "벌겋게 달궈진 고데기"(제8장)를 연상시킨다. 다분히 열정적인 남근과 닮은 이 "황혼을 배경으로 한 염소와 남자의 실루엣"은 마침내 "휑하니 비어 있던" 나의 속으로 들어오고 '나'는 비로소 "꽉 찬 느낌", 아니 "정확히 표현하자면, 벅찬 느낌"을 맛본다.

이상의 해석을 종합해본다면 몇 가지 중요한 결론을 이끌어낼 수 있다. 어머니가 '나'를 마루기둥에 매어놓고 집을 나간 것이 "서너 살 때"의 일이고(236쪽) 어머니가 죽은 것은 "여섯 살 때"의 일이다. 따라서 나 자신은 "아무것도 기억하지 못한다".(236쪽) 모든 것이 무의식 속에 잠겨버렸기 때문이다. 이 "유년"이야말로 오이디푸스가 형성되는 시기인 만큼 이 황혼 속의 그림은 따라서 모든 숨은 그림들의 밑그림일 법하다. 가정해볼 수 있는 결론은 이런 것이 아닐까? '나'는 어느 날 밤(황혼?) 어머니가 어떤 젊은 남자와 관계를 맺는 금지된 장면을 보았다. 어머니는 그 남자가 아버지인 줄 알았으나 그 남자는 아버지가 아니다. 아버지는 무력한 인물이기 때문이다. 혜자 이모와 교씨 부인의 남편, 영숙 이모와 대동병원장(257쪽), 경자 이모와 이형렬, 이모와 허석 등 이 소설에 강박적일 만큼 너무 자주 등장하는 간통이나 혼외정사들은 이 장면과 관계 있는 것이 아닐까?……그중에서도 특히 무의식의 공간인 "뒷방"(간통 사건의 혜자 이모가 살던)에서 일어난 장군이 엄마와 최 선생 사이의 간통은 제18장 거의 전체를 할애받고 있다. 이 정사 장면의 목격자는 바로 '나' 자신이다. 그런데 흥미로운 점은 언제나 "어른들의 삶을 이면까지 통찰하는" 화자가 자기 대신 "장군이로 하여금 저 장면을 보게" 했다는 사실이다.(292쪽) 오이디푸스의 일은 오이디푸스에게 맡긴 것이다. 유년 시절의 그 충격을 또다시 반복할 리는 없다. 그리하여 작중화자는 "나는 사실 아무것도 보지 못했다"고 말할 수 있는 것이다.(293쪽)

사실상의 '나'의 성장의 결말인 제22장 '삶은 순정 아니면 농담' 속에 결론처럼 제시된 "아직 하지 않은 두 가지 이야기"는 무의식 속에 잠겨 있는 어머니의 상황을 직접 체험하는 인상이다.

"두 가지 이야기" 중 첫째 것은 황혼의 그림과 그 실제 사이의 어긋남에 관한 것이다. "황혼"은 물론 정사 장면의 암시다. 이 장면 속에 나타난 남자의 "실루엣"은 제9장 끝에서 "삼촌 방에서 나오고 있는 남자"의 모습으로 구체화되어 "내 쪽으로 천천히 다가오는 것이 보인다".(144쪽) "삼촌은 그 남자의 이름을 허석이라고 소개했다."(145쪽) 이리하여 '실루엣' = '그 남자' = '허석'이라는 등식이 성립된다. 그런데 허석이야말로 '나'의 "가슴을 뛰게" 한 유일한 사랑의 대상이라고 할 수 있다. 그러나 이야기의 끝에 가면 그 황혼 속 "실루엣"의 주인공이 허석이 아니라는 사실이 밝혀진다. 어머니의 상대가 아버지가 아니었듯이. 충격과 환멸의 순간이다. "허석이 하모니카를 불었던 바로 그 자리"에 서 있는 "키 큰 남자"는 다만 "더러운 낯빛의 구부정한 아저씨", 다시 말해서 그냥 '누군가'일 뿐이다.(362쪽) 화자는 말한다. "내 사랑이 이 이미지에서 비롯된 것이라면 나는 마땅히 허석이 아닌 이 더러운 낯빛의 구부정한 아저씨를 사랑했어야 하는 것이었다."(362쪽)

"삶도 그런 것이다. 어이없고 하찮은 우연이 삶을 이끌어간다. 그러니 뜻을 캐내려고 애쓰지 마라. 삶은 농담인 것이다."(363쪽)

두번째 이야기에서는 허석이 떠난 후 그의 아이를 임신한 쪽은 '나'가 아니라 이모임이 밝혀진다. "사랑은 여전히 배신에서부터 시작한다"(384쪽)는 것을 증명이라도 하려는 듯이. 그러나 '나'는 그 아이의 '임신중절 수술' 여행에 동행한다. '미장원 장면'에서 이미 지적했듯이 사실 소설 속에서 '이모'는 여러 가지 면에서 '나'의 또다른 분신임이 분명하다. '나'는 언제나 "이모의 카운슬러이자 국어사전, 그리고 차밍스쿨이기도 하다".(216쪽) 이모 속에는 '나'가 들어앉아 행동하게 만드는 셈이다. 더군다나 '나'와 이모는 고운 정과 미운 정으로 적자와 서자의 자리를 다투는, 할머니의 쌍둥이 딸과 같은 관계 속에 놓여 있지 않은가?

"나는 언제나 나를 본다. '보여지는 나'에게 내 삶을 이끌어가게 하면서 '바라보는 나'가 그것을 보도록 만든다. 이렇게 내 내면 속에 있는 또다른 나로 하여금 나 자신의 일거일동을 낱낱이 지켜보게 하는 것은 20년도 훨씬 더 된 습관이다."(12쪽) '바라보는 나'가 사실상 소설 속에서 가장 중요한 몫을 차지하는 '작중화자'로서의 소극적인 '나'라면 "실제 삶을 이끌어가는" '보여지는 나'의 적극적 역할을 맡은 인물은 바로 이모라고 할 수 있다. 무엇보다 이모와 '거울'과의 관계가 이것을 말해준다. 이모가 자고 깨면 "맨 먼저 집어드는 것이 '거울'이다".(16쪽) 이형렬이 휴가 온다고 했을 때 그는 "거울을 아예 무릎 위에 올려놓고 살았다".(72쪽) 우물가에서 추근대는 최 선생을 뿌리친 뒤에도 이모는 곧 "거울을 끌어당긴다".(75쪽) 그만큼 보여지기, 즉 삶의 표면을 중시하는 연극적 인물인 것이다. 상처받지 않으려고 삶의 '거리 밖에서' '이면'을 훔쳐보고만 있는 '나'에 비해본다면 이모의 이러한 연극적 '보여지기'는 무모한 방식으로나마 삶에 전신으로 다가가려는 적극적 방식이라 할 수 있다.

"나에게 '모든' 비밀을 털어놓은 가장 대표적이고도 중요한 인물은 이모이다."(22쪽) 이는 곧 이모가 나의 또하나의 자아라는 것을 말해준다. 왜냐하면 이모가 자신의 모습을 '거울'을 통해서 보듯이 나는 이모를 통해서 "나를 보고 있는" 것이기 때문이다. 열두 살의 '나'가 이미 삶의 비밀을 다 알아버린 조숙한 아이라면 이모는 "어차피 어른스럽다는 것과는 거리가 멀었으며 어줍잖은 어른 행세를 하지 않을 때(존재 자체)가 차라리 어른스러운"(22쪽) 아이 같은 어른이다.

'나'는 "이모의 비밀을 통해 삶을 배웠다"고 고백한다. 이는 다른 말로 바꾸면 이 소설이 이모를 통해 대리 체험한 나의 성장소설이라는 뜻도 된다. "삶에 대해 응석을 부리며 살아온 이모에게는 체념을 알아가는 과정이 일종의 탈태였다. 이모는 번데기의 태를 벗어버리기 위해, 생전 처음 자기의 존재와 싸우고 있는 것이었다."(319쪽) 그 결과 "그 가을 이후 이모는 많이 성숙했다".(359쪽) 결국 '바라보는 나'는 성장을 완료한 반면 '보여지는 나'는 성장을 계속한 것이다.

그래서 이 소설 속에서 "검은 산"처럼 유일하게 남자다운 홍기웅의 안내를 받아 마침내 병원으로부터 집으로 돌아와 문득, 전에 허석처럼 "마루로 나온" '남자'("실루엣"이나 "그림자"가 아니다)를 보았을 때 '나'는 "이모가 그를 좋아해주었으면 하는 생각"을 한다. 이모는 곧 또다른 '나'이기 때문이다. "아마 나라면 서슴없이 이 남자를 택하리라는 엉뚱한 생각까지 들었으며 그 생각이 든 순간 오랜만에 이모에게 질투를 느꼈다."(379쪽) 그런데 그는 "허석도 아니고 삼촌도 아니다".(379쪽) 마치 "실루엣"의 빈칸을 실제로 채운 사람은 허석이 아니라 "더러운 낯빛의 구부정한 아저씨"였듯이 아버지라는 "발음"(136쪽)의 빈자리를 와서 채운 사람은 삼촌("삼촌의 첫사랑은 자기의 누이였던가" : 187쪽)도 허석도 아닌 "이마에 굵은 주름이 세 개나 되는" "아저씨 타입"의 남자였다.(379쪽) 그는 "먼발치에서 보고만 있던" 아버지였다. "70년대엔 내게 아버지가 있다니, 이건 대단한 농담이다." (380쪽)

'나'를 대신하여 성숙한 분신인 이모는 "지금처럼 제 모습 그대로 아름답다".(379쪽) 이 우울한 소설에 행복한 빛을 던져주는 인물은 "철없고 그리고 순수한" 이모다. 반면에 그 분신을 바라보는 나는 결코 아름답지 않다. '나'의 신경증은 끝내 치유된 것 같지 않다. 그러나 그 치유를 위한 '나'의 힘겨운 싸움의 과정이 한 권의 아름다운 소설을 만들어낸 것이다.

(『문학동네』 1996년 봄호)

문학동네 평론집

소설의 꽃과 뿌리

1판 1쇄 | 1998년 12월 17일
1판 2쇄 | 2008년 1월 17일

지 은 이 | 김화영
펴 낸 이 | 강병선
펴 낸 곳 | (주)문학동네
출판등록 | 1993년 10월 22일 제406-2003-000045호

주 소 | 413-756 경기도 파주시 교하읍 문발리 파주출판도시 513-8
전자우편 | editor@munhak.com
전화번호 | 031) 955-8888
팩 스 | 031) 955-8855

ISBN 89-8281-143-5 03810
89-85712-93-4 (세트)

* 이 도서의 국립중앙도서관 출판시도서목록(CIP)은 e-CIP 홈페이지(http://www.nl.go.kr/cip.php)에서 이용하실 수 있습니다.(CIP제어번호: CIP2008000125)

www.munhak.com